Maria Gronau

Weiberschläue

Kriminalroman

Deutscher Taschenbuch Verlag

Ungekürzte Ausgabe
August 2005
Deutscher Taschenbuch Verlag GmbH & Co. KG,
München
www.dtv.de

Umschlagkonzept: Balk & Brumshagen
Umschlaggestaltung: Stephanie Weischer unter Verwendung
eines Fotos von © photonica / Kristina Williamson
Satz: Fotosatz Reinhard Amann, Aichstetten
Gesetzt aus der Sabon 10/11,75·
Druck und Bindung: Druckerei C. H. Beck, Nördlingen
Gedruckt auf säurefreiem, chlorfrei gebleichtem Papier
Printed in Germany · ISBN 3-423-20822-8

I

Die seit Tagen vorherrschende Farbe war Grau. Der Himmel war grau, die ganze Stadt war grau, die Gesichter der Menschen waren es. Zu allem Überfluss kleideten sie sich auch noch in novemberliches Grau, dabei hatte der Oktober gerade mal begonnen. Der erste Schnee war schon gefallen. Die Natur war aus den Fugen.

Mein Blick fiel auf die Umlaufmappen, die mir Patricia auf den Schreibtisch gelegt hatte. Offenbar hatte die Polizeiführung beschlossen, für den Herbst neben grünen und roten auch graue Mappen anzuschaffen. Ich schaute meinen Stellvertreter Lüders an, der sich seit einiger Zeit mit einer Einladung des Bundes Deutscher Kriminalbeamter befasste. Bisher hatte ich nicht gewusst, dass er dem BDK angehörte. Während ich ihn betrachtete, wurde mir klar, dass auch er es nicht gewusst hatte.

»Johannes«, sprach ich ihn an.

»Mhm«, brummte er.

»Du hast einen schönen Trenchcoat.«

»Ja, findest du? Von Hugo Boss.«

»Edel, edel.« Ich schlug die erste Umlaufmappe auf. Sie enthielt eine Anweisung über den Umgang mit Kantinengeschirr. In leicht beleidigtem Ton beklagte sich ein höherer Ärmelschoner, dass immer wieder Teller, Tassen und Bestecke auf die Dienstzimmer mitgenommen und nicht wieder zurückgebracht wurden. »Hängst du den Mantel bitte in den Schrank?«

»Ja, gern, aber …«

»Die Farbe, Johannes. Es ist die Farbe. Sie hat etwas Deprimierendes.«

»Aber er hebt sich doch kaum ab von den Wänden und dem Bodenbelag«, meinte Lüders, stand aber auf und nahm den Trench vom Kleiderhaken.

»Du hast Recht. Ein paar Sommertöne würden nicht schaden.«

»Na ja«, Lüders öffnete den Schrank, »ich vermute, dass hier zum letzten Mal vor dem Zweiten Weltkrieg gestrichen wurde. Ein neuer Anstrich ist also fällig, und vielleicht hast du ein Mitspracherecht.«

Ich kritzelte mein Namenskürzel unter die vielen anderen Kürzel auf den Mappendeckel, betrachtete den Vorgang um das Kantinengeschirr als erledigt und schaute mir die nächste Mappe an. Mein Chef, Kriminaloberrat Brinkmann, erlaubte sich, seine Kommissariatsleiter zu einer Weiterbildung zu verdonnern. Ein Professor Jakubowski von der Fachhochschule der Polizei referierte über Strategien der europaweiten Bekämpfung des organisierten Verbrechens, Teilnahme war Pflicht. Was sich ein so genannter Wissenschaftler im luftleeren Raum ausdachte, interessierte mich nicht, aber wir Polizisten waren ja bekannt dafür, dass wir unsere Pflicht erfüllten; ich würde mich also weiterbilden lassen.

Die dritte Umlaufmappe enthielt eine Personenfahndung. Das Rauschmittelreferat suchte nach einem albanischen Dealer, der sich mit exzessivem Schusswaffengebrauch einen Namen gemacht hatte, aber trotzdem nicht in die Zuständigkeit der Mordkommissariate gewechselt war. Der Fahndungsaufruf wurde uns pro forma zugestellt. Ich nahm das Blatt, trat an die Pinnwand und steckte es dort unter eine unserer letzten Leichen fest. Die Leiche war sieben Monate alt, wir waren mehreren Erfolg versprechenden Spuren gefolgt und hatten noch immer keine Anhaltspunkte. Mittlerweile ermittelten wir nicht mehr auf Hochtouren, denn es hatte neue Leichen gegeben. Trotzdem wurmte uns das unaufgeklärte Verbrechen. Als Pfahl in unserem Fleische wirkten die Fotos, deshalb ließ ich sie auch nicht abnehmen.

Ein Telefon klingelte. Ich winkte zum Zeichen, dass ich nicht an den Apparat zu gehen wünschte, und schaute aus dem Fenster. Schnell wandte ich mich ab. Ein heftiger Schneeregen verdarb mir die Aussicht.

»Dein Sohn«, sagte Lüders und hielt mir den Hörer entgegen. Wenn Jim mich an einem späten Vormittag, den er eigentlich in der Schule verbringen sollte, in der Dienststelle anrief, konnte das nichts Gutes bedeuten. Er war keiner von den pubertierenden Jünglingen, die ständig etwas anstellten, trotzdem war ich auf eine mittlere Katastrophe gefasst.

»Ja?«

»Mam?«

»Höchstpersönlich«, sagte ich.

»Du, es ist was passiert.«

»In der Schule?«

»Nee, nee. Ich hab grad 'ne Freistunde und wollte mit Rudi zu uns nach Hause. Wollte ihm mein neues Computerspiel vorführen ... das Dad mir vorige Woche geschenkt hat, weißt du? Bloß ... Also, ich war heut' Morgen so in Gedanken. Da hab ich die Wohnungstür zugeknallt, aber der Schlüssel liegt noch drin.«

»Und nun?«, fragte ich. Das war nicht besonders intelligent.

»Jetzt ist nicht so schlimm. Aber nach der Schule komm ich ja auch nicht rein. Ich kann doch nicht den ganzen Nachmittag draußen in der Kälte rumhängen.«

Er konnte, aber er sollte nicht. Zwar gab es die Möglichkeit, den Nachmittag bis zu meinem Eintreffen bei Rudi zu verbringen, was Jim eigentlich sehr gern tat. Doch zweifellos wollte er sich und seinem Freund beweisen, dass seine Mutter lossprang, wenn Exzellenz riefen. Das tat ich, also schnappte ich meine Tasche und meine Winterjacke.

»Notfall?«, erkundigte sich Lüders.

»Der gnädige Herr waren heute Morgen so sehr in Gedanken, da hat er glatt seinen Schlüssel in der Wohnung vergessen. Und nun erwartet er, dass ich mit Sondersignal vorfahre.«

»Ein Räumpanzer wäre auch geeignet«, schlug Lüders vor.

»Oder ich könnte versuchen, mit einem Hubschrauber auf dem Balkon zu landen«, erwiderte ich und fuhr in die Jacke.

»Was mögen das für schöne Gedanken gewesen sein, wenn sich Jim so sehr in ihnen verloren hat?«

»Du weißt doch aus eigener Anschauung, was fünfzehnjährige Jungen im Kopf haben«, sagte ich und öffnete die Tür. »Mädchen.«

Irgendwann würde ich Johannes Lüders reinen Wein einschenken müssen. Jim interessierte sich nicht die Bohne für das andere Geschlecht. Vor einigen Jahren hatte ich es noch für die übliche ablehnende Haltung zwischen Jungen und Mädchen zu Beginn der Pubertät gehalten. Mittlerweile hatte ich den stark begründeten Verdacht, dass mein Sohn sich dem sexuellen Mainstream verweigerte. Einen Beweis für meine These, er könne schwul sein und Rudi lieben, hatte ich aber bislang noch nicht gefunden. Und noch immer war ich nicht fähig, mit meinem Sprössling endlich mal über all das zu sprechen, was ich hörte und sah.

Der Apfel fällt nicht weit vom Stamm, würde Lüders sicher sagen, ohne es abfällig zu meinen. Recht hätte er, schließlich lebte ich mit einer Frau zusammen. Als einzige weibliche Kommissariatsleiterin bei Mord und Totschlag war ich schon etwas Ungewöhnliches, als Lesbe wurde ich zum Unikum. Bei der Berliner Polizei gab man sich allerdings modern, aufgeklärt und tolerant. Das war den ökologisch orientierten Gutmenschen im vorigen Jahrhundert entschlafenen rot-grünen Senat zu verdanken, die damals einen neuen Posten im Polizeipräsidium geschaffen hatten: den Beauftragten für gleichgeschlechtliche Lebensweisen. Eine Polizei, die einst rosa Listen geführt hatte, schämte sich plötzlich nicht mehr ihrer homosexuellen Mitarbeiter. Außerdem kam man sich vermutlich ungeheuer großstädtisch vor mit seiner Toleranz. Dass an den Stammtischen weiterhin ein chauvinistischer Ton vorherrschte, verstand sich von selbst. Männer hatten nun einmal Angst vor allem Weiblichen, vor allem dem Weiblichen in sich selbst.

Ich ging mit großen Schritten auf die vierzig zu und hatte mein ganzes Leben in Reinickendorf verbracht. Es gibt Menschen, denen die Decke auf den Kopf fällt, wenn sie nicht jedes zweite Jahr umziehen. Zu ihnen gehörte ich nicht. Noch immer lebte ich, großzügig betrachtet, in dem Viertel, in dem ich zur Welt gekommen war. Zwei Mal hatte ich zwar meine Wohnung gewechselt, zum ersten Mal, um mit einem Mann zusammenzuziehen, dann, um ihn wieder zu verlassen. Der Mann, Jims Erzeuger, lebte ebenfalls in meinem Kiez. Wir Reinickendorfer waren offensichtlich standorttreu.

Mein, also der Reinickendorfer Teil der Aroser Allee wurde von Häusern im Bauhausstil geprägt, die viele wegen ihrer kastenförmigen und schmucklosen Architektur hässlich fanden. Ich war zufrieden. In meiner Wohnung gab es alles, was ich brauchte, sogar einen kleinen Balkon auf der straßenabgewandten Seite. Von ihm konnte man ins Grüne blicken, jedenfalls wenn Grün vorhanden war. Ich nutzte ihn eigentlich nur, um Wäsche aufzuhängen. Es langweilte mich, von einem Balkon herabzustarren oder mir Bäume anzuschauen, die ich nicht identifizieren konnte.

Da ich nur meinem Sohn die Wohnungstür öffnen wollte, stellte ich den Wagen ins Parkverbot vor meinem Lebensmittelladen und sprintete zu unserem Eingang. Jim saß auf der Treppe, Rudi ebenfalls. Ihr Interesse hatte einem Computermagazin gegolten, nun durfte ich es beanspruchen. Das Läuten meines Telefons hörte ich bereits vom Hausflur aus.

»Tut mir echt leid, Mam«, sagte Jim. Echt war sein Bedauern sicher nicht.

»Guten Tag, Lena«, begrüßte mich Rudi. Seine Springerstiefel mit den roten Schnürsenkeln und sein Destroy-Nazi-Aufnäher am Jackenärmel gaben ihn als Linken zu erkennen. Mittlerweile war es ihm gelungen, meinen apolitischen Sohn in sein Fahrwasser zu nehmen, seit geraumer Zeit besuchte Jim die Veranstaltungen von »Jugend gegen Faschismus«. Rudi war links und großbürgerlich zugleich, er achtete penibel auf die Einhaltung aller Etikette, stand also auf und reichte mir die Hand. Meinen Händedruck erwiderte er mit einem angedeuteten Diener. Ich war mir nicht sicher, ob Rudi mit seinen antifaschistischen Freunden gelegentlich Jagd auf Jungnazis machte, aber wenn er es tat, so entschuldigte er sich gewiss, bevor er einem Feind die Faust aufs Auge drückte. Er war nicht gewalttätig, doch seine Ideologie sah Gewalt ausdrücklich vor – zumindest in der Theorie.

Das Telefon rief sehr energisch. Mir konnte der Anruf eigentlich nicht gelten, ich pflegte jeden Wochentag in der Dienststelle zu verbringen und erst am frühen Abend heimzukehren, wenn es denn ein normaler Wochentag war. Trotzdem ging ich an den Apparat, nachdem ich die Tür aufgeschlossen hatte. Jim und Rudi blieben an meiner Seite. Der Anrufer verlangte nicht nach Jim, er meinte tatsächlich mich. Es war Lüders.

»Du kannst gleich weiterfahren«, sagte er. »Wir haben einen Leichenfund.«

»Wo?«

»Sowjetisches Ehrenmal Schönholz. Ich hab's mir auf der Karte angeschaut, das ist nicht allzu weit von deiner Wohnung entfernt. Im Osten. Pankow. Muss sich früher fast im Grenzgebiet befunden haben. Wir sind schon ausgerückt.«

»Männlich oder weiblich?«, wollte ich noch wissen.

»Ein Mann«, erwiderte Lüders.

Von der Existenz eines sowjetischen Ehrenmals in Schönholz hatte ich bisher nichts gewusst. Lüders hatte Recht gehabt, von der Aroser Allee zum Fundort brauchte ich nur eine Viertelstunde.

In einem Volkspark Schönholzer Heide, mir ebenfalls unbekannt, hatte die russische Armee diese Gedenkstätte für ihre Opfer im Zweiten Weltkrieg errichtet. Sie befand sich an die hundert Meter von der nächsten Straße, der Germanenstraße, entfernt, wegen des riesigen Obelisken am Ende der Mittelachse war sie aber bereits von dort auszumachen.

Für gewöhnliche Sterbliche war die Zufahrt gesperrt. Ich kutschierte meinen Wagen jedoch bis an den Eingang heran. Er wurde begrenzt von zwei identischen Tortürmen aus rotem und braunem Marmor, versehen mit einer kyrillischen und einer deutschen Inschrift – ein Ausspruch von Josef Stalin über die Unbesiegbarkeit der Sowjetarmee. Einige Buchstaben waren abgefallen. Der Marmor erinnerte mich an die U-Bahn-Station Mohrenstraße in Mitte. Angeblich stammte er aus Hitlers Reichskanzlei. Mir erschien es mehr als angemessen, wenn der Stein nach dem Schleifen dieses Monsterhorts für ein Memorial verbaut worden wäre.

Nachdem ich den Eingang passiert hatte, eröffnete sich mir der Blick auf das gesamte Areal. Es war von meterhohen Mauern umgeben und symmetrisch angelegt, wobei die Linie zum Obelisken die Symmetrieachse bildete. In die Mauern hatten die Erbauer in regelmäßigen Abständen Grabplatten eingelassen, und auch die in zwei Reihen ausgerichteten und erhöhten Gräberfelder trugen Namenslisten an den Stirnseiten. Flankiert wurden die Grabplatten von künstlichen Fackeln.

Das streng geometrische Prinzip der Anlage hatte etwas Einschüchterndes, aber auch etwas Erhabenes: Hier hatte man für die Ewigkeit gebaut. Aus der Geometrie heraus fielen nur die allesamt links neben dem Obelisken abgestellten Polizeifahrzeuge. Zwei Streifenwagen, ein beiger BMW, ein roter Golf, der Transporter der Spurensicherung sowie ein Sanitätsauto, das niemand brauchte, standen kreuz und quer. Zwischen ihnen machte ich Lüders und Jörg Röder aus. Womit sie sich gerade beschäftigten, war nicht zu erkennen. Ich begab mich auf den Weg zu ihnen.

Dominiert wurde das Ehrenmal im Übrigen nicht nur von dem Obelisken, sondern auch von einer Art Pieta unterhalb seines Sockels. Die Pieta stellte natürlich nicht Maria und Jesus dar, sondern eine Soldatenmutter mit ihrem gefallenen Sohn oder eher noch eine Witwe mit ihrem niedergestreckten Ehemann. Ich näherte mich auf einem Plattenweg, der um Blumenrabatten, Rasenflächen und gewaltige Bodenkoniferen herumführte, der Säule und der Figurengruppe. Dabei wurde mir bewusst, welch verlassenen Eindruck die Anlage machte. Obwohl sie noch nicht abgesperrt war, schienen die einzigen Besucher nur wegen des einen Toten gekommen zu sein und nicht aus Gründen der Andacht. Ich war überzeugt, dass sich ohnehin nur selten ein andächtiger Mensch hierher verirrte. Es musste ein Zufall gewesen sein, dass der Ermordete überhaupt gefunden worden war. Die Russen, die hier einst zu besonderen Anlässen mit militärischem Zeremoniell der Toten gedacht hatten, waren nicht mehr da. Es war ein idealer Tatort.

Ich hatte die Pieta erreicht, als ich gewahr wurde, dass sich im Fuß des Obelisken eine offene Tür befand. Lüders hatte mich gesehen und winkte mir zu. Auch der Sockel der Säule hatte Grabplatten aufnehmen müssen. Die kyrillischen Schriftzeichen konnte ich nicht entziffern, und ich hatte in meinem Kommissariat auch niemanden, der aus der ehemaligen DDR stammte und als Schüler Russisch lernen musste.

Bevor ich mich von Lüders orientieren ließ, wandte ich mich zum Eingang mit den beiden Marmortürmen um und sah den Komplex nun von der anderen Seite. Wieder ging ein mit Schnee vermischter Nieselregen zu Boden, aber eine trübselige Stimmung verursachte vor allem die Ödnis des Ortes. Das Mahnmal hatte seinen Sinn verloren, und die Gefallenen würden nie mehr die Ehrenbezeugungen bekommen, die sie verdienten.

Lüders hatte einen Regenschirm aufgespannt und kam mir ein paar Schritte entgegen. Auch ihm schien die Verlassenheit des Areals nahe zu gehen, denn er senkte die Stimme.

»Männliche Leiche, aber das weißt du ja schon«, erklärte er. »Zwischen fünfundzwanzig und dreißig Jahre alt. Keine Personalpapiere. Todesursache ist ein Stich ins Herz. Messerstich vermutlich. Der Täter hat ihn allerdings zuerst zwei Mal in den Brustkorb gestochen, bevor er die tödliche Wunde beibringen konnte. Es gibt Abwehrverletzungen an Händen und Fingern. Sie haben offenbar gekämpft.«

»Wer hat ihn entdeckt?«

»Eine Frau. Eine Russin, die mit einem Deutschen verheiratet ist und in Pankow lebt. Sie hat ihren Vater im Weltkrieg verloren und kommt öfter hierher. War wie fast immer ganz allein, und deswegen, sagt sie, wagt sie sich eigentlich nie bis zum Obelisken vor. Ist angeblich schon mal von einem Mann attackiert worden.«

»Heute hat sie sich aber vorgewagt.«

»Bei diesem Wetter hat sie nicht damit gerechnet, es könnten sich irgendwelche Perversen herumtreiben. Die Tür im Obelisken steht seit Jahren offen, und sie wollte einfach mal einen Blick hineinwerfen. Übrigens braucht man vier starke Männer, um die Tür überhaupt zu bewegen. Sie besteht nämlich aus Granit.«

»Gut.« Aus Granit bestand meiner Meinung nach die gesamte Säule. »Was meint der Doktor zum Todeszeitpunkt?«

»Er ist noch bei der Untersuchung«, sagte Lüders.

Nicht nur die Tür, die tatsächlich sehr massiv war, erregte meine Aufmerksamkeit. Sie war mit einem Klopfer aus Messing versehen, dieser wiederum mit Hammer und Sichel verziert. Der Klopfer beschäftigte mich. Die Tür öffnete nach innen. Normalerweise dienten Türklopfer dem Zweck, eine Person im Inneren eines Bauwerkes dazu zu bewegen, die Tür zu öffnen. Bei dem Obelisken war dies unmöglich. Dessen Tür konnte nur von mindestens vier kräftigen Männern aufgeschoben werden. Der Klopfer war sinnlos. Trotzdem war er da. Kopfschüttelnd betrat ich die zeitweilige Wirkungsstätte des Polizeiarztes.

Im Fuß der Säule befand sich eine Kuppelhalle von eher bescheidenen Ausmaßen. Sie war nahezu leer bis auf einen aus Metall geschmiedeten Kranz und zwei Schaukästen ohne Schaustücke. Die Halle war sicher einst für irgendwelche Kriegsreliquien gedacht gewesen, die zu besonderen Anlässen den zur Andacht Angetretenen vorgeführt wurden, von denen sie schweigend, hüstelnd, mit präsentiertem Gewehr oder auf welche Art und Weise auch immer angestarrt werden mussten. Was immer dieser Schrein aufgenommen haben mochte, Menschen waren es nicht gewesen. Von denen entdeckte ich zwei, einen toten und einen höchst geschäftigen.

Doktor Roth spielte mir seine Thermometernummer vor. Sie war simpel und mir im Übrigen auch bereits viele Dutzend Male geboten worden, aber er hielt sie offenbar für beeindruckend. Mit den ausholenden Bewegungen eines Magiers, der so tut, als wolle er einen Berg hervorzaubern, dann aber nur eine Maus aus dem Hut zieht, schob er dem Toten ein langes Thermometer ins Rektum. Ein zweites legte er neben die Leiche auf den Boden, dann erhob er sich, ein drittes Thermometer in der Hand. Er suchte einen geeigneten Ort, wo er es ablegen konnte, um die Raumtemperatur zu messen, entschied sich für den Metallkranz und klemmte es dort hinter die Schleife. Während seiner Tätigkeit ächzte er, als würde sie ihm das Äußerste an Anstrengung abverlangen. Ich wusste, dass er es arg mit den Bandscheiben hatte, denn das hatte er mir an einem seiner Schnippeltische selbst erzählt.

Zuerst schaute ich mir einmal den Toten an. Er war trotz seiner misslichen Lage wirklich imposant. Das Schicksal hatte ihn auf den Rücken geworfen, so dass ich sein Gesicht sehen konnte. Obwohl es käseweiß und geschwollen war, wirkte es jungenhaft und war beinahe gut aussehend zu nennen. Ein schmerzlicher Zug um die Mundwinkel, der im Widerspruch zu dieser jugendlichen Makellosigkeit stand, deutete auf eine gewisse Lebenserfahrung hin, war aber vermutlich nur eine Folge der Totenstarre. Außerdem war mir klar, dass mein erster Eindruck dahinschwinden würde, wenn die Kriminaltechniker ihre Strahler aufgestellt haben würden. Ihr Licht bewies immer, dass es keine schönen Leichen gab.

Das noch namenlose Opfer eines Messerstechers lag in einer Blutlache. Das Blut war geronnen, wirkte aber immer noch klebrig. Auf dem blanken Boden sah es vor allem unerhört kalt aus: wie eine rote Schneedecke. Der Körper des jungen Mannes kam mir vor wie an dieser Lache festgefroren. Mich fröstelte, und das passierte mir selten.

Der Tote trug eine dunkelblaue Bundjacke aus einem synthetischen Material, Jeans, weiße Socken und weiße Turnschuhe. Die Jacke war nicht nur über dem Bund, sie war auch auf der Brust und sogar an den Ärmeln mit Taschen versehen, und dass sie wattiert war, hätte jeder Laie unschwer zu erkennen vermocht. Ich wurde zusätzlich mit der Nase darauf gestoßen, denn sie war an mehreren Stellen zerfetzt, und das weiße Dämmmaterial quoll hervor. Die ehedem weiße Füllung war blutig verfärbt.

Der Lebenssaft des jungen Mannes hatte sich auf seiner gesamten Kleidung verteilt, auch auf den Jeans, den Schuhen und sogar den Socken. Voll Blut waren die Hände, der Hals und bei näherem Hinsehen auch das Gesicht. Um sein Thermometer platzieren zu können, hatte Doktor Roth die Hose und den schwarzen Tanga bis zur Mitte der Oberschenkel hinabgezogen und den Hintern etwas angehoben. Ich trat zwei Schritte vor. Blut fand ich selbst am Schambein, an dem geschrumpften Hodensack und an dem kleinen Zipfel namens Penis. Der hielt sich zwischen zwei mächtigen Schenkeln schamhaft verborgen.

»Kräftiger Mann«, stellte ich fest.

»Durchtrainierter Körper«, brummte Doktor Roth. »Und was haben ihm all die Qualen gebracht? Das Jogging, die Hanteln und was weiß ich? Er hat seinen Meister gefunden. All die schönen Muskeln werden sich bald aufgelöst haben. Nicht mal meine Assistentinnen werden sich nach ihm umdrehen.«

»Er ist also erstochen worden?«

»O ja.«

»Der Täter muss ja ein Schrank von einem Mann gewesen sein.«

»Vielleicht waren es zwei. Oder eine ganze Gruppe. Gegen eine Kinderbande von zwanzig zehnjährigen Türken hätte er auch keine Chance gehabt.«

»Wieso Türken?«

»Weil ich Rassist bin«, sagte Doktor Roth aufgebracht, ging in die Knie und las seine Thermometer ab. Außerdem gab es noch ein Gerät zur Bestimmung der Luftfeuchtigkeit, das ihn interessierte. »Mein Gott, lassen Sie mich ihn doch erst mal kunstgerecht zerlegen. Jedenfalls ist er nicht länger als vierundzwanzig Stunden tot. Das wollen Sie ja immer zuerst wissen.«

»Nach der Todesursache«, gab ich zu.

Doktor Roth streifte mit entschiedenen Bewegungen die Handschuhe ab und zerknüllte sie. »Von mir aus können jetzt die Leute von der Pinsel- und Pinzettenfront kommen.«

Sie kamen auch. Vier Leute hatte die Polizeitechnische Untersuchungsabteilung des LKA abgestellt, um zu pinseln und zu pinzettieren. Sie fielen in die Kuppelhalle ein, gefolgt von Lüders und Jörg Röder. Aber auch andere Mitarbeiter meines Kommissariats waren inzwischen eingetroffen, um

Tatortarbeit zu leisten. Ich nannte das unzertrennliche Gespann Wiesenburg und Petersen im Geiste meine Bodybuilder. Sie würden an der Leiche ihre Freude haben.

Wiesenburg starrte sie an. Dann prallte er zurück, griff nach dem Arm seines Partners und hielt sich an ihm fest.

»Was ist mit euch?«, fragte ich.

Beide waren ebenso bleich wie der Tote.

»Das ist doch der Dirk«, sagte Wiesenburg.

Wiesenburg und Petersen kannten Dirk Bender nicht aus dem Fitnessstudio. Leider nicht. Sie kannten ihn aus dem Polizeisportverein. Im Rahmen eines vom Innensenator und dem Polizeipräsidenten erfundenen Anti-Gewalt-Programms hatte Bender Straßenkinder in Kampfsporttechniken trainiert. Kampfsport, das klang natürlich überhaupt nicht nach Gewalt. Ich nahm Lüders beiseite.

Dass Bender im PSV trainierte, hatte einen fatalen Grund. Unser schöner Toter war ein Bulle. Fatale Folgen hatte es auch. Keine halbe Stunde verstrich, dann waren sie da: die Sesselfurzer.

Zuerst trat der Leiter des Referats »Delikte am Menschen« auf. Kriminaloberrat Brinkmann, mein Vorgesetzter, hetzte mit wehenden Mantelschößen und seinem Stellvertreter Koslowski über den Parcours. Den Schirm, den Koslowski über seinen Kaiser hielt, musste er in Eile gegriffen haben, denn es handelte sich um einen Fanartikel von Hertha BSC. Unter anderen Umständen hätte ich über das seltsame Pärchen unter dem Schirm gelacht. Zum Lachen war mir nicht zumute. Lüders stahl sich auf leisen Sohlen davon.

»Haben Sie schon was?«, wollte KOR Brinkmann wissen.

»Der Tote im Obelisk«, poetelte ich.

»Und er ist Polizeibeamter?«, fragte Koslowski. »Ein Kollege?«, fügte er überflüssigerweise hinzu.

Ich nickte. »Zwei meiner Mitarbeiter kennen ihn aus dem

PSV und haben ihn als Dirk Bender identifiziert, Kriminalobermeister bei der Polizeidirektion Eins.«

»Ein Kriminalbeamter also.« Brinkmann nickte betrübt.

»Vielleicht eine Hinrichtung durch die Mafia«, meinte Koslowski. Wie Fernsehautoren neigte er dazu, überall das Walten organisierter Verbrecher zu sehen.

»Russenmafia.« Diese Ergänzung konnte ich mir nicht verkneifen. »Der Tatort hat symbolische Bedeutung.«

»Erstaunlich, dass Sie das jetzt schon wissen.« Der Schirmträger nickte mir anerkennend zu.

»Natürlich weiß ich das noch nicht. Ich bin vor einer Stunde hier eingetroffen und habe einen erstochenen jungen Mann vorgefunden, mehr nicht. Es tut mir leid, die Täter haben den Tatort nicht signiert.«

»Die Täter? Woraus schließen Sie das?«

»Das Opfer war durchtrainiert und Kampfsportler. Es hat sich zur Wehr gesetzt, unterlag aber, wovon Sie sich persönlich überzeugen können, aber nicht jetzt. Fotos schicke ich Ihnen gern, aber latschen Sie nicht ...« Ich biss mir auf die Lippen.

»Wir sind Profis«, protestierte Koslowski, »wir pflegen nicht zu latschen.«

»Es könnte trotzdem ein Einzeltäter sein.« Oberrat Brinkmann war wirklich ein Profi. »Wenn er nun ebenfalls ein Kampfsportler ist? Vielleicht haben sie im gleichen Club trainiert.«

»Eine bizarre Idee«, sagte ich. »Gefällt mir.«

»Warum?«

»Weil das dann bedeutet, dass auch der Mörder ein Polizist ist.«

Für ein paar Sekunden war es mir gelungen, meine Vorgesetzten zum Schweigen zu bringen. Dann schnatterte Koslowski erneut los. Er brachte das erstaunliche Kunststück zustande, sich selbst mit den wildesten Spekulationen zu überbieten. KOR Brinkmann sah sehr nachdenklich aus.

»Sie müssen den oder die Täter finden«, beschwor er mich.

»Es sind Polizistenmörder«, bemerkte der tumbe Koslowski. Er war Erster Hauptkommissar wie ich. Um mich von ihm abzugrenzen, kürzte ich meinen Dienstrang nicht mehr mit EKHK ab, sondern mit EKHK'in.

»Wir wollen doch wohl alle Mörder finden«, sagte ich, »gleichgültig, ob sie Polizisten töten, Kinder, alte Frauen oder Männer in den besten Jahren.«

»Ein Polizistenmord ist aber etwas Außerordentliches.«

»Wie jeder Mord.« Ich hob bedeutungsvoll die Augenbrauen.

»Jedenfalls muss dieser Fall unter Aufbietung aller Kräfte gelöst werden«, sagte oder befahl Brinkmann. »Lena, ich verlasse mich auf Sie.«

»Denken Sie auch an die Presse«, fügte Koslowski hinzu. »Die stürzt sich doch auf den Mord an einem Polizeibeamten.«

Es reichte. Ich schaute an mir hinunter und tippte zuerst auf das linke, dann auf das rechte Bein. »Welches soll ich mir ausreißen?«

Brinkmann seufzte. Er gab seinem Schirmträger einen Wink, und mit großen Schritten begaben sich die beiden, an Bodenkoniferen, Blumenrabatten und Massengräbern vorbei, zum Ausgang. Die Vorstellung war beendet. Applaus gab es nicht.

Ich hatte mir die Personalakte des Kriminalobermeisters Dirk Bender beschafft. Sie war keine Fundgrube.

Während seiner Bäckerlehre war ihm offenbar die Erkenntnis gekommen, dass die Brötchen, die er herstellte, sich vielleicht als Schlagwaffen eigneten, aber nicht zum Schießen. Er war vor zwölf Jahren dem Berliner Polizeikorps beigetreten, hatte mit mäßigem Erfolg in der Theorie, mit überwältigendem bei den Schieß- und Leibesübungen seine

Ausbildung absolviert und war der Direktion Eins für den Streifendienst zugewiesen worden. Dort hatte er sich, wie in seinen Beurteilungen zu lesen war, durch Einsatzfreude, Disziplin und Kollegialität ausgezeichnet, also durch nichts. Bender war Mitglied der Polizeigewerkschaft geworden, des Polizeisportvereins und eines Arbeitskreises »Polizei und Bürger gegen Gewalt«, von dem ich noch nie etwas gehört hatte.

»Was ist das für ein Arbeitskreis?« Ich zeigte Lüders den Eintrag.

»Keine Ahnung.«

Ehrgeizig schien Bender jedenfalls gewesen zu sein. Vor zwei Jahren war er der CDU beigetreten, und ein Parteibuch konnte für eine Karriere bei der Polizei nützlich sein, vorausgesetzt, es handelte sich um das richtige Parteibuch. Kurz nach dem Beitritt hatte er einen Antrag auf Versetzung zur Kriminalpolizei gestellt. Seine Begründung gefiel mir so sehr, dass ich sie Lüders vorlesen musste.

»Nachdem ich meine Kraft zehn Jahre in den Dienst der Schutzpolizei gestellt habe, wünsche ich, und halte mich auch dank meiner Erfahrungen für geeignet, ein neues Wirkungsfeld in der Verbrechensbekämpfung aufzunehmen. Die in unserer Bevölkerung tief verwurzelte Furcht vor Straftaten hat mich in meinem Wunsch bestärkt. Die Schutzpolizei erfüllt zwar auch wichtige Aufgaben bei der Vorbeugung und Bekämpfung der Kriminalität, aber eine Verstärkung des Dienstzweiges Kriminalpolizei ist ebenso unerlässlich. Ich verspreche, mich mit all meinen Fähigkeiten und all meinem Wissen voll für die Aufklärung von Straftaten einzusetzen.«

»Er wollte einen eigenen Schreibtisch«, meinte Lüders lapidar.

»Und hat ihn bekommen.«

»Warum auch nicht?« Mein Stellvertreter zuckte die Schultern. »Wahrscheinlich hat er von einer freien Planstelle gewusst und mit ihr geliebäugelt. Na ja, und sich um sie bemüht.«

»Glaubst du, ein Schützenkönig, Kampfsportler und Bodybuilder mit CDU-Parteibuch liebäugelt mit der Stelle in einem Fachkommissariat, wo er sich mit kleinen Eigentumsdelikten herumschlagen muss?«

»Aber er musste nun mal klein anfangen. Zum LKA-Chef hätte man ihn ja nicht gleich machen können. Außerdem ... ganz sicher bin ich mir natürlich nicht, aber ... es reicht wohl nicht ganz für die Karriere, immer ins Schwarze zu treffen und eine gute Optik zu haben.«

»Über seine intellektuellen Fähigkeiten erfahre ich aus der Akte nichts.«

»Hast du das etwa erwartet?«

Ich schüttelte den Kopf. »Nur, ich würde gern wissen, wie er fachlich war. Als Polizist. Mit allen seinen Fähigkeiten und all seinem Wissen.«

»Das fragen wir am besten seine Kollegen.«

»Mach du das bitte.«

»Gern«, log Lüders und stand auf.

»Ich kann das Betroffenheitsgesülze nicht ertragen. Außerdem übernehme ich dafür die Eltern. Und die ... nein, die Ehefrau kann ich nicht machen. Er ist ledig.«

»Weil er bestimmt an jedem Finger eine kleine Freundin hatte.« Lüders schlüpfte in seinen grauen Trench. Dass er mir eine unangenehme Arbeit abnahm, versöhnte mich mit der Farbe. Mit dem Farbton, wie ich als korrekte Kriminalistin einschränken musste.

»Er war hübsch, stimmt's?«

»Hübsche Menschen sind langweilig.«

»Es gibt da übrigens noch was, womit ich nicht zu Rande komme«, sagte ich und gab mich ein wenig zerknirscht. Lüders, der älter war als ich, aber mir untergeordnet, war ein sehr anständiger Kerl. Aber hin und wieder genoss er es, wenn ich für ihn das hilflose Frauchen spielte. Natürlich war er klug genug, mein Spiel zu durchschauen. Doch er spielte gern mit.

»Ach, ja?« Er machte Kulleraugen und hockte sich in voller Montur auf die Kante meines Schreibtischs. »Sprich!«

»Hast du diesen Klopfer an der Tür des Obelisken gesehen?«

»Ja. Hat mich sehr beeindruckt. Hammer und Sichel sind ja sozusagen schwindsüchtig gewordene Symbole.«

»Wozu mag der wohl gedient haben?«

»Nun ja«, Lüders tat, als würde er sich zu der oberlehrerhaften Überlegenheit aufpumpen, die ich an Männern so hasste, »für mich ist das ganz klar. Es geht um Physik.«

»Um Physik?«, fragte ich atemlos.

»Diese Kuppelhalle ist wie eine Glocke«, sagte Lüders mit einem verschmitzten Lächeln. Wir beide hielten unser scherzhaftes Rollenspiel nie lange durch. »Mit diesem Klopfer wurde nach meiner Ansicht ein sakraler Ton erzeugt. Du weißt doch, wie diese Kommunisten waren. Sie haben sich als Atheisten ausgegeben, aber alle Kirchenrituale über die Maßen geliebt. Weil sie so einschüchternd sind.«

»Woher weißt du das?«

Lüders antwortete nicht, sondern ging. Manchmal, in ganz seltenen Fällen, waren Männer uns Frauen doch überlegen. Ich hatte mir erlaubt, die düstere Erhabenheit unseres Tatortes auf mich wirken zu lassen, Lüders hatte sofort seinen analytischen Verstand eingesetzt. Da er fort war, konnte ich getrost zugeben, wie sehr es mich ärgerte. Ich, Kriminalhauptkommissarin Lena Wertebach, arbeitete nicht nur in einem Beruf, der ohne die Naturwissenschaften nicht auskam. Ich war in meiner Abiturklasse sogar einmal für ein Jahr die Primadonna in Physik gewesen.

»Scheiße!« Ich klappte die Akte zu. Erst jetzt bemerkte ich auf dem Deckel einen Bearbeitungsvermerk, der meine Aufmerksamkeit erregte. Ich sprang auf, lief mit der Akte in der Hand auf den Flur und hetzte Lüders hinterher. Im Treppenhaus erwischte ich ihn.

»Johannes!«, rief ich.

Er drehte sich um. »Lena?«

»Hier!« Ich tippte auf den Aktendeckel. »Das KK 3131 hat sich Benders Personalakte kommen lassen.«

»KK 3131?« Lüders zuckte die Schultern. »Machen die nicht die Pressesachen?«

»Nur als Nebenstrang. Hauptsächlich bearbeiten sie die Amtsdelikte.«

»Oh«, sagte Lüders nur.

Wenn man die Wirklichkeit ignorierte, wohnten Dirk Benders Eltern in einer guten Gegend. Das neu erbaute fünfstöckige Apartmenthaus, in dem angeblich neunzig Prozent der Wohnungen verkauft waren, aber nur in acht Fenstern Licht brannte, lag etwa fünfzig Meter von der Havel entfernt. Am Wasser zu wohnen, war der Traum vieler Menschen. Ich bezweifelte auch nicht, dass man von den Balkons das Wasser sehen konnte. Neunzig Prozent ihrer Versprechungen hatten die Bauherren und ihre Makler aber sicher nicht eingehalten.

Der Weg zur Neubausiedlung Seeblick führte mindestens einen Kilometer durch Industriegebiet. Es gab weder Baum noch Strauch, um zur nächsten U-Bahn-Station zu gelangen, musste man Fußsohlen wie ein Waldindianer haben, der Supermarkt war, wenn überhaupt, erst im nächsten Jahrzehnt zu erwarten, und was den Seeblick betraf, war es nicht allein bloß ein Flussblick. Sobald man das gegenüberliegende Ufer ins Visier nahm, erschaute die bebende Seele: Industrie.

Die Bauherren, so verkündete eine überdimensionale Tafel, hatten alles an Förderung eingesackt, was sie überhaupt bekommen konnten. Der Berliner Senat, die Bundesregierung, die Europäische Union und sogar eine Stiftung »Life's New Quality« aus Luxemburg hatten Geld in dieses Potemkinsche Dorf gesteckt. Ich klingelte an der Haustür. Drei Namen standen am Klingelbrett, die übrigen sieben Wohnungen waren noch zu haben.

»Ja?«, fragte eine Frau aus dem Lautsprecher.

»Mein Name ist Wertebach«, stellte ich mich vor. »Kripo Berlin.«

»Ach, eine Kollegin von unserem Dirk.« Die Frau öffnete mir. Im Hausflur wurde mir eine weitere Crux dieses Bauwerkes klar. Die Schallwellen konnten sich ungehindert ausbreiten. Eine der Familien schien ein halbwüchsiges Kind zu haben, das Musik hörte, vermutlich sogar in Zimmerlautstärke. Der Hausflur hallte davon wider.

Benders Eltern wohnten im dritten Stock. Die Frau erwartete mich an der Wohnungstür. Ich erschrak bei ihrem Anblick, denn sie war betagt. Schon über siebzig, schätzte ich. Dass ein knapp Dreißigjähriger so alte Eltern hatte, damit hatte ich nicht gerechnet.

Frau Bender fragte nicht, was mein Besuch zu bedeuten hatte, sondern führte mich ins Wohnzimmer. Es war sehr groß, und aus dem Fenster hatte man den gepriesenen Blick auf die Havel und den verschwiegenen auf das Industriegebiet gegenüber. Der Mann, ebenfalls über siebzig, schaute Fernsehen. Den Ton hatte er sehr laut gestellt, vielleicht weil er schwerhörig war. Aus diesem Grund bemerkte er unser Eintreten nicht. Frau Bender näherte sich ihm und legte zärtlich eine Hand auf seine Schulter.

»Wir haben Besuch, Hans«, sagte sie.

»Oh, Besuch.« Herr Bender schaute mich an, dann erhob er sich, wischte die rechte Hand an seiner ausgebeulten Manchesterhose ab und streckte sie mir entgegen. »Eine junge Dame. Sehr erfreut.«

»Es ist eine Kollegin von Dirk.«

»Eine Kollegin, soso. Auch Kripo?«

»Auch Kripo«, bestätigte ich. Mir stand die äußerst unangenehme Aufgabe bevor, die Eltern vom Tod ihres Sohnes in Kenntnis zu setzen. Ich machte so etwas nicht zum ersten Mal, doch nie konnte man wissen, wie Menschen auf so einen Verlust reagierten. Oft brachen sie in Tränen aus, schrien sogar oder sanken in sich zusammen. »Lena Wertebach«, stellte ich mich auch dem Mann vor.

»Bitte, nehmen Sie Platz!« Herr Bender wies auf einen riesigen, bequem wirkenden Ledersessel. »Was dürfen wir Ihnen anbieten? Kaffee, Limonade, ein Schnäpschen?«

»Was keine Umstände macht. Limonade.«

»Clara?«

Die Angesprochene nickte und verließ das Zimmer. Ich machte eine Sitzprobe. Der Sessel war wirklich bequem.

»Müssen Sie sich über Dirk irgendwie erkundigen?«, wollte Herr Bender wissen. Er setzte sich auf die Ledercouch. »Soll er vielleicht befördert werden?«

»Nein, leider nicht.«

»Leider nicht? Hat er was verbockt? Ich zieh ihm die Ohren lang, wenn er was verbockt hat.«

Ich stellte mir vor, wie der alte Mann seinem großen, breitschultrigen Sprössling die Ohren lang zog. Unwillkürlich musste ich lächeln.

»Ich habe ein traurige Nachricht für Sie, Herr Bender«, sagte ich leise und studierte dabei die Maserung der Dielen. Das Zimmer hatte nämlich einen naturbelassenen Holzfußboden. Der sah sehr schön aus.

»Um Gottes willen!« Bender sprang auf und stürzte zur Balkontür. »Kommen Sie mit raus. Sagen Sie es mir.« Er riss die Tür auf, trat hinaus. Ich folgte ihm. »Meine Frau ist ... sie ist herzkrank.«

»Ihr Sohn, Herr Bender, der Dirk ...«, ich suchte nach den richtigen Worten, »er lebt nicht mehr.«

»Ist er ...?« Der Mann musste nicht zu Ende sprechen, ich verstand ihn auch so. Sehr blass war er nun. Ich nickte.

»In Ausübung seines Dienstes?«

»Ich bin mir nicht sicher, Herr Bender. Ich fürchte, nein. Tut mir Leid. Tut mir wirklich sehr Leid.«

Herr Bender musste sich an der Balkonbrüstung festhalten. Er wirkte nun viel kleiner, gebeugt, vernichtet. Tränen traten in seine Augen, aber er widerstand dem Impuls zum Weinen.

»Wie soll ich es nur meiner Frau beibringen?«, fragte er mich und sich mit erstickter Stimme.

»Soll ich es tun?«

»Nein, das muss ich schon machen. Warten Sie bitte hier.«

Frau Bender war mit der Limonade zurückgekehrt, hatte sie auf den Tisch gestellt und schickte sich an, ebenfalls auf den Balkon zu kommen. Ihr Mann trat auf sie zu, legte ihr den Arm um die Schulter, führte sie behutsam zur Couch. Dort flüsterte er ihr ins Ohr. Ich sah, wie sie die Augen aufriss, wie ihr Körper erstarrte. Dann schrie sie. Sie schrie nur einmal, aber der Schrei drang mir durch Mark und Bein.

2

»Ich versteh das nicht«, sagte Frau Bender ein ums andere Mal. »Ich versteh das nicht. Dirk hat niemandem etwas getan. Er hat sich immer anständig verhalten, auch zu uns. Wir hätten uns diese Wohnung nicht leisten können, wenn er nicht etwas dazugelegt hätte.«

»Wie viel hat er denn dazugelegt?« Ich bemühte mich um einen feinfühligen Ton.

»Die Hälfte. Hundertzwanzigtausend.«

Ich sagte nichts. Hundertzwanzigtausend Euro waren für einen Kriminalobermeister sehr viel Schotter. Benders aktuelle Besoldungsgruppe kannte ich aus der Personalakte. Selbst wenn er als Alleinstehender äußerst sparsam lebte, mehr als fünf-, sechshundert Euro konnte er im Monat nicht beiseite legen, und das war schon hoch gegriffen. Er war seit zwölf Jahren bei der Polizei, hatte allerdings früher geringere Bezüge gehabt. Wenn es ihm mit Mühe und Not gelungen sein sollte, sechzigtausend zusammenzukratzen, verdiente das schon Achtung. Ich selbst mit meiner höheren Besoldungsgruppe und meiner längeren Dienstzeit hatte ein solches Guthaben nicht. Mit Dirk Benders Einkommensverhältnissen würde ich mich also befassen müssen, aber das hätte ich ohnehin getan.

»Sagen Sie bitte, falls es Ihnen nicht zu viel wird, jetzt meine Fragen zu beantworten ...«

»Nein, nein«, sagte Herr Bender. »Wir antworten Ihnen. Das tun wir für Dirk.«

»War er Ihr einziges Kind?«

»Oh, nein«, sagte Frau Bender nicht ohne Stolz. »Wir haben zwei Jungs. Dirk und Martin, sein älterer Bruder. Halbbruder. Martin stammt aus Hans' erster Ehe, und als ich ihn heiratete, wollten wir noch ein gemeinsames Kind. Dirk war unser Nesthäkchen.« Sie legte eine Pause ein. »Aus beiden ist etwas geworden.« Frau Bender schluchzte. Der Mann strich ihr übers Haar.

»Hat Ihr Sohn mal erwähnt, dass er in Schwierigkeiten steckt?«

»Nein, nie.« Frau Bender schüttelte vehement den Kopf, so dass ihr Mann seine Hand zurückziehen musste.

»Er hätte es auch nicht getan«, meinte der Vater. »Schon als Kind war er verschlossen. Hat alles mit sich abgemacht. Ich habe ihn immer verstanden. Es ist nicht leicht für ein Kind, sich Eltern anzuvertrauen, die ... na ja, die eigentlich schon fast die Großeltern sein können.«

»Aber wir waren doch gut zu ihm?«, fragte Frau Bender mit einem Ausdruck von Verzweiflung im Gesicht.

»Natürlich waren wir das. Zu gut manchmal, nicht wahr, Clara? Ehrlich gesagt, Frau Wertebach, wir haben ihn ganz schön verwöhnt. Als er zur Schule kam, da war Martin schon aus dem Haus. Von diesem Zeitpunkt an ist Dirk wie ein Einzelkind aufgewachsen.«

»Er hatte doch so viele Freunde«, meinte die Frau.

»Ja, Clara, ja, die hatte er. Wir haben nichts falsch gemacht.«

»Seine Freunde würden mich interessieren«, sagte ich. »Mehr allerdings die jetzigen.«

»Die kennen wir nicht«, sagte Frau Bender.

»Doch, einen, den kennen wir. Clara, ich weiß, du magst ihn nicht, aber der Kommissarin müssen wir es sagen.«

»Er hatte so einen kalten Blick«, erklärte Clara Bender ihren Widerwillen.

»Wir haben noch einen Kleingarten, oben im Wedding«, sagte Herr Bender, »den werden wir aber abstoßen müssen.

Früher haben wir jeden Sommer dort verbracht. Bis zum letzten Jahr. Dirk hat uns oft besucht. Meistens mit seiner Verlobten.«

»Er hatte eine Verlobte?«

»Für uns ist es seine Verlobte. Sie sind nicht wirklich verlobt und wohnen nicht einmal zusammen. Dirk ist aber schon seit ... Clara? Seit fünf Jahren?« Clara Bender nickte. »Seit fünf Jahren sind sie zusammen.«

»Geben Sie mir bitte Namen und Anschrift.«

»Kirsten heißt sie. Kirsten Mangold. Aber wo sie wohnt ...?« Herr Bender zuckte die Schultern.

»Die Straße weiß ich. Und ich habe die Telefonnummer«, sagte die Frau.

»Das genügt mir. Und wenn nicht, dann finde ich sie über das Melderegister.«

»Tegeler Weg«, sagte Frau Bender. »Das ist irgendwo beim Charlottenburger Schloss.«

Ich machte mir eine Notiz. »Und was war mit diesem Freund?«

»Einmal, also im letzten Jahr, hat Dirk ihn zu uns in den Garten mitgebracht«, setzte Herr Bender seine unterbrochene Rede fort. »Es war ein sehr junger Mensch, etwas über Mitte zwanzig vielleicht.«

»Und ein Ausländer«, fügte seine Gattin hinzu.

»Ja, ein Ausländer«, bestätigte ihr Mann. »Ein Jude aus Russland. Aus Baku. Elmar, so hat er geheißen.«

Elmar, schrieb ich auf meinen Block. *Jude, Baku*. Das war nicht Russland. Ich wusste, dass Baku die Hauptstadt einer ehemaligen Sowjetrepublik war, um welche es sich handelte, vermochte ich jedoch nicht zu sagen. Dass Bender einen jungen Juden aus Baku zum Freund gehabt hatte, musste ich hinnehmen, obwohl es mir nicht gefiel. Am Ende bekam der dämliche Koslowski noch Recht mit seiner albernen Theorie vom Fememord der Russenmafia. Russenmafia war ja nur ein Oberbegriff für die organisierten Kriminellen, die vom

Territorium der ehemaligen Sowjetunion operierten und auch aus Tschetschenien oder Kirgisien stammen konnten.

Einen Juden aus Baku, etwa fünfundzwanzig Jahre alt und namens Elmar, der offensichtlich in Berlin lebte, würde ich ohne Schwierigkeiten ausfindig machen können. Und ich würde es müssen. Vielleicht konnte mir Elmar etwas über sowjetische Ehrenmale erzählen.

»Er hatte einen eiskalten Blick«, sagte Frau Bender noch einmal.

Einen jüdischen Blick. Das wagt sie nicht zu sagen, dachte ich. Sprach es aber nicht aus.

»Frau Wertebach, wie sie leibt und lebt«, sagte Doktor Roth. Weil ich wusste, dass die Rechtsmediziner auch nur selten zum Dienstschluss in die Schlappen kamen, hatte ich gewagt, sie zu einer Zeit aufzusuchen, da es bereits dunkel wurde.

»Immer ungeduldig, immer Menschen bedrängend, deren stille Arbeit Zeit und Muße braucht«, fügte Doktor Basing hinzu. Er war der zweite im Bunde derjenigen, die sich mit unseren Leichen beschäftigten.

»Wobei wir natürlich unsere Arbeit längst gemacht haben«, sagte Doktor Roth, der am Seziertisch stand und mit Instrumenten hantierte.

»Natürlich.« Ich nickte eifrig.

»Erfolgreich im Übrigen.« Doktor Basing hob ein Tuch. Unter dem Tuch befand sich eine Metallschale und in dieser wiederum ein Organ, das mir bekannt vorkam. Ich trat einen Schritt zurück.

»Das ist doch ...«

»Eine Leber. Eine menschliche, wir sind ja keine Veterinäre.«

Ich hasste Innereien. Meine Eltern hatten mich in meiner Kindheit immer wieder einmal mit Nierenragout und gebratener Leber gequält, und bis heute ekelte ich mich vor diesen

Gerichten. Die Lebern, die meine Mutter zubereitete, hatten allerdings eine glatte Oberfläche gehabt. Diese Leber sah furchtbar aus. Sie war zerklüftet, mit Geschwüren und Furchen übersät und unnatürlich groß.

»Schön, nicht wahr?« Doktor Roth war näher getreten und fuhr mit großer Geste über die Schale. »Geradezu klassisch. Die Nekrosen haben zu einem Parenchymuntergang mit konsekutiver Parenchymregeneration und Bindegewebsvermehrung geführt. Schade, dass keine Studenten da sind.«

»Studentinnen«, präzisierte Doktor Basing.

»Was heißt das für mich als Laien?«

»Leberzirrhose«, sagte Doktor Basing.

»Was?«

»Leberzirrhose.«

»Aber er war doch noch jung«, sagte ich. Auf diese naive Bemerkung gingen die Herren Rechtsmediziner nicht ein.

»Wir werden uns das Ding später noch genauer ansehen«, sagte Doktor Basing und bedeckte es wieder mit dem Tuch. Ich war ihm dankbar.

»War Bender Alkoholiker?«

»Er hätte mehr als ein Elefant saufen müssen, um mit dreißig schon eine alkoholische Zirrhose zu haben«, erklärte Doktor Roth. »Nee, der Junge hatte sich sowohl mit HBV als auch mit HCV angesteckt.«

»Bitte, Doc!«

»Hepatitis B und Hepatitis C. Beides, Frau Wertebach. Und beides chronifiziert.« Doktor Basing streckte sich. »Hepatitis B ist eine sexuell übertragbare Krankheit, wie Ihnen vielleicht bekannt ist. Auch das HC-Virus kann auf sexuellem Wege von Mensch zu Mensch gelangen, das ist aber eher selten. Blut-Blut-Kontakt ist ebenfalls als Übertragungsweg denkbar. Oder eine Transfusion. In etwa vierzig Prozent der Fälle bleibt die Infektionsursache unbekannt.«

»Übrigens erkranken mehr Homo- als Heterosexuelle«, gab Roth seinen Senf hinzu.

»Was wollen Sie mir damit sagen?«

»Nichts. Nur Fakten.«

»Beim B-Typ kann man zwar impfen«, sagte Doktor Basing, »aber Sie kennen ja die Krankenkassen. Die machen mit der Gesundheit des Menschen, was man nur Manchesterkapitalismus nennen kann. Wenn man es nett ausdrücken will.«

»Eine Impfung hätte ihm nicht mehr geholfen.« Doktor Roth streifte die Gummihandschuhe ab. Er wollte endlich in den Feierabend. »Eine Spenderleber wäre seine einzige Chance gewesen.«

Ich führte mein aus dem Fernsehen erworbenes Wissen ins Feld. »Es dauert doch viele Jahre, bis eine Hepatitis ihre letalen Folgen entfaltet. Wenn überhaupt. Man kann doch mit Medikamenten ... Interferon?«

»Unter anderem«, sagte Doktor Roth. »Allerdings wird die Krankheit oft sehr spät erkannt. Die Symptome sind unspezifisch.

Man tippt eher auf Grippe. Tja, und vor allem die Hepatitis C neigt zum Chronifizieren. Außerdem, als sich unser Patient ansteckte, war die Medizin noch nicht so weit wie heute. Hepatitis C wurde erst 1974 beschrieben.«

»Deshalb nehmen wir an«, sagte Doktor Basing, »dass er sich die Viren als Kind oder als Jugendlicher eingefangen hat.«

»Viele der Erkrankten sind Sextouristen«, sagte Doktor Roth. »Ein deutsches Kind kommt natürlich als Sextourist kaum in Frage. Wenn seine Mutter allerdings ebenfalls an einer Hepatitis leidet oder litt, haben wir eine bombensichere Anamnese.«

»Angeblich ist sie herzkrank«, sagte ich.

»Angeblich«, wiederholte Doktor Basing viel sagend.

»Jedenfalls können wir konstatieren: Er ist zwar ermordet worden, aber zugleich auch erlöst«, meinte Doktor Roth.

»Wie lange hätte er noch zu leben gehabt?«

»Wir sind keine Gurus«, sagte Doktor Basing. Ich musste

sehr an mich halten, um nicht etwas zu sagen, das die beiden in den falschen Hals bekommen hätten. Zumeist spielten sie sich nämlich als Gurus auf, wenn auch als zurückhaltende. Sie legten sich nie gern fest. Wenn sie sich aber festlegten, waren ihre Gutachten nicht bloß unumstößlich, sie hatten den Charakter göttlicher Offenbarungen. In ihnen vereinigten sich zwei rechthaberische Komponenten: Sie waren Ärzte und Männer.

»Ein Jahr, wenn man schönfärben will.« Doktor Roth war bereit zu einem Ungefähr.

»Wenn er so krank war«, überlegte ich, »muss es einen behandelnden Arzt geben.«

»Ja, aber den müssen Sie finden«, sagte Doktor Roth und gab der ausgeweideten Leiche auf dem Seziertisch einen Klaps.

»Wird aber kein Problem sein«, sagte Doktor Basing.

»Warum nicht?«

»Gehen Sie einfach zum Gesundheitsamt. HCV ist meldepflichtig.«

Bevor auch ich mich in den Feierabend begab, fuhr ich noch einmal in der Keithstraße vorbei, um mir von meinen Mitarbeitern Bericht erstatten zu lassen. Der erste Angriff, wie wir den Beginn der Ermittlungen bei einem aktuellen Mordfall nannten, war immer aufreibend, aber wir durften keine Spur erkalten lassen. So kam es oft vor, dass ich bis Mitternacht oder die ganze Nacht hindurch auf Achse war. Auch meinen Kollegen konnte ich diesen Einsatz nicht ersparen. Es war dunkel in den Straßen, wie es in einer Großstadt dunkel sein konnte, als ich in der Dienststelle eintraf. Den Blick auf meine Uhr vermied ich. Jim war daran gewöhnt, seine Abende ohne mich zu verbringen, und Margrete, meine Gefährtin, sah ich manchmal tagelang nicht.

Der Erste, den ich zu mir bat, war Jörg Röder. Er hatte den Auftrag erhalten, Benders Wohnung zu durchsuchen.

»Viel haben wir nicht gefunden«, bekannte er. »Jedenfalls nichts, was man bei anderen Menschen nicht auch finden würde.«

»Und was ist das?«

»Einen Terminkalender mit Adressteil zum Beispiel.« Jörg Röder legte ihn mir vor. »Ein Sparbuch, eine Lebensversicherungspolice, diverse andere Versicherungsunterlagen. Hausrat, Rechtsschutz, Haftpflicht, so das Übliche. Urlaubspostkarten von einer Kirsten Mangold. Das scheint seine Freundin zu sein, aber manchmal ist sie wohl allein in den Urlaub gefahren beziehungsweise mit ihrer Freundin. Bender hatte ein Auto, einen Jeep Cherokee, laut Kraftfahrzeugbrief gebraucht gekauft.«

»Wo befindet sich der Wagen?«

»Das wissen wir nicht«, sagte Röder.

»Dann sollten wir ihn zur Sachfahndung ausschreiben. Aber weiter. Was gibt es noch?« Ich schlug das Sparbuch auf. Dreitausendfünfzig Euro standen zu Buche. Ich hatte mehr erwartet.

»Bender besaß zwei Kreditkarten, eine von VISA, eine von Mastercard. Das wissen wir aus den Kreditkartenverträgen. Die Karten selbst hat er wohl am Mann gehabt, also sind sie mit seiner Brieftasche verschwunden. Der Kreditrahmen von VISA liegt bei zweitausend, der von Eurocard bei dreitausend Euro. Er war Beamter, also ein sicherer Kunde.«

»Holen Sie dennoch eine SCHUFA-Auskunft ein«, bat ich und betrachtete die Police der Lebensversicherung. Hunderttausend Euro war Benders Tod wert, als Begünstigte hatte er zu gleichen Teilen Kirsten Mangold und seine Eltern eingesetzt.

»Okay. Eine waffenbesitzkartenpflichtige Sportpistole haben wir gefunden. Die Waffenbesitzkarte liegt vor.«

»War unser Kraftmeier also auch noch Sportschütze.« Ich blätterte im Terminkalender. Die Adressenliste war übersichtlich. Vor allem Kollegen waren verzeichnet, darunter, wie ich mit diebischer Freude bemerkte, auch Wiesenburg und Petersen. Kirsten Mangold fand ich, die Eltern, den Halbbruder, gleich zwei Schützenvereine, Vereinsmitglieder und Behörden. Nur drei Namen konnte ich nicht zuordnen: Gregor Jahnke, Henry Gomballa und K. Zacharias. Einen Elmar gab es nicht. »War das alles?«

»Im Wesentlichen ja. Nur eins noch. Das ist eigentlich auch nicht unalltäglich, aber für einen Polizisten vielleicht doch.«

»Ich habe meine Zange nicht dabei, um Ihnen die Würmer aus der Nase zu ziehen.«

»Bender hatte ein paar Gramm Cannabis in einer Zuckerdose.«

»Ach nee.« Ich musterte Röder scharf. Damit rückte er zuletzt heraus und behandelte es obendrein wie eine Nebensächlichkeit.

»Sicher für den Eigenbedarf. Wer kifft nicht mal bei 'ner Party oder so?«

»Ich. Ich kiffe nicht mal bei Partys. Es würde mir sogar Schwierigkeiten bereiten, auf Anhieb zu sagen, wo man dieses Zeug bekommt.«

»Na, fast an jeder Ecke«, behauptete Jörg Röder.

»Bezweifle ich. An meinen Ecken bekommt man es nicht.«

»So alt war Bender ja nicht. Vielleicht ist er gern in Clubs oder Discos gegangen. Dort werden Drogen doch beinahe offen verkauft.«

»Sie sind auch noch nicht alt. Besuchen Sie Clubs und Discotheken?«

»Eher selten. Ein, zwei Mal im Jahr. Ich tanze nicht gern.«

»Aber wenn Sie gehen, erwerben Sie dann Drogen? Für den Eigenbedarf, versteht sich?«

»Nein.«

»Na, bitte!« Ich griff nach dem Telefonhörer, zog meine Hand aber wieder zurück. Der Tod des Polizeibeamten Bender hatte sich gewiss im ganzen LKA herumgesprochen, und wenn die Rauschgiftleute etwas über ihn hatten, läge es längst auf meinem Tisch.

Außerdem war es fraglich, ob überhaupt noch jemand bei ihnen anzutreffen war.

»Ich möchte seine Quellen wissen. Gott, ja, vielleicht haben Sie Recht, und er hat ab und zu mal gekifft wie Tausende andere auch. Er muss aber eine Quelle für den Stoff gehabt haben. Befasst euch mal mit seinen Freizeitaktivitäten. Die Freundin nehme ich mir vor. Dann hätte ich gern gewusst, wer Gregor Jahnke, Henry Gomballa und K. Zacharias sind.«

Ich kritzelte die Worte »Elmar, Jude, Baku« auf die Schreibtischunterlage, umgab sie mit Rankenornamenten und grübelte darüber nach, wie ein Polizeibeamter an einen solchen Freund geraten war. Vermutlich war das gar nichts Ungewöhnliches. Sie konnten sich bei einer Beschäftigung kennen gelernt haben, die man Clubbing nannte. Vielleicht in der Chill-out-Zone. Diesen Begriff kannte ich von Jim, er benutzte ihn für sein Zimmer. Ich musste lächeln.

Eine Viertelstunde später wusste ich, was Bender in Schönholz gesucht hatte. Wiesenburg hatte es ermittelt. Gesucht hatte er gar nichts. Dirk Bender war Mitglied eines Schönholzer Schützenvereins. In seiner Personalakte waren seine herausragenden Schießergebnisse gewürdigt worden. Wie es aussah, hatte er auch in seiner Freizeit das Abknallen von Pappkameraden trainiert.

»Aber warum ausgerechnet in Schönholz?«, wollte ich von Wiesenburg wissen.

»Ich finde das logisch«, sagte unser Bodybuilder. Was er logisch fand, musste nicht logisch sein, aber ich wollte es trotzdem hören. »Die Kripo der PD Eins saß doch mal in der Flottenstraße. Nach Dienstschluss konnte Bender zum Schießplatz laufen.«

»Überzeugt mich. Hat Bender gestern trainiert?«

»Eben nicht. In seinem Verein hat er sich seit vierzehn Tagen nicht sehen lassen.«

»Mist!«, fluchte ich. »Es hätte so schön gepasst. Erst geht er zum Ballern, dann macht er noch einen kleinen Spaziergang und erkundet das Mahnmal. Trifft dort seine Mörder. Ich meine, seine Papiere und seine Geldbörse sind weg, es könnte doch ein Raubmord gewesen sein.«

»Ich sage Ihnen«, mit Wiesenburg war ich per Sie, und das sollte auch so bleiben, »ich sage Ihnen, die Mörder haben ihn dorthin bestellt. Vorausgesetzt, es waren mehrere.«

»Aber warum? Warum dorthin?«

Wiesenburg zuckte die Schultern. Eine bessere Antwort hätte auch ich nicht geben können.

Meiner Wohnung oder, genauer gesagt, ihrem Architekten konnte ich nicht vorwerfen, dass sie als Refugium für eine erholungsbedürftige Kommissariatsleiterin nicht geeignet war. An der Wohnung lag es nicht. In ihr lebte aber ständig ein Fünfzehnjähriger, der von seiner Mutter so sehr geliebt wurde, dass er sich ein Privileg nach dem anderen herausnahm. Manchmal, für meine Bedürfnisse zu selten, war auch meine Geliebte da. Margrete war Norwegerin, hatte in Berlin studiert, schrieb nun ihre Doktorarbeit und war schrecklich selbständig.

Die Stille in den Räumen entsprach genau meinen Wünschen, und dennoch beunruhigte sie mich. Natürlich war es nicht wirklich still. Das gab es in Berlin nicht. Wenn keine Sirene zu vernehmen war, dann startete oder landete ein Flugzeug, wenn kein Flugzeug startete oder landete, fuhr ein Bus vorbei, wenn kein Bus vorbeifuhr, begann irgendwo ein Ehestreit. Auch in der Wohnung selbst war immer etwas zu hören. Der Zeitschalter der Gasheizung tickte, durch die Fallrohre ergossen sich Wasser und Fäkalien, eine Diele meldete durch leises Quietschen, dass sie befestigt werden musste. All diese Geräusche waren vorhanden. Mir fehlten die Hinweise auf Jims Anwesenheit, also schaute ich in seiner Chill-out-Zone nach. Sie war menschenleer.

Der Computer war eingeschaltet, auf dem Bildschirm tanzten Trapeze umeinander, der Ventilator surrte. Die Schreibtischleuchte brannte, Papiere lagen ausgebreitet. Ich trat näher an den Schreibtisch heran, um zu schauen, womit sich Jim beschäftigt hatte. Es waren Hausaufgaben in Mathematik. Er hatte damit angefangen, sie zu lösen, war aber unterbrochen worden. Ich drehte mich um zum Flur. Wahrscheinlich war er auf der Toilette.

»Jim?«, rief ich. Ich bekam keine Antwort.

Mein Sohn legte großen Wert auf Ordnung in den Verzeichnissen, Unterverzeichnissen, Ordnern und Dateien auf dem Computer. Da war er eigen. Er entwickelte ständig neue Ordnungsprinzipien und erklärte mir hin und wieder stolz das, was er Feinstruktur nannte, ein Wort, das eigentlich nur auf Rudis Mist gewachsen sein konnte. Bei Jims Zimmer konnte man von Ordnungsprinzipien und einer Feinstruktur nicht sprechen. Wenn er Wäsche oder Socken wechselte, ließ er die benutzten Kleidungsstücke auf den Boden fallen, und dort blieben sie liegen, bis ich sie aufsammelte und in die Waschmaschine steckte. Seine Computerzeitschriften legte er zwar auf einen Stapel, aber der hatte irgendwann die kritische Höhe erreicht, und die Zeitschriften hatten sich selbständig gemacht. Leere Verpackungen von Schokoriegeln und Lakritztüten zeigten, dass Jim gern im Liegen naschte, denn er warf sie einfach aus dem Bett. Kopfschüttelnd betrachtete ich das Chaos. In diesem Zimmer lebte mein Sohn, es war sein Reich, also mischte ich mich nur selten ein. Erst wenn ich befürchten musste, eine Seuche könnte ausbrechen. Nun war es offenbar wieder so weit, ein Machtwort musste gesprochen werden. Jim würde seine Persönlichkeitsrechte mit Zähnen und Klauen verteidigen, aber ich hatte Mittel, ihm das Aufräumen schmackhaft zu machen. Wenn ich ihm zum Abendessen eine Riesenpizza mit Salami, Pilzen und doppelter Käseschicht versprach, war er sogar bereit, den Staubsauger aus der Kammer zu holen. Natürlich saugte er nur dort, wo ich es sehen konnte, und ich pflegte nicht unter sein Bett zu schauen.

Es war einer zufälligen Entdeckung geschuldet, dass ich es diesmal doch tat. Unter Jims Bett lugte nämlich die Ecke eines Pappkartons hervor. Ich hätte ihn ignoriert, hätte ich nicht die Aufschrift erkennen können, und die elektrisierte mich. »Rollerblades« war dort zu lesen. Von mir hatte er sie nicht bekommen.

Der Karton war leer, mein Sprössling nicht in der Wohnung. Ich brauchte nicht alle Finger, um abzählen zu können, wo er sich befand und was er trieb. Gegen das Inline-Skating hatte ich keineswegs etwas einzuwenden, vor allem, wenn man es mit Sturzhelm sowie mit Knie- und Ellbogenschützern betrieb. Das tat Jim sicher nicht, es war zu ungeil. An Schürfwunden konnte ich meine mütterliche Fürsorge beweisen, bei Frakturen war es schon schwieriger. Damit, dass mein Sohn alle Schutzmittel als Weiberkram abtat, würde ich mich abfinden müssen. Es war nicht so sehr die Unfallgefahr, die mich störte.

Ich ging in die Küche und warf einen Blick in das Fach mit den tiefen Tellern, hinter denen ich meine Schnapsreserve versteckt hielt, seitdem sich Rudi und Jim einmal an finnischem Wodka gütlich getan hatten. Finnischer Wodka war immer im Haus, meine Norwegerin mochte diese und noch andere scharfe Sachen. Zwei Fingerbreit gab ich in ein Saftglas und nahm einen tiefen Schluck.

Inline-Skates waren kein Dauerbrenner bei unseren Gesprächen am Küchentisch, aber immerhin war ich darüber informiert, dass es sich bei Rollerblades um eine teure Kultmarke handelte: Rudi und Jim sprachen mit Verachtung von Schulkameraden, die auf im Großmarkt erworbenen Billiggeräten zur Schule rollten. Ich fragte mich nun, woher Jim das Geld für diese Anschaffung hatte. Von dem Monatssalär, das ich ihm gewährte, hatte er sich sicher keine Rollerblades kaufen können. Eine Ahnung hatte ich, doch blieb mir erst einmal nichts anderes übrig, als mich mit der Wodkaflasche auf die Lauer zu legen.

Der gnädige Herr polterte eine Viertelstunde vor Mitternacht in unsere Wohnung. Ich war bereits so wütend, dass ich es sitzend nicht mehr ausgehalten hatte und in der Küche auf und ab gelaufen war. Mit Ohrfeigen hatte Jim in seinem bisherigen Leben nur zwei, drei Mal Bekanntschaft machen müssen. Ich war drauf und dran, seine Erinnerung aufzufrischen, also raste ich in den Flur. Was ich zu sehen bekam, verschlug mir die Sprache.

Wir schrieben Oktober. Es war kalt, erster Schnee hatte sich in den Regen gemischt. Der Bengel, der da erhitzt und mit rotem, glücklichem Gesicht die Klettverschlüsse seiner Rollerblades löste, trug kurze Hosen und ein kurzärmliges T-Shirt.

»Hi, Mam!«, sagte er lässig. Mein Gehirn hatte den Bildschirmschoner eingeschaltet, vor meinen Augen tanzten bunte Kreise.

»Was ist das?«

»Die sind neu«, erwiderte Jim. Er besaß ein ungeheures Talent, die Unschuld vom Lande zu mimen. »Hammerhart, oder?«

»Ich ... ich ...« Dass ich stotterte, stachelte meine Wut nur an, denn es bestärkte Jim in seiner männlichen Überheblichkeit. »Du gehst sofort ins Bett. Und kommst erst wieder raus, wenn du achtzehn bist.«

»Was ist denn los?« Jim legte seinen Kopf schräg. Er wollte mich um den Finger wickeln.

»Das weißt du ganz genau. Wie läufst du rum? Sind wir in der Sommerfrische? Willst du dir eine Lungenentzündung holen?«

»Eh, Mann, das ist voll krass, wenn man so durch die kalte Luft rauscht.«

Das Wort Rauschen war es, das mich wieder zur Besinnung brachte. Jim brauchte dringend ein heißes Bad. Vermutlich hatte ich noch einen Badezusatz mit Thymian und Kampfer, der gegen Erkältungen wirkte. Bevor ich Jim mit Vorwürfen überhäufte, musste ich seine Gesundheit retten. Als ich an ihm vorbei ins Badezimmer eilte, war er gerade dabei, sich seiner Socken zu entledigen. Wie üblich sahen sie aus, als wäre er ohne Schuhe über eine Baustelle gewatet.

Jim liebte es nicht, wenn ich ihn beim Baden belästigte. Der Erkältungszusatz erzeugte nur geringen Schaum, ich konnte mir also seine Geschlechtsteile ansehen, und das mochte er nicht. Normalerweise nahm ich Rücksicht auf seine Scham, aber es war viel zu spät, um darauf zu warten, bis er mit allem fertig war, was er in der Badewanne zu treiben pflegte. Ich setzte mich also auf ihren Rand. Für Jims Körper und die Veränderungen, die mit ihm vorgingen, hatte ich augenblicklich ohnehin keinen Sinn. Mit meinem stechenden Kriminalistenblick schaute ich ihm in die Augen. Sehr stechend war er wohl nicht. Jim hielt stand.

»Woher hast du diese Schuhe?« Vor dem Urteil musste der Delinquent befragt werden.

»Schuhe« meinte Jim verächtlich. »Eh, das sind die besten Rollerblades, die's gibt.«

»Und was haben sie gekostet?«

»Geld«, sagte Jim und unterdrückte ein Grinsen. Ohrfeigen, dachte ich. Links und rechts. Zehn, hundert, tausend Ohrfeigen.

»Geld also.« Ich nickte.

»Mhm.«

»Und woher hast du dieses Geld?«

»Na, von Dad.«

Ich hatte es gewusst. David, der größte Irrtum meines Lebens, schwamm offenbar im Geld. Er war geizig, aber seinem Sohn gab er gern; so konnte er sich von der Verantwortung und der Liebe freikaufen, die er ihm schuldete.

»Ich möchte, dass du sie zurückgibst«, sagte ich.

»Aber Mam, das ist doch ... Alle haben Inline-Skates. Außerdem ist es Sport und gesund.«

»Wenn du mit deinen Freunden Fußball spielst, ist das auch Sport und gesund. Dein Vater kümmert sich überhaupt nicht um dich. Nur dicke Geschenke, die kann er machen.« Ich bedauerte sofort, was ich gesagt hatte, denn ich hatte mir vorgenommen, David nie vor Jim schlecht zu machen. Mein Sohn musste schon von selbst darauf kommen, dass ihn ein selbstverliebtes und gefühlskaltes Monstrum gezeugt hatte, so eloquent sich mein Geschiedener auch immer zu präsentieren vermochte. Jim ging natürlich nicht zu seinem Erzeuger, weil er sich für dessen Vatergefühle interessierte. Ihm war nur an dem Geldhahn gelegen, aus dem es so üppig sprudelte. Mich bekümmerte sehr, dass es zwischen David und Jim kein Verhältnis von Vater und Sohn, sondern beinahe eine Geschäftsbeziehung wie zwischen Freier und Stricher gab. Mein Ehemaliger erkaufte sich so seine Seelenruhe. Alles Schwierige, die Sorge um die Schule oder um Jims Zukunft, überließ er mir.

»Also noch einmal zum Mitschreiben«, sagte ich. »Du bringst diese Skates zurück. Zu deinem Vater. Komm nicht auf die Idee, sie bei Rudi zu verstecken. Hast du mich verstanden? Und ich will nicht, dass du jetzt im Herbst halb nackt auf die Straße rennst.« Jim wollte protestieren, ich schnitt ihm mit einer Handbewegung das Wort ab. »Drücke ich mich klar und deutlich aus?«

Jim schwieg. Ich nahm es als Bestätigung.

»Drittens«, sagte ich.

»Was denn noch?«, maulte mein Kind.

»Du magst dir ja mit deinen fünfzehn Jahren mächtig erwachsen vorkommen. Es ist schon Asche in meinem Mund, ich sag's trotzdem noch einmal: Einundzwanzig Uhr ist Deadline fürs Rumtreiben auf der Straße.«

»Rudi ...«

»Rudi, Rudi, Rudi! Du bist nicht Rudi. Ich finde einundzwanzig Uhr sehr großzügig. Und das ist mein letztes Wort.«

Jetzt schwieg ich. Ich schaute Jim nur an, streng, wie ich hoffte. Der Junge sollte endlich begreifen, dass ich ihn nicht terrorisieren wollte, sondern dass die Liebe meine Anordnungen diktierte. Ein paar Minuten wartete ich auf seine Antwort.

»Mam?«, sagte er schließlich.

»Ja, mein Schatz?«

»Darf ich jetzt aufstehen?«

»Wie?«

»Darf ich jetzt aufstehen und mich abtrocknen?«

Ich seufzte. Wenn sich Jim abtrocknen wollte, musste ich das Badezimmer verlassen. Im Flur sah ich die Rollerblades am Boden liegen und seufzte abermals. Fast eine halbe Stunde lang hatte ich mich verausgabt. Der Geschichte meiner gescheiterten Erziehungsversuche konnte ich ein neues Kapitel hinzufügen.

3

»Elmar, Jude, Baku« stand auf meiner Schreibtischunterlage. Der gute Freund, den man zum Kaffeetrinken in den Schrebergarten der Eltern mitbringt. Ich rauchte eine Zigarette, rührte im Kaffee und zuckte die Schultern. Meine Eltern hatten auch einen Schrebergarten gehabt. Nicht einmal meine allerbeste Freundin hatte ich je mitgebracht.

Um Näheres über Baku in Erfahrung zu bringen, brauchte ich nur Diethelm Scholz aufzusuchen. Diethelm war neben Lüders und mir der dritte Hauptkommissar meiner Abteilung. Er hatte eine immense Erfahrung und erledigte ohne Murren die vielen bürokratischen Tätigkeiten, die zum Polizeialltag gehörten. Bei unseren Ermittlungen setzte ich ihn zumeist als Aktenhalter ein. Er war dafür zuständig, dass die Spuren-, die Ermittlungs- und die Handakten ordentlich geführt und mit Seitenzahlen versehen wurden. Offensichtlich fühlte er sich dabei wohl, den Großteil seines Arbeitstages im Büro zu verbringen. Das tat ich auch, aber hin und wieder zwang mich der Job an die frische Luft.

Zu meiner Überraschung stellte ich fest, dass Diethelm noch gar nicht an seinem Schreibtisch saß. Er war gerade dabei, seine Lederjacke in den Schrank zu hängen, als ich sein Büro betrat.

»Johannes hat mich gebeten, dem Kommissariat 3131 meine Aufwartung zu machen«, sagte Diethelm.

»Ach.« Ich setzte mich vor seinen Schreibtisch. Auch er nahm Platz, hinter Aktenbergen.

»Unser Freund Bender hatte ja eine blütenweiße Weste«, sagte Diethelm. »Vielleicht war aber doch ein Fleck drauf.«

»Vielleicht? Erzähle!«

»Ist 'ne ziemliche Räuberpistole.«

»Räuberpistolen mag ich.«

»Also«, Diethelm räusperte sich, »vor ungefähr einem Jahr bekam KK 3131 eine Mitteilung von der Staatsanwaltschaft. Die hatte eine Info aus dem Hause des Herrn Innensenators erhalten, und die wiederum stammte vom Verfassungsschutz.«

»Dann kann es nur eine Räuberpistole sein«, sagte ich. Die so genannten befreundeten Dienste waren bei uns nicht sehr beliebt.

»Möglich. Aber da die Info nun mal da war, musste 3131 Vorermittlungen einleiten. Also haben sie eine Akte angelegt. Die ist allerdings hauchdünn.«

»Und, Diethelm? Was steht drin in der Akte?«

»Nix.«

»Bitte?«

»Die Vorermittlungen verliefen im Sande. Angeblich soll eine namenlose Quelle dem Verfassungsschutz zu Protokoll gegeben haben, in der Polizeidirektion Eins gebe es ein Nest von Scientologen, und Dirk Bender sei der Spiritus rector.«

»Scientology bei der Polizei?« Ich schüttelte den Kopf. »Absurd.«

»Weiß ich nicht. Haben die nicht vor, Staat und Wirtschaft zu unterwandern und die Schaltstellen zu übernehmen?«

»Klar. Und die PD Eins ist zweifellos die entscheidende Schaltstelle unseres Staates.«

»Der Weg durch die Institutionen«, meinte Diethelm.

»Das waren andere. Die diesen Weg beschreiten wollten und beschritten haben, meine ich.« Abermals schüttelte ich den Kopf. »Scientology...«

»Die vom KK 3131 haben das anfangs wohl auch nicht so ernst genommen«, sagte Diethelm. »Dann haben sie ein paar anonyme Anrufe bekommen. Zwei, um genau zu sein. Der Denunziant hat behauptet, dass er Beweise für das Wühlen von Scientologen in der PD habe. Ein Treffen hat er abgelehnt. Nach den Vorermittlungen wurde die Akte geschlossen.«

»Dann sollte sie es auch bleiben. Oder was meinst du?«

Diethelm zuckte die Achseln. »Interessant ist eigentlich nur, dass der Tippgeber gebrochen Deutsch gesprochen hat. Haben soll, meine ich.«

»Ein Jude aus Baku beispielsweise«, sagte ich, »der würde auch gebrochen Deutsch sprechen.«

»Ein Jude aus Baku?«

»Nur mal angenommen ...«

»Wenn er nicht gerade Germanistik studiert hat. Einen Akzent würde man wahrscheinlich trotzdem hören. Nein, ein Jude aus Baku würde vermutlich Aserbaidschanisch als Muttersprache haben. Er würde wohl auch leidlich die russische Sprache beherrschen. Vielleicht noch Hebräisch oder Jiddisch. Jiddisch ist übrigens dem Deutschen sehr ähnlich. Wir benutzen viele jiddische Worte, ohne zu wissen, woher sie kommen. Mischpoke, Schlamassel. Aber am Kaspischen Meer, ich glaube, Deutsch ist da nicht sehr verbreitet.«

»Du hättest Geograph werden sollen«, meinte ich. »Baku ist also die Hauptstadt von Aserbaidschan und liegt am Kaspischen Meer?«

»Ja. Und es ist eine Ölstadt. Deswegen waren die Nazis so scharf auf die Gegend. Wenn das Fernsehen da unten mal eine Serie wie ›Dallas‹ drehen will, dann muss die in und um Baku spielen. Ich sehe aber nicht, was das mit unserem Dirk zu tun hat.«

»Pass auf.« Ich klaubte einen Notizzettel von Diethelms Tisch und schrieb wieder einmal »Elmar, Jude, Baku« auf Papier. »Nach Auskunft von Benders Eltern soll das ein Freund unseres verblichenen Kollegen sein. Und der Freund hat stechende jüdische Augen.«

»Und eine Hakennase?«

»Ich hab ihn mir nicht beschreiben lassen. Vielleicht ein Fehler, aber ich denke, wenn dieser Elmar in Berlin lebt, finden wir ihn im Handumdrehen. Das heißt, du findest ihn. Ich nehme mir Benders Freundin und noch mal die Eltern vor.«

»Aus Baku«, murmelte Diethelm. »Das erklärt womöglich den ungewöhnlichen Tatort.«

»Wir sollten die voreiligen Schlüsse Koslowski überlassen«, sagte ich.

»Trotzdem. Bender wohnte in Charlottenburg. Was in aller Welt hatte er an diesem Ehrenmal zu suchen?«

»Das erfahren wir spätestens, wenn wir seine Mörder haben.«

»Ich wüsste es gern früher.«

»Ich auch«, gab ich zu. »Es würde uns sicher helfen, das Tatmotiv zu entschlüsseln. Bisher sehe ich nämlich keins.«

Von der Gesundheitsbehörde hatte ich in Erfahrung gebracht, dass Bender von den Hepatologen des Jüdischen Krankenhauses Berlin behandelt worden war. Als ich meinen Wagen von der Dienststelle in den Wedding lenkte, fragte ich mich, ob wohl ein Zusammenhang zwischen »Elmar, Jude, Baku« und dem Krankenhaus bestünde oder ob ich paranoid war wie Koslowski.

Das Jüdische Krankenhaus Berlin, eine Stiftung des öffentlichen Rechts, hatte ich für viel kleiner gehalten, als es tatsächlich war. Wie ich darauf kam, vermochte ich nicht genau zu sagen; vermutlich hatte ich von der jüdischen Gemeinde Berlins, die recht übersichtlich war, geschlossen, dass sie kein besonders großes Krankenhaus benötige. Vor dem Zentraleingang in der Heinz-Galinski-Straße konnte ich nicht parken, also stellte ich den Wagen in einer Nebenstraße ab, und dort ausgerechnet vor der Suchtambulanz. Ausgemergelte Menschen beiderlei Geschlechts tummelten sich auf der Treppe und rauchten mit zitternden Händen. Man sah ihnen an, vor welchem Schicksal sie alle Reißaus zu nehmen versuchten. Ich musste an finnischen Wodka und an die vierzig Zigaretten denken, deren Rauch ich täglich durch meine Lunge jagte, und machte, dass ich ungeschoren davonkam.

In der Inneren Abteilung hatte ich mich telefonisch angemeldet, ein Doktor Schlegel erwartete mich. Er war nicht der Abteilungschef, durfte sich aber mit dem Titel Oberarzt schmücken. Die Ärzteschaft mit ihrem Titelkram und ihrer Hierarchie hielt ich für ein noch geschlosseneres System als die Polizei und obendrein für leicht mafiös. Man pflegte schließlich von der Weißen Mafia zu sprechen. Bei jüdischen Ärzten bildete ich mir jedoch ein, dass ich eine Ausnahme machen könnte. Zu glauben, dass die Juden nach dem Holocaust jeder Form von Macht und Unterordnung misstrauen mussten, war natürlich ein albernes Vorurteil. Ich pflegte meine Vorurteile.

Besonders jüdisch klang der Name Schlegel nicht. In seinem Ordinationszimmer, das so aseptisch aussah wie alle Ordinationszimmer der zivilisierten Welt, empfing mich ein kleiner, drahtiger Mann von Ende vierzig. Sein Haupthaar war grau meliert. Doktor Schlegel wirkte dadurch ziemlich distinguiert, jede seiner Bewegungen verriet die Würde eines erfahrenen Mediziners. Der obligatorische weiße Kittel unterstrich diese Wirkung. In diesen heiligen Hallen würde man mich sicher als Frau Hauptkommissar anreden.

»Ich bin Lena Wertebach«, stellte ich mich vor. Der Oberarzt sollte ruhig wissen, dass ich wenig Wert auf Titel legte.

»Die Hauptkommissarin von der Kripo?«

»Ja. Ich leite ein Mordkommissariat.«

»Kein ausgesprochener Frauenberuf, wie ich vermute.« Doktor Schlegel komplimentierte mich zu einer kleinen Sitzgruppe. Er hatte uns Kaffee kochen lassen, bestimmt von einer der Schwestern. Einen Oberarzt konnte ich mir nicht an der Kaffeemaschine vorstellen. Solche Männer konnten Medikamente dosieren, kein Kaffeepulver.

»Sie haben bedingt Recht.« Ich setzte mich. »Es gibt viele Frauen bei der Kripo. In den Führungsetagen sieht es aber anders aus, die Chefposten schieben sich die Männercliquen zu. Wie überall. Trotzdem«, ich lächelte, »auch hier sind wir auf dem Vormarsch.«

»Na, da werden die Männer aber um ihre Pfründe zittern«, meinte Doktor Schlegel. Vielleicht hielt er sich für einen Feministen. »Ich habe mir die Krankenakte Dirk Bender angeschaut. Er war einer unserer schwierigsten Patienten. Weil er seine Krankheit nicht akzeptiert hat. Und unter Akzeptieren verstehe ich nicht, sich der Krankheit auszuliefern, sondern ich meine damit das komplette Gegenteil. Der Patient soll sich sagen: Ich bin sehr krank. Weil ich so krank bin, vertraue ich einerseits auf die Hilfe des medizinischen Personals, aber ich bin auch bereit, mit den Ärzten zusammen gegen die Krankheit zu kämpfen. Die größte Last einer Therapie, Frau Hauptkommissarin, trägt der Patient, nicht wir. Wir tun alles, was wir können. Der Patient muss mehr tun, als er kann. Wenn er sich aufgibt, ist es zu spät. Wenn er kämpfen will, kann es selbstverständlich ebenfalls zu spät sein.«

»Bender wollte nicht kämpfen?«

»O doch. Aber er hatte eine andere Strategie. Er hat geglaubt, der Krankheit Herr zu werden, indem er sie ignorierte. Sie wissen sicher viel mehr über ihn als ich. Bender hatte aus meiner Sicht ein ernsthaftes psychologisches Problem. Deshalb habe ich ihm ja eine entsprechende Beratung empfohlen. Er war Sportler, nicht wahr? Ein Mensch, der sich einbildet, seinen Körper zu beherrschen. Aber was bedeutet das? Beherrschen kann man höchstens die großen physischen Strukturen: den Bewegungsapparat inklusive der Muskulatur oder eine spezielle Atemtechnik. Der Zellstoffwechsel funktioniert unabhängig von Illusionen und unabhängig vom Willen. Wir können angeblich sogar die Kernenergie beherrschen. Aber kein noch so kluger Kopf hat die Fähigkeit, die Atome und Moleküle seines eigenen Körpers zu steuern. Frau Hauptkommissarin, ob Sie sich nun eine Daily Soap anschauen oder stundenlang über die Zellteilung nachdenken: Ihre Zellen teilen sich, egal, was Sie tun. Oder unterlassen.«

»Wenn ich Sie recht verstehe, Herr Oberarzt«, versuchte ich, den Kern der Dinge zu finden, völlig unabhängig davon, ob er teilbar war oder nicht, »wollte Bender nicht anerkennen, dass in seinem Körper etwas vorgeht, das er nicht kontrollieren kann.«

»Sie haben fast ins Schwarze getroffen, aber nur fast.« Doktor Schlegel war ein Gentleman und schenkte mir Kaffee nach. »Es gibt viele unwillkürliche physische Vorgänge, und das war Bender natürlich klar. Kein Mensch beklagt sich darüber, dass er atmet und verdaut; er tut es einfach. Was Bender nicht anerkennen konnte, war das Böse, das Destruktive in seinem Körper. Er hat seine Krankheit betrachtet, wie ein Kriminalbeamter das Verbrechen anschaut. Und für einen Kriminalbeamten ist das Verbrechen eine Entartung, die den gleichen Gesetzen gehorcht wie die gesamte Gesellschaft.«

»Jetzt überschätzen Sie Bender aber«, sagte ich. »So hat er bestimmt nicht gedacht.«

»Nein, natürlich nicht. Er hat nur so empfunden.«

»Was ich wissen möchte: Warum haben Sie ihn eigentlich aufgenommen?«

»Die Frage verstehe ich nicht«, sagte der Doktor. »Oder anders ausgedrückt: Ich verstehe sie sehr gut. Wir haben ihn aufgenommen, weil wir ein Krankenhaus sind. Das Beiwort ›jüdisch‹ irritiert Sie? Wir nehmen nicht nur jüdische Patienten auf, und hier praktizieren auch nicht bloß jüdische Ärzte. Das war noch nie so. Das Jüdische Krankenhaus existiert, wie Sie vielleicht an der Mauer neben dem Eingang gelesen haben, schon sehr lange. Und es war immer für alle offen.«

»Welche Prognose haben Sie Bender gestellt?«

»Eine ungünstige. Hat man ihn schon obduziert? Ja, natürlich, sonst wären Sie nicht hier. Dann wissen Sie also, wie es um ihn bestellt war. Bei Hepatitis erzielen wir sehr gute Behandlungserfolge mit einer Kombination von pegyliertem Interferon-alpha und Ribavirin. Interferon kann aber bei Patienten mit Zirrhose nicht angewendet werden. Wir hätten es daher bei Dirk Bender mit einer sehr harten Ribavirintherapie versucht, aber die hat er abgelehnt. Um eine Spenderleber haben wir uns auch bemüht. Die Wartelisten sind entsetzlich lang.«

»Sind Sie bei Ihren Gesprächen mit Bender darauf gestoßen, wann, wo und wie er sich infiziert hat?«

»Das bin ich. Wenn ich es Ihnen aber mitteile, breche ich meine Schweigepflicht.«

»Dirk Bender ist tot, Herr Doktor.«

»Der Tod entbindet mich nicht von dieser Pflicht, Frau Hauptkommissarin.« Schlegel schmunzelte. »Ich kann Ihnen so viel sagen: Die Krankheitsursachen haben mit Sicherheit nichts damit zu tun, dass Bender Opfer eines Verbrechens wurde.«

»Dies würde ich gern selbst beurteilen«, sagte ich.

»Tut mir leid.« Der Oberarzt breitete bedauernd die Arme aus.

»Eines können Sie mir vielleicht doch sagen. Sie haben bestimmt Blutuntersuchungen an Bender vorgenommen. Haben Sie Zeichen für einen regelmäßigen oder meinetwegen auch sporadischen Cannabiskonsum gefunden?«

»Nein, ich glaube nicht. Warten Sie.« Doktor Schlegel stand auf und trat an seinen Schreibtisch. Ich schickte ihm begehrliche Blicke hinterher, die sich nicht an ihn richteten, sondern an das Krankenblatt, das er für mich studierte. In meinem Besitz fand ich es gut aufgehoben, doch ich würde es nicht bekommen. »Wie ich sagte ... In dieser Hinsicht war sein Blut o. B. Aber ich kann verstehen, wenn Herr Bender gekifft hat. Tetrahydrocannabinol, der Hauptwirkstoff des Haschisch, hat nicht nur eine beruhigende, sondern auch eine schmerzlindernde Wirkung.«

Kirsten Mangold wohnte im Tegeler Weg neben dem Landgericht. Dem Klingelbrett entnahm ich, dass ihre Wohnung im Vorderhaus lag. Ich beneidete Kirsten um ihren Blick zur Spree und zum Schlosspark.

Auf die Freundin eines höchst ehrgeizigen, aber vermutlich durchschnittlichen Polizisten war ich gespannt. Bender war Bodybuilder und Sportschütze gewesen. In meinem Beruf brauchte ich einen unvoreingenommenen Blick auf Menschen und ihre Taten, dennoch ertappte ich mich immer wieder dabei, dass auch ich Vorurteile hatte. In meinem Weltbild hatten Bodybuilder und Sportschützen eine blonde Freundin, die einen Kopf kleiner war als sie.

Kirsten Mangold war klein. Sie war eher üppig in den Formen, nicht dick zwar, aber vielleicht traf das Wort drall auf sie zu. Benders Freundin hatte ein Dutzendgesicht, eines von der Sorte, das man nicht vergessen, weil man es sich gar nicht erst einprägen kann. Die Krönung bildete ihre Frisur. Es war eine Kaltwelle, das sah ich sofort. Und das Haar war blondiert.

Ich war nie froh, wenn meine vorgefassten Urteile bestätigt wurden. Wäre Kirsten Mangold eine Zweimeterfrau mit bis zum Hintern reichenden schwarzen Haaren und glühenden Zigeuneraugen gewesen, ich hätte einen Freudensprung gemacht. Ein Bender suchte sich eine solche Frau nicht aus, und er bekam eine solche Frau auch nicht. Ein Bender hatte eben ein blondiertes, kalt gewelltes Frauchen, das zu ihm aufblickte und dessen vornehmste Aufgabe darin bestand, zu jedem seiner Worte zu nicken.

»Guten Tag«, grüßte ich mit belegter Stimme. »Ich hatte mich angemeldet.«

»Frau Wertebach?«, hauchte Kirsten, die trauernde Braut. Sie hatte Tränen in den Augen. Ich nickte. Vermutlich würde das Weinen und Schluchzen weitergehen, wenn ich erst einmal eingetreten war.

»Bitte!« Sie wies in den Flur. »Ich habe Tee gemacht.«

Blondchen hatte Tee gemacht. Tee war gesund. Jedenfalls war Tee gesünder als der billige Rotwein, den solche Leute abends zu trinken pflegten und den sie noch für edel hielten, weil er einen französischen Namen trug. Vin de Pays. Ein echter Vin de Pays für nur einen Euro neunundneunzig. Ich unterdrückte den Impuls, mich zu schütteln.

»Sie können aber auch einen Schluck Rotwein bekommen«, sagte Kirsten.

»Nein, vielen Dank. Ich muss noch fahren.«

»Natürlich.«

Ich wurde ins Wohnzimmer geführt. Es war schrecklich. Wände konnte man nicht blondieren, aber dennoch den Eindruck erwecken, indem man sie weizengelb strich. Das hatte Kirsten getan. Sie hatte auch ein paar billige Rahmen mit billigen Drucken aufgehängt: ›Das Frühstück im Freien‹ von Monet, van Goghs ›Sonnenblumen‹, van Delfts ›Spitzenklöpplerin‹, alles Bilder, die Blondinen aufzuhängen pflegten, weil die Sujets irgendwie nett waren.

Die kleineren Rahmen enthielten Fotos des göttlichen Geliebten. Es waren Urlaubsbilder. Bender posierte mit freiem Oberkörper und ließ die Muskeln spielen. Er lächelte ein reines, selbstverliebtes Urlaubslächeln. Einmal hatten Kirsten und Dirk nette Menschen gebeten, sie gemeinsam aufzunehmen. Bender hatte einen Arm um sein kleines Mädchen gelegt und lächelte wie der Sieger einer landwirtschaftlichen Ausstellung, der seine preisgekrönte Milchkuh präsentiert. Kirsten lächelte auch, stolz. Was für einen schönen, starken Mann hatte sie sich doch geangelt. Kirsten Mangold und Dirk Bender waren ein perfektes Paar gewesen, das erkannte ich neidlos an.

»Das war an der türkischen Riviera«, erklärte die Frau. Ihre Stimme verriet mir, dass sie jeden Augenblick losheulen würde.

»Die Türkei ist ein wunderbares Land«, sagte ich.

»Ja, sehr schön. Aber Dirk hat immer gesagt, es gibt da zu viele Türken.«

»Aha.«

»Es ist furchtbar«, schluchzte Kirsten. »Wir waren so glücklich.«

»Frau Mangold, ich möchte Ihnen keineswegs zu nahe treten«, sagte ich und nahm auf dem Sofa Platz. Es hatte wie die beiden Sessel die rosige Farbe eines Ferkels. »Sie haben doch immer damit rechnen müssen, dass Dirk ... Ich meine, bei seiner schweren Erkrankung war das Ende abzusehen.«

»Aber nein!« Die junge Frau setzte sich ebenfalls. »Er wäre doch bald operiert worden. In ein paar Wochen, hat der Professor gesagt, würde die Spenderleber da sein.«

»Welcher Professor? Oder sprechen Sie von Oberarzt Doktor Schlegel? Der hat mir allerdings etwas anderes erzählt.«

»Nein, dieser Professor«, beharrte Kirsten Mangold. »Warten Sie ... Er heißt, glaube ich, Professor Badan. Ist ein Amerikaner. Aus Salt Lake City? Ja, Professor Badan aus Salt Lake City.«

»Dirk Bender wollte sich in den USA operieren lassen? Woher hatte er denn so viel Geld?«

»Nicht in den USA. Hier in Deutschland. Da gibt es eine Spezialklinik irgendwo an der Nordsee. Bei Cuxhaven.«

»Hätte die Krankenkasse die Kosten übernommen?«

»Dirk musste alles selber bezahlen.«

»Eine Lebertransplantation«, überlegte ich, »ist doch sicher ein teures Unterfangen.«

»Zwischen vierzig- und sechzigtausend Euro hätte sie gekostet.«

»Und ich nehme an, eine solche Behandlung lässt sich nicht kreditfinanzieren.«

»Er wollte sich das Geld bei Freunden und Kollegen borgen. Er war ja sehr beliebt in seiner Dienststelle.« Kirsten Mangold schien es wirklich zu glauben. Einen gewaltigen Bären hatte ihr Bender aufgebunden. An mir war es nun, ihr die Augen zu öffnen. Das war nicht leicht.

»Seine Kollegen wussten nichts von seinen Krankheiten.« Das hatte mir Lüders am Morgen per Handy mitgeteilt. Für sie hat er im Krankenhaus nur seine Allergien kuriert.

»Unsinn!« Kirsten war beleidigt. Sie pflegte ihre Illusionen wie ich meine Vorurteile und konnte nicht akzeptieren, dass Dirk sie belogen hatte. Ich vermutete, dass die Beziehung der beiden ausschließlich auf Lug und Trug gegründet war, behielt diese Vermutung aber für mich.

»Kennen Sie seine Kollegen?«

»Nur flüchtig«, gestand sie. »Dirk hat mich mal zu einem Kegelabend mitgenommen. Da waren auch andere Polizisten und ihre Frauen dabei.«

»Und wie war es mit Freunden?«

Kirsten Mangold dachte nach. Dabei spielte sie mit ihrem Ohrgehänge. Es war goldfarben und sah so billig aus wie die ganze Person.

»Dirk war mehr ein Einzelgänger«, brachte sie schließlich heraus.

»Und wie sollte er sich da bei anderen Geld borgen können?«

»Na ja, er hat mir eben gesagt, dass er's kann.«

»Und Sie haben sich nie Fragen gestellt? Dirk Bender war Polizeiobermeister, Frau Mangold, und nicht der Polizeipräsident. Üppig war sein Einkommen nicht. Trotzdem konnte er seinen Eltern beim Wohnungskauf unter die Arme greifen. Trotzdem war er überzeugt, sich eine sündhaft teure Operation leisten zu können. Und Sie fragen sich nicht, woher das Geld stammt? Lassen sich mit der nächstbesten Erklärung abspeisen?« Ich hatte mich in Rage geredet. Benders Hascherl schwieg. Tränen rannen ihr über die rundlichen Wangen. Babyspeck war das einzige, was mir dazu einfiel. Kirsten Mangold hatte Babyspeck an ihrem Körper und Babyspeck auf ihren grauen Zellen. »Was sind Sie eigentlich von Beruf?«

»Ich arbeitete bei Richter's Edle.« Das war keine Antwort

auf meine Frage, aber immerhin ein Anfang. »Das ist eine kleine Spirituosenfabrik in der Nähe von Nauen.«

»Als Sekretärin?«, platzte ich heraus. Meine Wut machte mich ungerecht, schließlich war meine Sekretärin, Patricia, eine höchst patente Frau. Sie war allerdings auch nicht blond.

»Nein, in der Verkostung.«

»Wie interessant.« Den Wunsch, dieses Wesen tief zu verletzen, rang ich nieder. Ein gewisses Maß an Blauäugigkeit ertrug ich, aber dies hier war zu viel. Dabei war ich selbst einmal wie das allerletzte naive Dummchen einem Kerl auf den Leim gekrochen und hatte ihn für seinen Intellekt bewundert, obwohl David nicht besonders klug, sondern nur clever war.

»Finden Sie nicht, dass Sie nun gehen sollten?« Kirsten Mangold saß starr wie eine Statue in ihrem rosa Sessel, die Tränen waren versiegt. »Ihre Fragen machen mich fertig.«

»Okay«, sagte ich und stand auf. »Ich werde Ihnen eine Vorladung schicken. Wir müssen Ihre Aussagen protokollieren.«

»Haben Sie denn überhaupt kein Mitgefühl?«

»Ich werde nicht dafür bezahlt, dass ich Gefühle für Sie habe«, entgegnete ich kühl. Mir war es nicht gegeben, von morgens bis nachts herumzulaufen und Verständnis zu haben. Manchmal hatte ich nicht mal Verständnis für mich selbst. »Eventuell könnte ich Ihnen eine Vernehmung in meiner Dienststelle ersparen, jedenfalls in den nächsten Tagen. Wenn Sie mir eine Frage noch beantworten, lasse ich Sie vorerst in Frieden.«

»Ich kann nicht mehr«, jammerte Kirsten Mangold.

»Dirk soll einen Freund namens Elmar gehabt haben, einen jungen Mann aus Baku in Aserbaidschan«, fuhr ich ungerührt fort. »Kennen Sie den?«

»Den Pfleger?«

»Pfleger? Welcher Pfleger?«

»Na, dieser Elmar, das war doch 'n Pfleger da in diesem Judenkrankenhaus. Der hat Dirk empfohlen, sich dort behandeln zu lassen.«

Das war nun wirklich ein Donnerschlag.

Dass ich das Jüdische Krankenhaus an diesem Tag noch ein zweites Mal aufsuchen würde, hatte ich nicht erwartet. Ich stellte meinen Wagen wieder vor der Abhängigenambulanz ab. Aus dunklen Wolken stürzte mit Schnee vermischter Regen, es dämmerte bereits mitten am Tage, und im Erdgeschoss der Ambulanz war das Licht eingeschaltet. Ein Dutzend Frauen und Männer saßen um einen ovalen Tisch, an dessen Stirnseite man eine Batterie von Kaffeekannen und von Flaschen mit Selterswasser aufgebaut hatte. Die Männer und Frauen starrten betreten die Tischplatte an, niemand sprach. Mir sah das verdammt nach Gruppentherapie aus, und ich versuchte herauszufinden, wer der Therapeut sein mochte. Das gelang mir nicht. Vielleicht wurde er noch erwartet, und da die Patienten es gewohnt waren, erst nach Aufforderung zu sprechen, waren sie in Schweigen versunken.

Es brachte nichts, dass ich mich darüber ärgerte, Doktor Schlegel nicht nach einem Elmar gefragt und mir damit diesen Weg erspart zu haben. Ich hatte nicht ahnen können, dass Benders Freund am Jüdischen Krankenhaus beschäftigt war. Falls ich etwas über Elmar in Erfahrung bringen oder gar ihn persönlich antreffen sollte, konnte ich mich glücklich schätzen, und wenn ein Fall abgeschlossen war, erinnerte sich niemand an die vielen Umwege, die zu seiner Lösung geführt hatten.

Doktor Schlegel hatte seinen Dienst beendet. Ich ließ mir von einer Schwester den Weg zum Personalbüro weisen. Dessen Mitarbeiter befanden sich in Aufbruchstimmung. Nachdem ich mich ausgewiesen hatte, war die stellvertretende Personalchefin bereit, mir ein paar Minuten ihrer Mittagspause zu opfern. Von einem Pfleger namens Elmar wollte sie noch nie gehört haben.

»Was nichts besagen will«, gab sie freimütig zu. »Ich kenne natürlich nicht die gesamte Belegschaft mit Namen und Adresse. Aber wir sind ja computerisiert.« Die Frau, sie hieß Kluge, schaltete den PC auf ihrem Schreibtisch ein. »Ich nehme doch an, mit dem Suchbegriff Elmar werde ich in unseren Personallisten fündig werden.« Sie gab das Wort ein. Der Computer rumorte. Frau Kluge schüttelte den Kopf.

»Sind das die aktuellen Listen?«, wollte ich wissen.

»Ja.«

»Vielleicht hat er mittlerweile gekündigt.«

»Mal sehen.« Frau Kluge wiederholte die Prozedur. Das Ergebnis konnte sich nicht sehen lassen.

»Könnte uns der mutmaßliche Geburtsort weiterhelfen? Baku? Baku in Aserbaidschan.«

»Aserbaidschan? Das sagt mir was.« Frau Kluge knabberte an ihrer Unterlippe. »Aber der hieß nicht Elmar. Oder doch? Lassen Sie mich nachdenken. Ein Pfleger. Ausländer. Er muss eine Arbeitserlaubnis gehabt haben. Übers Arbeitsamt...«

»Das haben wir schon versucht«, sagte ich. »Fehlanzeige.«

»Ja, so.« Die stellvertretende Personalchefin wiegte ihren Kopf hin und her. Dann ließ sie noch einmal ihre Finger über die Tastatur tanzen. »Baku, da hab ich auch nichts. Aber ich komme noch drauf. Da war mal... Aber der ist nicht mehr da. So Mitte, Ende zwanzig?« Ich nickte. »Beim besten Willen kann ich mich nicht mehr auf seinen Nachnamen besinnen. Er muss auf der Gerontologie gewesen sein. Doch, ja, Gerontologie. Hat dort in den Nachtschichten gejobbt. Erkundigen Sie sich auf Station nach ihm. Alldieweil wühle ich hier in meinen Unterlagen. Den finden wir schon.«

»Ich bin Ihnen sehr dankbar«, sagte ich.

»Wir sind laut unserer Statuten verpflichtet, anderen Menschen zu helfen«, entgegnete Frau Kluge und lächelte fein.

Während ich das Klinikgelände überquerte, um zur Station für Gerontologie zu gelangen, dachte ich über die letzten Worte der Frau Kluge nach. Anderen Menschen zu helfen, wurde von den Ärzten und den Krankenschwestern eines Krankenhauses erwartet, nicht von dessen Personalabteilung. Frau Kluge war also offenbar eine hilfsbereite Person. So etwas gab es ja, aber es machte mich immer misstrauisch. Im Übrigen bezweifelte ich, dass in den Statuten des Jüdischen Krankenhauses stand, es habe dem deutschen Staat zu helfen. Und ich war vor allem als die Staatsangestellte Hauptkommissarin Wertebach hier, weniger als der Mensch Lena Wertebach.

Baku, dachte ich und betrat den Seitenflügel eines der Klinikgebäude, auch so ein weißer Fleck auf meiner persönlichen Landkarte. Womöglich war das eine schöne Stadt. Von Paris, Rom, Barcelona, Wien wusste man, dass es sich um schöne Städte handelte, selbst wenn man noch nie dort gewesen war. Jedes Kind kannte Fotos mit den Wolkenkratzern von New York oder Chicago. Sankt Petersburg und der Moskauer Kreml, das waren Begriffe. Bei Baku waren Existenz und Nichtexistenz identisch.

Ich öffnete den rechten Flügel einer Schwingtür und ging hinein ins Reich der Gerontologen. Von ihrer Arbeit hatte ich keine genaue Vorstellung, ich wusste nur, dass sie sich mit alten Menschen befassten, als wäre das Alter kein natürlicher Teil des Lebens, sondern eine Krankheit. Geheilt werden konnte diese Krankheit mit Sicherheit nicht. Was immer man den Greisen einflößte, es war kein Wasser aus dem Jungbrunnen.

Auf dem Gang roch es nach einem parfümierten Bodenpflegemittel, nach frisch gestärkter Wäsche und schwach nach jenem dünnen Tee, der auch in Jugendherbergen verabreicht wurde. Es war still, offenbar hatte man Tranquilizer verteilt. Ich suchte nach dem Schwesternzimmer. Schwesternzimmer gab es auf allen Krankenstationen. Man erkannte sie zumeist daran, dass in ihnen etwas klirrte oder klapperte.

Im Schwesternzimmer der Gerontologischen Station ließ eine hochgewachsene, kräftige Frau die Instrumente, die sie dem Sterilisator entnahm, in Nierenschalen fallen. Sie war nicht allein, eine weitere weißbekittelte Frau saß am Tisch und schlürfte einen Kaffee. Ich schmetterte einen Gruß in den kleinen, fast quadratischen Raum. Beide Frauen wandten mir ihr Gesicht zu, die Hochgewachsene ihren ganzen Körper – Stationsschwester Louisa, wie mir das Schild auf ihrer Brust verriet.

»Die Besuchszeit ist vorbei«, sagte sie. »Unsere Patienten halten Mittagsruhe.«

»Ich weiß«, erwiderte ich und trat in den Raum. Meinen Ausweis betrachtete Stationsschwester Louisa mit zusammengekniffenen Augen.

»Stell dir vor, die Kripo«, sagte sie zu der Frau am Tisch. »Haben unsere hochbetagten Patienten was ausgefressen? Einen Bankraub vielleicht? Das würde mich nicht wundern, bei den Pflegesätzen.«

»Es handelt sich um einen Kollegen von Ihnen. Vielmehr um einen ehemaligen Kollegen. Einen gewissen Elmar. Kennen Sie ihn?«

»Natürlich kennen wir Elmar«, sagte Stationsschwester Louisa. »Den vergessen wir nicht so schnell. Nicht wahr, Margit?«

»Nee, den vergessen wir nicht«, bestätigte die Angesprochene und kicherte. »Er war der mit Abstand attraktivste Pfleger seit Jahren. Und so charmant.«

»Die alten Leutchen haben ihn vergöttert«, erklärte Stationsschwester Louisa. »Unsere Ladys schwankten immer zwischen mütterlichen und weiblichen Gefühlen. Ein wirklich schöner Mann. Nur seinen Namen konnten sie nie aussprechen.«

»Elmar ist doch aber nicht sehr schwierig«, meinte ich.

»So hieß er gar nicht. Er hat sich so genannt. Wissen Sie, hier auf der Gerontologie, da sind die meisten Patienten schon ziemlich tütelig. Elmar, das konnten sie sich gerade noch merken. Aber ... Margit, erinnerst du dich noch an seinen richtigen Namen?«

»O Gott«, stöhnte Margit.

»Sehen Sie, nicht mal wir wissen ihn. Aber vielleicht vertrotteln wir auch schon.«

»Was hat er denn verbrochen?«, fragte Schwester Margit.

»Nichts«, sagte ich. »Wir suchen ihn nur als Zeugen. Ein Verkehrsunfall«, fügte ich rasch hinzu.

»Na, da hat Ihnen jemand einen Bären aufgebunden«, sagte Louisa. »Elmar ist doch schon lange nicht mehr in Deutschland.«

»Er wollte nach Israel«, ergänzte Margit. »Oder nach Los Angeles. Das hat er immer erzählt.«

»In Israel gibt es wohl ziemlich viele Leute aus Aserbaidschan«, sagte Louisa. »Juden, meine ich.«

»Und in Kalifornien auch«, sagte Margit.

»Und Sie haben keine Möglichkeit, seinen Namen ausfindig zu machen?«

»Doch, natürlich.« Die Stationsschwester stellte die Nierenschalen auf ein Wägelchen, das einem Servierwagen glich. »Man müsste in den alten Dienstplänen nachgucken. Margit, ob du wohl ...?«

Auch Margit war ein hilfsbereiter Mensch. Sie schaute in den alten Dienstplänen nach, was einige Zeit in Anspruch nahm, ich plauderte derweil mit Louisa. Sie pries Elmar in den höchsten Tönen. Fleißig und zuvorkommend sei er gewesen, man habe nie ein lautes Wort von ihm gehört, ohne Widerrede habe er auch die unangenehmen Arbeiten erledigt, und zu den Patienten sei er immer sehr lieb gewesen.

»Und das ist nicht leicht«, erklärte sie. »Manche leiden unter Wahnvorstellungen oder verlegen ständig etwas. Glauben Sie mir, das geht einem schon nahe, wenn man immer wieder verdächtigt wird, gestohlen zu haben. Natürlich wissen wir, dass die Patienten nichts dafür können, aber... Elmar hat sich nie etwas anmerken lassen.«

»Ich habe gehört, dass er nur Nachtschichten gemacht hat«, sagte ich. »Schlafen da die alten Leutchen nicht?«

»Nicht alle. Außerdem beginnt die Nachtschicht vor dem Schlafengehen. Margit?«

Schwester Margit hatte gefunden, was sie für mich gesucht hatte. Sie legte mir eine Tabelle vor, einen Nachtschichtplan, der vor drei Monaten erstellt worden war. Mit dem Knöchel ihres Zeigefingers klopfte sie auf Position drei. »Koll. Schanowski«, las ich dort.

»Warssonofi Schanowski«, sagte Frau Kluge und reichte mir ein Blatt, auf dem sie die Angaben über den ehemaligen Pfleger notiert hatte, die nicht dem Datenschutz unterlagen, so auch seine Adresse.

»Wie?«

»Schanowski«, wiederholte sie. »Warssonofi.«

»Klar, dass er sich Elmar genannt hat«, sagte ich.

Das Weddinger Viertel, das man auch den Soldiner Kiez nannte, hatte den Ruf, so etwas wie die Bronx von Berlin zu sein. Die Koloniestraße galt als die übelste Adresse. Sogar die hohe Politik hatte sich der Gegend widmen müssen. Der Regierende Bürgermeister fühlte sich bemüßigt, so genannte Innenstadtkonferenzen abzuhalten, um mit Worten gegen die Verslumung zu fechten. Ein paar Baugerüste hatte er immerhin herbeigeredet. Ich fuhr langsam die Koloniestraße entlang auf der Suche nach dem Haus, in dem Schanowski gewohnt hatte. Für mich nannte ich ihn nach wie vor Elmar.

Über die Armut und den hohen Ausländeranteil im Soldiner Kiez las man immer wieder in der Presse. Die Armut ließ sich auf der Straße nicht erkennen, wenn man nicht die bröckelnden Fassaden hie und da als Indiz nahm. Die Ausländer hingegen zeigten sich: Große Gruppen von kraushaarigen, schwarzäugigen Jugendlichen lungerten auf den Gehsteigen herum. Es waren hauptsächlich Jungen, die so genannte Streetwear am Leib trugen, und die sah nicht aus, als wäre sie bei Woolworth am Krabbeltisch erstanden worden. Womit die Bengels ihren Lebensunterhalt verdienten, konnte ich nur vermuten; Autoschiebereien, Raubzüge und Drogendealerei standen gewiss hoch im Kurs. Im organisierten Verbrechen hatten sie ihre einzigen Aufstiegschancen.

Ihre Freizeitbeschäftigungen, jedenfalls die auf den Trottoirs betriebenen, vermochte ich nicht kulturvoll zu nennen. Sie rauchten, sie spien auf den Boden, sie kabbelten sich und führten sicher großfressige Reden über Weiber, Kohle und Sport. Ich fuhr langsam an ihnen vorbei. Sie folgten mir mit ihren Blicken. Vermutlich warfen sie mir auch die eine oder andere chauvinistische Bemerkung hinterher; ich hörte sie nicht, sah aber, wie sich ihre Münder bewegten. So wie ich, stellte ich mir vor, musste sich auch meine Geliebte Margrete gefühlt haben, als sie vor drei Jahren einen Studienaufenthalt an der University of Southern California gesponsert bekommen hatte. Sie hatte für das halbe Jahr eine preiswerte Wohnung in Hollywood gefunden, in einer Nebenstraße des Hollywood Boulevard, den ich für etwas Glänzendes und Schickes gehalten hatte, bis sie mir Fotos zeigte. Einmal, in ihrer ersten Woche, war Margrete auf Erkundungstour gegangen und mit dem Bus nach Downtown L.A. gefahren, um die Wolkenkratzer und den Broadway zu besichtigen. »Aber stell dir vor, Lena«, hatte Margrete gesagt, »in dem Bus waren nur Farbige. Selbst die Fahrerin, die war hispanisch. Als Weiße war ich plötzlich die absolute Minderheit. Die Leute haben mir nichts getan, aber ich habe mich trotzdem unwohl gefühlt. Wir sind es doch gewöhnt, bei uns im Abendland, dass wir die Majorität sind.«

Hier in der Koloniestraße kamen mir Zweifel. Ich war deutsch, und ich war eine Frau. Natürlich war ich fähig, mich zur Wehr zu setzen, und hatte es schon oft bewiesen. Doch gegen eine Übermacht junger Männer konnte ich nichts ausrichten, also rief ich in der Keithstraße an und bat Petersen und Wiesenburg um Unterstützung. Sonderlich viel hielt ich von meinen Bodybuildern zwar nicht, aber sie waren durchtrainiert und wirkten mit ihren breiten Schultern Respekt einflößend.

Um mir die Zeit bis zu ihrem Eintreffen zu vertreiben, kurvte ich um die Blöcke und rauchte dabei eine Zigarette nach der anderen. Immer wieder kam ich an den herumlungernden Jugendlichen vorbei, die sich von der Kälte nicht vertreiben ließen. Schließlich hatte ich den Eindruck, dass sich irgendetwas zusammenbraute. Die Jungen waren näher zusammengerückt, sie tuschelten miteinander. Ich startete meinen x-ten Suchlauf nach einem Sender im Autoradio, der mehr brachte als Gedudel und Gelaber. Außer dem Klassikkanal gab es keine Alternative, und auf das schwermütige Klavierkonzert eines mir unbekannten russischen Komponisten konnte ich mich gerade nicht einstimmen.

Meine Zigaretten gingen zur Neige, von den Bodybuildern fehlte jede Spur. In der Nähe eines Automaten fuhr ich an den Bordstein und durchsuchte meine Geldbörse nach passenden Münzen. Ich förderte drei Ein-Euro-Stücke zutage. Mein Portemonnaie hatte ich noch nicht wieder in der Tasche versenkt, als es laut knallte.

Im ersten Moment begriff ich nicht, was geschehen war. Ich konnte das Geräusch nicht eindeutig identifizieren, war nur sicher, dass es weder von einer Fehlzündung noch von einem Silvesterknaller rührte. Als ich mich jedoch umdrehte, um mich zu vergewissern, was die Jugendlichen taten, wurde ich gewahr, dass sie nicht nur näher gekommen waren. Sie hatten auch mit einem Gegenstand, einem Stein wahrscheinlich, nach meiner Heckscheibe geworfen. Das Verbundglas war geborsten, Tausende feine Risse durchzogen es und machten die Scheibe blind.

Es knallte abermals, diesmal jedoch war Metall getroffen worden. Die irren Knaben waren drauf und dran, mir den Dienstwagen zu zerteppern. Ich wusste nicht, was ihren Hass herausgefordert hatte. Vielleicht war es die Marke. Ich fuhr einen BMW. Oder sie langweilten sich nur. Oder sie wollten einer Frau mal zeigen, wo der Krummdolch hing.

Voll Wut sprang ich in den Wagen, startete den Motor und legte den ersten Gang ein. Ich hätte diesen Machos im Westentaschenformat gern die Suppe versalzen, aber allein konnte ich es nicht aufnehmen mit zwei Dutzend frustrierter Kids, die mit ihrer Pubertät nicht zu Rande kamen. Nicht einmal meine Waffe hatte ich dabei, aber sie hätte ich ohnehin nicht benutzt. Auf Kinder und Halbwüchsige würde ich meine Dienstpistole niemals richten. Ich schoss nur auf Pappkameraden und wünschte mir, es möge auch so bleiben.

Ich ließ die Kupplung kommen. In diesem Augenblick sprangen mir vier der Bengels vor die Motorhaube. Sie waren nicht nur durchgeknallt, sie waren wohl auch lebensmüde. Ich trat die Bremse und würgte den Motor ab.

Im Wagen saß ich in der Falle. Ich konnte über Funk das Lagezentrum verständigen, aber die Einsatzkräfte würden mit Sicherheit noch später als meine Bodybuilder eintreffen. Also blieb mir nur übrig auszusteigen und mich nach einem Fluchtweg umzusehen. Große Chancen rechnete ich mir gegen die jungen Beine meiner Widersacher nicht aus. Bei männlichen Wesen, die sich überlegen fühlten, pflegte aber der Verstand auszusetzen, falls überhaupt Verstand vorhanden war. Wenn ich kühl und überlegt handelte, konnte ich womöglich selbst dieser Übermacht trotzen. Zeit musste ich gewinnen. Wiesenburg und Petersen steckten sicher im Stau, aber irgendwann mussten sie aufkreuzen. Und die beiden, dessen war ich gewiss, gingen mit ihren Knarren sogar duschen.

»Hallo, schöne Frau!«, rief mir einer der Bengels zu, die

meinen BMW durch Einsatz ihrer Leiber blockierten. Er war einen halben Kopf größer als die Jungen, die neben ihm standen, er trug sein Basecap mit dem Schirm nach hinten und steckte in Klamotten, die Oberweite hatten. Langsam und mit einer vor dem Spiegel einstudierten Lässigkeit hob er die Grußhand. Ich hätte sie doch alle über den Haufen fahren sollen.

»Hallo, kleiner Mann!«, erwiderte ich. Ich spürte, wie sich der Rest der Clique von hinten an mich heranmachte. Höchstens vier Meter betrug der Abstand noch. Ich stützte meine Arme lässig auf das Autodach. Diese Bewegung hatte ich nicht einstudiert. Ich wollte souverän wirken. Die Angst, auf die sie hofften, sollten diese Arschlöcher nicht zu sehen bekommen.

»Wir woll'n hier keine Spitzel«, meinte einer der Kleineren. Daher also wehte der Wind. Sie hatten mich herumfahren sehen und hielten mich nun für das, was ich tatsächlich war. Dass ich nicht um ihretwillen gekommen war, konnten sie nicht wissen.

»Kleiner Mann, das's heavy«, sagte der Bursche mit dem umgedrehten Basecap und trat gegen meinen Kotflügel. Oder gegen den Kotflügel aus dem Besitz der Berliner Polizei. Für Spitzfindigkeiten war keine Zeit. »Ich zeig dir ma'n großen Mann, Oma. Hinten auf'n Rücksitzen, da mach ich's am liebsten.«

»Aber wohl nur dir selber«, gab ich zurück. »Und dann gibt's Schacht von Papa wegen der Flecken.«

»Hey, hört euch das Weib an. Die will von jedem 'ne volle Ladung und dann'n Messer in'n Hals.« Er ließ ein Springmesser aufschnappen. Der Anblick war mir alles andere als angenehm. Vor Angst verdrängte mein Herz die übrigen inneren Organe. Es schlug überall. Trotzdem war ich nicht bereit, klein beizugeben und in die Knie zu gehen. Lena Wertebach ging nicht in die Knie. Und sie ließ sich nicht abstechen. Von aufgeblasenen Ochsenfröschen am allerwenigsten. Ob es sie allerdings beeindruckte, wenn ich ihnen Paroli bot, konnte erst ein Experiment belegen. Ich hatte es bereits begonnen und war von seinem Erfolg nicht überzeugt.

»Passt auf, Jungs«, sagte ich und krempelte die Ärmel meines Pullovers hoch wie ein Kerl. Mein Mantel lag im Auto, ich fror, aber ich zeigte nackte Haut. Nur bis zu den Ellbogen, versteht sich. »Ihr werdet mir sicher nicht glauben, dass ich zwar Polizistin bin, aber mich für euch nicht interessiere. Welche Dinger ihr auch immer gedreht habt, mir ist es egal. Deswegen bin ich nicht hier.«

»Red keinen Scheiß!«, verlangte jemand von denen, die, seitdem ich mich zum Wagen gewandt hatte, nicht mehr in meinem Rücken standen, sondern rechts von mir. Eigentlich geriet ich außer Rand und Band, wenn ich von jungen Schnöseln geduzt wurde, in meiner Lage hielt ich es für besser, die Kröte zu schlucken; wenn ich mit den Typen fertig war und sie hübsch aufgereiht im Gewahrsam vor mir hatte, konnte ich ihnen die Kröte ins Gesicht kotzen. Jetzt wollte ich lieber versuchen, sie bei der Kultur ihrer Herkunftsländer oder der Heimatländer ihrer Eltern zu packen. Nach ihrem Äußeren zu urteilen, stammten die Burschen aus Landstrichen, in denen Frauen zwar nicht viel galten, sich Männer aber gern als Gönner und Beschützer des weiblichen Geschlechts aufspielten.

»Woher stammt ihr?«, fragte ich also. Ich hatte noch nie Sehnsucht nach Wiesenburg und Petersen empfunden. Nun hatte ich welche.

»Das geht Sie'n Scheißdreck an, Bulette!«, sagte einer, der einen Rest von Achtung vor Erwachsenen hatte.

»Ich meine eure Nationalität?« Solange geredet wird, wird nicht geschossen.

»'n Scheißdreck, hab ich schon gesagt.«

Reden, dachte ich, argumentieren, überzeugen. Heerscharen von Sozialarbeitern waren mit diesem Konzept gescheitert.

»Was würden eure Väter, was würden eure älteren Brüder von euch denken, wenn sie erfahren, dass ihr mit einer solchen Übermacht eine einzelne Frau niedergemacht habt? Sie würden es für feige halten, nicht wahr? Ich mach euch einen Vorschlag.« Ich war äußerst angespannt. Aus den Augenwinkeln sah ich dennoch, wie ein dunkler Audi angefahren kam und dann abrupt abgebremst wurde.

»Vorschläge? Wir ham jetzt genug Müll gelabert.« Das war wieder der mit dem Basecap. »Wir machen dich nicht alle, weil du'n Weib bist. An Weibern vergreifen wir uns nicht. Bloß an Spitzeln und Bullen und all dem Scheiß.«

Das Wort Scheiß lernte man in Deutschland offenbar als erstes, und es prägte sich am nachhaltigsten ein. Ich bewegte die Füße in meinen Schuhen. Wegen ihrer spitzen Absätze waren sie ideal als Waffen geeignet. Man musste sie nur in die Hand bekommen.

»Ich bin für einen fairen Zweikampf«, sagte ich.

»Zweikampf? Mit 'm Weib?«, höhnte der Basecapträger.

»Außerdem haben Bullen Kampfsport«, meinte ein anderer.

»Ich nehm's mit zweien von euch auf. Wenn ihr gewinnt, lass ich mich nie wieder in dieser Gegend blicken.« Dieses Versprechen würde ich nicht einhalten. Zwei Angreifer hoffte ich allerdings parieren zu können. Ich hatte zwei Schuhe für je zwei Augen oder Hoden. Das genügte. Auf die Hoden war ich besonders scharf. Ein spitzer Absatz im Skrotum verletzte nicht nur den Körper, sondern auch die Seele.

Es gab ein kurzes Palaver. Mein Angebot zum Kampf Männchen gegen Frau verfehlte seine Wirkung nicht und imponierte sogar ein wenig, aber es war so ungewohnt, dass die Knaben sich einfach keine Meinung bilden konnten. Für sie gab es nur Draufloshauen. Sie prügelten sich mit anderen Jungen und würden als Männer ihre Frauen verprügeln. Zweikämpfe kannten sie nur aus dem Fernsehen und aus Comics. Sie hatten etwas mit einer altertümlichen und ihnen fremden Ritterehre zu tun, und Weiber, also Weiber kamen dabei nun wirklich nicht vor. Ich nutzte die Pause, die meine Widersacher brauchten, um an der Kunst des Nachdenkens zu scheitern, und nahm erst die Schuhe, dann die Beine in die Hand. Ich kam nicht weit. Wiesenburg trat mir in den Fluchtweg. Und plötzlich, als wären sie vom Himmel gefallen, war ein halbes Dutzend Streifenwagen da. Ich musste sehr an mich halten, um nicht meinem Mitarbeiter an die Brust zu sinken.

»Mensch, Chefin, das war knapp«, sagte er. Dann kam sogar noch ein Knüppelkommando.

Viel Blut war nicht geflossen. Es gab Platzwunden, blaue Augen und ein paar verrenkte Arme. Es gab Blaulicht, quäkende Sprechfunkgeräte, knappe Befehle, klickende Handfesseln, Stöhnen, Jammern und hasserfülltes Gebrabbel. Dieser Abschnitt der Koloniestraße war vom Tatort zum Einsatzort geworden. Eine Horde ausländischer Jugendlicher hatte eine Polizeibeamtin während einer Diensthandlung überfallen. Die Spurensicherung war nicht angerückt. Niemand brauchte sie, die Berichte von mir, Wiesenburg, Petersen und des Einsatzleiters genügten für eine Anklage.

Ich schritt die Reihe der Festgenommenen ab. Nicht als Triumphator, so fühlte ich mich nicht. Noch immer schlotterten mir die Knie. Wiesenburg begleitete mich.

»Widerliche Türkenbrut«, sagte er laut. Zum ersten Mal in meinem Leben widersprach ich einer solchen Äußerung nicht.

Es waren nicht nur Türken. Die Jungen stammten auch aus dem Libanon, aus Algerien, aus Bosnien und sogar aus dem Sudan. Was immer sie erlebt haben mochten, eine Grunderfahrung einte sie: unerwünscht zu sein. Auch mir waren sie im Moment höchst unerwünscht. Vor dem Knaben mit dem falsch herum aufgesetzten Basecap blieb ich stehen. Sein Mützchen hatte er verloren.

»Na, kleiner Mann«, sagte ich, legte ihm die Hände auf die Schultern und drehte ihn zu mir herum. Herablassend grinste er mich an.

»Heut haben Sie gewonnen«, sagte er. Da sich die Verhältnisse geändert hatten, duzte er mich nicht mehr. »Aber shit happens. Die Ghetto Tigers sind berühmt. Wissen Sie, wofür?«

»Für ihre kleinen Schwänze?«

»Für ihre Rache.«

»Oh!« Ich trat einen Schritt zurück. »Für meine Rache bin auch ich berühmt.«

Ich nahm nicht die Absätze, ich nahm das Knie. Mit einem lauten Schrei sackte der Ghettotiger zusammen. Ich bewunderte die Intelligenz der Natur. Um den Samen etwas kühler zu halten als die Körpertemperatur, hatte sie seine Produktionsstätte außerhalb des Leibes angebracht. Und sie hatte sie an einer gut zu treffenden Stelle platziert. Die Natur war zweifellos weiblich.

Wiesenburg bewunderte mich. »Klasse!«, sagte er.

»Bravo!«, bestätigte der Einsatzleiter.

»Das dürfen Sie nicht«, wimmerte Tigerbaby.

»Nee«, bestätigte ich, »das darf ich nicht. Aber tun Sie«, ich stand in Wirklichkeit kurz vor dem Kollaps, nur Stil konnte mich retten, »tun Sie nur, was man darf?«

»Na, die Frage erübrigt sich«, meinte Wiesenburg. Er spielte damit auf etwas an, das der Grund für das Erscheinen der Drogenfahndung war. Sie fuhr vor in Gestalt zweier recht junger Männer, die auf mich einen linkischen Eindruck machten.

»Hallo, Frau Wertebach«, begrüßte mich der eine.

»Da haben Sie aber ’ne Supernummer abgezogen«, sagte der zweite.

Irgendwann früher hatten sich die Menschen mit »Guten Tag!« begrüßt. Lüders und Diethelm, Männer der alten Schule, würden es zweifellos tun. Dass ich »Alte Schule«

dachte, missfiel mir schon. Aber als mir plötzlich die Phrase »Zu meiner Zeit« durch den Kopf ging, spürte ich nicht nur, wie entsetzlich ausgelaugt ich war. Ich fühlte mich uralt. Dabei war ich noch nicht einmal vierzig. Trotzdem waren mir nicht nur alle unter zwanzig, mir waren auch schon alle unter dreißig fremd. Ich sehnte mich nach meinem Sohn und meinem Bett. Mein Sohn war fünfzehn. Ich verstand auch nicht alles, was er machte. Aber ich liebte ihn.

Und mein Bett liebte ich. Und Margrete natürlich. Margrete in meiner Nähe, in meiner Wohnung, in meinem Bett. Ich führte die beiden Drogenfahnder zu unseren Funden. Der Einsatzleiter organisierte den Transport der Festgenommenen. Das musste er, schließlich war es erforderlich, sie erkennungsdienstlich zu erfassen. Von Transport hatte er gesprochen. Nur weil ich mich gerade wie ein Hohlkörper aus hauchdünnem Glas fühlte, dankte ich Gott, an den ich nicht glaubte, dass die Transportierten allesamt Muslime und keine Juden waren. Ich gehörte wirklich in die Heia. *Elmar, Jude, Baku.*

Mit dem, was wir aus ihren Taschen gezogen hatten, hätten sich die Jungs schleichen sollen. Es gab jedoch diese fatale Arroganz der Kriminellen, ganz gleich, ob sie nun kleine Lichter waren oder große Nummern: Alle waren sie überzeugt, nie erwischt zu werden. Mit Cannabis, Marihuana und sogar ein paar Gramm H an der Backe eine Kriminalbeamtin anzugreifen, das war nicht nur Chuzpe, obgleich dieses Wort deplatziert war, es war krankhafter männlicher Überlegenheitswahn. Dafür mussten die Jungs, schreckliche Bürgerkriegsschicksale, aufgeschlitzte Dorfnachbarn und Folter hin und her, wirklich was aufs Auge gedrückt bekommen. Sie hatten mich fertig machen wollen. Ich konnte mir nicht verübeln, dass ich mir als Entschädigung für diesen grässlichen Nachmittag eine reaktionäre Gesinnung leistete, die den Freund oder gar Geliebten meines Sohnes auf die Palme treiben würde.

»Sie müssten echt einen Orden bekommen«, sagte der Drogenfahnder, der gerade an dem Stoff schnüffelte.

»Wir haben diese Ghetto Tigers schon lange vor der Flinte«, erklärte sein Kollege. »Jetzt endlich können wir abdrücken.«

»Und da wir gerade ein Kilo Heroin aus dem Landwehrkanal gezogen haben«, sagte der Schnüffler, »wird's sogar ein Blattschuss.«

»Ihr Jägerlatein ist für mich schwer verständlich«, gestand ich.

»Aber das ist doch ganz einfach, Chefin.« Es war Wiesenburg, der mich aufklärte. »Sie packen das Kilo noch mit drauf.«

4

Alle waren überrascht, auch ich. Margrete und Jim staunten, weil ich zu so ungewöhnlich früher Stunde nach Hause kam, mich haute um, dass Margrete den Tisch im Wohnzimmer für ein Festessen vorbereitet hatte. Normalerweise aßen wir in der Küche. Es musste etwas Außergewöhnliches vorgefallen sein.

Margrete hatte für vier Personen gedeckt. Sie hatte das gute Hutschenreuther und Silberbesteck auf den Tisch platziert, vier Weingläser und eine Kristallkaraffe. Ich benutzte das Hutschenreuther nur zu Weihnachten. Das Geschirr hatte ich von meiner Großmutter zur Hochzeit geschenkt bekommen, und ich hasste es wie die Pest.

»Was feiern wir?« Ich küsste zuerst Margrete, dann Jim auf die Stirn. Von meinem heldenmütigen Einsatz im Soldiner Kiez konnten sie nichts wissen.

»Nichts weiter«, entgegnete Margrete. »Nur einen schönen Abend.«

»Einfach so?«

»Nein.« Margrete strahlte mich an. »Mein Vater hat mir tausend Dollar überwiesen. Als Ansporn für meine Doktorarbeit. Die hauen wir auf den Kopf.«

»Die ganzen tausend Dollar?« Ich setzte ein Lächeln auf, fürchtete aber, dass es mir ein wenig schief geriet. Margretes Vater war Diplomat, jahrelang war er mit seiner Familie von einer europäischen Hauptstadt in die nächste gezogen, nun aber hatte er einen warmen und hoch dotierten Posten im Osloer Außenministerium.

Im Bad betätigte jemand die Klospülung, dann hörte ich Wasser laufen, dann die Tür. Ich ahnte, wer der vierte Gast war, und wenig später sah ich ihn. Rudi trat ins Wohnzimmer.

»Guten Tag, Lena«, sagte er.

»Guten Tag, Rudi.«

Der Freund meines Sohnes trug eine enge Lederhose, ein schwarzes T-Shirt mit einer stilisierten Hanfpflanze auf der Brust, ein Palästinensertuch und weiße Socken. Im Gegensatz zu meinem Sohn legte er seine Stiefel immer vor der Wohnungstür ab und trug sie dann in den Flur, da konnte ich sagen, was ich wollte; es gehörte sich nun einmal so.

»Ich muss in die Küche«, sagte Margrete und verließ den Raum. »Eine Stunde dauert's noch.«

»Was gibt es denn?«, rief ich hinterher.

»Keine Pizza«, sagte Jim.

»Hirschragout mit Waldpilzen«, rief Margrete zurück.

Obwohl ich vollkommen erschöpft war, wollte ich rasch ein Telefonat erledigen, bevor ich nur noch für meine Familie da war. Ich suchte den Apparat, den ich mir mit Jim teilte und der sich daher mal hier, mal dort befand. Im Badezimmer entdeckte ich ihn. Offenbar hatte Rudi von hier ein Gespräch geführt, das niemand mithören sollte. Natürlich besaß er ein Handy, aber ich fand es zu teuer für einen Jungen, der nur Taschengeld bekam, und hatte ihm daher gestattet, unser Telefon zu benutzen, wenn er bei uns war.

Ich setzte mich auf die heruntergeklappte Toilettenbrille und rief Hauptkommissar Ziegler vom Bundeskriminalamt an. Mit diesem Mann hatte ich schon so manche Nuss geknackt, aber persönlich kennen gelernt hatte ich ihn noch nie.

»Die geschätzte Kollegin Wertebach«, rief der KHK. Meine Anrufe entzückten ihn immer, obwohl sie für ihn stets Arbeit im Gefolge hatten. »Wenn Sie sich zu dieser Stunde Ihres unwürdigen Dieners erinnern, haben Sie wohl was auf dem Herzen?«

»Kann mal wohl sagen. Eine Leiche.«

»Wie unappetitlich.«

»Es ist ein Kollege«, sagte ich. Auch bei Ziegler rechnete ich mit der üblichen Reaktion. Ich hatte mich verrechnet.

»Seit der Schlappe von Bad Kleinen sind Polizistenmorde beim BKA höchst unbeliebt«, sagte er. »Durch die Öffentlichkeit geisterte noch lange der Verdacht, unsere Ermittler könnten getürkte Ergebnisse vorgelegt haben. Und Sie wissen doch, der Ruf einer Behörde ist wichtiger als ihre Erfolge oder Misserfolge. Also gut, sagen Sie mir, wie ich mir an Ihrer Leiche die Finger schmutzig machen kann.«

»Unterhält das BKA Kontakte zur aserbaidschanischen Polizei?«

»Mhm, tja ... Über Interpol haben wir zu fast allen Polizeibehörden der Welt mehr oder weniger gute Beziehungen. Aber um ehrlich zu sein, Aserbaidschan, ich habe keine Ahnung, wo sich das befindet. Ist das nicht in Russland?«

»Ich nehme an, dass die Aserbaidschaner es nicht gern hören, wenn man sie mit den Russen in einen Topf wirft«, sagte ich. »Es handelt sich um eine ehemalige Sowjetrepublik. Ist jetzt ein selbständiger Staat und demokratisch.«

»Na, was die so unter Demokratie verstehen ... Der Weg via Interpol ist der lange Dienstweg. Ob es einen kürzeren Draht gibt, weiß ich nicht. Da muss ich mich erst mal umhören.«

»Mir ist seit langem bekannt, wie gut Ihre Ohren sind.«

»Ja?« Ziegler strahlte jetzt bestimmt. »Gute Ohren sind eben wichtig für die Karriere, nicht wahr? Man muss die Flöhe husten hören. Vor allem hier. Man kann nie sicher sein, wo die Grenze zwischen Polizei und Politik gerade verläuft. Verraten Sie mir, was Sie von den Kollegen am Rande des Universums wollen?«

»Eigentlich nur eine Auskunft. Über eine Person, die Warssonofi Schanowski heißt, aus Baku in Aserbaidschan stammt und Jude ist.«

»Wie heißt der?«

Ich buchstabierte den Namen.

»Und aus Baku?«

»Die Hauptstadt«, erklärte ich.

»Ich tue mein Bestes«, versprach Ziegler. Ich bedankte mich artig, dann beendete ich unser Gespräch. Hauptkommissar Ziegler war zuverlässig, ich wusste, dass er sich so rasch wie möglich in die Spur begeben würde.

Ich hatte schon etwas Wein getrunken, als wir mit dem opulenten Mahl begannen, und mir war unendlich wohl. Die Angst, die ich in der Koloniestraße ausgestanden hatte und die mir noch in den Knochen saß, wich einer großen, angenehmen Müdigkeit. Weil ich groggy war, bemerkte ich erst nach einer Weile, dass etwas nicht stimmte. Wenn wir gemeinsam aßen, wurde immer viel durcheinander geredet, heute jedoch blieben alle stumm. Ich warf einen verstohlenen Blick in die Runde. Margrete, Jim und Rudi hatten nur Augen für das Hirschragout. Vor allem Rudi erweckte mein Interesse. Er hockte krumm vor seinem Teller, hielt den Blick auffallend tief gesenkt und stocherte nur in seinem Essen.

»Alles in Ordnung, Rudi?«, fragte ich.

»Ja, schon«, sagte er leise und schaute mich nicht an.

»Und bei dir, Jim?«

»Mhm, mhm.«

»Hast du die Rollerblades zurückgebracht?«

»Müssen wir jetzt darüber reden?« Jim sah mich zornig an.

»Hast du oder hast du nicht?«

»Noch nicht. Mach ich morgen, okay?«

»Du bist ein Weltmeister im Aufschieben«, sagte ich, griff nach meinem Glas und musterte erneut Rudi. Er aß nicht mehr, blickte aber immer noch auf den Teller.

»Hattet ihr Streit?«

»Quatsch!« Jim berührte seinen Freund sacht am Oberarm. »Gehen wir noch in mein Zimmer, bisschen abchillen?«

Rudi deutete ein Nicken an.

»Abchillen?« Ich war gern bereit zu lernen. »Muss es nicht auschillen heißen? Englisch heißt es doch chill-out.«

»Mam! Im Deutschen heißt es abchillen.« Jim sprang vom Tisch auf, Rudi erhob sich langsam wie ein alter Mann.

»Cool«, sagte ich.

»Ach, Mam! Gib dir keine Mühe. Cool is uncool.« Jim verließ das Wohnzimmer, Rudi im Schlepptau.

»Die beiden haben doch was«, sagte ich zu Margrete. Sie hob nur die Schultern, aber ich spürte, dass sie mehr wusste oder ahnte als ich.

»Die Alte peilt überhaupt nichts mehr«, hörte ich Jim im Flur sagen. Wäre ich nicht so müde gewesen, ich wäre ihm gefolgt, um ihm die Leviten zu lesen.

»So alt ist deine Mutter gar nicht«, erwiderte Rudi, der Gentleman.

»Bin ich nicht, oder?« Ich strich Margrete über die Wange. Sie schüttelte energisch den Kopf.

Als ich die Teller stapelte, legte sie mir eine Hand auf den Arm und schaute mich auf eine Weise an, die sofort ein großes Ameisenkrabbeln auf meiner Kopfhaut verursachte.

»Komm, Lena, wir gehen auch abchillen«, sagte sie. »Der Weg wird anstrengend, aber das Ziel löst alle Verspannungen.«

»Wirke ich denn verspannt?«

»Komm einfach.« Margrete übernahm die Führung.

Ich erwachte mitten in der Nacht und war so erschrocken, dass ich aus dem Bett sprang und schrie. Irgendjemand hatte mich erwürgen wollen. Ein Wesen, vielleicht ein Tier, eher aber ein Mensch, war in meine Wohnung eingedrungen, um mich zu töten. Es musste ein Mensch sein. Nur Menschen legen einem die Hand an die Kehle.

»Lena!«, rief das Wesen. Ich fiel auf die Knie und begann zu schluchzen.

»Mam?«, fragte jemand an der Tür zum Schlafzimmer. Es war mein Sohn. Ich weinte.

Während Margrete sich aus den Laken wühlte und zu mir auf den Boden kam, betrat auch Jim den Raum. Margrete legte ihre Arme um mich, Jim machte Licht. Ich heulte Rotz und Wasser. Die Angst, meine Todesangst, die ich seit der Begegnung mit den Ghetto Tigers so perfekt überspielt hatte, brach sich Bahn. Die Angst vor dem Tod wehrte sich dagegen, verdrängt zu werden. Sie war das Urmenschlichste, das es gab. Da ich so häufig mit dem Tod zu tun hatte, war es mir gelungen, ihn zu rationalisieren. Der Tod, das waren für mich Hypostase, Rigor mortis, Autolyse, Hämolyse. Medizinische Begriffe. Fäulnis, Verwesung, Vertrocknung. Autopsieberichte. Latein und Griechisch. Aber irgendwann würde man so auch über mich sprechen. Und selbst wenn niemand darüber sprach, es würde einfach geschehen: Mein Blut würde nicht mehr zirkulieren, sondern es würde, der Schwerkraft folgend, zu den tief gelegenen Partien meines Körpers sinken und dort die so genannten Leichenflecken bilden, Hypostase, meine Muskulatur würde erstarren, Rigor mortis, die Enzyme in meinem Körper, die mich selbst überlebten, würden mit großem Fleiß meine Selbstauflösung betreiben, Autolyse, und auch mein Blut würde sich zersetzen, einen Vorgang, den man Hämolyse getauft hatte.

Ich wischte mir über die Augen, erhob mich und nahm auf der Bettkante Platz. Ich zog Margrete und Jim zu mir, schmiegte mich an sie. Ich war so froh, dass es die beiden gab, dass ich sie, dass sie mich liebten.

»Hatte einen Alptraum«, sagte ich.

»Und wohl einen schweren Tag gestern«, meinte Jim.

»Ehrlich gesagt, du hast furchtbar ausgesehen, als du nach Hause gekommen bist«, sagte Margrete.

»Der heutige Tag wird auch nicht besser.« Ich langte nach dem Wecker. Es war kurz nach zwei. Und ich war hellwach.

»Scheißjob«, sagte Jim.

»Du hast doch Mitarbeiter«, sagte Margrete. »Musst du alles selbst machen?«

Ich schüttelte den Kopf. Wenn mir meine Arbeit Alpträume verursachte, war das ein Zeichen, dass ich kürzer treten musste. Das war leichter gesagt als getan, denn was die Ermordung Dirk Benders anbelangte, tappten wir im Dunkeln. Erst einmal tappte ich ins Bad und wusch mein verschwitztes Gesicht.

Ich warf einen Blick in den Spiegel und stellte fest, dass ich tatsächlich aussah, als hätte ich seit Wochen nicht geschlafen. Es war zwecklos, wenn ich mich jetzt wieder hinlegte. Ich würde mich nur schlaflos hin und her wälzen und Margrete stören. Und wenn Margrete tief und fest schlief, würde es mich zur Raserei treiben. Nur eine Beschäftigung, die mich ablenkte, konnte mich womöglich schläfrig machen.

Auf dem Rückweg ins Schlafzimmer und zu meinen Lieben schaute ich in die Küche. Der Abwasch türmte sich, aber zur Hausarbeit hatte ich keine Lust. Die Hauptkommissarin Wertebach war für die so genannten häuslichen Tugenden nicht geschaffen, allerdings als Mutter gezwungen, sich ihnen hin und wieder zu widmen. Abwaschen konnte ich am Wochenende, und vielleicht würde es mir gelingen, meinen Sohn mit einzuspannen. Für den Rest der Nacht war eine Entdeckungsreise durch das Internet das Richtige.

Ich quartierte Jim aus seinem Zimmer aus und machte ihm ein Bett auf der Couch im Wohnzimmer zurecht. Natürlich protestierte er, nicht so sehr wegen der Umquartierung, sondern weil er fürchtete, seine Mam könnte den heiß geliebten PC in Schrott verwandeln. Frauen und Technik stellten in seinem Weltbild einen unlösbaren Widerspruch dar. Ich verstand nicht so viel von Computern wie mein Sohn, aber ich war auch nicht ahnungslos.

In seinem Zimmer schaltete ich nur die Schreibtischleuchte ein, dann den PC. Es war sehr still draußen auf den nächtlichen Straßen, es war sehr still in meiner Wohnung;

das Brummen des Computers war das einzige Geräusch weit und breit.

Jim hatte zwei Zugänge ins Internet, die oft nicht miteinander harmonierten. Angeblich brauchte er beide, aber ich vermutete, dass es ihm vor allem darauf ankam, auf dem Schulhof ein bisschen angeben zu können. Ich entschied mich für T-Online, weil ich damit bereits gearbeitet hatte. Die Suchmaschine, die Jim in seine Bookmarks aufgenommen hatte, hieß MetaCrawler. MetaCrawler durfte für mich nach Baku suchen.

Noch vor dem Morgengrauen war ich klüger. Aber nicht nur das.

Über Baku und Aserbaidschan gab es mehr Einträge, als ich erwartet hatte. Da es manchmal lange dauerte, bis ein Dokument geladen war, holte ich mir aus meinem Küchenversteck den finnischen Wodka. Ein, zwei Gläschen durfte ich mir genehmigen. Meiner Stimmung tat der Wodka gut, mein Schlafbedürfnis war jedoch wie weggeblasen. Nicht einmal nachdem ich die halbe Flasche geleert hatte, war ich müde. Ich schenkte mir noch ein Glas ein, während der Drucker alles mir wissenswert Erscheinende über Baku und Aserbaidschan ausspuckte.

Baku also. Baku war die Hauptstadt Aserbaidschans oder, auf Englisch, »Azerbaijans«. Das war mir nicht neu. Auch dass sich die Stadt an der Westküste des Kaspischen Meeres befand, wusste ich bereits von Diethelm. Das Zentrum Bakus bildete die Altstadt, was nicht weiter verwunderte. In früheren Zeiten war die Altstadt zugleich Festung gewesen, und die meisten Stadtmauern, die nach der russischen Eroberung der Stadt 1806 verstärkt worden waren, hatten bis heute überlebt.

Der Autor der Webseite über Baku, die ich mir gerade ausdrucken ließ, nannte die Altstadt einen pittoresken Irrgarten aus engen Gassen und alten Gebäuden. Keiner meiner Bekannten war jemals auf die Idee gekommen, in Aserbaidschan oder Baku seine Ferien zu verbringen. Vielleicht war das ein Fehler. Vielleicht lohnte es sich, wenn man sich die Teile eines Palastes, einer Moschee oder eines Minaretts aus dem elften Jahrhundert einmal anschaute. Ich kippte meinen Wodka.

Das moderne Baku breitete sich, auch dies nicht unerwartet, außerhalb der alten Stadtmauern aus, hinauf bis in die Hügel, welche die Bucht von Baku umgeben. Greater Baku teilte sich verwaltungsmäßig in elf Distrikte und achtundvierzig Stadtteile, was mich veranlasste, an Greater London zu denken. In London war ich noch nie gewesen. Alle Welt munkelte, dass London absolut trendy sei. Was sollte es, ich war nicht trendy. Eher ein bisschen besoffen.

Es gab eine Universität in Baku und etliche Hochschulen. Eine dieser Hochschulen war spezialisiert auf Erdöl und die chemische Industrie. Kein Wunder: *The basis of Baku's economy is petroleum*. Diethelm hatte Recht gehabt. Schon seit dem achten Jahrhundert war die Existenz von Erdöl bekannt, im fünfzehnten wurde es als Lampenöl gefördert. Die kommerzielle Ausbeutung begann 1872, und zu Anfang des zwanzigsten Jahrhunderts waren die Ölfelder um Baku die größten der Welt. Mittlerweile sprudelte das Öl an Land nicht mehr so üppig, dafür hatte man angefangen, die Meeresquellen anzuzapfen.

Auch in der Stadt hatte man zu buddeln begonnen, aus archäologischem Interesse. Dabei hatte man herausgefunden, dass Baku eine uralte Siedlung war. Seit dem elften Jahrhundert kontrollierten die Perser den Ort, während des dreizehnten und vierzehnten Jahrhunderts wurde es von den Mongolen erobert und verwaltet. 1723 besetzten die Truppen des Zaren Peter I., auch Peter der Große genannt, die Stadt, die 1735 aber wieder an Persien fiel. 1806 holten sich die Russen Baku zurück, 1920 wurde es die Hauptstadt Aserbaidschans. Man nannte so etwas wohl eine wechselvolle Geschichte.

Und 1991 war das Volk gezählt worden. Es lebten damals genau 1 Million 713 300 Menschen in Baku.

Fast alles über »Azerbaijan« enthüllte mir der amerikanische Geheimdienst in seinem ›World Fact Book‹. Mich interessierte vor allem, ob das Land Mitglied der Interpol war. Es war. Ich würde also, im Falle eines Falles, zu Interpol Baku Kontakt aufnehmen können.

Über das jüdische Leben hatte ich drei Webseiten gefunden. Etwa fünfzigtausend Juden lebten in Aserbaidschan, dreißigtausend bis fünfunddreißigtausend von ihnen in der Hauptstadt. Etwa achttausend dieser Juden bezeichneten sich selbst als Tataren und sprachen Tatarisch, was immer das bedeuten mochte, fünftausendfünfhundert nannte man Bergjuden. Von Bergjuden hatte ich noch nie etwas gehört. Mir kam das wie eine abfällige Bezeichnung vor, so als ob man die deutschen Alpenbewohner Bergbajuwaren nennen würde. Ich konnte mir nicht vorstellen, dass sich jemand gern als kaukasischer Bergjude titulieren ließ.

Das Zentrum jüdischen Lebens befand sich in Baku. Zehn bis fünfzehn jüdische Körperschaften hatte der Autor der Webseite in Baku ausgemacht, zionistische Gruppen eingeschlossen. Unter der Sowjetmacht war man, falls ich mit meinen wodkavernebelten Sinnen das Englisch noch richtig verstand, mit den Juden nicht gerade freundlich umgesprungen. Man hatte ihnen das kyrillische Alphabet aufgezwungen und versucht, ihre Sprache von jeglichen hebräischen Einflüssen zu reinigen.

Und obwohl 1987 die ersten offiziellen Hebräischkurse der Sowjetunion ausgerechnet in Baku erlaubt worden waren: *Since 1989, 27 650 Azeri jews have emigrated to Israel.* Unter ihnen vielleicht Warssonofi Schanowski, der sich Elmar nannte. Allerdings hatte er sich zumindest zeitweilig in Berlin aufgehalten.

Die »Azerbaijan-Israel Friendship Organization« hatte keine Webseite, die »Society Haifa-Baku« sehr wohl. »Meta-

Crawler« kündigte sie mir an als Fundgrube über die offenbar recht beachtliche Gemeinde aserbaidschanischer Juden in Haifa. Die Seite war allerdings in Russisch abgefasst. Auf Jims PC kam nur Datenschrott an.

Datenschrott, das passte zu meinem Zustand am Ende dieser Nacht. Es bereitete mir einige Mühe, Drucker und Computer auszustellen. Dann stürzte ich Hals über Kopf ins Bett.

Die Frau, die auf die Straße stolperte, war ich. Ich wollte mit dieser Frau nichts zu tun haben. Diese Frau war besoffen. Es war ungeheuer peinlich. Der Taxifahrer stieß für mich die Tür auf. Das ist die hintere rechte Tür, erklärte ich mir. Die Frau hätte solche Finessen nicht mehr begriffen. Deshalb durfte sie auch nicht mit mir kommen. Für die besoffene Kuh war ein Taxi nur ein gelber Fleck. Da gab es keine hinteren rechten Türen.

»n' Morgen«, sagte der Fahrer.

Ich stürzte der Länge nach auf den Rücksitz. Die besoffene Frau fiel über mich.

»Nee, muss das sein?«, fragte der Taxifahrer.

»Keithstraße«, sagte ich und nannte die Nummer.

»Da, wo de Kripo ist?«

»Genau.«

»Na denn. Haben Sie wohl Ihren Erfolg gefeiert? Wieder mal einen Mörder zur Strecke gebracht.« Der Fahrer, er sah mit seiner Mähne aus wie ein überalterter Soziologiestudent, legte den ersten Gang ein. Ich wollte augenblicklich sterben. »Gibt ja auch dauernd diese Taximorde. Aber die kriegen Sie ja auch dauernd, was? Außer bei Horst. Das war ein Kollege von mir. Da haben Sie den Kerl nicht gekriegt.«

Ich kicherte in die Ledersitze, dann richtete ich mich auf.

»Werden denn auch Taxis ermordet?«, fragte ich.

»Was? Taxen?« Immerhin hatte er schon den zweiten Gang drin und die Emmentaler Straße vor sich.

Mein Vater war für mich, solange ich zurückdenken konnte, eine Persona non grata gewesen, ein von der Ausländerbehörde in meinem Herzen abgelehnter Asylbewerber. Ich hatte ihn nicht dafür verachtet, dass er ein Prolet mit Ambitionen war. Für seinen faschistoiden Ausschließlichkeitswahn hasste ich ihn heute noch. Trotz seiner schweren Diabetes und meiner Verpflichtung zu Mitleid und Zuwendung ihm gegenüber brachte ich es nur selten übers Herz, ihn zu besuchen.

Mein Vater schrieb Gedichte. Früher, als Angestellter der Bahn, hatte er nach Feierabend Verse gedrechselt, nunmehr, als Invalidenrentner, war sein Produktionsausstoß in Schwindel erregende Höhen geklettert. Da niemand sein umfangreiches Werk drucken wollte, wurde er von Tag zu Tag verbissener. Schon immer war er ein vernagelter Wortklauber gewesen, aber ich war notgedrungen durch seine Schule gegangen. Sie hatte mich geprägt. ›Die Mehrzahl von Taxi ist Taxis, nicht Taxen. Taxen ist die Mehrzahl von Taxe, also Abgabe, Steuer, Gebühr. Es hat etwas mit Taxieren zu tun. Blablabla.‹ Stundenlange pädagogische Vorträge über die deutsche Sprache, die deutsche Kultur, das Deutschtum an und für sich und als solches und dass bei Hitler auch nicht alles schlecht gewesen ist. Der Führer hatte die Arbeitslosigkeit beendet und die Autobahnen gebaut. Ich kannte viele Dokumentarfilme über die Nazizeit, aber mit einer Schippe in der Hand Autobahnen bauend hatte ich Hitler nie gesehen. Über seine Sprachkultur mochte ich mich nicht streiten.

Der Wodka tat das Seine, aber es waren vor allem die Gedanken an meinen Vater, die in mir Brechreiz hervorriefen. Schon deshalb unterließ ich es, den Fahrer in den richtigen Gebrauch des Plurals von Taxi einzuweisen. Es gab sogar Menschen, die eine singuläre Mietkutsche als Taxe bezeichneten, ein grässlicher Fauxpas. *Wenn das der Führer wüsste!* Aber er hatte ja bekanntlich nichts gewusst.

»Wenn das der Führer wüsste«, sagte ich. Oder lallte es. Es

gibt nichts Schlimmeres als Suff am Morgen. Die ganze Stadt sah fremd und eklig aus.

»Was soll denn das?«, fragte der Fahrer. Was ich als Scherz gedacht hatte, war wirklich unverständlich.

»Beachten Sie mich nicht«, bat ich ihn. »Ich existiere gar nicht.«

Das hielt er bis in die Keithstraße durch, für einen Berliner Taxichauffeur, die zumeist sehr redselig waren, eine enorme Leistung. Aber auch ich leistete Großartiges. In unserem Dienstgebäude schaffte ich es bis in die Damentoilette auf dem Gang meiner Mordkommission. Dort öffnete ich alle Schleusentore und kotzte wie ein Reiher.

»Lena, Lena!« Lüders schüttelte den Kopf. »Du gehörst ins Bett. Unser Toter läuft nicht mehr weg. Klink dich mal einen Tag aus.«

»Nach deinem Abenteuer gestern Abend hätte dafür sogar der KOR Verständnis«, sagte Diethelm. Das Mitgefühl meiner beiden Kollegen tat mir gut. Ein Heilmittel gegen das Rumoren in meinem Kopf und meinen Gedärmen war es aber nicht.

»Ich hab so viel zu tun«, widersprach ich, obwohl ich den Lockruf des Bettes durchaus vernahm.

»Sag, worum es sich handelt. Das erledigen wir für dich«, bot Lüders an.

»Um Elmar. Er heißt eigentlich Warssonofi Schanowski. Deshalb mein Auftritt in der Koloniestraße. Dort wohnt oder wohnte er.«

»Woher weißt du das?«

»Ich war gestern im jüdischen Krankenhaus. Schanowski hat Nachtschichten geschrubbt. Wir haben nun auch ein Bild von ihm, aus seiner Personalakte. Keine fotografische Glanzleistung allerdings ...«

»Dann sind wir ja ein schönes Stück weiter«, meinte Diethelm, nahm das Foto und ging zur Tür.

»Wer weiß.« Ich unterdrückte ein Rülpsen. »Schanowski muss mit der ganzen Sache nichts zu tun haben.«

»Mit welcher Sache überhaupt?«, fragte Lüders und schob mir einen Bericht über den Tisch.

»Eben.« Ich warf einen Blick auf die Papiere. »Vom Spekulativen zum Konkreten. Wie war's denn bei den Kollegen der PD Eins?«

»Magst du nicht lesen?«

»Du kannst so schön erzählen«, behauptete ich.

»Schlimmer als erwartet«, begann Lüders. »Unsere Dienstzweige fallen einander ja nicht beständig um den Hals, aber wenn's einen Kollegen trifft, oha! Da beginnt der Corpsgeist seine Blüten zu treiben. Alle waren furchtbar betroffen, und mir wurde dauernd auf die Schulter geklopft. So nach dem Motto: Dieses Killerschwein, das bringen wir alle gemeinsam zur Strecke. Selbst der letzte KOB, der sich hauptsächlich um die Sicherheit von Kleingartenanlagen sorgt, wird zum Mörderjäger. Und jeder Berliner Polizist wird sich nach Kräften bemühen, Verwirrung zu stiften.«

»Wenn so oft wie in Amerika Bullen umgebracht würden, wär's vielleicht anders. Man gewöhnt sich dran.«

»Die Cops sollen aber auch durchdrehen, wenn es einen ihrer eigenen Leute trifft. Es ist immerhin unser erster gemeinsamer Polizistenmord.«

Ich nickte. Nur in Fernsehfilmen wurden deutsche Polizisten häufig von Verbrechern erledigt oder zumindest angeschossen, in unserem Dienstalltag dagegen kam das sehr selten vor. Manchmal legte ein Polizist Hand an sich selbst und blies sich das Lebenslicht mit der Dienstpistole aus, aber Selbstmord war nicht unser Bier. Ich war nunmehr seit mehr als einem Jahrzehnt bei den Mordkommissionen. Während dieser Zeit hatte es einen Polizeibeamten erwischt, aber der Fall war nicht von meinem MK untersucht worden. Das Motiv war Eifersucht gewesen, also eine richtig klassische Sache, die im Übrigen bewies, dass Bullen auch nur Menschen waren.

Kriminelle töteten nur ungern Polizisten, jedenfalls in Deutschland. Es war viel zu riskant. Die deutschen Mordkommissionen hatten eine hervorragende Aufklärungsrate, jeder Verbrecher konnte sich an einer Hand abzählen, dass man ihn erwischen würde. Außerdem war ein solcher Mord zwecklos, weil Polizisten nachwuchsen. Ein Krimineller, dem die Polizei auf der Spur war, musste schon das gesamte LKA auslöschen, wenn er ungeschoren davonkommen wollte. Und da Kriminalisten nur Hilfsbeamte der Staatsanwaltschaft waren, mussten auch alle Staatsanwälte beseitigt werden. Polizistenmorde lohnten sich nur in Ländern, die vom organisierten Verbrechen infiltriert waren, ja, wo man Staat und Mafia gar nicht mehr trennen konnte.

»Du bist länger als ich bei Mord und Totschlag, Johannes«, sagte ich. »Hattest du mal ein Tötungsdelikt an einem Kollegen zu beackern?«

»Ja. Als ich noch grün war hinter den Ohren. Obwohl die Lösung ganz einfach war, haben wir ein Dreivierteljahr gebraucht. Damals haben selbst in Berlin noch viele Homosexuelle ein Doppelleben geführt. Dieser Kollege war erstochen worden, aber es gab überhaupt keinen Grund. Keine Motive, keine Verdächtigen, nichts. Er war schon alt, hatte die schlimmen Zeiten erlebt. Dass er sich ab und zu einen Strichjungen holte, hat er perfekt verborgen. Erst als der Junge, der ihn auf dem Gewissen hatte, noch einmal zuschlug, bei einem Freier, der kein Polizist war, erst da konnten wir die Ermittlungen abschließen. In seinen Mörder will das Opfer sich sogar wirklich verliebt haben. Na, die uralte Geschichte. Jemand sucht Liebe und findet den Tod.«

»Bender könnte auch etwas gesucht haben«, überlegte ich. »Liebe, das weiß ich nicht, er hatte ja eine Freundin. Aber Heilung vielleicht.«

»Wie ich dir gesagt habe, Lena.« Lüders nickte vor sich hin. »Jeder klammert sich ans Leben, weil es kein zweites gibt. Sogar die Selbstmörder. Man bringt sich nicht um, weil man sterben, sondern eigentlich, weil man leben will. Aber nicht kann.«

Wir philosophierten. Es hieß immer, das deutsche Volk hätte erstaunlich viele große Denker hervorgebracht, aber wenn ich mir das deutsche Volk in der U-Bahn, auf den polizeilich überwachten Fußballplätzen oder an seinen heiß geliebten Imbissbuden anschaute, kam ich zu dem Schluss, dass sich die großen Denker nur selbst hervorgebracht haben konnten: Sie hatten einfach keinen Bock auf Sumpf gehabt. Kriminalhauptkommissar Johannes Lüders wurde nicht zu den großen Denkern gezählt, und ein Fachmann würde seine Philosophie zweifellos als vulgär betrachten. Ich mochte es, wenn ich mit meinem Stellvertreter auch einmal über mehr sprechen konnte als nur über Tatortprotokolle und Autopsieberichte. Zwar hatte ich noch nichts über seine Ermittlungen in der Direktion Eins erfahren, aber das hatte Zeit. Zuerst einmal packte ich die Gelegenheit beim Schopfe, um ihn als Erziehungsberater zu konsultieren.

»Johannes, du hast doch auch einen Sohn im schwierigen Alter«, leitete ich meine Frage ein. Lüders nickte. »Hat der auch diesen Flitz, trotz großer Kälte leicht bekleidet durch die Straßen zu rennen?«

»Hatte er. Nun ist er fast achtzehn, da wird man vernünftiger. Aber in der Tat ... Kurze Hosen sind ja bei Jungs seit ein paar Jahren wieder in. Tja, und die wurden dann bis in den tiefsten Herbst getragen.«

»Wie bei Jim«, sagte ich. »Und ich frage mich, was das soll. Sind es Mutproben?«

»Glaube ich nicht. Ich denke, es hat eine erotische Komponente. In diesem Alter sind die Jungs mit einem völlig neuen Körperempfinden konfrontiert. Die Kälte auf der Haut zu spüren, heißt zugleich, das Leben in seinem Leib zu empfinden. Es erregt.«

»Mein Sohn ist doch kein Masochist«, sagte ich.

»Das behaupte ich auch nicht. Aber du weißt selbst, wie es ist, seinen Körper im Sommer der Hitze auszuliefern. Warum soll nicht auch das Gegenteil einen angenehmen Schauder auslösen? Man will in dem Alter so viel fühlen ... all die neuen, fremden Empfindungen ausprobieren ...«

»Ich habe Diethelm gesagt, er hätte Geograph werden sollen. An dir ist ein Psychologe verloren gegangen.«

»Das bezweifle ich. Davon abgesehen, solltest du froh sein, nicht mit Idioten zusammenarbeiten zu müssen.«

»Bin ich. Um noch mal auf Benders Kollegen zurückzukommen. Du hast mir gestern kurz berichtet, er habe seine längeren Krankenhausaufenthalte mit einer Allergie begründet. Aber die Krankenscheine ...«

»Ich habe sie mir angeschaut. Sein Arzt war offenbar sehr diskret. Es steht nur Unleserliches im entsprechenden Feld.«

»Und was sagen seine Kollegen so?«

»Bender ist tot, Lena. Die Kollegen berichten nur Gutes. Ich habe mich nicht so leicht abspeisen lassen, aber mehr als meinen Eindruck kann ich dir nicht mitteilen. Dirk Bender war absoluter Durchschnitt. Wie es von ihm erwartet wurde. Er hat nicht durch übermäßigen Fleiß geglänzt, dann hätte man ihn schließlich für einen Streber gehalten, aber er war auch nicht faul. Er war zu allen freundlich, aber kein Speichellecker. Wohlverhalten, die größte Beamtentugend, hat auch er gepflegt. An seinem Arbeitsplatz war er nie der Erste, aber auch nie der Letzte; das hätte ihn nämlich verdächtig gemacht. Du kennst doch das Prinzip mancher Vorgesetzter. Sie tun so, als würden sie immer arbeiten, rund um die Uhr. Deswegen erscheinen sie fünf Minuten vor ihren Mitarbeitern und bleiben fünf Minuten länger. Der Chef der Kripo da oben ist so ein Typ. Er beklagt lautstark seine Arbeitsüberlastung, obwohl ihn seit zehn Jahren niemand arbeiten gesehen hat. Aber er ist anwesend. Nur das zählt. Er hat ja Leute, die für ihn ermitteln.«

»Heißt er nicht Augenthaler?«, wollte ich wissen.

»Nein. Augenthaler ist sein Stellvertreter. Ein wirklich guter Mann. Auf den kann er sich verlassen, der schmeißt die Chose.«

»Richtig.« Ich nickte. »Bornhöft. Bornhöft ist der Boss. Man munkelt, dass er säuft?«

»Klar säuft er. Das ist das einzige Handwerk, das er beherrscht.«

»Warum ist das Leben eigentlich so banal?«

»Keine Ahnung. Aber ich habe letzte Nacht mal meinen Brockhaus konsultiert. Die fünftausend Mark waren eine Fehlinvestition, das Ding war schon bei seinem Erscheinen veraltet. Da stehen doch tatsächlich noch die Bezirke der DDR drin. Aber die Bände sind ledergebunden und machen optisch was her. Wusstest du, dass Alfred Nobel und seine Brüder ins Ölgeschäft von Baku investiert haben? Und das war keine Fehlinvestition: Ohne die kapitalen Gewinne hätte uns Alfi nie den Nobelpreis stiften können.«

»Was lehrt uns das?«, fragte ich. »Für begnadete Kriminalisten gibt es keinen.«

»Nicht mal für begnadete Kriminalschriftsteller«, sagte Lüders. Er hatte, das kapierte ich blitzartig, auch schon getrunken. »Und nur bei denen kommen begnadete Kriminalisten vor. Genies wie Sherlock Holmes, Maigret oder Hercule Poirot habe ich noch nie durch unsere Dienststellen huschen sehen.«

»Weil der Beamtenstatus satt und dumm macht«, sagte ich.

»Aber nur die anderen«, meinte Lüders und stellte eine Flasche Korn auf den Tisch. »Lass uns mal unsere Mittelmäßigkeit feiern. Ich habe heute nämlich Geburtstag.«

Ich hatte zweifellos meine Talente. Mein größtes Talent bestand darin, die Geburtstage meiner Mitarbeiter zu vergessen. Normalerweise erinnerte mich Patricia, die den Geburtstagskalender führte. Weil ich in den letzten Tagen viel unterwegs gewesen war, hatte sie mir die Kunde von Lüders'

Wiegenfest auf die Mailbox gesprochen. Und ich blöde Kuh hatte sie nicht abgehört.

Lüders erwartete kein Geschenk. Ich hätte ihm trotzdem etwas schenken sollen. Noch nach dem dritten Korn war mir mein Versagen peinlich.

Es heißt, wenn man einen Kater hat, soll man Öl auf die Lampe kippen, um wieder klar zu werden. Das bezweifelte ich. Bevor ich abermals den Kopf verlor, begab ich mich quer über den Gang zu Jörg Röder.

Röder sprang auf, als ich den Raum betrat, den er sich mit Wiesenburg und Petersen teilte. Das war kein militärisches Verhalten einer Vorgesetzten gegenüber; solche Gepflogenheiten hatte es womöglich bei der früheren DDR-Volkspolizei gegeben, die nach militärischen Prinzipien funktioniert hatte, aber nicht bei uns. Jörg Röder musste aufspringen, weil er seine für mich bestimmten Aufzeichnungen im Regal hinter sich verwahrte. Er hatte ein Blatt mit den Angaben über Gregor Jahnke, Henry Gomballa und K. Zacharias betippt. Demnach handelte es sich bei Konrad Zacharias um den Inhaber eines Fachgeschäftes für Sportwaffen, bei ihm hatte Bender seine Pistole gekauft. Jahnke war ein Schulfreund von Bender, der in Hohen Neuendorf im Speckgürtel von Berlin gelebt und Sozialhilfe bezogen hatte. Seit ein paar Monaten war er tot.

Henry Gomballa leitete das Berliner Büro von »Life's New Quality«, jener luxemburgischen Stiftung, die am Bau der Havelsiedlung Seeblick beteiligt war.

»Wissen Sie, was Bender mit dieser Firma zu schaffen hatte?«, erkundigte ich mich.

»Er hat sich mit ihr gestritten«, sagte Röder. »Vor allem mit diesem Gomballa. Einen ganzen Ordner Schriftwechsel gibt es darüber. Behauptet jedenfalls Gomballa.«

»Schriftwechsel? Und warum befindet sich kein entsprechender Ordner in Benders Wohnung?«

»Keine Ahnung.«

»Welchen Anlass hatte der Streit?«

»Er drehte sich um Baumängel«, entgegnete Jörg Röder. »Natürlich sind diese Mängel aus Sicht von Gomballa nur eingebildet. Für ihn sind die Häuser an der Havel erstklassig in jeder Hinsicht. Aber wir kennen doch die Schweinereien im Baugewerbe. Bender wird schon Recht gehabt haben.«

»Darauf können wir wetten«, sagte ich. »Nach meiner Kenntnis ist ›Life's New Quality‹ aber keine Baufirma. Sie investiert nur in den Wohnungsbau. Mit einer schlechten Bauausführung hat man also auch sie beschissen.«

»Es sei denn, sie haben die Baufirmen kurz gehalten und mit knapper Kasse von vornherein die Mängel mitverschuldet.«

»Würde Herr Gomballa diesen Ordner herausrücken?«

»Garantiert nur, wenn wir ihm eine richterliche Anordnung vorlegen.«

»Die kriegen wir nicht. Noch nicht. Aber Benders Eltern müssten diese Vorgänge auch kennen. Sie leiden schließlich unter der Schluderei, nicht ihr Sohn. Der wollte ihnen wahrscheinlich bloß helfen im Kampf um einen Preisnachlass oder Nachbesserungen oder worum auch immer.«

»Anzunehmen.« Röder setzte seine Unterschrift unter den Bericht, ich nahm ihn und wandte mich zum Gehen. Wiesenburg betrat in diesem Augenblick das Zimmer. Er trug Straßenkleidung, war also unterwegs gewesen.

»Wir haben Benders Wagen«, sagte er.

»Alle Achtung. Wo stand er?«

»Nicht weit vom Ehrenmal entfernt. In der Walhallastraße. Er ist also mit seiner Karre nach Schönholz gefahren. Ich vermute, dass er zielgerichtet das Denkmal aufgesucht hat.«

»Warum vermuten Sie das?«

»Von der Walhallastraße zu den Schießständen des Schützenvereins hätte er durch den ganzen Park laufen müssen, er hätte das Auto also viel näher abgestellt.«

»Etwas Auffälliges am oder im Wagen?«

»Auf den ersten Blick nicht. Ich habe ihn zur PTU schleppen lassen.«

»Sehr gut.«

In meinem Büro wartete Lüders mit einer überraschenden Neuigkeit.

»Doktor Basing hat gerade angerufen«, sagte er. »Sie haben sich gründlich mit Benders Händen befasst. Von den Hautpartikeln unter seinen Fingernägeln lassen sie eine DNA-Analyse machen. Das war aber nicht der Grund für den Anruf aus dem Leichenkeller. Roth und Basing haben Schmauchspuren entdeckt. An dem Tag, als Bender starb, muss er noch geschossen haben.«

»Ach nee.« Ich ließ mich auf meinen Drehstuhl fallen, der gefährlich knarrte. Lüders füllte mein Glas. »Der Spurenbericht vom Tatort weist aber keine Geschosseinschläge oder Projektile aus. Was ja nicht viel bedeutet. Wir müssen noch mal suchen lassen.«

»Aus seiner Dienstpistole hat Bender keinen Schuss abgegeben, sie befand sich zum fraglichen Zeitpunkt in seinem Waffenfach in der PD. Ich habe das PTU-Labor konsultiert. Auch die Sportwaffe wurde lange nicht benutzt.«

»Dann ist also noch eine dritte Knarre im Spiel«, folgerte ich messerscharf.

»So sieht es aus.«

»Und die ist weg.«

»Wie so vieles«, meinte Lüders. »Geld, Kreditkarten, Personalpapiere, Führerschein.«

»Und trotzdem glaube ich nicht an einen Raubmord«, sagte ich und kippte den Korn. »Johannes, tut mir leid, dass ich deinen Geburtstag vergessen habe. Was wünschst du dir?«

»Gesundheit.«

»In Ordnung. Ich kaufe dir morgen eine ganze Packung. Rot oder weiß?«

»Lieber ...« Johannes kam vorerst nicht dazu, seinen Satz

zu vollenden. Das Telefon für die Gespräche mit der Welt außerhalb der Dienststelle klingelte. Ich griff nach dem Hörer.

»MK acht«, stellte ich mich vor.

»Rotwein«, sagte Lüders. Oberrat Brinkmann und sein Schirmträger Koslowski betraten unser Arbeitszimmer. Ich nahm an, dass sie zum Gratulieren erschienen waren.

»Ziegler«, sagte der KHK vom BKA.

»Sie sind aber schnell«, sagte ich.

»Nicht ich«, entgegnete Ziegler. »Die Kollegen aus Aserbaidschan ...«

Brinkmann und Koslowski waren tatsächlich zum Gratulieren gekommen. Aber sie meinten nicht Lüders, sie meinten mich.

»Herzlichen Glückwunsch, Lena«, sagte der KOR.

»Was? Warum?« Ich war verwirrt.

»Warum was? Sie klingen, als würden Sie ein paar Zentimeter neben der Spur laufen«, sagte Ziegler am Telefon. »Aber das habe ich auch gemacht. Aserbaidschan ist Mitglied der Interpol. Und der Polizeiinspektor Seyidli von Interpol Baku ist ganz heiß auf diesen ...« Ich hörte Papiere rascheln. »Auf diesen Schanowski, Wars-so-no-fi.«

»Wir wollen Ihren gestrigen Erfolg feiern, Lena«, sagte der KOR.

»Halten Sie doch mal den Mund«, fuhr ich ihn an. Wenn ich nicht angetrunken gewesen wäre, hätte ich es nicht gewagt.

»Bitte?«, fragte Ziegler.

»Nein, nicht Sie! Hier ist grade die Kacke am Dampfen.«

»So hört's sich auch an. Dieser Seyidli ist ein Sprachgenie. Er beherrscht Russisch, Türkisch, Iranisch und Französisch. Englisch kann er nur ganz, ganz wenig.«

»Und wie haben Sie sich mit ihm verständigt?«

»Mit dem Französischwörterbuch. Und mit *Thanks a lot.*«

»Heißt das, ich könnte ihn mal anrufen? Mit dem Französischwörterbuch in der einen und *Thanks a lot* in der anderen Hand?«

»Anrufen, faxen, mailen«, sagte Ziegler. »Die sind da genauso modern wie wir. Rauchzeichen sind obsolet.«

»Megageil«, sagte ich.

Ziegler lachte laut auf. »Wie alt war noch mal Ihr Sohn?« Nachdem er sich beruhigt hatte, gab er mir die Rufnummer durch. Ich notierte sie auf meine Schreibtischunterlage neben »Elmar, Jude, Baku«.

Lüders hatte mir geraten, mich so rasch wie möglich ins Bett zu verfügen. Nachdem die Gratulationscour vorüber war und mich sowohl KOR Brinkmann als auch sein Adlatus überschwänglich zu meinem Erfolg gegen die Ghetto Tigers beglückwünscht hatten, nahm ich sein Angebot an. Lüders war das Geburtstagskind, mir drückte man die Flossen. Meinen so genannten Erfolg hatte ich allein Wiesenburg und Petersen zu verdanken. Sie hatten mich rausgehauen. Nach dem Gequatsche von Brinkmann und Koslowski, also ein paar Schnäpse später, rief ich mir ein Taxi. Dies war der Tag, an dem ich Taxifahrer glücklich machte. Allerdings fuhr ich nicht in die Aroser Allee.

Ich ließ mich von dem Quatschkopf von Chauffeur nach Neukölln bringen, zur Studentenbude von Margrete. Margrete beherrschte nicht nur meinen Körper und meine Gefühle, sie beherrschte auch die französische Sprache aus dem Effeff. Und da meine geliebte Diplomatentochter ein paar frühe Lebensjahre in Moskau verbracht hatte, war sie sogar mit dem Russischen nicht unvertraut; nur sie würde mit dem Kriminalbeamten aus Baku so sprechen können, dass keine Missverständnisse aufkamen.

Als ich die Treppe zu ihrer Wohnung hinauflief, hatte ich bereits vergessen, was mir der Taxifahrer über die Steuerreform erzählt hatte. Ich war Beamtin, alle Steuerreformen, und ich kannte nur missratene, gingen mir am Hintersten vorbei.

Margrete kredenzte mir Küsse, grünen Tee und Wodka. Sie war eine erfahrene Trinkerin und glaubte wie so viele, dass man am Tag danach den Alkoholpegel im Blut nicht nur wiederherstellen sollte, was ich ja eigentlich ablehnte, man musste ihn zugleich mit viel Fett neutralisieren. Deswegen bekam ich zum Wodka auch eine Riesenportion gesalzener Erdnüsse. Ich knabberte die Kalorienbomben und gab Margrete die Telefonnummer von Inspektor Seyidli.

Margrete hatte den Raumlautsprecher eingeschaltet, ich konnte mithören. Ein Mann meldete sich in einer vollkommen unverständlichen Sprache.

»*Ici la police allemande*«, sagte Margrete. »*La police de Berlin.*«

»*Ah, Madame Wertebach. Enchanté!*« Die hatten sogar Stil da unten in ihrer Ölpfütze.

»*Non, je ne suis pas Madame Wertebach. Je suis la secretaire. Madame Wertebach ne parle pas français.*«

»*No problem.*« Das war das Englisch, das der Interpolbeamte aus Baku beherschte. »*We can try... to parlez français is the best way.*«

»*D'accord*«, sagte Margrete. Sie mischte ein paar Brocken in ihre Rede, die slawisch klangen. »Wir interessieren uns für einen Warssonofi Schanowski. Geboren am 26.10.1973 in Sumgait. Aufgewachsen in Baku. Er ist Jude.«

»Das registrieren wir nicht mehr. Unter Stalin war es so üblich. Aber wir haben uns mittlerweile von Russland losgesagt. Dazu kann ich Ihnen sogar was auf Deutsch sagen, wir haben nämlich viele deutsche Geschäftsleute hier. Baku ist wirtschaftlich nicht unattraktiv. Gott sei Dank!«

»*Ou Alahu akbar?*«, fragte Margrete. Meine Bewunderung für ihre Sprachkenntnisse und für ihren Wodka waren grenzenlos.

»Ich bin nicht religiös«, sagte Seyidli. »Ich bin seit zweiundzwanzig Jahren Flic, also noch unter der Sowjetmacht eingestellt worden. Und die war ja atheistisch. Übrigens interessieren wir uns für Schanowski bestimmt mehr als Sie.«

»Why? Äh, pardon ... Pourquoi?«

»*Why,* das habe ich schon verstanden«, sagte Seyidli. Es klang fast schamhaft.

»Also, warum?«

»Schon als mir Monsieur Ziegler den Namen Schanowski genannt hat, war ich im Bilde. Ich habe diesen Fall seinerzeit als Angehöriger der Brigade criminelle in Baku untersucht. Bevor ich zu Interpol versetzt wurde.«

Margrete verlegte sich darauf, Russisch zu sprechen. Was sie sagte, hielt sie vor mir geheim. Es schien Seyidli zu beeindrucken.

»Sie müssen mit einem Auslieferungsersuchen rechnen«, sagte er. Margrete übersetzte für mich. »Wir fahnden nach ihm wegen Doppelmordes an zwei Siebzehnjährigen. Nach unseren Informationen soll er in Israel leben. Aber die dortigen Behörden sind nicht sehr kooperativ.«

»Was hat er denn mit seinen Opfern angestellt?«, fragte ich, Margretes Zunge benutzend.

»Er hat sie ausgeweidet«, sagte Inspektor Seyidli.

Ein Perverser, dachte ich. Elmar ist pervers. Ein Knabenschänder. Mit Bender hatte das nichts zu tun.

Mit diesem Gedanken schlief ich auf der Couch meiner Geliebten ein.

5

Margretes guter Pflege war es zu verdanken, dass ich an diesem Tag wieder auf die Beine kam. Zwei Stunden schlief ich traumlos auf ihrem Hochbett und fühlte mich nach dem Erwachen schlimmer als zuvor. Mich bewegte kein kriminalistisches Problem, als ich den Kopf hob. Nur wie ich auf das Hochbett gekommen war, wollte ich wissen.

Margrete grinste. Dann schickte sie mich in die Badewanne. Da sie aus dem Land der Trolle und Geister stammte, war sie eine erfahrene Kräuterhexe. Sie würzte das Badewasser mit allerlei Essenzen und schrubbte mir mit einer Bürste Rücken, Arme und Beine, bis die Haut krebsrot war. Nach dieser Prozedur hatte ich wieder einen Kreislauf.

Ich war noch schwach in den Knien, als ich in Margretes Bademantel gehüllt in die Küche schritt, aber mein Gang war aufrecht, und mein Körper fühlte sich nicht mehr an, als würde er aus verkochten Nudeln bestehen. Allein mein Gesicht und meine Zunge kamen mir geschwollen vor. Besonders widerlich war der säuerliche Geschmack in meinem Mund. Ich bekam sofort Sodbrennen, als ich sah, dass meine Liebste für mich kochte. Der Anblick zweier leerer Zigarettenschachteln versetzte mir einen Schlag in die Magengrube.

Die Wodkaflasche und die Schnapsgläser hatte Margrete fortgeräumt und den Küchentisch mit Tellern, Teetassen, Bestecken, Brot und Butter gedeckt. Während ich geschlafen hatte, war sie offenbar einkaufen gewesen. Das runde Brot hatte eine dunkle Kruste, die mir unter anderen Umständen

Lust gemacht hätte, meine Zähne hineinzuschlagen. Ich hatte jedoch keinen Appetit.

Obendrein roch es leicht nach Fisch. Gegen Fisch hatte ich eigentlich nichts einzuwenden. Jetzt erregte mir der Geruch Übelkeit, und ich schüttelte den Kopf.

»Du musst essen, Lena«, sagte Margrete. »Essen hilft.«

Erst einmal musste ich Lüders anrufen und ihn von den neuen Entwicklungen unseres Falles in Kenntnis setzen. Ich langte also nach dem schnurlosen Telefon auf dem Fensterbrett, überlegte, ob ich noch irgendwo Zigaretten hatte und verwarf den Gedanken ans Rauchen sofort. Margretes Küchenwecker verriet mir, dass es noch nicht einmal fünfzehn Uhr war. Umso erstaunter war ich, dass niemand an den Apparat ging. Ich läutete bei Diethelm an, ohne Ergebnis. Schließlich tippte ich die Nummer des Sekretariats ein. Patricia, die gute und treue Seele meines MK, war zu sprechen.

»Die feiern Johannes' Geburtstag«, sagte sie. »Sitzen jetzt oben bei Pech und Schwefel.« Damit meinte sie das Branddezernat. »Geht's dir gut?«

»Du feierst nicht mit?«

»Allein mit all den Männern? Die trinken doch Schnaps. Und mir wird nach einem Glas Wein schon schummrig.«

Das Wort Schnaps hatte eine niederschmetternde Wirkung auf mich. Ich musste mich zwar nicht mit allzu vielen Selbstvorwürfen belasten, Lüders' Geburtstag machte meinen alkoholbedingten Ausfall wett, doch allein die Erwähnung von Hochprozentigem erweckte meinen Kater wieder. Ich wünschte meiner Sekretärin einen angenehmen Feierabend, sie wünschte mir gute Erholung. Margrete stellte eine große Schale mit Fischsuppe vor mich hin. Und wünschte mir guten Appetit.

»Es soll Zeiten gegeben haben, da Wünschen noch geholfen hat«, sagte ich.

»Iss!«, befahl Margrete.

»Ich kann nicht.«

»Du musst!«

Margrete hatte die Suppe mit saurer Sahne und den aufregendsten Gewürzen zubereitet, sie war sicher eine Köstlichkeit, aber ich löffelte sie nur mit allergrößter Überwindung in mich. Das frische Brot, das ich dick mit Butter bestrich, duftete nach Kindheit, nach der Zeit, als Backen noch ein Handwerk war und keine Industrie. Trotzdem brauchte ich lange, um es hinunterzubringen.

Margrete aß still und beobachtete mich.

»Hervorragend«, sagte ich und rührte in meiner Schale.

»Ich weiß. Du bekommst noch mehr.«

»Das ist lieb gemeint, aber ich bin wirklich ...«

»Ich sehe, dass es dir nicht schmeckt. Es ist Medizin.«

Ich war folgsam. Ich füllte mir den Magen. Auch den grünen Tee, das neue Wundermittel, schluckte ich brav. Und zwei Aspirin hinter Margretes Rücken.

Als ich schließlich, geliebt, gereinigt und gestärkt, die Treppe hinab und auf die Straße stiefelte, um zum dritten Mal an diesem Tag auf Staatskosten ein Taxi zu benutzen, hatte ich ihn tatsächlich hinter mir: den Weg zurück vom Schnapsfass zum vollwertigen Mitglied der menschlichen Gesellschaft.

Der Fahrer war Ausländer, und die sprachen für gewöhnlich nicht viel. Ich konnte mich also gemütlich in die Polster lehnen und über das Ausweiden nachdenken. Die aserbaidschanische Polizei verdächtigte Warssonofi Schanowski, zwei siebzehnjährige Jungen getötet und ausgeweidet zu haben. Das war kein gewöhnliches Verbrechen.

Bender war von seinem Mörder erstochen, aber er war nicht ausgeweidet worden. Ich konnte mir nicht vorstellen, dass er mit einem Verbrecher befreundet gewesen war. Vermutlich hatte er von Schanowskis Untaten nicht das Geringste gewusst.

»Halten Sie da mal kurz«, befahl ich dem Chauffeur.

»Wo?«

»An dem Zeitungsladen.«

»Wie Sie wollen.«

Ich nahm meine Aktentasche mit, nicht weil ich dem Fahrer misstraute, sondern weil ich sie als Transportmittel benötigte. In der Tasche befanden sich wichtige Papiere. Wenn ich sie verlor, würde ich gewaltigen Ärger bekommen. Doch das war mir egal.

»Zwei Dosen Bier und Pfefferminzbonbons«, orderte ich. Die Suffköpfe in ihren billigen Trainingsanzügen, die unter der Kundschaft von Berliner Zeitungsläden die Majorität bildeten, starrten mich an.

»Wat für'n Bier?«

»Kindl. Und schlagen Sie die Dosen bitte in eine alte Zeitung ein.«

Ich bekam, was ich wollte. Die Bierbüchsen verstaute ich als Notfallreserve in der Aktentasche, einen Pfefferminzbonbon lutschte ich sofort.

Die Siedlung Seeblick war nicht eingestürzt. Von einem der Neubauten wurde gerade das Gerüst demontiert, nachdem man das Auftragen der Farbe auf die Fassade beendet hatte. Es handelte sich um Lindgrün. Die übrigen Häuser waren zitronengelb oder rosa, bei den Rohbauten blieb es abzuwarten, zu welcher Farbgebung sich die Architekten Löhr & Bamberger entschlossen hatten. Sie hielten es offensichtlich mit den Pastelltönen.

Ich zahlte, ließ mir eine Quittung geben und verließ das Taxi. Die Gerüstbauer arbeiteten flink. Von ein paar anderen Bauarbeitern vermochte ich nicht zu sagen, in welchem Tempo sie ihr bisheriges Arbeitspensum erledigt hatten. Sie standen in einer kleinen Gruppe zusammen, starrten die Fassade hinauf, klönten und tranken Bier. Wahrscheinlich war das eine Besprechung. Ich nahm ein Pfefferminzbonbon und läutete bei Benders. Neue Mieter waren nicht eingezogen.

Hans und Clara Bender waren nicht überrascht, mich

wiederzusehen. Im Wohnzimmer lief das Fernsehgerät, und vermutlich hatten sie aus Filmen die Erkenntnis gewonnen, dass die Kriminalpolizei immer zwei Mal kam. Frau Bender drosselte die Lautstärke und brachte mir eine Limonade. Ich warf einen Blick über die Havel und auf die Industrieanlagen, bevor ich mich setzte.

Dirk Benders Eltern sahen schlecht aus, übernächtigt, wächsern wie die leblosen Bewohner eines Panoptikums. Die Augenringe der Mutter waren von tiefdunklem Blau, fast konnte man sie für Schwarz halten, und ihre Lippen, nur zwei dünne Striche, waren blutleer. Auch der Vater hatte tiefe Tränensäcke, feine rote Linien durchzogen seine gelblichen Augäpfel. Ich musste auf der Hut sein, durfte sie nicht verletzen, denn sie waren am Ende. Vom gewaltsamen Tod ihres Nesthäkchens würden sie sich nicht so rasch, vielleicht nie mehr erholen.

»Was wussten Sie eigentlich von den Krankheiten Ihres Sohnes?«, fragte ich.

»Seine Allergien?« Frau Bender schaute mich nicht an. Das sagte mir einiges. Offenbar hatte man sich auf Dirks Wunsch geeinigt, seine Erkrankung nach außen zu verharmlosen. Dass seine Eltern über ihre Schwere nicht im Bilde waren, konnte ich mir nicht vorstellen.

»Ich meine die anderen«, sagte ich.

»Welche denn?«

»Frau Bender, Sie können sich doch denken, dass wir Ihren Sohn obdu…, dass wir ihn gründlich haben untersuchen lassen«, sagte ich in einem zwar bestimmten, doch sanften Ton. »Er war vom Tod gezeichnet.«

»Was? Was hatte …?«

»Ach, Clara!« Herr Bender schüttelte den Kopf. »Dirk wollte nicht, dass wir darüber sprechen. Nicht einmal in der Familie. Aber die Kommissarin weiß es doch längst. Denk mal an die Polizeifilme und was die da immer mit den Leichen machen.«

»O Gott!« Frau Bender schluchzte. Bisher war es ihr wohl gelungen, die Vorstellung zu verdrängen, was man den sterblichen Überresten ihres Kindes antun würde. Dem ganzen Fernsehvolk war es bekannt. Die Sektionssäle der Rechtsmedizin übten eine unheimliche Anziehung auf die Filmschöpfer aus. Details wurden selten gezeigt. Ich war mir nicht sicher, ob das etwas mit Geschmack zu tun hatte oder mit der Furcht, das Publikum könnte aus den Latschen kippen.

»Wir wussten es«, bekannte Hans Bender. »Für Dirk war es natürlich am schlimmsten, viel schlimmer als für uns, und trotzdem, es hat auch uns sehr, sehr mitgenommen. Wir sind mit ihm immer kränker geworden. Außerdem haben wir darunter gelitten, dass wir nicht darüber sprechen sollten. Und man hätte so gern mal ... Man muss sich doch das Herz ausschütten können.«

»Ihr Sohn war zu stolz?«

»Er konnte noch nie krank sein, schon als Kind nicht. War ja früh Sportler. Als Ruderer ist er bei Meisterschaften mitgefahren. Aber wenn er dann mal einen Schnupfen hatte, das waren immer Katastrophen. Mit Gewalt hat er ihn zu kurieren versucht. Ein Schnupfen durfte nicht länger dauern als einen Tag.«

»Hepatitis ist mit einem Schnupfen nicht zu vergleichen«, wandte ich ein.

»Nein, daneben ist ein Schnupfen ein Klacks«, bestätigte Benders Vater.

»Wobei es allerdings ebenfalls eine Infektionskrankheit ist. Sogar eine Vireninfektion.«

»Und jetzt wollen Sie wissen, wie ...?«

»Ja.«

»Er ... Ich ... Es ...«, stammelte der Vater. Er tat mir wahnsinnig leid. Ich musste es aber herausfinden und in den tiefen Wunden stochern.

»Hepatitis B zählt zu den sexuell übertragbaren Krankheiten«, sagte ich, um dem Mann mit einem Stoß auf die Sprünge zu helfen. »Und auch Hepatitis C kann auf sexuellem Wege übertragen werden.«

»Dirk war erst achtzehn!« Frau Bender weinte hemmungslos.

Ein Zyniker hätte gesagt, Dirk Bender habe sich seine Hepatitis jahrelang zusammengespart. Denn gespart hatte er wirklich: für eine Reise. Sein damaliger bester Freund, der ebenfalls verstorbene Gregor Jahnke, war auf dem esoterischen Trip, und so hatten sich die beiden Achtzehnjährigen vorgenommen, sechs bis acht Wochen lang Indien zu erkunden. Bender hatte seine Lehre geschmissen, hatte sich aber bei der Polizei beworben und sollte ein Vierteljahr später eingestellt werden, Gregor arbeitete gar nicht. Zeit hatten sie also. Mir war nun klar, warum man Benders Krankheit bei der Einstellungsuntersuchung nicht festgestellt hatte; der junge Mann war noch nicht infiziert gewesen.

Es muss eine abenteuerliche Fahrt gewesen sein, quer durch den Subkontinent, mit der Bahn, mit dem Bus, per Anhalter auf altersschwachen Lastern. Junge Männer lieben das Abenteuer, die Gefahr reizt sie, und obwohl die beiden mehrmals bestohlen wurden, brachen sie die Reise nicht ab. Sie waren achtzehn, gerade mündig geworden, lebensfroh und leichtsinnig. Es galt, auch die Frauen zu entdecken. In Bombay teilten sich die beiden eine Prostituierte. Sie ließen der verruchten Schönen ein paar Rupien und ihren Samen da, dafür bekamen sie außer der Erfahrung noch etwas mit auf ihren Lebensweg: das Virus.

»Sie haben sich natürlich später heftige Vorwürfe gemacht«, sagte Herr Bender. »Ihnen wäre doch keine Zacke aus der Krone gebrochen, wenn sie Gummis benutzt hätten. Gerade in Zeiten von Aids. Aber sie waren so im Rausch … Diese wahnsinnige Stadt, das ganze exotische Umfeld, die fremden Gerüche, das Gewimmel, es hat am Ende nur noch getobt in ihren Köpfen. Ich schaue mir seither jeden Film über Indien an, vor allem Filme über Bombay. Ich will die Jungs verstehen. Und ich kann es. Wir hier in Deutschland leben unser normales, alltägliches Leben, da will man in der Fremde doch mal die Sau rauslassen.«

»Hans, wie du redest.« Frau Bender schüttelte den Kopf. »Also, er ist auch im Urlaub zivilisiert«, erklärte sie mir.

»Wir fahren seit fast zehn Jahren in ein und dasselbe Tal in Tirol«, sagte Hans Bender, »dort muss man zivilisiert sein. Aber irgendwann, Clara, das sage ich dir ... Also, Frau Wertebach, wir haben unser Erspartes in die Wohnung gesteckt. Im Moment sind große Reisen nicht drin. Aber irgendwann, Clara, wenn wir wieder was auf der Kante haben, dann will ich nach Lateinamerika. Zu diesen leidenschaftlichen Menschen.«

»Leidenschaftliche Frauen, meinst du wohl.« Clara streichelte ihrem Mann die Hände.

»Wir sind nicht mehr achtzehn. Wenn wir uns nicht bald die Welt anschauen, wird's nichts mehr. Das kann doch nicht angehen, dass man siebzig Jahre gelebt und nie New York gesehen hat.«

»Ich fürchte, die meisten Menschen haben New York nie gesehen«, bemerkte ich.

»Und Buenos Aires. Montevideo. Quito. Die Anden.«

»Ich kenn's auch nicht«, sagte ich.

»Aber Sie haben noch viel Zeit, sich überall auf der Erde umzusehen. Unsere Zeit ist knapp.«

»Sagen Sie«, ich versuchte, Benders Eltern wieder aufs Thema zurückzubringen, »wann ist denn Dirks Hepatitis-Infektion entdeckt worden?«

»Erst ein gutes Jahr später. Dirk hat sich immer schlapp gefühlt. Er mochte das nicht zugeben, aber irgendwann hat er es sich nicht mehr verheimlichen können. Unser damaliger Hausarzt hat eine Blutuntersuchung machen lassen. Dirk musste sofort in eine Spezialklinik. Sie haben ihn aufgepäppelt. Aber Sie wissen sicher, Hepatitis ist eine schleichende

Erkrankung. Und vor allem beim Typ C wird sie schnell chronisch.«

»Dirk hatte doch aber wieder so viel Hoffnung in letzter Zeit«, sagte Frau Bender.

»Ja, das stimmt. Irgendwo in Norddeutschland gibt es so einen Professor ... Ich weiß den Namen nicht mehr.«

»Professor Badan?«, fragte ich.

»Ja. Ein Amerikaner. Er hat Dirk zugesichert, dass er ihm noch in diesem Jahr eine neue Leber transplantiert. Transplantiert hätte. Dirk hatte so viel Vertrauen zu diesem Professor.«

»Er kannte ihn? War er mal in dessen Klinik?«

»Clara?« Hans Bender gab meine Frage an seine Frau weiter. Sie zuckte nur die Schultern. »Wir hätten ja selbst gern gespendet«, sagte der Vater.

»Wollten Sie Ihr Leben opfern?«

»Nein. Das würde man nicht zulassen. Genau gesagt, es ist sogar verboten. Aber es gibt die Möglichkeit der Lebendspende.«

»Das wusste ich nicht«, gab ich zu.

»Clara, wo ist dieser Zettel?«

»Hier.« Frau Bender griff in den Zeitungskorb und entnahm ihm einen Ausdruck.

»Es gibt zu wenig Spenderorgane«, sagte Hans Bender, dann las er vor, wobei er mühsam die komplizierten Begriffe entzifferte. »Der Organmangel führt dazu, dass an einigen Transplantationszentren über zwanzig Prozent der Patienten auf der Warteliste versterben. Ein Ausweg aus dieser Situation oder zumindest eine erhebliche Verbesserung könnte durch die Leberlebendspende entstehen. Hierbei spendet ein gesunder Erwachsener freiwillig einen Teil seiner eigenen Leber einem auf die Transplantation wartenden Patienten. Voraussetzung für die erfolgreiche Entnahme und Transplantation eines Leberteils sind der spezielle anatomische Aufbau einerseits und die große Regenerationsfähigkeit beziehungsweise die Funktionsreserve der Leber andererseits. Sowohl der rechte als auch der linke Leberlappen besitzen einen eigenständigen arteriellen und portalvenösen Zufluss beziehungsweise venösen Abstrom und einen unabhängigen Gallengangsabfluss. Hierdurch ist es möglich, sämtliche für eine Leberseite notwendigen Zu- und Abflussbahnen zu erhalten oder aber auch gezielt zu durchtrennen und später wieder anzuschließen. Zudem kann die Leber innerhalb weniger Wochen fast zur ihrer ursprünglichen Größe nachwachsen.«

»Dirk war ja dagegen«, sagte Frau Bender. »Aber wir haben uns untersuchen lassen. Leider sind wir zu alt und nicht gesund genug.«

»Und Martin?« Mir fiel plötzlich der Halbbruder ein.

»Er hat die gleichen Untersuchungen durchführen lassen. In Bonn, da lebt er«, sagte Herr Bender. »Aber seine Leber passte nicht.«

»Schade«, sagte ich.

»Ja. Aber es sah so aus, als hätte Dirk geholfen werden können. Von einem Fremden. Wir hätten ihm gerne jeden Tag einen Blumenstrauß geschickt.«

»Aber das nützt ja jetzt auch nichts mehr«, sagte Frau Bender leise.

Ein paar Augenblicke lang schwiegen wir uns an.

Ich räusperte mich. »Um eines würde ich Sie noch bitten«, sagte ich. »Um den Briefwechsel zwischen Dirk und diesem Herrn Gomballa von der Firma ›Life's New Quality‹.«

Ein Schuss ins Blaue, aber ich hatte ins Schwarze getroffen. Die Eltern verwahrten ihn in einem dicken Aktenordner, und diesen händigten sie mir aus.

Noch einen Taxifahrer beglückte ich und war damit drauf und dran, die Staatskasse zum Kollabieren zu bringen. Ich trank ein Bier, was den Fahrer zu einem skeptischen Blick in den Rückspiegel veranlasste, aber ich brauchte es einfach, um den Tag zu überstehen.

Von meinem Handy aus rief ich in der Dienststelle an. Ich hatte Lüders' Mobilfunknummer gewählt, und er ging tatsächlich an den Apparat.

»Ich habe vergessen, dich etwas zu fragen«, sagte ich. »Hast du Benders Kollegen eigentlich mit dem Scientology-Vorwurf konfrontiert?«

»Nee, das konnte ich nicht.« Lüders stieß mit der Zunge an, kein Wunder nach dem vielen Korn. »Ich hätte verraten müssen, dass KK 3131 Vorermittlungen eingeleitet hat, und das wäre ziemlich unklug gewesen.«

»Okay. Vielleicht spreche ich mal bei 3131 vor. Feiert noch schön. Ich erwarte dich morgen nicht vor Highnoon.«

»Danke, Lena.«

»Bedank dich nicht. Ich werd sicher auch nicht allzu früh in die Puschen kommen.« Damit beendete ich das Gespräch und widmete mich dem Briefwechsel zwischen Dirk Bender und Herrn Gomballa von »Life's New Quality«. Eine neue Seite von Bender enthüllte sich mir: Er war extrem rechthaberisch. Zweifelsohne war am Bau gepfuscht worden, aber Bender machte aus Mücken ganze Elefantenherden. Allein sieben Briefe widmete er einem verkehrt herum angebrachten Türschild. Solche albernen Schreiben wurden meines Wissens vor allem von notorischen Querulanten verfasst. Notorische Querulanten hatten durchaus ihren Platz in der Kriminalgeschichte. Manche von ihnen waren dermaßen davon überzeugt, Recht zu haben, aber es nicht zu bekommen, dass sie losgingen und eine Blutspur hinterließen. Notorische Querulanten hatten die Tendenz zum Amok.

Dirk Bender hatte ich bisher für überangepasst und nicht für einen Querulanten gehalten. Vielleicht hatte er mit diesem exorbitanten Briefwechsel seine Angepasstheit kompensiert. Bei Gomballa konnte er einfach mal mit der Faust auf den Tisch schlagen. Oder, wie es sein Vater ausgedrückt hatte: die Sau rauslassen.

Die Firma »Life's New Quality« residierte neben anderen Unternehmen, deren Namen ich nur flüchtig wahrnahm, in einem dieser neugebauten Glaspaläste, die alle von einem einzigen Architekten entworfen sein mussten, denn sie sahen nahezu gleich aus. Henry Gomballa empfing mich in einem riesigen Büro, in dem jedes menschliche Wesen verloren ging. Vielleicht hatte er deshalb einen Hund dabei. Es war ein Rottweiler, aber ein menschenfreundlicher. Kaum dass ich mich gesetzt hatte, leckte er meine Hände.

»Charlie!«, rief Gomballa. Der Hund spitzte die Ohren, aber meine Hände waren zu aufregend, er mochte nicht gehorchen.

Henry Gomballa war ein absoluter Durchschnittstyp, so wie Bender einer gewesen war, wenn man vom Körperbau absah. Alles an ihm war medium. Er war Mitte vierzig und mittelgroß, trug sein mittelblondes Haar kurz geschnitten, und auch sein Anzug war von einem mittleren Grau. Mein Besuch überraschte ihn nicht. Im Gegenteil, es kam mir sogar vor, als hätte er längst damit gerechnet, Besuch von der Kripo zu bekommen.

»Wissen Sie, warum ich hier bin?«, fragte ich daher.

»Ich ahne es«, sagte Gomballa.

»Sie ahnen es?«

»Ja. Sie kommen wegen Bender. Deswegen hat ja bereits ein Kollege von Ihnen mit mir gesprochen.«

Ich nickte. Natürlich, das war Jörg Röder gewesen. Ich hatte meine Sinne noch immer nicht beisammen.

»Warum hat man ihn getötet?«, erkundigte sich Gomballa.

»Das wissen wir noch nicht«, sagte ich. Charlie hatte das Interesse an mir verloren. Er tappte zu seinem Herrchen und ließ sich zu dessen Füßen unter dem Schreibtisch nieder. »Sie lagen im Clinch mit Bender?«

»Eher umgekehrt: Er lag im Clinch mit uns. Herr Bender war ein Streithammel. Mit seinen Eltern wäre ich schon einig geworden, und sie haben schließlich die Wohnung gekauft. Sie war im allerbesten Zustand. Das haben sie mir sogar schriftlich bei der Übergabe bestätigt. Ein paar Kleinigkeiten waren sicher nicht in Ordnung. Das habe ich ja auch akzeptiert und nachbessern lassen. Aber dieser Bender hat immer was Neues gefunden. Er hat sogar den Ausblick moniert, dabei haben wir ein schönes Panorama nicht garantiert.«

»Was wollte Bender denn erreichen? Nur Nachbesserungen?«

»Vor allem einen Preisnachlass«, sagte Gomballa. Röder und ich hatten also richtig getippt. »Der Mann war extrem geldgierig. Dabei hätte er nur den Vertrag gründlich lesen müssen. Nachbesserungen waren vereinbart, Preisnachlässe nicht. Ehrlich gesagt, der Typ ist mir mächtig auf den Geist gegangen. Ich habe auch noch anderes zu tun, als mich mit Beschwerdebriefen herumzuschlagen. Umgebracht habe ich ihn aber nicht.« Henry Gomballa lächelte, aber das Lächeln wirkte gezwungen.

»Nein?« Das war nur eine rhetorische Frage. Meine Stippvisite bei Gomballa war reine Routine.

»Nein«, sagte Gomballa. »Bender hat mich ganz schön gepiesackt, aber er war doch nur ein kleiner Fisch. Wenn ich alle umbringen würde, die mich ärgern, hätte ich den ganzen Tag damit zu tun. Und ganz oben auf meiner Liste stünden die Baufirmen mit ihrer Pfuscherei, nicht die Streithähne.«

Das glaubte ich ihm. Ich erhob mich also, und Henry Gomballa war ein höflicher Mensch, er brachte mich sogar zum Fahrstuhl. Dort verabschiedete ich mich von ihm mit dem Gefühl, meine Zeit vergeudet zu haben.

Im Foyer schaute ich mir noch einmal genauer an, welche Firmen in dem Glaskasten außerdem ihr Domizil hatten. Ich stieß auf eine Versicherungsgesellschaft »Prisma Neue Leben«, die mir bekannt vorkam, aber ich wusste nicht, woher.

Zum fünften Mal an diesem Tag ließ ich mich von einem Taxi durch Berlin kutschieren. Es sollte das letzte Mal sein, denn ich wollte nur noch nach Hause. Das Bett winkte so heftig, ich konnte es nicht übersehen, aber bevor es mich aufnehmen durfte, würde ich noch einige Zeit meinem Sohn widmen. Wenn er überhaupt daheim war. Ich hatte zwar meine Anordnung für die abendliche Heimkehr bekräftigt, konnte aber nicht sicher sein, dass er sie auch befolgte. Während ich das zweite Bier leerte und mich schläfrig auf der Rückbank räkelte, brachte mich eine schweigsame Taxifahrerin in die Aroser Allee.

Jim war da. Er hockte vor seinem Computer und tötete Aliens, eine Beschäftigung, bei der er sich eigentlich nicht gern stören ließ. Diesmal war es anders. Er kam sofort auf mich zugestürzt und präsentierte mir eine Klassenarbeit in Mathematik. Ein dicke rote Eins stand unter all den komplizierten Rechenoperationen, die auch ich einst hatte ausführen müssen. Dazu war ich heute nicht mehr in der Lage.

Ich lobte Jim ausgiebig, dann machte ich mich daran, das Abendessen zuzubereiten. Unser Kühlschrank gab nicht viel her, also musste ich improvisieren. Ich wässerte die steinharten Brötchen vom letzten Wochenende, dann schnitt ich sie auf, belegte die Hälften mit Käsescheiben und legte meine Machwerke in die Mikrowelle. Jim schob offensichtlich Kohldampf, denn er saß am Küchentisch und beobachtete mich kopfschüttelnd.

»Das ist aber 'ne magere Mahlzeit«, meinte er.

»Spartanisch«, sagte ich. »Man nennt das spartanisch.« Ich mutete meinem Kind ein kulinarisches Wechselbad zu, von Hirschgulasch mit Waldpilzen zu feuchtem Käsebrot.

»Wir könnten auch Pizza essen«, sagte Jim.

»Wir könnten. Aber ich habe keine Pizza.«

Wir hatten seit einiger Zeit einen Italiener in der Aroser Allee. Wenn mein Bengel sich bereit fand, uns dort zwei Pizzas zu holen, würde ich ihn mit dem entsprechenden Baren ausstatten. Ich würde keinen Fuß mehr vor die Tür setzen.

»No problem«, sagte Jim und verschwand für kurze Zeit aus der Küche. Ich betrachtete die Mikrowelle. Das, was ich da zauberte, würde auch mir nicht sonderlich munden. Seufzend setzte ich mich an den Tisch. Ich hörte, dass Jim telefonierte. Vermutlich beklagte er sich bei seinem Freund Rudi über seine Rabenmutter und lud sich zum Abendessen bei Krossmanns ein. Dafür hatte ich Verständnis.

»Mam«, sagte Jim, nachdem er zu mir zurückgekehrt war, »die Pizzen kommen in 'ner Viertelstunde. Ich habe zweimal die Funghi Fritti genommen und zweimal die Pizza Calzone. Und für dich 'ne Flasche Chianti. Ist doch okay so weit, oder?«

»Klar.« Ich strich Jim übers Haar. »Cool darf ich ja nicht sagen.«

»Du schon.« Jim setzte sein schönstes Lächeln auf, aber der Stich Herablassung entging mir nicht. »Johannes hat angerufen. Wollte wissen, wie's dir so geht. Er klang bisschen mitgenommen.« Aus dem Lächeln wurde ein breites Grinsen.

»Hast du ihm zum Geburtstag gratuliert?«

»Logisch.« Jim legte mir beide Arme um den Hals. Manchmal war er noch zärtlich zu mir, bestimmte den Zeitpunkt aber immer selbst. »Ich hab ihm 'ne nüchterne Chefin gewünscht.«

»Du bist ein Aas«, flüsterte ich und küsste ihn aufs Ohr.

»Und wieso liebst du Aas?«

»Weil ich eine Geierin bin«, sagte ich und knuddelte ihn, bis der Pizzalieferant unsere Klingel malträtierte. »Und die Mehrzahl von Pizza ist Pizzas, nicht Pizzen.«

»Jetzt quatscht du wie Opa«, sagte Jim, ließ sich mein Portemonnaie aushändigen und nahm die Speisen in Empfang.

Wir hatten gut, wir hatten ganz hervorragend gespeist. Bei Funghi Fritti handelte es sich um frittierte Champignons mit Remouladensoße und Zitrone, und die Calzone war riesengroß. Da ich mir vom Chianti zwei Gläser genehmigt hatte, hatte sich eine wohlige Wärme in meinem Körper ausgebreitet. Jim hatte sich in sein Zimmer zurückgezogen und das selbstgebastelte *Don't-disturb*-Schild an den Türdrücker gehängt, also beschäftigte er sich intensiv mit seinem Computer oder seinem Körper. Das sollte er; schon als er zwölf gewesen war, hatte ich respektiert, dass mein Kind seine Sexualität erforschte. Ich hatte damit viel zu spät begonnen und war deshalb erst auf dem falschen Dampfer aufgewacht. Jim sollte rechtzeitig wissen, zu welcher Fraktion er gehörte.

Ich füllte noch einmal mein Glas und überlegte, ob ich es wagen sollte, mein Kind wegen des letzten Abends zur Rede zu stellen. Er hatte nichts angestellt, aber die Spannungen zwischen Rudi und ihm waren mir nicht verborgen geblieben. Eine Zeit lang zögerte ich, dann klopfte ich bei ihm an.

»Was's los?«, wollte er wissen.

»Entschuldige, Jim, ich hab was auf dem Herzen.«

»Komm rein, Mam!« Der Herr hatte heute seinen großzügigen Tag.

Jim lag auf dem Bett und las ein Buch. Ich setzte mich zu ihm und stellte das Weinglas auf den Teppich. Meine Mutter hätte aufgeheult, weil sie sofort an die Flecken gedacht hätte, die umgestürzter Rotwein auf Auslegeware hinterließ. Ich dachte nicht gern an meine Mutter.

»Was liest du?«

»Hier.« Er zeigte mir den Titel. Jean Cocteau, ›Kinder der Nacht‹. Ein dermaßen anspruchsvolles Werk konnte ihm nur Rudi empfohlen haben.

»Ist es gut?«

»Es ist schwierig«, sagte Jim. »Also, was hast du?«

»Wegen Rudi ...«

»Wegen Rudi?«

»Er war gestern so komisch.«

»Kommt mal vor, dass einer schlechte Laune hat«, sagte Jim. Meinem Blick wich er nicht aus.

»Warum hatte er schlechte Laune?«

»Keine Ahnung.«

»Ihr habt nicht gestritten?«

»Hab ich dir gestern schon gesagt: Nein!«

»Okay.« Ich küsste ihn auf die Nasenspitze und schnappte das Weinglas. »Schlaf gut.«

»Du auch, Mam.« Jim schlug eine Seite um, ich ging zu Tür. »Ach, Mam?«

»Ja?«

»Die Rollerblades habe ich Dad zurückgegeben.«

Ich schaute ihm eine Weile ins Gesicht. Seine Miene verriet nichts. Manchmal fiel es mir schwer zu entscheiden, ob er die Wahrheit sagte oder nicht. Man musste im Leben auch das Lügen lernen, doch gefiel mir nicht, dass es so war.

6

Als ich am späten Vormittag ausgeruht und voll Tatendrang in der Dienststelle aufkreuzte, war Lüders noch nicht da. Ich hatte unser Arbeitszimmer für mich allein und machte mich über die Berichte her, die meine Mitarbeiter mir auf den Tisch gelegt hatten. Wiesenburg und Petersen hatten den Auftrag gehabt, sich mit Benders Halbbruder Martin zu befassen. Dieser arbeitete bei einer Behörde, die sich Bundesanstalt für Finanzdienstleistungsaufsicht, kurz BaFin nannte, und zwar in höherer Stellung. Ursprünglich war Martin Bender beim Bundesaufsichtsamt für das Versicherungswesen in Berlin angestellt gewesen. Dann hatte man dieses Amt nach Bonn verlegt und mit der Bankenaufsicht und dem Aufsichtsamt für den Wertpapierhandel zu einer Allfinanzaufsicht verschmolzen, schrieb Petersen; deshalb sei Bender vor etwa zwei Jahren nach Bonn gezogen, unterhalte jedoch weiterhin eine kleine Wohnung in der Hauptstadt. Ich konnte mit all diesen Ämtern herzlich wenig anfangen, aber Allfinanzaufsicht klang ziemlich bedeutend.

Die Bonner Kollegen hatten sich für uns ins Zeug gelegt. Martin Bender war nicht im Hafen der Ehe abgesoffen, sondern führte ein Singledasein. Es existierte nicht einmal eine Lebensgefährtin, Freundin, Geliebte oder wie immer man das nennen sollte. Ich fragte mich, warum Petersen es hervorgehoben hatte. Außerdem konnte sehr wohl eine Lebensgefährtin, Freundin, Geliebte existiert haben, noch vor drei, vier Tagen oder Wochen, und Martin Bender hatte sich von ihr getrennt, oder sie sich von ihm.

Ich fragte mich allerdings auch noch etwas anderes und schrieb mir die Frage auf.

Sein Bruder sei eine Sportlernatur gewesen, eine Kämpfernatur, hatte Martin gesagt. Von seiner Krankheit habe Dirk sich nicht niederdrücken lassen. Es sei im Familienkreis nicht üblich gewesen, darüber zu sprechen – das wusste ich schon. Dirk habe immer Hoffnung gehabt, in letzter Zeit sei er beinahe euphorisch gewesen, wenn die Sprache auf seine angeblich bevorstehende Heilung kam. Die Euphorie will Martin Bender als Zeichen des baldigen Endes genommen haben. Mit einem gewaltsamen Ende habe natürlich niemand gerechnet. Das gab mir eine zweite Frage ein.

Die wichtigste Information, die Petersen und Wiesenburg zutage gefördert hatten, betraf Dirk Benders Freizeit. Er schien seinem Halbbruder sehr nahe gestanden zu haben und hatte ihm ein kleines Geheimnis anvertraut. Manchmal, so hatte Dirk bekannt, wenn ihm das endlose Verständnis und Mitleid seiner Kirsten auf den Docht ginge, war er ausgebüxt und hatte sich auf eigene Faust vergnügt. Er hatte Sonderschichten vorgetäuscht und immer einen bestimmten Club besucht. Der Tanzschuppen hieß Blue Cops und sollte, Petersens Anmerkungen zufolge, bei den Teens und Twens von Pankow, Reinickendorf und Wedding ziemlich beliebt sein. Ich als Reinickendorferin hatte von dem Laden noch nie gehört, aber ich war auch älter als Steinkohle und megaout.

Eine Zeile weiter begann es mir unter der Kopfhaut zu kribbeln. Der Inhaber der Disco, ein Cemal Tozlu, hatte offenbar ein besonderes Gespür für gewinnträchtige Morbidität und die Tanzdiele ausgerechnet auf jenem Gelände an der Flottenstraße eingerichtet, auf dem einst die Kripo der PD Eins ihren Sitz gehabt hatte. Das erklärte den Namen.

»Wg. Blue Cops sollten wir mal bei Rauschmittel anklingeln«, riet Petersen, »vielleicht bezog Dirk B. dort seine Drogen.«

Einen Versuch war es wert, also wählte ich die hausinterne

Nummer des Rauschgiftreferates an. Eine Kollegin Bethke war sofort im Bilde.

»Für die Heldin der Berliner Polizei werde ich dafür sorgen, dass sich meine Arbeitsgruppe die Ärsche aufreißt«, gelobte sie.

»Heldin?« Ich war entsetzt.

»Ja, haben Sie denn heute die Leib- und Magenpostille des deutschen Michel nicht gelesen?«

»Nee. Falls Sie BILD meinen, da schau ich nur selten rein. Aber...«

Lüders betrat den Raum. Ich nickte ihm zu. Er sah verkatert aus.

»Auf die Titelseite haben Sie es nicht geschafft«, sagte die Drogenfahnderin. »Der Frontjunge der *Barefoot Boys* ist beim Konzert gestern in der Max-Schmeling-Halle zusammengeklappt, Herzanfall vermutlich, und das ist natürlich die Headline. Obendrein hat Hertha gegen Stuttgart verloren, also Gift und Galle auf Seite eins. Aber auf Seite drei kriegen Sie Ihren Ruhm. Soll ich vorlesen?«

»Ich weiß nicht«, sagte ich und blickte hilflos zu Lüders, der meinen Fragezettel las. Viel stand nicht drauf.

1. Warum hat allein Dirk Bender seine Eltern beim Kauf der Wohnung finanziell unterstützt, nicht auch der ältere und offenbar besser verdienende Halbbruder?

2. Warum kämpft eine Kämpfernatur nicht um ihr Leben?

»Was ist?«, fragte Lüders, der meinen Blick spürte.

»Sekunde«, bat ich die Kollegin Bethke um Geduld. »Ich steh in der BILD-Zeitung«, erklärte ich meinem Stellvertreter.

»Gratuliere!«

»Bitte nur die Überschriften«, sagte ich zu der Frau am anderen Ende der Leitung, die auch eine mittlere weibliche Führungskraft zu sein schien, die dafür sorgte, dass ihre Männer sich den Arsch aufrissen.

»Kripo-Kommissarin allein gegen Türkengang«, zitierte

Frau Bethke. »Heldin der Berliner Polizei bringt Dealer zur Strecke.«

»Gott sei Dank!« Ich atmete auf. »Meinen Namen haben die Idioten nicht erwähnt.«

»Leider doch. Ich weiß nicht, wo die ihre Quellen haben. Überall, nehme ich an, also auch bei uns. Allerdings hat der Artikelschreiber Ihren Namen wohl nicht explizit mitgeteilt bekommen, sondern ihn aufgeschnappt. Sie heißen nämlich Lea Wertbach, und Sie sollen die jüngste Kriminalhauptkommissarin Deutschlands sein sowie die erfolgreichste Mörderjägerin Berlins. Vielleicht können Sie den Rechtsweg beschreiten und eine Gegendarstellung veranlassen.«

»Nee, nee, ich will gar nicht wissen, wer sich verquatscht und wer sich verhört hat«, sagte ich. »Und was soll so eine Gegendarstellung bringen? Meinen richtigen Namen? Vielleicht noch meine Anschrift? Damit sich die Ghetto Tigers an meinem Sohn schadlos halten? Da nehm ich lieber den falschen Ruhm in Kauf.«

»Trotzdem wüsste ich gern, wer den Tipp gegeben hat«, sagte Frau Bethke. »Das muss einer dieser geltungssüchtigen Typen sein, die sonst kein Bein auf'n Boden kriegen. Einen Mann hätte er bestimmt nicht verpfiffen. Das ist doch so wie bei Stella Rimington.«

»Entschuldigen Sie ... bei wem?«

»Stella Rimington. Wissen Sie nicht, wer das ist? Sie wurde 1992 der erste weibliche Chef des MI 5. Des britischen Inlandgeheimdienstes, ja? Aber nicht nur das. Sie war sozusagen die erste Erste. Denn ihr Name wurde öffentlich bekannt gegeben. Das war bis dato nicht üblich. Man feierte das natürlich als Sieg einer neuen demokratischen Offenheit ... Aber verstehen Sie nicht? Der Name wurde nur deshalb veröffentlicht, weil sie eine Frau war. Bei einem Mann, und Männer lieben ja klandestine Spiele, also bei einem Mann wäre das nicht möglich gewesen. Ich muss Ihnen mal die Artikel aus der ›Times‹ schicken, in denen

Stella mit dem ganzen Scheiß abrechnet. Sie hat sich nicht lange gehalten.«

Für ein paar Augenblicke war ich sprachlos. Im Rauschgiftreferat gab es eine Frau, die nicht nur wie ich auch ein paar Männer kommandieren durfte, sondern die in der Lage war, ›The Times‹ zu lesen. Mein Englisch, das ich für leidlich hielt, reichte dafür nicht. Ich musste diese Frau unbedingt kennen lernen.

»Können wir uns nicht mal treffen?«, fragte ich.

»Nur in sachdienlichen Zusammenhängen. Weiberkram geht mir ab. Ich schaffe meine Mannsbilder ganz alleine.«

»Ich auch. Trotzdem ... Eine Kollegin, die ›The Times‹ abonniert hat, trifft man nicht alle Tage«, sagte ich mit einer Stimme, die nach Süßholz duftete.

»Nicht ich habe sie abonniert, sondern mein Mann«, sagte Frau Bethke. »Aus beruflichen Gründen. Er ist bei einer international agierenden Unternehmensberatung tätig und hat die Artikel für mich übersetzt.«

So war das also. Ich gestattete mir, das Gespräch zu beenden, denn plötzlich fühlte ich mich an der falschen Adresse. Natürlich war ich freundlich, aber das Bedürfnis, die Bethke zu treffen, hatte mich verlassen. Ich wählte die Nummer ihres Chefs. Kriminalrat Pastewka war ein Mann mit Durchblick. Durchblick konnte für die Aufklärung eines Mordfalles nicht schaden.

»Es ist mir eine Ehre, dass sich die erfolgreichste Mörderjägerin Berlins herablässt, mit mir ein Wort zu wechseln«, sagte er. Seine Ironie empfand ich als äußerst wohltuend.

»Leider kann ich nicht sagen, dass ich jetzt 'nen Abgang kriege«, entgegnete ich.

»So sind Sie mir empfohlen worden«, sagte Pastewka. »Wer nur ein Haar von Ihren Zähnen klaut, erwacht am nächsten Morgen als Kastrat.«

Das war mein Mann.

»Bei den von mir durch massiven Körpereinsatz zur Strecke gebrachten Ghetto Tigers handelt es sich doch um recht junge Menschen, die, so habe ich begriffen, mit Drogenhandel einen Teil ihres Unterhaltes bestreiten, weil sie keine Lebensperspektive haben und so weiter«, sagte ich. Dann musste ich atmen.

»Haben Sie lange an dem Satz gearbeitet?«, wollte Pastewka wissen.

»Nee«, bekannte ich, »Satzungetüme produziere ich schneller als Abschlussberichte.«

»Also? Was kann ich für Sie tun?«

»Ich habe gerade mit Ihrer Kollegin Bethke telefoniert. Sie leitet doch die Arbeitsgruppe, die sich mit jugendlichen Drogendealern befasst?«

»Ja, das tut sie.«

Mir schien Abwehr in Pastewkas Stimme mitzuschwingen, aber womöglich irrte ich mich.

»Hat sie was auf dem Kasten?«

»Was wollen Sie wissen?«, umschiffte Pastewka eine Antwort.

»Kennen Sie einen Club, der Blue Cops heißt?«

»Und ob ich den kenne. Waren Sie schon mal dort?«

»Nein. Sonst würd ich ja nicht fragen.«

»Den Club kann man mit einem Spruch auf'n Punkt bringen. Dieser Spruch steht im Männerklo an der Wand. Über einem der Urinale. Er lautet: *I smoke my joint/I drink my tea/But what I want/Is LSD and Ecstasy.*«

»Nett«, sagte ich.

»Nun fragen Sie sich natürlich, was der Pastewka mit den Urinalen einer Szene-Discothek zu tun hat«, sagte der Pastewka. Das hatte ich mich nicht gefragt, ich hatte da so eine Ahnung. »Wissen Sie, ich liebe Techno-Partys. Nicht wegen der Musik, sondern weil man schöne Drogenrazzien veranstalten kann. Man findet immer was, Poppers und E zumeist. Wir können die ganzen Läden nicht alle dichtmachen, denn dann gäb's keine Discokultur mehr in Berlin, und die jungen

Leute wollen tanzen. Tanzen, trinken, was einwerfen. Es gibt ein paar Hinweise darauf, dass im Blue Cops erheblich mehr an Drogen unter den Tischen hindurchgeht als in vergleichbaren Schuppen. Leider stehen wir in Beweisnot. Allerdings, und das wird Sie interessieren, die Ghetto Tigers werden von Herrn Tozlu hin und wieder als Türsteher beschäftigt. Kleines Taschengeld hinzuverdienen, capito? Wir glauben, dass die für Tozlu noch ganz andere Sachen erledigen. Sachen, von denen im Betäubungsmittelgesetz steht: Das sollst du nicht machen! Bald sind wir schlauer, die Brüder singen sich allmählich ein. Wir haben das Haus voller Jugendbeistände und Sozialarbeiter.«

»Sagen Sie mal, wenn Sie so eine Tanzdiele unter Wind haben, dann observieren Sie die doch sicher.«

»Nicht wir. Das macht die zuständige Fachabteilung. Die Leute dort haben das Observieren gelernt. Und das Tarnen. Während unsereins ... Irgendwie haben die Ganoven einen siebten Sinn und erkennen uns immer als Bullen. Wie bei Ihnen, nicht?«

»Werden auch Fotos geschossen?«

»Selten. Sie wissen ja, einen Club zu besuchen ist nicht verboten. Wir hätten natürlich am liebsten eine lückenlose Dokumentation aller Gäste, aber da spielt der Datenschutz nicht mit.«

»Aber ein paar Fotos haben Sie doch?«

»Ein paar, nun ja. Wollen Sie die sehen?«

»Gern.«

»Dann müssen Sie aber zu mir kommen.«

»Kein Problem«, sagte ich. »Außerdem habe ich einige Fragen an die Raubkatzen.«

Ich hatte mir Lüders und einen Dienstwagen geschnappt und fuhr zum Landeskriminalamt am Platz der Luftbrücke, wo Rauschmittel gegen die Drogenhydra kämpfte. Der Audi, ein neueres Fabrikat aus dem ansonsten hoffnungslos veralteten

Fuhrpark der Berliner Polizei, schnurrte, und es war eine Freude, ihn durch die Stadt zu lenken. Doch nicht deshalb hatte ich mich hinters Steuer geklemmt. Lüders fühlte sich noch nicht fähig, aktiv am Straßenverkehr teilzunehmen, wie er es ausdrückte. Ich bedauerte, keine Büchse Bier für ihn im Aktenkoffer deponiert zu haben.

»Wie ist es denn, ein Jahr älter zu sein?«, fragte ich ihn.

»Nicht anders als im letzten Jahr. Das Lebensalter ist nur eine Zahl, Lena.«

»Trotzdem, ich hab Bammel vor meinem Vierzigsten.«

»Hatte ich auch. Haben alle. Aber nun gehe ich mit Riesenschritten auf die Fünfzig zu, da wird man gelassener.«

»Mit Riesenschritten ... Also, Johannes! Sechsundvierzig ist doch kein Alter.«

»Du widersprichst dir.«

»Ich weiß.«

»Wie geht's Jim? Fünfzehn möcht ich nicht noch mal sein. Die haben's schwer in diesem Alter. Alles ist offen. Wir sehen das als eine Chance, aber ich glaube, es ist eher lästig.«

»Ich denke, es geht ihm gut«, sagte ich.

»Denkst du?«

»Ja, schon. Er macht natürlich jetzt alles mehr mit seinen Kumpels ab als mit mir.«

»Und die Mädels? Hat er schon 'ne Freundin?«

»Tja.« Ich zeigte an der Zufahrt zum Hof des LKA meinen Ausweis, der Posten hob die Schranke, und ich nickte ihm einen Dank zu.

»Mein Sohn war ein Spätzünder«, sagte Lüders. »Ich übrigens auch.«

»Dafür bist du treu.«

»Oh ja. Dreiundzwanzig Jahre ein und dieselbe Frau.« Lüders lachte. »Und nicht ein Seitensprung.«

»Nicht mal dran gedacht?«

»Andauernd, Lena. Die Stadt ist voll mit attraktiven Frauen, aber das ist dir ja bekannt.«

»Und?«

»Ich kann's nicht. Bin noch so erzogen, dass man alles, was man beginnt, auch zu Ende führen muss, selbst die Ehe.«

»Wenn du so nicht wärst, Johannes, wären wir wohl nicht befreundet«, sagte ich. Bevor uns die Sentimentalität übermannte, stiegen wir beide aus.

»Warum heißt es eigentlich übermannen?«, fragte ich auf dem Weg zum Lift.

»Was?«

»Man sagt übermannen. Sind die Feministinnen da eigentlich schon drauf gekommen?«

»Du meinst, man sollte das Wort überfrauen in die deutsche Sprache einführen? Groß oder klein geschrieben? Oder sowohl als Verb als auch als Substantiv?«

»Hör auf, Johannes! Du bist zu klug für mich und überfraust mich.«

Kichernd wie Teenager und in bester Stimmung enterten wir die Etage der Rauschgiftfahnder.

»Kaffee? Tee? Brause? Selters? Cognac? Oder Knüppel-aus-dem-Sack?«, wollte der Kriminalrat Pastewka wissen. Er hatte die Körpermaße eines Bären und einen runden Bierbauch, den er unter einem Anzug geschickt verbarg. Nur bei genauerem Hinsehen entdeckte man ihn. Genaues Hinsehen war eine meiner Stärken. Dass der oberste Berliner Drogenermittler teuren Zwirn trug, fand ich nicht unsympathisch. Ich mochte Männer, die Wert auf ihr Äußeres legten, sich aber nicht jünger machten. Pastewka machte sich eher älter.

»Was ist Knüppel-aus-dem-Sack?«, erkundigte sich Lüders.

»Küstennebel. Ich bin Norddeutscher. Bin mit dem Zeug sozusagen aufgewachsen. Wir trinken es immer, wenn jemand Geburtstag hat. Herzlichen Glückwunsch nachträglich.« Pastewka drückte Lüders die Hand.

»Danke. Ich nehme Tee.«

»Und Sie?« Pastewka wandte sich an mich.

»Auch.«

Der Kriminalrat betätigte die Wechselsprechanlage. »Rosi, drei Mal Tee komplett.« Dann trat er an seinen Panzerschrank.

Es gab den Datenschutz, aber manchmal auch die Notwendigkeit, seine Bestimmungen großzügig auszulegen. Kriminalrat Pastewka hatte von ein paar Fotos gesprochen. Die Sammlung, die er uns vorlegte, war beachtlich.

Wir benötigten einige Zeit, bis wir etwas Brauchbares fanden. Während wir die Bilder durchsahen, trat Rosi ein, offenbar die Sekretärin. Sie brachte uns den Tee komplett. Ich musste nur daran riechen, um festzustellen, dass er etwas Alkoholisches enthielt.

»Ist gut für den Kreislauf«, meinte Pastewka. »Außerdem soll man die Feste feiern, wie sie fallen. Auf Sie, Herr Lüders!« Er hob die Tasse und stieß mit Johannes an.

»Drogen bei der Drogenfahndung«, sagte ich. »Wenn das die Presse wüsste.«

»Wir sind nicht so berühmt wie Sie. Und ich kenne das BtmG in- und auswendig. Von Sprit steht nichts drin.«

Am Ende sortierten wir sieben Fotos aus. Diese sieben Bilder hatten es in sich.

Drei Aufnahmen zeigten Dirk Bender vor dem Tor zu dem Gelände, auf dem sich einst seine Dienststelle befunden, nunmehr aber das Blue Cops sein Domizil hatte. Ihn umgaben ein paar Jugendliche, mit denen er sich unterhielt. Auf den übrigen vier Fotos wurde er von zwei Männern begleitet, die ungefähr so alt wie er waren, vielleicht geringfügig älter. Lüders kannte sie. Er wusste ihre Namen nicht, aber es würde uns keine Schwierigkeiten bereiten, sie zu identifizieren: Benders Begleiter gehörten dem Referat Verbrechensbekämpfung der Polizeidirektion Eins an. Mein Bodybuilder Petersen hatte einen guten, wenn nicht sogar den richtigen Riecher gehabt. Aber er kannte Bender aus dem Polizeisportverein, vielleicht wusste oder ahnte er längst etwas, das er mir lieber verheimlichte. Ich würde ihn nicht danach fragen.

»Hier sehen wir einen Freizeitdrogenfahnder in Aktion«, sagte Pastewka. »Nur deswegen ist er uns aufgefallen. Er gab sich gern als Drogenfahnder aus, gehörte aber nicht zu meinem Referat.«

»Bender war ein Spinner«, sagte Lüders. »Ladendiebstahl und Fahrradklau waren ihm zu piefig.«

»Ich bin nicht sicher, ob Sie es sich damit nicht zu einfach machen«, sagte der Kriminalrat.

»Könnte sein. Sagen Sie«, ich tippte auf die Bilder, die Bender im Gespräch mit den jungen Männern zeigten, »kennen Sie die?«

Pastewka nickte. »Die gehören auch zu Ihren Freunden.«

»Meinen Freunden?«

»Zu den Ghetto Tigers.«

»Ach?«

»Wir ermitteln schon eine ganze Weile gegen die Truppe. Seit ungefähr einem Jahr. Und auch das Blue Cops haben wir unter Wind. Wir wissen ganz genau, was dort abläuft. Drei Mal haben wir eine Razzia gemacht. Ohne Ergebnis.«

»Scheiße«, meinte Lüders.

»Kann man so sagen.«

»Unsere eigenen Leute haben die Dealer gewarnt?« Langsam begriff ich, womit wir es zu tun hatten. Pastewka zuckte die Schultern.

»Was man nicht beweisen kann, hat nicht stattgefunden«, sagte er. »Noch einen Tee komplett?«

Ich schüttelte den Kopf. Der eine reichte mir.

»Dass Kollegen auf den Gehaltslisten von Drogenhändlern stehen, ist ja nichts Neues«, sagte Pastewka. »Vielleicht sind wir die letzten naiven Idioten, von denen die alten preußischen Beamtentugenden hochgehalten werden.«

»Also für meine Leute lege ich die Hand ins Feuer«, sagte ich.

»Der Leiter der PD Eins sicher auch für seine. Die Brandblasen werden ihm ganz schön wehtun.«

»Wenn ein Anfangsverdacht besteht«, sagte Lüders, »dann können Sie doch von Amts wegen ein Ermittlungsverfahren einleiten.«

»Na, Sie machen mir Spaß. Wir führen vier parallele Ermittlungsverfahren in dieser Sache. Ich leite auch gern noch ein fünftes, ein sechstes, ein siebtes ein. Papier ist geduldig.«

»Kompetenzgerangel will ich vermeiden«, sagte ich, »aber wer ist denn vom Grundsatz jetzt zuständig? Sie oder wir? Entschuldigen Sie, es ist mein erster Polizistenmord.«

»Die Verantwortung liegt bei der Fachabteilung, von der die höherwertigen Delikte bearbeitet werden«, erklärte der Kriminalrat. »Das sind Sie. Bei der Drogensache möchten wir natürlich gern mitmischen. Vielleicht gelingt es uns, den Sumpf trocken zu legen. Dann können sich zwei neue Sümpfe auftun. Also, wollt ihr nun doch noch einen Tee?«

Wir wollten. Und wir wollten noch mehr. Es war mir ein dringendes Bedürfnis, zumindest einem der Ghetto Tigers auf den Zahn zu fühlen. Pastewka hatte nichts dagegen.

Jugendrichter waren mildtätige Menschen. Nur gegen vier der Tigers war Haftbefehl erlassen worden. Der Kriminalrat ließ einen siebzehnjährigen Libanesen aus der Untersuchungshaft vorführen, der Muhammad hieß und vom Kriminalrat als der Sangesfreudigste bezeichnet wurde. Das Vorführen aus der U-Haft brauchte seine Zeit. Genau gesagt: Es brauchte eine Dreiviertelstunde oder zwei Tee komplett. Ich war bereits angejuckt, Lüders auch. Zum Glück hatte ich noch Pfefferminzbonbons dabei.

»Das hilft doch nicht«, meinte Pastewka.

»Was hilft dann?«

»Das hier.« Der Kriminalrat entnahm dem Panzerschrank eine Zahnpastatube. »Alles damit einreiben«, befahl er, »Zähne, Gaumen, Zunge. Keine Sorgen, man kann es ruhig runterschlucken. Ist nicht giftig.« Er lächelte. »Erfahrungstatsachen, meine Lieben. Muhammad wartet auf euch in Vernehmungszimmer drei.«

Der junge Libanese gehörte zu den Jungs, die mich in der Koloniestraße angegriffen hatten, war aber nicht deren Wortführer. Ich war ein wenig enttäuscht. Den Knaben mit dem verkehrt herum aufgesetzten Basecap hätte ich viel lieber verhört. Ich flüsterte mit Pastewka.

»Serkan? Den hat der Haftrichter laufen lassen«, sagte der Kriminalrat.

»Warum?«

»Er hatte einen Anwalt, der Anwalt hatte ein Papier. In dem Papier stand was von günstiger Sozialprognose.«

»Ist das berechtigt?«

»Natürlich nicht. Aber Sie wissen doch, wie's läuft. Eine günstige Sozialprognose kaufen Sie bei einem Sozialarbeiter, der bei einem Projekt arbeitet, das auf der Abschussliste steht. Eine Arbeitsbeschaffungsmaßnahme am Abgrund. Die lieben alle gestörten Jugendlichen, weil sie durch sie ihre Miete zahlen. Und sie leben von der Hoffnung. Mehr haben sie nicht zu bieten. Mensch, Frau Wertebach, seitdem wir ein paar Ghetto Tigers durch die Mangel drehen, werden wir dieses Pack überhaupt nicht mehr los.«

»Aber einen Anwalt muss man sich leisten können«, flüsterte ich.

»Tozlu zahlt. Er mag seine ... Wie haben Sie gesagt?... Er mag seine Raubkatzen noch mehr als die Sozialfuzzis. Er verdient ja auch mehr an ihnen. Viel Erfolg!«

Pastewka verließ das Vernehmungszimmer. Ich setzte mich zu Lüders, der Muhammad die ganze Zeit angestarrt, aber kein Wort gesagt hatte. Dass mich der Bengel längst erkannt hatte, spürte ich sofort.

In seine Haltung legte Muhammad die gesamte Verachtung, die er deutschen Polizisten, Erwachsenen und der ganzen Welt entgegenbrachte. Er saß nicht, er lümmelte, und für seine gleichgültige, gelangweilte Miene hatte er sicher lange vor dem Spiegel geübt. Falls sich der Bengel überhaupt Gedanken über das Universum machte, ließen sich seine Überlegungen auf eine Formel bringen: L'universe, c'est moi! Immerhin, ein bisschen Französisch beherrschte ich auch, seitdem ich mit Kind und Kegel einen schrecklichen Urlaub in Frankreich verlebt hatte. Beirut, fiel mir ein, galt als das Paris Arabiens.

»Mich kennen Sie ja«, sagte ich. »Das ist mein Kollege, Hauptkommissar Lüders. Wir kommen nicht von Drogen, sondern von der achten Mordkommission. Ich bin da die Chefin. Alles klar?«

Muhammad schaute mich feindselig an, was ich ihm nicht verübelte. Ich fand ihn widerlich. Mit seiner Nationalität hatte das nichts zu tun. Es war die Selbstüberhebung in den kriminellen Gangs, die mich abstieß. Muhammad ließ, wie man so schön sagte, den absolut unangreifbaren Typen, den König der Straße raushängen. Das war alles nur Fassade, schließlich war es Pastewkas Leuten bereits gelungen, ihn weich zu klopfen. Ich als Frau musste natürlich noch einmal von vorn beginnen und schickte mich an, ihm eine Kaiserin zu präsentieren. Aber langsam, wie man im Mittelalter die Daumenschrauben angezogen hatte, ganz, ganz langsam und mit viel Effekt.

»Nimm mal deine Hände vor die Eier«, sagte ich.

»Was?« Muhammads schöne braune Augen weiteten sich. Das gefiel mir.

»Du weißt, wozu ich fähig bin«, sagte ich und legte zugleich eine Hand begütigend auf Lüders' Arm. »Überall, wo ich auftauche, solltest du deine Eier schützen. Denn egal, wie klein sie sind, ich treffe sie.«

Das Gesicht des jungen Libanesen nahm einen leicht gekränkten Ausdruck an. In seiner Einbildung hatte er natürlich Klöten, groß wie Fußbälle. Abfällige Bemerkungen über sie waren niemandem, vor allem aber keiner Frau erlaubt. Ich baute mich vor ihm auf. Zu allem Überfluss konnte ich nun auch noch auf ihn hinabschauen. Ein winziges Fünkchen Angst entdeckte ich in seinen Augen. Er traute mir zu, was ich angedroht hatte.

»Deine Familie wird dich sehr bewundern für deinen außergewöhnlichen Mut«, sagte ich. »Mit einem Dutzend anderer Typen eine einzelne Frau anzugreifen, Mann, das ist tough, 'ne Supernummer. Johannes«, ich drehte rasch den Kopf zu ihm, »kannst du uns ein paar Windeln besorgen?«

»Aber sicher doch.« Lüders regte sich nicht.

»Du wirst dir nämlich einscheißen«, erklärte ich Muhammad. »Wenn ich dich richtig rannehme, scheißt du dir ein. Glaubst du mir das?« Langsam, stellte ich in diesem Moment fest, ging ich eigentlich nicht vor. Ich war wütend, weil mir die Szene in der Koloniestraße vor Augen stand. Wut war kein guter Ratgeber.

»Sie können mir gar nichts«, sagte Tigerbaby. »Ich bin noch Jugendstrafrecht.«

»Was soll das denn heißen? Johannes, verstehst du ihn? Heißt der Typ Jugendstrafrecht?« Langsamer, Lena, befahl ich mir. Aber ich konnte nicht.

»Sie dürfen ...«

»Oh, ich darf. Uns sieht doch keiner. Mein Kollege ist leider blind und taub. Aber ich begreife ... ja, jetzt begreife ich. Du möchtest eine Person deines Vertrauens hinzuziehen. Das ist dein gutes Recht. Wen sollen wir holen? Deine Mutter? Deinen Vater? Nun, ich denke, wir holen deinen Vater. Johannes, würdest du ...«

»Nein, nicht meinen Vater!«, rief der König der Straße in höchster Not. Ihn erwartete nichts Gutes, wenn wir seinem Erzeuger die Schmach antaten und ihn bei uns antanzen ließen. Nach der Entlassung aus der Haft würde ihn der Alte wahrscheinlich grün und blau schlagen. Darauf hatte ich spekuliert. Ich wusste, dass diese Jungs häufig von ihren Vätern verprügelt wurden. Und zwar sehr brutal. Daumenschrauben, zumal mentale, waren daneben das reinste Vergnügen.

»Wen sollen wir dann holen? Einen deiner älteren Brüder?« Ich fand mich ziemlich gut. Die älteren Brüder, wenn es sie gab, würden Muhammad auch verhauen. Nicht weil er Drogen dealte, sondern weil er sich hatte erwischen lassen von der deutschen Scheißpolizei.

»Einen Jugendbeistand.« Muhammad war schon sehr klein. Den Jugendbeistand konnte ich ihm nicht verweigern, ohne die Vernehmung gegenstandslos zu machen.

»Okay. Johannes, hol mal so einen Sozialonkel. Laut Kriminalrat«, ich betonte den Titel, »sollen genug von ihnen draußen herumsitzen. Aber such den besten aus.«

Lüders verließ den Raum, und ich war sicher, dass er mich verstanden hatte. Zwanzig Minuten, vielleicht eine halbe Stunde würde ich mit Muhammad allein sein. Das genügte mir.

»Wir fangen schon mal an«, sagte ich und hockte mich auf die Schreibtischkante. »Und ich rate dir, stell dich gut mit mir. Von meiner Aussage vor Gericht hängt ab, wie lange du in Plötzensee ...« Ich legte eine Pause ein und blätterte kurz in der Akte. Das tat ich um der Wirkung willen, ich wusste, was sie enthielt. »Ach, du warst ja noch nie im Knast. Ein Frischling, oje. Und glaube nicht, dass man dich mit deinen Kumpels zusammen in ein Haus sperren wird. Mach dir da keine Hoffnung. Ganz allein wirst du sein zwischen all den geilen Alteingesessenen. Die freuen sich, wenn du möglichst lange bleibst, denn dann haben sie mehr von dir.«

Es gab zumeist unhaltbare Gerüchte über die sexuellen Gepflogenheiten hinter Gittern, die ich auszunutzen gedachte, um dem Jungen Feuer unter den Hintern zu legen. Ich kannte den Strafvollzug ziemlich gut. Er war genauso überreguliert wie die Polizeiarbeit und die ganze Gesellschaft. Prominente Häftlinge behaupteten immer wieder in Interviews, sie wären im Knast vergewaltigt worden. Mir blieb das Lachen im Hals stecken bei all diesen medienwirksamen Storys, und ich fragte mich, wie denn der böse Häftling aus Verwahrraum X nach Einschluss zum guten jungen Häftling in den Verwahrraum Y gelangen konnte, um ihn in den Arsch zu ficken. Technisch war das nur möglich, wenn die Justizvollzugsbeamten mitspielten – die Schließer. Man musste kein Abitur haben, um Schließer zu werden, aber die Kollegen lernten bei der Ausbildung durchaus die Gesetze und wurden sogar in Psychologie unterwiesen; vielleicht auf einem etwas geringeren Level als wir Kriminalbeamten, aber sie wurden es. Und sie wandten ihre Kenntnisse auch an. Idioten und korrupte Beamte gab es überall. Aber sie waren seltener, als einschlägige Serien behaupteten, und wenn man ihnen auf die Schliche kam, wurden sie nicht nur entlassen, sie wurden sogar vor Gericht gestellt. Das waren Fakten, ob die Boulevard- oder die Kulturmagazine sie nun glaubten oder nicht.

An der Nasenspitze sah ich Muhammad an, dass auch er allerlei gehört hatte. Mir genügte, dass die Vorurteile gegenüber dem Strafvollzug ihre Wirkung entfalteten. Wie ein Fullhouse knallte ich vier Fotos vor ihm auf den Tisch.

»Die drei Männer hier, die fallen ein bisschen aus dem Rahmen, die sind älter als die anderen Gäste im Blue Cops. Wer ist das?«

»Arschlöcher«, antwortete Muhammad. Er sagte nicht Bullen. Offenbar wusste er nicht, dass Bender und die beiden anderen Polizisten waren. Das hatten sie sicher geheim gehalten, in ihrem eigenen Interesse.

»Und das?« Nur pro forma präsentierte ich ihm auch das Bild von Schanowski. Der wohnte in der Koloniestraße, vielleicht kannte man sich.

»Das Oberarschloch«, sagte der Junge. Für mich war das nicht nur ein bemerkenswerter Anfang. Es war ein Sieg, der mich selbst überraschte.

»Also noch mal zum Mitschreiben«, sagte Lüders. Er hatte tatsächlich einen Jugendbeistand aufgetan, eine Frau mit dickem Hintern und einem zerknitterten Rock, die unendlich viel Güte und Verständnis ausstrahlte, aber ihren Mund nicht aufbekam. Für uns war das ein Glücksfall. »Diese drei Männer haben an euch Stoff vertickt?« Er zeigte auf die Fotos, auf Dirk Bender und seine beiden Kollegen.

»Ja.«

»Im ganzen Satz!«

»Die drei Typen haben uns Drogen vertickt.«

»Kennst du ihre Namen?«

Muhammad schüttelte den Kopf.

»Tut mir leid«, sagte ich, »aber dein Kopfschütteln kann das Diktaphon nicht aufnehmen.«

»Ich kenne die Namen von den Typen nicht.«

»Welche Art von Drogen haben sie verkauft?«, fragte Lüders.

»Alles Mögliche. Gras, Hasch und andere Sachen.«

»Welche anderen Sachen?«

»Was man im Blue Cops verkaufen kann. Rush, Rave, Hardware, also was zum Schnüffeln. Da stehen vor allem die Schwuchteln drauf. Und Pillchen.«

»Du meinst Ecstasy?«

»Schweinchen Babe. Polackenritze eben.« Er zuckte mit den Schultern.

»Was ist mit Heroin?«

»So'n Scheiß nimmt keiner im Blue Cops. H is was für Loser.«

»Als ich euch in der Koloniestraße aufgemischt habe, hattet ihr ein paar Gramm Heroin dabei.«

»Ein paar Gramm? Ein Kilo«, sagte Lüders und grinste.

»Das haben uns die Scheißbullen untergeschoben«, sagte Muhammad. Die Frau von der Jugendgerichtshilfe zuckte zusammen. Ich schaute sie streng an, damit sie weiterhin ihr Mundwerk hielt.

»Ach? Davon hab ich aber nichts gesehen«, sagte ich.

»Ein Kilo und ein paar Gramm Heroin.« Lüders wiegte den Kopf. »Ist einige Jahre Knast wert, oder, Lena?«

»Aber Johannes«, sagte ich, »der Junge ist doch kooperativ. Das wird das Gericht schon anerkennen.«

»Wenn er es bleibt …«

»Also, Muhammad«, sagte ich, »für wen ist das Heroin?«

»Manchmal verkaufen wir eben auch an Loser.«

»Und ihr habt es auch von diesen drei Herren bezogen?« Ich deutete auf die Fotos.

»Nicht nur. H und Koks hat vor allem der da geliefert.« Der junge Libanese zeigte auf das Passbild von Schanowski.

»Ihr habt sogar mit Kokain gehandelt?«, wollte Lüders wissen. »Selten. Ist ja nicht gerade billig, das Zeug. Nee, Koks ist nicht unser Ding. Höchstens mal 'n paar Crack-Kugeln.«

»Kommen wir mal zu dem da.« Ich zündete mir eine Zigarette an und blies den Rauch in Schanowskis Antlitz. »Der wohnt ja in der Koloniestraße, stimmt's?«

»Kann sein. Hab ihn lange nicht gesehen.«

»Wie heißt er?«

»Elmar. Is 'n Russe, glaub ich.«

» Er ist Jude, Muhammad.«

»Was ist er?«

»Jude.«

»Jetzt labern Sie aber Müll. Der ist aus Russland.«

»Aus Aserbaidschan. Da gibt's auch Juden.«

»Und? Was soll das jetzt?«

»Die Ghetto Tigers sind doch Muslime?«

»Na, und? Wir sprengen keine Hochhäuser.«

»Ich find's bloß bizarr«, sagte ich. »Ein jüdischer Gauner beliefert eine muslimische Jugendgang mit Drogen. Wenn das Yassir Arafat wüsste …«

»Also, ich glaube …« Die Jugendtante setzte zum Reden an. Vermutlich wollte sie eine Lanze für Toleranz und Multikulti brechen. Lüders war schneller.

»Behalten Sie Ihren Glauben mal für sich«, herrschte er sie an. Und sie verstummte.

»Okay, Muhammad«, sagte ich. »Wo habt ihr euch mit Elmar getroffen? Wo hat er euch den Stoff übergeben?«

»Das ist alles über Murat gelaufen, Marcin oder den da.« Er zeigte auf Bender.

»Murat? Marcin? Sind das auch Ghetto Tigers?«

»Murat ja. Marcin kommt aus Polen. Der hängt ständig im Blue Cops rum und is 'n Kumpel. Man kennt sich. Aber er betet zur Jungfrau Maria.« Muhammad grinste.

Murat, Marcin, Muhammad, resümierte ich. Mein Vater hätte seine helle Freude an der Aliteration. Einfallen würde ihm so etwas nicht: Das Leben war poetischer als die Fantasie eines ausrangierten Bahnbeamten.

»Gut, mein Freund«, sagte ich. »Jetzt möchte ich eins noch wissen: Warum habt ihr mich angegriffen?«

»Weil wir die Schnauze voll haben von Schnüfflern.«

»Ihr habt mit Schnüfflern zusammengearbeitet«, sagte Lüders.

»Das war was anderes. Bloß ... Irgend 'n Bulle hängt seit 'ner Weile dauernd in der Koloniestraße rum.«

»Da haben wir ja tief in ein Wespennest gestochen«, sagte ich, nachdem ich Pastewka den Mitschnitt unserer Vernehmung vorgespielt hatte. Der Kriminalrat nickte.

»Dirk Bender und zwei seiner Kollegen von der Kripo als Drogenhändler«, sagte Lüders, »und Elmar mittendrin. Es war also keine Freundschaft, sondern eine Geschäftsbeziehung.«

»Ihr seid jetzt den kleinen und den mittleren Fischen auf der Spur«, sagte Pastewka. »Die Ghetto Tigers erledigen die Drecksarbeit. Das mittlere Management wird von drei Kripobeamten auf Abwegen und von Elmar gestellt, einem Kumpel unseres teuren toten Kollegen. Ich erwirke da mal ein paar Haftbefehle. Mach ich gleich. Überlasst ihr mir die Herrschaften von der PD Eins?«

»Gern«, sagte ich.

»Versteht mich nicht falsch«, sagte Pastewka, »ich bin

kein Moralist. Nach fast fünfzehn Jahren Rauschgiftfahndung wird man höchstens Zyniker. Ich meine nur, ab und zu ziehen wir einen Drogentoten aus irgendeiner Klappe. Wir fotografieren ihn, dann lassen wir ihn von Roth und Basing aufschneiden, obwohl wir das Resultat schon kennen, und dann schmeißen wir ihn weg. Oder sie. Wir leiten nur aus formalen Gründen ein Ermittlungsverfahren ein, um es nach Eintreffen des Autopsieberichts sofort an die Staatsanwaltschaft abzuverfügen, damit es dort eingestellt wird. Wir betrachten es als Suizid. Drogentote interessieren keine Sau. Manche sind erst siebzehn oder achtzehn. Nur die Statistik kümmert sich um sie.«

»Das klingt bitter«, sagte ich und betrachtete meine Schuhe.

»Nein, Kollegin, ich bin nicht verbittert. Ich bin sauer. Wenn Polizeibeamte in diesem schweinischen Spiel mitgewirkt haben, dann will ich ihnen die Ohren so lang ziehen, dass man den Reichstag in sie einwickeln kann.«

»Verständlich«, sagte Lüders.

»Muhammad hat da einen Bullen erwähnt, der angeblich ständig in der Koloniestraße rumschleicht«, sagte ich. »Ist das einer von Ihren Leuten?«

»Nein«, sagte Pastewka.

»Sind Sie sicher?«

»Hundertprozentig. Wir befassen uns zwar mit dem Blue Cops und auch mit den Ghetto Tigers, aber zum Rumschleichen habe ich zu wenig Personal. Und der Observationsauftrag ans Referat Sonderdienste lautete ausdrücklich, das Blue Cops zu beobachten. Nur den Club, sonst nichts.«

»Seltsam«, sagte ich. »Da haben wir es wohl mit einem übereifrigen Kollegen zu tun.«

»Kann ich mir, ehrlich gesagt, nicht vorstellen. Meine Mitarbeiter haben so viel zu tun, die sind froh, wenn sie mal ein paar Stunden frei haben. Da spielen die nicht Freizeitermittler. Und die Leute vom Sonderdienst auch nicht. Das wird ein Spinner wie Bender sein ...«

»Ich hab noch was auf dem Herzen«, sagte Lüders. »Sie haben gesagt, dass wir den kleinen und mittleren Fischen auf der Spur sind. Wer ist denn der große Fisch?«

»Cemal Tozlu, der Betreiber des Blue Cops. Bei ihm laufen die Fäden zusammen. Aber wie heißt es so schön: In der Menge Mackie Messer/Dem man nichts beweisen kann. So ungefähr jedenfalls. C'est la vie!«

Murat, Marcin, Muhammad. In der Menge Mackie Messer. Wenn das mein Vater hören müsste.

»Wollen wir?«, fragte ich Lüders.

»Wir wollen«, sagte er.

»Koloniestraße?«

»Sofort!«

»Wer ist Warssonofi Schanowski alias Elmar?«, fragte ich Lüders, als ich den schnurrenden Audi auf den Tempelhofer Damm lenkte. Den Tee komplett hatte meine Leber längst abgebaut, und auch Johannes sah viel besser aus als am Vormittag. Die Vernehmung Muhammads hatten wir nicht fortgesetzt. Es war nicht nötig. Pastewka kümmerte sich rührend um jeden einzelnen Tiger.

»Wer Schanowski alias Elmar ist?«, wiederholte Lüders meine Frage. »Ich glaube zu wissen, was dir Sorgen macht.«

»Was denn?«

»Dass er Jude ist.«

»Du redest wirres Zeug«, sagte ich, obwohl Johannes natürlich Recht hatte.

»Ich kenn dich ein bisschen, Lena. Ich kenne dich, deine Freundin, deinen Sohn und dessen Freund. Der Haushalt der Hauptkommissarin Wertebach, bestehend aus Margrete, Jim und Rudi ... der gehört auch dazu?«

»Ja, unbedingt.«

»Dieser Haushalt ist doch links orientiert. Wenn es sein

muss, legt ihr lieber Palästinensertücher an, als 'ne Flagge mit dem Davidstern zu schwenken.«

»Rudi vielleicht. Jim auch. Er hängt so sehr an seinem Kumpel, seit einiger Zeit rennt er sogar zu ›Jugend gegen Faschismus‹. Was ich ja in Ordnung finde. Zu einem Palituch hat er es aber noch nicht gebracht. So was trägt nur Rudi. Nee, nee, Johannes, du siehst das falsch. Meine Angehörigen mögen ja ein bisschen schräg sein, aber ich ... Ich bin nicht mal in der Gewerkschaft. Im Gegensatz zu dir.« Ich bedachte Lüders mit meinem schönsten Lächeln.

»Komm, Lena, sei ehrlich: Es macht dir zu schaffen, dass Warssonofi Jude ist.« Lüders konnte sehr hartnäckig sein. »Das passt nicht ins Weltbild.«

»Johannes, mein Lieber, wie lange kennen wir uns?« Auf dem Mehringdamm hatte ich überraschend freie Bahn und gab Gas.

»Lange«, sagte Lüders.

»Und wer bin ich? Keine Sozialarbeiterin mit dickem Arsch und Knitterrock, sondern 'ne Bulette. Wir haben jeden Tag mit Zeug zu tun, das nicht in unser Weltbild passt.«

»Genauer gefragt: Haben wir überhaupt ein Weltbild?«

»Noch genauer: Brauchen wir eins?«

»Lieber nicht.«

»Jetzt hab ich dich da, wo ich dich haben wollte«, sagte ich und bremste an einer roten Ampel.

»Irrtum, Lena! Du denkst sehr viel über das nach, was wir tun.«

»Das machst du vielleicht, du bist nicht umsonst unser Philosoph.« Ich legte den ersten Gang ein und spielte mit dem Gaspedal.

»Quatsch!«

»In Ordnung. Wenn du es unbedingt wissen willst: Ja, es macht mir was aus, dass Schanowski Jude ist. Es passt nicht in mein Weltbild. Wie so vieles nicht. Vielleicht sollte ich mein Weltbild einfach mal korrigieren. Weil die Welt nicht zu dem Bild passt, das ich gern von ihr hätte. So ungefähr.« Ich raste los.

»Himmel, Lena, das ist keine Autobahn.« Lüders krallte sich an seinen Sitz.

»Fahr ich denn so schlecht?« Mit achtzig Sachen jagte ich an der SPD-Zentrale vorbei.

»Wenn 'ne Zivilstreife ...«

»Wir sind doch selbst Bullen. Im Einsatz.« Ich lachte, aber unfroh. Lüders hatte einen wunden Punkt getroffen.

»Leute wie Schanowski haben keine nationale, religiöse oder kulturelle, sondern bloß eine kriminelle Identität«, sagte er. »Eigentlich haben sie nur Pässe.«

Ich trat auf die Klötze. Für diesen wunderbaren Satz hätte ich Lüders küssen können. Er war mein Immanuel Kant, mindestens. Ich küsste ihn nicht. Ich fuhr nur langsamer. Und das reichte ihm.

Schon wieder dämmerte es, dabei war es noch nicht mal vier Uhr. Es war zum Heulen. Morgens, wenn ich denn morgens aus dem Knick kam, verließ ich meine Wohnung in der Dämmerung. Auch tagsüber wurde es nicht richtig hell. Und nun senkte sich bereits wieder die Dunkelheit über Berlin.

Es regnete. In den Regen mischten sich kleine Schneeflocken. Ein kalter Wind blies Regen und Flocken gegen die Windschutzscheibe. Ich hatte die Nase voll von diesem ewigen kalten Grau.

»Nicht die beste Gegend« sagte Lüders, der ein Eigenheim besaß. Wir hatten das obere Ende der Koloniestraße erreicht. Im gelblichen Licht der Laternen machten die Fassaden der Häuser, die von geschäftstüchtigen Hausbesitzern bis unters Dach mit Aussiedlern und Asylbewerbern vollgestopft worden waren, einen besonders leprösen und finsteren Eindruck. Das Haus, das Schanowski in der Klinik als Anschrift angegeben hatte, wirkte ebenfalls heruntergekommen.

Die Rechnung der Hausbesitzer war nicht seriös, aber einfach. Sie vernachlässigten ihre Häuser, bis sie der letzte deutsche Mieter verlassen hatte, und dann dienten sie die Höhlen dem Senat als Ausländerunterkunft an. Die Zahl der Leute, die sie aufnehmen konnten, schummelten sie ein wenig in die Höhe, sie pferchten so viele Menschen wie nur möglich in die Wohnungen und kassierten vom Staat mehr, als sie durch reguläre Mieten jemals einnehmen konnten. Zum Schein wurde ein Hauswart eingesetzt, der sich um die Beseitigung von Mängeln kümmern sollte, aber er hörte sich Beschwerden der Bewohner höchstens an. Getan wurde nichts, die Häuser vergammelten weiter, und falls sich jemals Protest erhob, dann wurde er mit dem Verweis auf die Unsauberkeit und Kulturlosigkeit der Ausländer abgeschmettert. Es war ja bekannt, dass sie alles verdreckten, dass sie im Freien urinierten und den Putz von den Wänden fraßen.

»Mir macht übrigens noch was anderes zu schaffen«, sagte ich und lenkte den Audi an den Straßenrand. »Dieser Kollege, der hier angeblich rumschleicht. Er kommt nicht vom Rauschmittel. Vielleicht von uns?«

»Aber Lena!«

»Petersen und Wiesenburg stehen in Benders Adressliste.«

»Weil sie sich vom Sport kannten. Ich fürchte, jetzt gehst du zu weit.«

»Und dann frage ich mich, auf wen es dieser Schnüffler abgesehen hat. Auf die Ghetto Tigers? Auf Elmar?«

»Wir haben gerade erfahren, dass die Tigers und Schanowski eine geschäftliche Beziehung hatten«, sagte Lüders. »Wer die einen meint, der meint auch den anderen.«

»Sie und Bender. Ein Polizist mit Hepatitis, Leberzirrhose und offenbar einem großen Geldbedarf. Vielleicht hatte er es verdient, dass er erstochen wurde.« Ich stieß die Tür auf.

»Wer verdient schon einen solchen Tod?«

»Ein korrupter Bulle? Ein Dreckschwein, das Kids Drogen verkauft? Ich bin auch kein Moralist, aber die Eltern tun mir leid.«

Wir betraten ein Haus, an dessen Fassade große Flächen

des Mauerwerks freilagen. Davon, dass es an der Straßenfront Balkons gegeben hatte, kündeten nur ein paar in die Luft ragende Stahlträger. Das Tor zum Hof stand offen, vermutlich weil es sich sowieso nicht verschließen ließ, der Durchgang war über und über mit Graffiti besprüht. Von den Briefkästen war die Farbe abgeplatzt, ihre Türen waren allesamt verbeult, und es stank bestialisch nach Katzenpisse. Obwohl Katzen schon so lange in Deutschland lebten, verhielten sich diese Ägypter immer noch wie Ausländer. Es gab bestimmt genug sichere Drittländer, in die man die Katzen abschieben konnte.

»Warum wohnt Elmar hier? Oder wohnte, wenn er denn jetzt in Israel oder in L. A. ist? Warum schrubbte er Nachtschichten im jüdischen Krankenhaus? Mit den Drogen hat er doch sicher genug Geld verdient.«

»So viele Warums, Lena. Vielleicht hat er sich mit Armut getarnt. Mich interessiert eigentlich viel mehr, warum er in Baku zwei Jungs ausgeweidet hat.«

»Im schlimmsten Fall werden wir ihn das nicht fragen können«, sagte ich. »In diesem Fall nämlich lässt er sich am Strand von Haifa die Sonne auf den Bauch brennen, und die dortigen Behörden, sagt Polizeiinspektor Seyidli von Interpol Baku, sind nicht besonders hilfsbereit.«

»Haifa?«

»Ich hab irgendwo gelesen, dass die Juden aus Aserbaidschan sich gern in dieser Hafenstadt niederlassen. Vielleicht erinnert die Gegend sie ans Kaspische Meer.«

Der Hof war ein Müllplatz. Es gab nur eine Funzel über der Tür zum so genannten Gartenhaus, so dass man nicht erkennen konnte, wie das Zeug aussah, das überall herumlag. Es waren Matratzen, Müllsäcke, Steppdecken, eine Kinderwagenleiche, ein paar Altreifen, irgendeine klebrig wirkende helle Masse und noch anderes Unidentifizierbares. Ich ahnte, wie es auf den Dachböden und in den Kellern aussah, und hatte nicht übel Lust, die Feuerwehr zu informieren. Aber die

Feuerwehr hatte das alles sicher schon gesehen. Wahrscheinlich gab es eine Brandschutzmängelliste, die jedes Jahr erneuert wurde, um in den Akten der Hausverwaltung, der Ausländerbehörde und des Sozialamtes auf Nimmerwiedersehen zu verschwinden. Erst wenn das Haus mitsamt seinen Insassen niederbrannte, würde die Feuerwehr die Liste der Öffentlichkeit vorlegen, und dann würde die ebenso fieberhafte wie erfolglose Suche nach den Schuldigen beginnen. Hier wurde ein Massenmord vorbereitet, der im Strafgesetzbuch aber nicht vorkam.

»Wie die hier leben!« Lüders schüttelte den Kopf.

»Müssen«, sagte ich, »leben müssen.«

Das Treppenhaus des Seitenflügels sah nicht besser aus als Durchgang und Hof. Auch hier prangten Graffiti und Schriftzeichen an den Wänden, und die Treppenabsätze waren voll mit Gerümpel. Lüders wies auf einen Schriftzug. Die Ghetto Tigers hatten ihre Markierung gesetzt.

Ich läutete an der erstbesten Tür. Namensschilder gab es nicht, sicher weil sich mehrere Familien die Räume teilten. Aus den Tiefen der Wohnung drang ein lautes babylonisches Stimmengewirr durch die Tür. Als sie jemand öffnete, wurde es nahezu ohrenbetäubend.

Ich blickte eine Frau an. Sie war klein, korpulent, an Haar und Miene sofort als Südländerin zu erkennen, und sie trug ein kleines Mädchen auf dem Arm. Wie sie da vor mir stand in ihrem bunten Kleid, statt Pantoffeln dicke Wollsocken an den Füßen, erinnerte sie mich an Zilles Zeichnungen von der Armut. Seine Mütter aus den Hinterhöfen hatten auch so ausgesehen, nur waren es deutsche Frauen gewesen.

»Ja?«, fragte die Frau. Ich spürte ihre Angst und zeigte meinen Dienstausweis.

»Wir kommen nicht von der Ausländerbehörde«, sagte ich. »Kriminalpolizei. Verstehen Sie das?«

»Ja?«

»Keine Sorge, was wir wollen, betrifft weder Sie noch Ihre Familie.«

»Ja?«

»Dürfen wir hineinkommen?«

Die Frau schaute mich an. Vielleicht hatte sie meine Worte sogar begriffen. Natürlich verunsicherte sie ein Besuch der Polizei. Aber was sie vor allem zu irritieren schien, war der Umstand, dass ich vor einem Mann stand und das Wort führte. Dass der Mann es gestattete, konnte sie offenbar nicht glauben.

Im Rücken der Frau tauchte ein Mann auf. Über seinen muskulösen Oberkörper spannte sich ein weißes Unterhemd, Arme, Brust und Schultern waren über und über behaart. Auch sein Bartwuchs musste stark sein, denn obwohl er sich rasiert hatte, sah ich die bläulichen Stoppeln.

»Bitte schön?«, fragte er mich laut und sozusagen an der Frau vorbei.

»Polis«, erklärte die Frau, während sie sich zu ihm umwandte. Dann ergoss sich ein Schwall fremdländischer Worte über ihn, und diese Worte riefen weitere Männer in die Diele. Die Männer betrachteten mich zwar nicht feindselig, aber auch nicht wohlwollend. Ich fühlte Unbehagen, trat jedoch ein. Lüders hielt mir den Rücken frei.

Als wir die offene Küchentür passierten, konnte ich nicht anders und warf einen Blick hinein. Drei Frauen waren dort schnatternd und sich gegenseitig behindernd damit befasst, das Abendessen zuzubereiten. Ich wurde in ein Zimmer gebeten, in dem es nur einen großen Teppich und ein zierliches Teetischchen gab, das sich auf dem Teppich verloren ausnahm. Weitere Männer hockten am Boden, und als die Männer vom Flur auch noch hineindrängten, fürchtete ich zu ersticken. Sie aber waren es gewohnt, auf engstem Raum zu leben. Der Mann im Unterhemd zeigte auf meine Schuhe, dann auf die Füße von Johannes. Augenblicklich wurde mir klar, was er meinte, und ich streifte die Schuhe ab. Lüders folgte meinem Beispiel, die Frau mit dem Kind trug die Schuhe hinaus.

»Nun?«, fragte der Mann im Unterhemd. Ich hielt ihn für eine Art Clanchef. Seinen Blick konnte man nur als lauernd bezeichnen.

»Ich möchte Ihnen ein Foto zeigen«, sagte ich. »Jedem von Ihnen.« Da ich Formen zu wahren wusste, reichte ich es zuerst dem Oberhaupt. »Mich interessiert, ob Sie diesen Mann kennen und was Sie von ihm wissen.«

Schanowskis Passbild ging langsam von Hand zu Hand. Niemand sprach ein Wort, und jeder Mann betrachtete das Foto lange, als handle es sich um eine kostbare Reliquie. Allerdings sahen sie es nicht mit Andacht an. Mehr verrieten ihre Gesicher aber auch nicht.

Nach endlos vielen Minuten kehrte das Bild zum Oberhaupt zurück. Er schaute fragend in die Runde. Der erste Mann nickte, dann fielen die anderen ein. Der Rat hatte eine Entscheidung gefällt. Einer nach dem anderen zogen sich die Männer zurück. Nur der Chef, Lüders und ich blieben übrig. Noch immer wurde nicht gesprochen.

Eine der Frauen brachte Tee, braunen Zucker und drei kleine Tassen. Sie goss uns ein, dann verschwand sie lautlos. Der Mann ging in die Knie.

»Wir haben ihn verjagt«, sagte er. »Er hat gewohnt oben.« Der Mann zeigte zur Decke. »Hat immer gesagt, er ist Arzt. Wenn Kinder mal gefallen sind und hatten Wunde, hat er sie gemacht mit Verband. Aber er ist schlechter Mensch. Hat Drogen gebracht zu Kinder. Und sich vergriffen an Murat.«

»An wem?«

»Murat. Mein Sohn.«

»Gehört er zu den Ghetto Tigers?«

»Leider ja. Ich bin nicht einverstanden. Aber Deutschland verdirbt Kinder. Wollen sein unabhängig von Eltern.«

»Was hat er«, auch ich wies zur Decke, »Ihrem Sohn getan, Herr ...?«

»Saribas.«

»Was hat er Ihrem Jungen angetan, Herr Saribas?«

»War eigentlich Freund mit Murat«, sagte der Mann. »Hat getan wie Freund und ihm gezeigt diese schlechte Club. Schlimme Drogen auch. Dann er hat gesagt, will mit Murat fahren nach draußen. In Umgebung. Hat da Geschäfte oder so was. Und dann ... Er hat meinen Sohn angegriffen. Wollte ihn niederschlagen. Vielleicht sogar töten. Murat spricht nicht gern davon.«

»Aber warum?«, wollte Lüders wissen. Ich sah ihm an, dass er nicht nur überrascht, sondern auch entsetzt war. Elmar erwies sich immer mehr als ein gemeingefährlicher Verbrecher.

»Ich weiß nicht. Drogen machen alles kaputt. Mensch, Freundschaft ... Wir sind ... sehr traurig über Entwicklung von Sohn.«

»Wann ist das passiert?«

»Vor vier Wochen ungefähr.«

»Wo ist es geschehen?«, fragte Lüders.

»Ich weiß nicht. Es war Wald da. Und noch anderer Mann. Mit anderes Auto.«

»Wie alt ist Murat?«, erkundigte ich mich.

»Achtzehn.«

»Und ist er hier?«

»Nein.«

Er sagte nicht die Wahrheit, aber ich respektierte es. Ich legte ihm die sieben Fotos von der Drogenfahndung vor, die ich mir hatte abziehen lassen, aber er kannte weder Bender noch dessen Kollegen. Das sagte er jedenfalls, und ich hatte keine Veranlassung, ihm nicht zu glauben.

»Kennen Sie einen Marcin?«

»Ist auch Freund mit Murat. Sind oft zusammen.«

»Wohnt er hier? Im Haus? Oder in der Koloniestraße?«

»Nein. Ich weiß nicht, wo er wohnt.«

»Ich danke Ihnen sehr«, sagte ich. Lüders war mir beim

Aufstehen behilflich. Ich streckte Herrn Saribas meine Hand entgegen. Er nahm sie und drückte sie fest. »Warum haben Sie wegen des Vorfalls eigentlich keine Anzeige bei der Polizei erstattet?«

»Eine Anzeige?« Der Mann starrte mich an, als ob ich ihn gefragt hätte, wann er endlich zum Christentum übertreten wolle.

»Wir wollen nicht auffallen. Sind immer leise. Wenn wir gehen auf Straße, und es ist Schnee, Sie werden nicht finden eine Spur.«

Wir sahen uns noch in Elmars ehemaliger Wohnung um. Sie war, sofern man das von diesem Haus überhaupt sagen konnte, ausgeräumt. Nur Müll und Gerümpel hatte man nach Schanowskis Auszug hier abgestellt.

»PTU?«, fragte mich Lüders und zückte sein Handy.

»Sicherheitshalber«, sagte ich.

Die Spurensicherung rückte mit großer Mannschaft an. Trotzdem benötigte sie fast bis Mitternacht, um alles zu pinseln und zu pinzettieren. Den interessantesten Gegenstand fand Lüders. Eher zufällig entdeckte er unter der uralten und verschimmelten Kochmaschine ein kleines Stück Papier.

Offenbar hatte es als Namensschild gedient. Es war aus einem Computer ausgedruckt worden und enthielt zwei Kürzel und einen Namen: Dr. E. Schanowski.

»Noch ein Hochstapler«, seufzte ich, tütete das Schild ein und gab es einem Mann von der PTU, der es mit »Spur 23« beschriftete. Zweiundzwanzig Spuren gab es also bereits, aber vermutlich waren sie alle einen Dreck wert.

»Und die Zahl der Warums steigt«, meinte Lüders.

»Warum ist die Banane krumm?«

»Warum wollte Elmar Murat niederschlagen oder gar töten?«

»Wenn er es denn wollte ... Vielleicht ist er ein Knabenkiller.«

»Glaubst du das?«

»Glaube, Liebe, Hoffnung.« Ich zuckte die Schultern. »Wird um 'ne Drogengeschichte gegangen sein. Murat hat Stoff bekommen und selbst verbraucht, anstatt ihn zu verticken. Dann wollte Schanowski kassieren, aber Murat hatte keine Kohle. In diesen Kreisen wird man schon wegen Bagatellen abgemurkst.«

»Im Wald?«

»Gott, vielleicht lieben jüdisch-aserbaidschanische Drogengangster die deutsche Eiche. Was weiß denn ich. Wir laden Murat Saribas vor.« Ich konsultierte meinen elektronischen Terminplaner. »Übermorgen, neun Uhr.«

»Hier kommt bestimmt keine Post an. Der Junge ist irgendwo im Haus.«

»Weiß ich doch. Papa hat ihn vor uns versteckt. Die haben Angst, Johannes. Vielleicht müssen sie alle sterben, wenn die Ausländerbehörde sie wegen krimineller Aktivitäten in die Heimat abschiebt. Auch wenn es nur die Aktivitäten ihrer Kids sind, die Ausländerbehörde wird schon einen Weg finden. Und wer stirbt gern vor der Zeit.«

»Und du leugnest, links zu sein«, sagte Lüders und lächelte mich an. Müde, fand ich. Er sah sehr müde aus.

Die Zeitanzeige am Radio des liebevoll schnurrenden Audi zeigte 00:12 an. Ich hatte ein furchtbar schlechtes Gewissen und telefonierte mit meinem Zuhause.

»Hier ist der Anschluss 44-77-98-44«, hörte ich mich sagen. »Im Moment ist nur der Anrufbeantworter für Sie da. Bitte sprechen Sie Ihre Nachricht nach dem Piepton auf das Band.« Ich fand die Ansage äußerst albern.

»Hallo, Jim. Du schläfst sicher schon. Es wird eine lange Nacht. Bitte sei nicht sauer ...«

»Mam?«, sagte Jim. Er klang putzmunter.

»Tut mir leid, Jim, aber ich habe viel zu tun.«

»Hast du ja immer.« Es klang nicht wie ein Vorwurf, aber ich fasste es als Vorwurf auf.

»Bist du allein?«

»Nee, Margarine ist da. Stell dir vor, sie wollte mich heute erziehen.«

»Was hat sie denn gesagt?«

»Ich soll nicht so kaltschnäuzig gegenüber Rudi sein.«

»Bist du denn kaltschnäuzig gegenüber Rudi?«

»Er übernachtet heute bei mir, Mam. In meinem Bett. Mehr kann ich doch nun wirklich nicht machen.«

»Haben seine Eltern es erlaubt?«

»Mam! Seit der Steinzeit darf Rudi bei uns schlafen. Hast du das vergessen?«

»Warum bist du eigentlich ans Telefon gegangen und nicht Margrete?«

»Die pennt. Schreibt doch an ihrer Scheißarbeit. Muss ja ziemlich anstrengend sein. Und ich kann nicht schlafen. Rudi schnarcht. Ich zieh auf den Balkon!«

»Da ist es zu kalt, Jim.«

»Ich nehme meinen Iso-Schlafsack mit. Der schnarcht nicht.«

»Na ja«, sagte ich, »ich freu mich jedenfalls, dass du mit Rudi wieder im Reinen bist.«

»Wir haben uns nicht gestritten. Wie oft soll ich dir das noch sagen?«

»Ich bleibe heute Nacht im Büro«, sagte ich.

»War mir klar. Könntest du mein Taschengeld erhöhen?«

»Bitte?«

»Wenn du so viel arbeitest ... Kriegst du eigentlich Geld dafür?«

»Nein. Ich darf nur Überstunden abbummeln. Und dafür habe ich bekanntlich keine Zeit.«

»Fünfzig?«

»Was?«

»Ich kauf mir auch alle Klamotten selber.«

»Fünfzig Euro Taschengeld?« Ich schaute zu Lüders. Er schüttelte den Kopf.

»Mit Klamotten-selber-kaufen, Mam.«

»Darüber reden wir, wenn ich zu Hause bin.«

»Also nie?«

»Morgen. Äh, heute.« 00:17 blinkte die Radiouhr.

»Du findest deinen Sohn auf dem Balkon«, sagte Jim. »Vor Kummer erfroren. Tschau!« Er legte auf.

7

Das gesamte MK acht war noch in der Dienststelle. Sogar Patricia. Sie versorgte meine Mitarbeiter mit Kaffee und Keksen. Ich hatte ihr schon mehrfach verboten, länger zu arbeiten, als die Gewerkschaft erlaubte. Sie hörte nicht auf mich, obwohl sie Familie hatte. Ihr mütterlicher Instinkt sagte ihr, dass sie sich um Diethelm, Jörg Röder und die Bodybuilder kümmern musste, wenn Lüders und ich abwesend waren.

»Patricia, du gehst sofort nach Hause«, wies ich sie an.

»Lena, wir befinden uns im ersten Angriff. Bin ich jemals nach Hause gegangen, wenn Stress war?«

»Ach, verdammt. Wenn es dir hier so gut gefällt ... Setzt euch!« Meine Mitarbeiter nahmen im Besprechungsraum Platz. »Johannes? Gibst du den Kollegen die Zusammenfassung?«

Lüders nickte. Er sprach beinahe eine halbe Stunde. Während dieser Zeit ließ ich meine Bodybuilder nicht aus den Augen. Wiesenburg und Petersen trugen ein Pokerface zur Schau – jedenfalls kam es mir so vor.

»Sie kannten Dirk Bender ja wohl recht gut«, sagte ich zu den beiden, als Lüders seinen Bericht beendet hatte. »Wie gut, möchte ich wissen.«

»Nur vom Sport«, erwiderte Wiesenburg, »also eher flüchtig.«

»Von seinen illegalen Aktivitäten haben Sie nichts erfahren? Nicht mal ein Gerücht gehört?«

Beide Bodybuilder schüttelten den Kopf.

»Und Sie ermitteln auch nicht auf eigene Faust? Was auch immer...?«

»Also, was soll das denn heißen?« Petersen fuhr auf.

»Haben Sie sich in der Koloniestraße herumgetrieben? Schon vor Benders Tod?«

»Also, Lena, bitte«, sagte Lüders.

»Dann hätten uns die Ghetto Tigers ja wohl erkannt«, sagte Wiesenburg. Auch er war aufgebracht.

»Ich frag ja nur. Wenn Sie mir die Wahrheit sagen, rühre ich nicht mehr an diesem Punkt.«

»Also noch mal«, sagte Wiesenburg. »Wir haben nichts damit zu tun. Dass Sie so etwas auch nur denken können...«

»Das kränkt«, sagte Petersen.

»Okay. Ich glaube Ihnen, dass Sie sauber sind. Tut mir leid, ich sperre meine dunklen Gedanken ganz tief weg. Besser noch, ich lösche sie aus. Auf Ihr Wort hin, meine Herren!«

Eine Zeit lang schwiegen alle. Wahrscheinlich hatte ich übers Ziel hinausgeschossen und würde den Bodybuildern etwas Gutes tun müssen, um die Scharte auszuwetzen. Der Schnüffler, der nach Muhammads Aussage im Soldiner Kiez aufgekreuzt war, ließ mir einfach keine Ruhe. Aber es konnte auch nur eine jener Spuren sein, die in die Irre führten, also ließ ich die Sache vorerst auf sich beruhen.

Patricia brachte noch Kaffee aus dem Sekretariat und ein Schreiben für mich. Es handelte sich um eine E-Mail aus Wiesbaden, die sie für mich ausgedruckt hatte.

»Kam heute Nachmittag, als ihr unterwegs wart«, erklärte sie.

Liebe Kollegin Lena Wertebach,
mein Brief wird Sie nicht überraschen, denn ich habe Ihnen bereits mitgeteilt, dass Polizeiinspektor Seyidli von Interpol Baku von tiefer kriminalistischer Zuneigung zu Schanowski, Wars-so-no-fi (ich buchstabiere es so gern,

weil es meine Kollegen beeindruckt) ergriffen ist. Er möchte diesen Wars-so-no-fi wohl unbedingt selbst verhaften. Das heißt, Kollege Seyidli bekommt von seinem Innenminister eine Dienstreise spendiert und wird übermorgen in Frankfurt eintreffen. Ich setze ihn dann auf die Bahn. Fahrkarten übernimmt das BKA. Manchmal sind wir großzügig, vor allem bei Ölstaaten :-)) Unterkunft hat Seyidli schon von Baku aus reserviert. Via Internet. (Ja, haben sie!) Eine »Pension Bristol« in Neukölln. Klingt das gut? In der Karl-Marx-Straße. Karl Marx wird unserem Ex-Kommunisten zusagen. Rufen Sie mich morgen kurz an. Ich bin auf Schicht. Wir kriegen das hin.
Herzlichste Grüße
Ihr Ziegler

PS: Ich liebe gebackene Schweinshaxe mit Biersoße und Semmelknödel. Wenn Sie sich mal bedanken wollen.
PS 2: :-)))))))))) --- Das lernt man bei seinen Söhnen.
Ziegler, KHK, BKA, Abt. III B :-((

»Ach, du Schreck!«, rief ich, an Lüders gewandt. »Der Polizeiinspektor Seyidli aus Baku kommt nach Berlin.«

»Wir beackern eben einen wahrhaft internationalen Fall.«

»Genau. Und da fällt mir ein, dass wir diesen amerikanischen Professor unter die Lupe nehmen müssen. Professor Badan. Kollege Röder, machen Sie das? Holen Sie alles an Infos über ihn ein, was Sie kriegen können, ohne schlafende Hunde zu wecken.«

Mit dieser letzten Anweisung waren meine Mitarbeiter entlassen.

Im Büro hatte ich auf einer Klappcouch ein paar Stunden mehr schlecht als recht geschlafen und war früh aufgestanden. Ich absolvierte eine Katzenwäsche in der Damentoilette und spülte mir den Mund aus. Patricia brachte ein mit Schinken belegtes Baguette mit und kochte einen Pott Kaffee. So war ich einigermaßen wiederhergestellt, als ich mich ans Telefon hängte und meine Zeit mit sinnlosen Anrufen totschlug. Ich wollte unbedingt wissen, wer hinter der Denunziation beim Verfassungsschutz steckte. Warum mir das so wichtig war, konnte ich nicht genau sagen. Ich hatte einen vagen Verdacht, dass der Spitzelbericht über Scientology in der PD Eins etwas mit Benders Drogendealerei zu tun haben könnte, vielleicht hatte ihn jemand aus dem Geschäft stoßen wollen, indem er ihm etwas ans Zeug flickte. Womöglich pflegte ich aber auch nur eine Berufskrankheit, die man als kriminalistischen Komplettierungswahn bezeichnen konnte.

Ich rief Staatsanwalt Hagenreuther an, der beim Landgericht für die Staatsschutzsachen zuständig war und mir nicht weiterhelfen konnte oder wollte. Ich telefonierte mit einem Hauptkommissar von 3131, ich sprach mit Leuten vom Verfassungsschutz selbst und sogar mit einem höheren Ärmelschoner in der Innenbehörde, aber sie ließen mich allesamt abblitzen. Entweder beriefen sie sich auf den Quellenschutz, oder sie kannten den Namen des Informanten tatsächlich nicht, was ich von dem Hauptkommissar annahm. Nach einer Stunde gab ich entnervt auf.

»Johannes«, sagte ich zu Lüders. Mein Stellvertreter war seit zwanzig Minuten da und tippte etwas in seinen Computer. »Es ist an der Zeit, ein paar Panzer auffahren zu lassen.«

»Willst du Krieg spielen?«

»Bin ich denn der amerikanische Präsident?« Ich schlüpfte in meinen Mantel und griff nach der Aktentasche. Lüders erhob sich langsam. »Aber wenn ich das Versteckspiel gewisser Leute beenden kann, dann spiele ich auch Krieg.«

»Und wo ist dein erstes Schlachtfeld?«

»In der Innenbehörde«, sagte ich.

Den Innenstaatssekretär Benno Lutz Ludewig-Heilmann wie in früheren Zeiten einfach nur Skandal-Ludewig zu nennen, war seit eines Urteils des Kammergerichts eine wahnsinnig teure Angelegenheit. Das war umso betrüblicher, da Lude oder Ludewig einst eine allgemein übliche, mittlerweile jedoch wenig gebräuchliche Bezeichnung für einen Zuhälter gewesen war. Nicht dass Ludewig-Heilmann sich als Zuhälter betätigt hätte, aber alle, die ihn näher kannten, waren überzeugt, er hätte diesen verantwortungsvollen Beruf mit derselben Brillanz wie die Arbeit eines Staatssekretärs ausgeführt: mit der Brillanz einer schmierigen Milchglasscheibe nämlich.

Es gab nicht nur keine Fettnäpfchen, in die Ludewig-Heilmann nicht trat, er trat sogar in welche, die gar nicht existierten. Berüchtigt war er für einen Fall, als er versucht hatte, einen homosexuellen Mitarbeiter aus dem Landesamt für Verfassungsschutz zu feuern. Das war noch zu Zeiten des Kalten Krieges gewesen, Schwule galten als leicht erpressbare Weicheier, die bei der kleinsten Böe zum Gegner überliefen, nur war Ludewig-Heilmann schlecht informiert gewesen: Der verdächtigte Mitarbeiter hatte nie einen Männerkörper berührt, wahrscheinlich nicht einmal seinen eigenen. Trotzdem hatte er seinen Hut genommen. Ludewig-Heilmann dagegen furzte weiterhin in sein Staatssekretärsgestühl.

Der Verfassungsschutz, über den er die Fachaufsicht führte, hatte ihm immer wieder hochbrisante Fälle um erfundene Feinde der freiheitlich-demokratischen Grundordnung präsentiert, und wenn das Versageramt einmal nicht patzte, hatte der Staatssekretär mit zweifelhaften Geliebten, zwielichtigen Grundstückskäufen oder dümmlichen Verlautbarungen für Aufsehen gesorgt. Er galt als überheblich, unbelehrbar und unfähig. Alle Versuche, ihn abzusägen, waren gescheitert. Mit diesem Mann, über den offenbar ein paar sozialdemokratische Duodezfürsten die Hand hielten, wollte ich mich anlegen.

Ich kam unangemeldet, aber ich wusste schließlich, wie man eine Tür aufklinkte. Vom Herrn Staatssekretär war bekannt, dass er bereits früh am Morgen in der Verwaltung erschien, wahrscheinlich weil er direkt aus der Kneipe an seinen Schlafplatz ritt. Daher war ich sicher, ihn auch anzutreffen.

Gegen eine Vorzimmerlöwin musste ich nicht antreten. Natürlich hatte Ludewig-Heilmann eine, doch fand ich das Sekretariat leer vor. Ein betriebsbereiter PC verriet mir, dass die Sekretärin den Raum nur kurzzeitig verlassen hatte. Wahrscheinlich war sie zur Toilette gegangen. Der Weg zu Ludewig-Heilmann war also frei. Dachte ich. Doch ich irrte. Denn ich hatte nicht mit dem persönlichen Referenten gerechnet.

Ich wusste nicht, was persönliche Referenten den lieben langen Tag trieben, aber ein Staatssekretär hielt sich natürlich ein solches Haustier und erwartete von ihm, dass es zur Verfügung stand. Kaum hatten Lüders und ich das Sekretariat betreten, stürzte ein grauhaariger Wicht aus einer angelehnten Tür. Die Tür führte zu einem der beiden Räume, die vom Vorzimmer gegen die Außenwelt abgeschirmt wurden, und eine Messingtafel verriet mir, mit wem wir es zu tun hatten. *Staatssekretär Ludewig-Heilmann*, stand auf der Tafel, *Persönlicher Referent, Herr Goltz.*

»Ja, bitte?«, fragte Goltz. Auch in der Innenbehörde war das *Guten Morgen!* wohl verpönt.

»Der Herr Staatssekretär erwartet uns«, behauptete ich und lächelte, was das Zeug hielt.

»Das halte ich für ausgeschlossen, Frau ...«

»Oh, verzeihen Sie, Herr ...«

»Goltz«, sagte der Referent. Ich hatte ihn daran erinnert, dass sich zuerst der Herr der Dame vorzustellen hatte, vorausgesetzt, der Herr hatte Stil. Goltz hatte als kleingeratener Mensch vermutlich sehr viele Messingtafeln, die er täglich polierte oder polieren ließ. Ich nannte meinen Namen und wies auf Lüders.

»Herr Lüders«, sagte ich. »Wir kommen vom Landeskriminalamt Berlin.«

»Herr Ludewig-Heilmann hat heute keinen Termin mit Vertretern des Landeskriminalamtes«, sagte Goltz.

»Doch, hat er. Er weiß es nur noch nicht.«

»Frau Wertebach!« Der Persönliche hob seine Zwergenstimme. »Der Herr Staatssekretär kennt seine Termine sehr wohl. Und ich kenne sie auch. Sie können sich selbstverständlich jederzeit zu einem Gespräch anmelden, wenn Sie mir sagen, um welche Angelegenheit es sich handelt. Wenn diese Angelegenheit unsere Zuständigkeit berührt und es erforderlich ist, sie Herrn Ludewig-Heilmann vorzutragen, wird er Sie sicher empfangen. Ich bezweifle allerdings, ob Ihre Vorgesetzten ...«

»Die Angelegenheit duldet keinen Aufschub. Die Revolution hat begonnen, und der Mob schickt sich an, die Kleinwüchsigen aufzuknüpfen.«

Lüders, der dicht bei mir stand, weil er einen solchen Ausfallschritt befürchtet und mich davon hatte abhalten wollen, stöhnte leise auf. Nach diesem vorschriftswidrigen Besuch würden mir alle möglichen Vorgesetzten so lange den Kopf waschen, bis mein Haar ganz dünn sein würde. Ich konnte getrost noch eins draufsetzen, und was ich getrost tun konnte, das tat ich für gewöhnlich auch.

»An Schreibtischleuchten«, sagte ich, weil mir eine ins Auge fiel.

Meine Worte verfehlten ihre Wirkung nicht. Goltz japste wie ein Fisch auf dem Trockenen, aber es war mir gelungen, ihn sprachlos zu machen. Männern wie ihm fiel niemals eine schlagfertige Antwort ein. Sie hatten nämlich keinen Witz. Ein paar Sekunden nachdem ich den Referenten ausgeschaltet hatte, stand ich im Allerheiligsten von Ludewig dem Unangreifbaren.

Der Staatssekretär hatte sich erhoben. Offenbar war er im Begriff, nach den Ursachen des Spektakels in seinem Vorzimmer zu forschen, aber ich kam ihm dabei in die Quere. Falls er überrascht war, ließ er es sich nicht anmerken. Sogar einen

Diener deutete er an. Er wusste nicht, wer ich war, aber gegenüber Frauen war er galant. Das gedachte ich auszunutzen.

»Oh, Damenbesuch auf nüchternen Magen«, sagte er. Für dieses Niveau war er berühmt.

»Sie müssen mir mein Eindringen verzeihen«, erwiderte ich, obwohl ich kaum atmen konnte. Kurz vor meinem Auftritt musste sich der Staatssekretär mit einem Parfüm eingeschmiert haben, das zweifellos unwiderstehlich auf Gorillaweibchen wirkte. »Ich handle gegen jede Gepflogenheit. Es ist nur ... Herr Staatssekretär, ich weiß mir keinen anderen Rat.« Mein Coup wäre genial gewesen, wenn ich auch noch in Tränen ausgebrochen wäre. Das schaffte ich nicht.

»Worum ... äh, wer sind Sie denn?«

»Lena. Wertebach. Landeskriminalamt Berlin. Ich leite eine Mordkommission.«

»Ach, Sie sind das.«

Als einziger weiblicher MK-Leiter war ich nicht ganz unbekannt, schließlich schmückte ich die Behörde. Ich schaute mich zu Lüders um. Der hatte es tunlichst unterlassen, mir zu folgen. Mein Stellvertreter rechnete sicher mit dem Schlimmsten, wollte sich jedoch ersparen, dessen Zeuge zu werden.

»Gott, sind Sie aufgeregt, Frau Wertebach! Ist etwas Schreckliches geschehen? Wenn Sie sich direkt an mich wenden ... Bitte, nehmen Sie doch Platz. Kann ich Ihnen etwas anbieten? Kaffee? Oder lieber einen ... Cognac?«

»Hilfe«, sagte ich und fand mich top.

In diesem Moment stürzte Goltz herein. Das leicht bestürzte Gesicht des Staatssekretärs verfinsterte sich, das hilflose Weibchen Lena ließ sich auf die Sitzgruppe fallen.

»Diese unmögliche Person, ich konnte sie nicht zurückhalten«, keuchte Goltz. »Sie ...«

»Es ist in Ordnung, Dankwart«, sagte der Staatssekretär. Ich wäre fast aus meiner Rolle gefallen. Die Eltern des Persönlichen hatten nicht wissen können, was sie in die Welt setzten, als sie beschlossen, ihr Erzeugnis ausgerechnet Dankwart zu nennen. »Würdest du dich bitte um Kaffee bemühen?«

»Kaffee?« Dankwart glotzte. Ich schaute mich um und sah den Parfümflakon des Staatssekretärs in einem Regal stehen. Die Kreation von Meisterstinker Calvin Klein hieß »Albatros«. Möglich wäre auch »Guano« gewesen.

»Kaffee«, wiederholte der Staatssekretär, »der schwarze Türkentrank.« Der Hofnarr Ihrer Majestät schlich sich konsterniert, der Glaube an die Macht seines Chefs war erschüttert. Ich bedauerte, dass ich mich nicht kuhäugig machen konnte. Männer liebten große leere Augen, in denen sie sich spiegeln konnten. Ludewig-Heilmann setzte sich zu mir.

»Sagen Sie, wo der Schuh drückt.« Natürlich hätte er lieber gewusst, wo mich mein Rock zwickte. Ich trug keinen, er konnte mir nicht drunter gucken, außerdem war ein Tisch zwischen uns.

»Es handelt sich um ein aktuelles Ermittlungsverfahren. Ein Kollege ist ermordet worden. Ein Polizeibeamter, man stelle sich das vor.«

»Hab davon gehört«, murmelte der Staatssekretär.

»Erschütternd, nicht wahr?«

»Ja. Haben Sie schon eine heiße Spur?«

»Das ist das Problem«, sagte ich. »Der Verfassungsschutz hält eine wichtige Information zurück, die mich womöglich einen Schritt, wenn nicht einen Sprung voranbringen könnte. Leider erweist sich der VS nicht als kooperativ.«

»Wenn Gründe des Geheimnisschutzes vorliegen ...«

»Hält man uns denn für Plaudertaschen? Von unseren Strategien und Taktiken dringt nichts an die Öffentlichkeit. Auch wir sind fähig, den Mund zu halten. Und wir kennen die Dienstvorschriften.«

»Ich sehe keine Möglichkeit ...«, begann Ludewig-Heilmann, unterbrach sich aber. »Ich habe zwar die Fachaufsicht über den Verfassungsschutz, doch über den Umgang mit geheimen Informationen entscheidet der Amtsleiter. Wenn Sie es wünschen, spreche ich mit ihm.«

»Das wäre ausgezeichnet.«

Dankwart Goltz war es tatsächlich gelungen, Kaffee aufzutreiben. Ich bezweifelte, dass er ihn selbst gekocht hatte, aber in Behörden gab es immer irgendwo ein weibliches Wesen, in dessen Maschine frischer Kaffee brodelte. Bestimmt fühlte sich Goltz zutiefst gedemütigt. Und er würde sich mit einem Anruf beim LKA-Chef oder bei Brinkmann rächen.

»Ich werde sehen, was ich tun kann«, sagte der Staatssekretär. »Lassen Sie mir Ihre Nummer da, damit ich Sie in Kenntnis setzen kann.«

»Oh«, sagte ich und versuchte es zumindest mit den Kuhaugen, »ich brauche die Informationen sofort.«

»Sofort?« Innenstaatssekretär Ludewig-Heilmann runzelte die Brauen. »Wie stellen Sie sich das vor? Ich ...«

»Bitte! Ich bitte Sie inständig.«

»Nun, äh«, er räusperte sich, »was genau wollen Sie denn wissen?«

»Irgendein Informant hat dem VS gegenüber behauptet, in der Polizeidirektion Eins gäbe es ein Nest von Scientology. Ich will ... ich möchte in Erfahrung bringen, wie dieser Informant heißt.«

»Ausgeschlossen! Das geht unter keinen Umständen. Namen von Informanten werden nicht preisgegeben. Außerdem hat diese Sache höchste Priorität. Wir sind alle alarmiert und in Sorge. Und überhaupt, woher wissen Sie davon?«

»Ein Freund von der Presse hat es mir geflüstert«, erklärte ich an der Wahrheit vorbei.

»Presse?«

Die Augen des Herrn Staatssekretärs verengten sich, an seinem Hals bildete sich ein großer roter Fleck. Auf die Presse war er nicht gut zu sprechen. Die Presse aber auch nicht auf ihn.

»Ja. Er sitzt übrigens draußen im Vorzimmer und freut sich schon auf die Schlagzeile: Innenstaatssekretär blockiert polizeiliche Ermittlungen. Warum hält er für die Aufklärung des Polizistenmordes entscheidende Informationen zurück? So in etwa.«

Ludewig-Heilmann sprang auf. Die Audienz war beendet. Die Hand reichte er mir immerhin. Er hatte nun einmal den Ruf, galant zu den Frauen zu sein, und musste ihn verteidigen.

»Dieser Schmier-... dieser Journalist wird Ärger bekommen. Sagen Sie ihm das. Sagen Sie ihm, dass er eine Gegendarstellung wird bringen müssen.«

»Ja, aber Sie wissen doch, wie so was gemacht wird.« Die Tür öffnete ich mir selbst. »Die Schlagzeilen stehen groß auf Seite eins, die Gegendarstellung erscheint unter ferner liefen. Meine Nummer gebe ich Herrn Goltz. Oder Ihrer Sekretärin?«

»Wo ist die überhaupt?« Ludewig-Heilmann folgte mir ins Vorzimmer. Dort sah er Lüders, würdigte ihn aber keines Wortes. »Dankwart«, rief er.

Der persönliche Referent kam augenblicklich aus seinem Büro. »Ja?«

»Schreiben Sie sich mal die Nummer von Frau Wertebach auf. Und schaffen Sie mir Frau Pinkert her. Schminken kann sie sich zu Hause.«

»Das hätte leicht ins Auge gehen können«, sagte Lüders auf dem Weg zum Wagen.

Ich war während meiner Zeit auf dem Chefsessel einer Mordkommission schon oft haarscharf an einem Disziplinarverfahren vorbeigeschlittert. Bisher war mir ein solches Verfahren erspart geblieben. Nicht weil ich bei meinen Vorgesetzten so beliebt war oder sie genug Arsch in der Hose hatten, mich zu schützen. Ich nahm vielmehr an, dass sie den schlechten Eindruck fürchteten, den es machen würde, wenn der erste und einzige weibliche Boss eines Mordkommissariats auf eine polizeiliche Pfefferplantage abgeschoben wurde.

»Vielleicht geht es ja noch ins Auge«, entgegnete ich und entriegelte die Türen. »Jetzt hat Goltz die Gelegenheit, mich bei seinem Chef madig zu machen. Und die wird er nutzen, darauf kannst du Gift nehmen.«

»Hast du wenigstens was erreicht?« Lüders kletterte auf den Beifahrersitz, ich hinters Lenkrad.

»Kann ich noch nicht sagen. Ich habe mit schlechter Presse gedroht. Keine Ahnung, ob ihn das beeindruckt, schließlich ist er dran gewöhnt.«

Mein Handy klingelte. Ich zog es aus der Jackentasche, drückte den grünen Knopf und lenkte gleichzeitig den Wagen über eine Kreuzung. Das war verboten, aber nur Polizisten konnten mir deswegen Ärger machen, und für die hatte ich eine rote Karte dabei: meinen Dienstausweis.

»Ja?«

»Ziegler.«

»Oh, hallo!«

»Meine E-Mail bekommen?«

»Ja, hab ich.« Ich nahm die freie Hand vom Lenkrad, trat die Kupplung und schaltete hoch.

»Ich habe hier einen Vertrauten, der die erstaunliche Fähigkeit besitzt, Türkisch zu sprechen«, sagte Ziegler. »Hat mal türkische Polizisten ausgebildet. Er hat gerade eine geschlagene Stunde mit Seyidli telefoniert. Unser Freund aus Baku freut sich wahnsinnig auf Berlin. Er kennt nur Ostberlin. Einmal ist er dort gewesen. 1973. Bei den Weltfestspielen der... Gott, wie hieß das noch?... Weltfestspiele der Jugend und Studenten. Das war, als dieser Ulbricht starb. Wir waren damals...«

»Kinder«, fiel ich ihm ins Wort.

»Genau. Man kann sich eigentlich gar nicht mehr erinnern. Seyidli aber erinnert sich noch. Ist sehr, sehr begeistert von Deutschland. Es war die DDR seinerzeit, aber er hat

Deutschland gesagt. Machen Sie ihm auch ein bisschen touristisches Programm.«

»Das wird schwierig. Ich habe den Kopf voll.«

»Ich glaube, es sind die Japaner, die sagen: Wer sich nicht zu erholen weiß, der weiß auch nicht zu arbeiten.«

»Toller Spruch.«

»Unser aserbaidschanischer Kollege scheint jedenfalls ein netter Kerl zu sein. Nicht ganz so nett wie ich natürlich ... Der ICE fährt von Frankfurt direkt nach Berlin. Kommt ein Viertel vor zehn abends an. Am Bahnhof Zoo. Sie holen ihn doch ab?«

»Was bleibt mir anderes übrig?«

»Fantastisch. Was macht Ihre Leiche?«

»Liegt kühl.«

»Interessante Beschäftigung. Viel Erfolg! Irgendwann müssen Sie auch mir Berlin zeigen. Ich war zum letzten Mal dort, als die Mauer noch stand.«

»Dann können wir die Clubszene analysieren«, sagte ich.

»Um Gottes willen! Ich bin zweiundfünfzig. Die Kids lachen mich aus.«

»Manche Bullen fühlen sich ganz wohl in Clubs«, sagte ich. »Vor allem, wenn es dort Drogen gibt.«

»Ja, das würde mich interessieren«, sagte Ziegler. Der KHK aus Wiesbaden überraschte mich. »Ich habe die meiste Zeit meines Lebens am Schreibtisch verbracht. Wird also Zeit, sich der Wirklichkeit zu stellen. Ist sie wirklich so schlimm wie in den Berichten, die ich jeden Tag lesen muss?«

»Noch viel schlimmer.«

»Toll. Ich komme. Aber keine Sorge, erst als Pensionär. Halten Sie die Ohren ... Sie wissen schon. Tsch...üs!«

»Sind Sie von allen guten Geistern verlassen?« Kriminaloberrat Brinkmann hatte nicht nur mich zu sich bestellt, sondern auch Koslowski. Goltz hatte schnell reagiert, wie von mir erwartet. Mein Chef saß hinter seinem großen Schreibtisch, der einem Industriekapitän zur Ehre gereicht hätte, sein Schirmträger hatte am Besprechungstisch Platz genommen. Mich ließ man stehen. »Haben Sie noch nie davon gehört, dass unser Amt eine hierarchisch gegliederte Behörde ist? Dass es einen Dienstweg gibt? Nein?«

»Doch«, sagte ich und senkte den Blick. Ich hatte nicht das geringste Schuldbewusstsein, aber das durfte ich meinen Vorgesetzten nicht zeigen. Sie entschieden über meine Karriere und vor allem – und das war mir als Mutter viel wichtiger – über meine Besoldungsgruppe.

»Und was machen Sie? Sie stiefeln einfach zum Innenstaatssekretär, beleidigen seinen engsten Mitarbeiter und versuchen obendrein noch, Skandal-Ludewig unter Druck zu setzen.« Brinkmann hatte Skandal-Ludewig gesagt. Ich würde meine Haare behalten. »Das ist ein unvergleichlicher Eklat. Ihre Neigung zu solchen Fehltritten ist mir ja bekannt, aber... Koslowski, was soll ich mit dieser Frau bloß machen?«

»Sie braucht einen Schuss vor den Bug«, sagte Koslowski beflissen.

»Meinen Sie das sexistisch?«, fragte ich.

»Kollegin Wertebach«, Brinkmanns Stimme wurde schrill, »treiben Sie es nicht auf die Spitze! Mir als Ihrem Vorgesetzten treten die oben auf die Füße und fragen mich, ob ich meinen Laden noch im Griff habe. Gibt es denn ein vernünftiges Argument für Ihren Auftritt heute Morgen?«

»Ich brauche nur einen Namen«, entgegnete ich. »Ich will wissen, wer Bender und seine Kollegen beim Verfassungsschutz verzinkt hat. Mit angeblicher Mitgliedschaft bei Scientology und solchem Blödsinn.«

»Das ist kein Blödsinn«, sagte Koslowski.

»Keiner hat mir den Namen gesagt«, fuhr ich fort, ohne ihn zu beachten. »Ich habe bei KK 3131 angefragt, bei der Staatsanwaltschaft, sogar beim Verfassungsschutz. Alle deckeln. Quellenschutz, ja, ja! Staatssekretär Ludewig-Heilmann«, ich sagte nicht Skandal-Ludewig, »der könnte den Namen in Erfahrung bringen. Wenn er nur will. Oder sind wir mittlerweile gezwungen, bei den befreundeten Diensten einzubrechen?«

»Sie sind vollkommen übergeschnappt«, sagte Brinkmann. »Aber da dieser Name offenbar von exorbitanter ermittlungstaktischer Bedeutung ist ... Das ist er doch?«

»Ich weiß nicht«, sagte ich und schaute meinem Chef direkt in die Augen. Brinkmann zuckte zusammen.

»Das wissen Sie nicht?«

»Ich kann's erst beurteilen, wenn ich den Namen kenne.«

»Sie machen mich fertig. Unser armer Kollege Koslowski wird in einer Stunde beim Polizeipräsidenten das Parkett lecken müssen, und das haben Sie ihm eingebrockt. Aber Sie fallen ja immer auf die Füße ... Okay. Der Informant wird unter dem Decknamen Aladin geführt. Er kommt nämlich aus dem Morgenland.«

»So, so«, sagte ich, »Aladin. Und weiter?«

»Weiter?« Brinkmann zierte sich, weil er mich auf die Folter spannen wollte.

»Zeigen Sie mir den Flaschengeist«, bat ich.

»Der Informant ist ein türkischer Geschäftsmann. Er heißt Cemal Tozlu.«

»Ich werd verrückt!«, sagte ich und atmete geräuschvoll aus.

»Das sind Sie schon«, sagte Koslowski. Ich bedauerte ihn ein wenig, weil er von Brinkmann beauftragt worden war, den Anpfiff vom Polizeipräsidenten in Empfang zu nehmen.

»Wenn dieser Hinweis für die Ermittlungen nichts bringt«, sagte Brinkmann, »also dann ... dann ...«

»... ziehen Sie mir die Ohren so lang, dass man den Reichstag in sie einwickeln kann«, zitierte ich Pastewka. Auf diese Vorlage wusste mein Chef keine Antwort.

»Ein echter Bulle aus Russland?«, fragte Jim, nachdem ich ihn und Rudi gebeten hatte, mich am nächsten Abend zum

Bahnhof zu begleiten. »So einer mit Pelzmütze und Schlaghosen und hässlichem braunen Anorak? Krass!«

Wir aßen Chili con carne à la Dose. Kurz vor Torschluss hatte ich diese industriell hergestellte Essware im Supermarkt erworben.

»Nicht Russland«, sagte ich. »Er kommt aus Aserbaidschan.«

»Ist das nicht Russland?«

»Lernt ihr an eurem Gymnasium denn überhaupt nichts?« Ich war aufgebracht, weil mich der Besuch eines Kriminalbeamten, mit dem ich ohne Hilfe nicht ein Wort wechseln konnte, nervös machte. Gespannt war ich darauf, was er mir über Schanowski mitzuteilen hatte.

»Bist du heute gut drauf!«, sagte Jim. »Wohl nicht der Tag, um über 'ne Gehaltserhöhung ...«

Ich schüttelte den Kopf und schob den Teller von mir weg.

»Ich habe euch einen tollen Vorschlag zu machen. Man wünscht, dass ich auch ein touristisches Programm für Herrn Seyidli mache. Könnt ihr das nicht übernehmen? Du darfst auch abends später nach Hause kommen, Jim.«

»Was sollen wir ihm denn zeigen?«, maulte mein Kind. »Das Jugendfreizeitheim vielleicht? Und wie sollen wir uns mit dem Typen eigentlich verständigen?«

»Rudi lernt doch Französisch. Zeigt ihm den Potsdamer Platz. Den Ku'damm. Den Fernsehturm. Die Clubs.«

»Die Clubs?« Rudi schaute mich zweifelnd an. Ich fand, dass er übernächtigt aussah.

»Mir egal. Irgendetwas.« Ich trank einen Schluck Wein. »Apropos Clubs, kennt Ihr das Blue Cops in der Flottenstraße? Das soll angeblich in sein bei den Jugendlichen von Wedding, Reinickendorf und Pankow.«

»Nur vom Hörensagen«, sagte Rudi. »Das ganze Gymi spricht davon.«

»Na, die Älteren«, schränkte Jim ein. »Soll aber voll a-mäßig sein, der Schuppen.«

Dass die beiden Jungs in Clubs rannten, war mir bislang erspart geblieben. Ich glaubte herauszuhören, dass dieser paradiesische Zustand bald ein Ende finden würde.

»Da will ich auf jeden Fall mal hin«, sagte Rudi denn auch. »Zweimal in der Woche ist auch für unter sechzehn. Aber zu blöden Zeiten. Vier bis acht oder so.«

»Mhm.« Die Erwähnung der Öffnungszeiten hatte dazu geführt, dass sich das Gesicht meines Sohnes mit einer zarten Röte bedeckte. Jim drehte sein Saftglas in den Händen und betrachtete es, als sei es aus einem ungewöhnlich kostbaren Material. Es war aus Pressglas. Etwas missfiel ihm an unserem Gespräch.

Ich fand diese Zeiten keineswegs blöd. Zwanzig Uhr war mir im Herbst mit der früh hereinbrechenden Dunkelheit sogar zu spät, wenn ich berücksichtigte, wie abgelegen das Blue Cops war. Allerlei zwielichtige Gestalten konnten sich dort herumtreiben.

Wir schwiegen eine Weile. Ich musterte die beiden Jungen, die nur noch Interesse für das zweifelhafte Essen heuchelten.

»Speed sollste da auch kriegen«, sagte Jim plötzlich. Ich zuckte zusammen. Dieses Wort hatte ich aus seinem Mund noch nie gehört. Ich musste mir wohl Sorgen um ihn machen, mehr Sorgen als ohnehin.

»Und 'n Piece, wenn du willst. Und Pillen«, setzte Rudi noch eins drauf.

»Also, ihr werdet doch diesen Mist nicht probieren wollen«, sagte ich.

»Why not?« Jims Züge wurden weich und kindlich. Mit dieser Unschuldsmiene konnte er die hartgesottensten Typen um den Finger wickeln. Mich sowieso.

Ich hob zu einem längeren Vortrag über die Gefährlichkeit von Drogen an, ließ es dann aber sein. Sie wussten es ja. In der Schule hatte man ihnen davon erzählt, sie hatten Reportagen über die Wracks der Drogenszene gesehen, sie waren im Bilde. Trotzdem würden sie mich nicht ernst nehmen.

Dass Cannabis eine weiche Droge sei, würden sie erwidern, also ganz und gar ungefährlich, und wer einmal einen Trip einwerfe, der werde nicht gleich abhängig. Stimmte alles und stimmte nicht. Niemand konnte voraussagen, welchem Menschen ein Abschnitt Sucht in die Erbinformation geschrieben worden war und welchem nicht. Man konnte es nur herausfinden, indem man die Probe aufs Exempel machte.

»Alkohol ist viel schlimmer«, meinte Rudi. Ich warf einen Blick auf die Weinflasche. »An Alkoholmissbrauch sterben mehr Menschen als an Opiaten.«

»Opiate!« Ich schüttelte den Kopf. »Da hast du aber ein feines Wort aufgeschnappt.«

»Aber jeder Mensch hat doch mal ...«

»Nicht jeder. Wer erzählt denn solchen Quatsch? Nun gut, ich kann euch nicht überall kontrollieren, und ich will es auch gar nicht. Klar, wenn ihr euch irgendwo heimlich in eine Ecke zurückzieht, um einen Joint zu rauchen, das könnt ihr machen, ohne dass ich es mitbekomme. Aber ich möchte einen Deal. Tut ihr das, dann will ich es wissen.«

»Heißt das, wir dürfen?«, fragte Jim.

»Jim«, sagte ich streng, »du hast mich verstanden! Gibt's in eurer Klasse welche, die Drogen nehmen?«

»Nur Joints. Aber, Mam, nichts unternehmen. Bitte!«

»Woher kommt der Stoff?«

»Ist das 'n Verhör? Wissen wir nicht. Irgendwoher.«

»Vom Himmel wird er wohl nicht fallen. Die Vorlesung ist beendet. Rudi, du musst sicher nach Hause. Schreibt euch hinter die Ohren, was ich gesagt habe.«

Nachdem Rudi uns verlassen und ich gegen das übliche Lamento meinen Sohn bewogen hatte, ins Bett zu gehen, schaltete ich den Fernseher ein und warf mich auf die Couch. Ich zappte mich durch die Kanäle, stellte fest, dass es wieder einmal nichts zu sehen gab, und schnappte mir das Telefon.

»Aanonsen«, meldete sich meine Liebste.

»Margrete«, sagte ich. »Was machst du gerade?«

»Ach, Lena, ich lese ’ne soziologische Studie. Ist langweilig.« Margrete schrieb ihre Dissertation über das schöne Thema ›Modelle der Ausländerintegration in Skandinavien und ihre Übertragbarkeit auf Deutschland am Beispiel kurdischer MigrantInnen‹. Für diese Arbeit musste sie dauernd soziologische Studien lesen und auswerten.

»Ich vermisse dich«, sagte ich. »Wenn wir in einem amerikanischen Film wären, würde ich jetzt sagen: *I love you, Margrete.*«

»Und ich würde antworten: *I love you, too, Lena.*«

»Hach, sind wir großartig.« Ich langte nach meinem Glas und nahm einen Schluck. »Morgen Abend gebe ich ein Nachtessen, Allergeliebteste. Ich werde mich ins Zeug legen und die besten Sachen auffahren, denn wir haben einen prominenten Gast. Den Polizeibeamten Seyidli.«

»Verstehe. Du brauchst eine Dolmetscherin.«

»Ich koche etwas Vorzügliches«, gelobte ich.

»Du kannst nicht kochen.«

»Musst du es so genau nehmen? Ich kaufe etwas Vorzügliches, das sich selber kocht. Was Italienisches vielleicht?«

»Pizza?«

»Um Gottes willen! Nee, aber Antipasti. Was aus dem Feinkostladen.«

»Ich komme«, sagte Margrete.

»Du bist ein Schatz.« Ich gähnte. »Gute Nacht! Und versaure nicht in der Einsamkeit.«

»Schlaf schön, Lena. Und träume von mir.«

»Versprochen«, sagte ich und drückte die Off-Taste.

Den wunderschönen Spiegel, der mein Badezimmer zierte, hatte ich auf dem Trödelmarkt erworben. Nach Erledigung aller Geschäfte inszenierte ich eine Begegnung mit meinem Spiegelbild und schaute mir sehr ausgiebig ins Gesicht. Neben den mir bekannten sah ich neue Falten. Zu meinen Falten hatte ich ein gespaltenes Verhältnis. Sie kündeten davon, dass ich mit jedem Tag älter wurde, aber sie sagten mir auch, dass meine Art zu leben Spuren hinterließ; wenn schon nicht in der Weltgeschichte, dann wenigstens in meiner Haut. Es war die Glätte in ihren Gesichtern, diese durch keinen Schicksalsschlag zu beseitigende Glätte, die meine große Distanz zu Wiesenburg und Petersen begründete. Aber vielleicht kümmerte ich mich zu wenig um sie, weil sie immer funktionierten, weil sie nicht brillant, aber solide waren, Mittelmaß durch und durch mit einer Affinität zu Fitnessstudios, Bierquellen und rechtslastigen Anschauungen. Und doch waren sie keine Benders. Ich mochte sie nicht. Aber ich hoffte inständig, dass sie sich nie von einem Kriminellen würden kaufen lassen. Trotz ihres zweifellos beschränkten Intellekts verhielten sie sich mir gegenüber anständig und loyal. Sie waren gern Bullen und sogar aus Überzeugung. Ich fragte mein Spiegelbild, ob ich es auch war.

Mein Job war Routine. Es gab seit langem bewährte polizeiliche Ermittlungsstrategien, mir standen alle Naturwissenschaften zur Verfügung und nicht etwa nur die reinen wie Physik, Chemie oder Biologie, sondern auch die übergreifenden Fächer. Sogar eine kriminalistische Botanik gab es mittlerweile. Doch meine Arbeit verlangte mir trotz aller Fortschritte vor allem eines ab: Zur rechten Zeit die richtigen Fragen zu stellen. Wenn es in der Ermittlungsarbeit überhaupt etwas Kreatives gab, dann war es das. Mit meinem Talent, genau dies zu tun, war ich auf meinen Chefsessel gelangt. Ich hatte mich durchgebissen und durchgesetzt. Lena Wertebach war nicht irgendwer. Aber wer zur rechten Zeit die richtigen Fragen zu stellen vermochte, der durfte sich auch angesichts seines Spiegelbildes und seiner Falten die Frage stellen, welchen Preis er bezahlt hatte.

Ich hatte mich von meinem Mann getrennt, als ich begriffen hatte, dass ich Frauen begehrte. Aber das war nur die halbe Wahrheit. Ich war überhaupt nicht fähig gewesen, mich von David zu verabschieden, weil es ein gemeinsames

Kind gab, dem ich den Vater nicht nehmen wollte. David war mir nach ein paar Ehejahren gleichgültig gewesen, mein Sohn war es nicht. Und erst, als er zu einer Frau, die ich nicht einmal liebte, gesagt hatte, er hätte sie lieber als seinen Dad, hatte ich die Scheidung eingereicht. Damals war Jim noch im Kindergarten gewesen. Er hatte bloß vor sich hin geplappert. Womöglich gab er sich noch immer die Schuld am Scheitern meiner Ehe. Zur rechten Zeit die richtigen Fragen zu stellen, als Kriminalistin schaffte ich das schon. In meinem Privatleben fiel es mir schwer.

Ich schlich mich in das Zimmer meines Jungen. Er schlief. Sein Bett war so beschaffen, dass er noch fünfzehn oder zwanzig Zentimeter zulegen konnte. Jim schlief mit angezogenen Beinen. Er seufzte im Schlaf und sabberte auf sein Kopfkissen. Mir rannen sofort die Tränen aus den Augen.

»Mam? Woschili.« Er träumte. »Schmgurik ab Rudi.«

Ich konnte nicht anders. Ich wollte meinen Sohn nicht beim Schlafen und Träumen stören. Aber ich musste ihn küssen. Auf die Stirn, die Lider, die Wangen, die Ohren.

Er redete weiter vor sich hin, Unverständliches zumeist, aber das eine oder andere Wort vermochte ich zu unterscheiden: Mam, Joint, Schuhe, Laberflash, *to prefer*. Sogar Englischvokabeln träumte er.

Ich hob Cocteaus Roman ›Kinder der Nacht‹ vom Boden auf und nahm ihn mit ins Schlafzimmer. Auf dem kurzen Weg blätterte ich ihn auf und las den ersten Satz: »Die Cité Monthiers befindet sich zwischen der Rue d'Amsterdam und der Rue de Clichy.« Ich warf mich rücklings auf das Bett. »Man betritt sie von der Rue de Clichy her durch ein Gitter und von der Rue d'Amsterdam her durch eine stets offen stehende Toreinfahrt …« Ich ließ das Buch langsam auf die Bettdecke sinken, und parallel dazu sanken meine Lider. Mein Schlafzimmer, die Wohnung, das Haus und die Stadt wurden weit und weiter, bis sich alles zu einem unermesslichen Raum geöffnet hatte, und durch diesen Raum flatterten träge meine Gedanken. Sie hatten keinen besonderen Gegenstand, aber irgendwie umschwirrten sie ein durchscheinendes Bild von Margrete. Und die Kissen waren weich und tief, so tief.

Eine entsetzlich schrille Klingel ließ mich aus meiner angenehmen Position in die Höhe fahren.

Die Klingel gehörte zu meinem Telefon. Ich warf einen Blick auf den Wecker. Die Geisterstunde stand bevor, also vermutete ich, dass Margrete noch einmal nach mir rief. Vielleicht war ihr eingefallen, dass sie am kommenden Abend einen wichtigen Termin hatte. Bis halb eins, so hatte ich ihr gesagt, war ich bereit, Anrufe entgegenzunehmen. In Notfällen natürlich die ganze Nacht. Davon hatte Margrete noch keinen Gebrauch gemacht. Wenn nach halb eins mein Telefon läutete, dann wurde ich an einen Tatort oder an eine Fundstelle gerufen.

Ich hatte vergessen, den Apparat ins Schlafzimmer mitzunehmen, deshalb musste ich aus dem Bett springen und ins Wohnzimmer tappen. Der schnurlose Hörer lag neben der Couch auf dem Teppich. Ich gähnte herzhaft, dann nahm ich ab.

»Ja?«, fragte ich.

»Ihr Sohn ist tot«, sagte der Anrufer, der sich nicht vorstellte. Nach der Stimme zu urteilen, war es ein junger Mann, und er sprach mit starkem Akzent.

»Was?«

»Ihr Sohn ist tot.« Dann legte er auf. Meine Nacht war beendet.

8

»Eine solche Drohung muss man ernst nehmen«, sagte Lüders. Ich hatte ihn aus dem Bett geklingelt. Er war sofort zu mir gekommen und hatte auch alle Kollegen verständigt, die er erreichen konnte. Mit ihm, Diethelm und Wiesenburg hielt ich um ein Uhr eine improvisierte Konferenz am Küchentisch ab. Lüders und Diethelm tranken Tee, dem Bodybuilder schenkte ich einen extra großen Wodka ein, zur Wiedergutmachung. Jim schlief den Schlaf eines Fünfzehnjährigen und kriegte nichts mit.

»Sprich mit Brinkmann«, sagte Diethelm. »Er wird die geeigneten Maßnahmen veranlassen.«

»Jim wird sich freuen.« Ich seufzte. »Mit Personenschutz zur Schule! Er wird einherstolzieren wie Graf Koks.«

»Wer kann hinter dem Anruf stecken?«, fragte Diethelm uns und sich.

»Die Ghetto Tigers? Die haben allen Grund, mich fertig zu machen. Oder Cemal Tozlu? Weil er ahnt, dass wir ihm bald die Schlinge um den Hals legen? Vielleicht hat er immer noch einen Draht zur Polizei.«

»Es können auch Rathmann und Weihe sein«, sagte Wiesenburg.

»Wer?«

»Benders Komplizen in der Direktion Eins«, erklärte Lüders.

»Ich halte den Anrufer für jünger«, sagte ich. »Außerdem hatte er einen ausländischen Akzent.«

»Sie könnten einen der Tigers beauftragt haben«, gab

Wiesenburg zu bedenken. »Eins kann ich Ihnen nämlich sagen: Die beiden haben einen mächtigen Rochus auf Sie. Man hat sie zwar vom Dienst beurlaubt, aber Haftbefehle hat Kriminalrat Pastewka nicht durchgekriegt. Zum Polizeisportverein kommen sie noch. Wohl eine Schutzhaltung: Sie tun so, als wäre nichts. Ich hab da vorgestern in der Umkleidekabine ein Gespräch mitgehört. ›Von dieser Scheißlesbe lassen wir uns nicht an den Karren pissen‹, hat Rathmann gesagt. Entschuldigung, war nur ein Zitat.«

»Ich werd den allen so den Arsch aufreißen, das verspreche ich euch.« Ich war so wütend, dass ich vom Stuhl aufsprang. Außerdem brauchte ich einen Wodka. In diesem Moment läutete Lüders' Handy. Das Telefonat war nur kurz, und Lüders hörte vor allem zu.

»Wir haben einen Leichenfund in den Müggelbergen«, sagte er.

»Dafür ist die Mordbereitschaft zuständig.«

»Ja, aber das ist unsere Leiche. Tut mir leid, Lena. Es ist Schanowski.«

Wie Elmar zu Tode gekommen war, ließ sich unschwer erkennen. Es war zwar dunkel, wie es sich für einen nächtlichen Wald gehörte, doch die Polizeitechniker hatten ihre Strahler aufgestellt, so dass man aus etlichen Metern Entfernung den Eindruck hatte, im Berliner Stadtforst gäbe es einen kleinen Fußballplatz mit Flutlichtanlage.

Elmar war erschossen worden. Der Täter hatte offensichtlich aus Nahdistanz auf seinen Kopf gefeuert und damit eine Riesenschweinerei angerichtet. Die Kleidung war zerrissen und ungeheuer schmutzig, die Füße waren gefesselt, und zwar mit einem Abschleppseil.

Dass der Tote überhaupt schon identifiziert war, war kein kriminalistisches Wunder, sondern schlichtes Glück. Den Mitarbeitern des Bereitschaftsdienstes, die den Fundort als die ersten Kriminalbeamten in Augenschein genommen hatten, hätte auch ein unzerstörtes Gesicht nichts gesagt, denn sie kannten das Foto nicht, das sich in unseren Akten befand. Bei der Durchsuchung der Kleidung hatte jedoch jemand Schanowskis Pass gefunden.

Es war ein israelisches Dokument, ausgefertigt von der Botschaft in Baku. Ich wunderte mich, dass ein Mann, der wegen Doppelmordes in seinem Herkunftsland gesucht wurde, die Chuzpe gehabt hatte, sich einen Pass unter seinem Klarnamen ausstellen zu lassen. Wahrscheinlich hatte er es vor den Morden getan – das würde ich von Seyidli in Erfahrung bringen können. Oder Warssonofi hatte sich sehr sicher gefühlt. Er war aber keineswegs sicher gewesen, wie sein derzeitiger Zustand bewies. Aus Seyidlis Jagd würde nichts mehr werden.

Ich schlug die Seiten mit den Sichtvermerken auf. Ein Einreisestempel des U.S. Immigration Office Los Angeles verriet mir, dass Elmar sechs Wochen vor Benders Tod in die Vereinigten Staaten geflogen war. Ein Ausreisestempel fehlte. Und doch war er jetzt hier in Berlin.

»Wer hat ihn so spät noch entdeckt?«, erkundigte ich mich bei einem Kollegen des Bereitschaftsdienstes, nachdem ich den Ausweis eingetütet und beschriftet hatte.

»Der Herr dort.« Der Kollege wies auf einen älteren Mann, der eine wattierte Armeejacke, fleckige Bluejeans und Gummistiefel trug. Er stand bei einem der Streifenwagen und hielt zwei Dobermänner an der kurzen Leine.

Einer der Polizeitechniker reichte mir ein Paar Latexhandschuhe, weil er annahm, ich wolle die Leiche näher betrachten und an ihr hantieren. Ich schüttelte den Kopf. Das Hantieren überließ ich Doktor Basing und den Spurenlesern. Mir hatte der Anblick des Leichnams schon genug verraten: Der Fundort war nicht der Tatort, andernfalls hätte es große Blutlachen geben müssen. Der oder die Mörder hatten ihr Opfer nach dem Mord in den Wald geschafft und nur notdürftig unter Zweigen und Herbstlaub verborgen. Es wäre zweifellos früher oder später von Spaziergängern oder Forstarbeitern, im schlimmsten Falle von spielenden Kindern entdeckt worden. Der Herr, der noch zu später Stunde im Wald unterwegs war, interessierte mich, also trat ich zu ihm und stellte mich vor. Daraufhin nannte auch er mir seinen Namen. Er hieß Klein.

»Haben Sie denn keine Angst in der Dunkelheit allein im Wald?«, fragte ich, nachdem ich mich vorgestellt hatte.

»Wovor soll ich mich fürchten? Nachts ist der Wald am sichersten. Ich meine, wer auf Raub oder ein anderes Verbrechen aus ist, der wird doch den dunklen Wald meiden, weil er denkt, dass alle Leute Angst vor der Finsternis haben. Außerdem ...« Herr Klein lächelte und schäkerte mit seinen Dobermännern. Sie waren für mich das überzeugendste Argument.

»Und Sie führen nachts Ihre Hunde aus? Ausgerechnet hier?«

»Ich arbeite in der Revierförsterei. Und wohne auch dort. Die befindet sich nun mal im Wald, nicht weit von hier. Manchmal, wenn ich nicht schlafen kann, gehe ich noch mal mit ihnen los.«

»Verstehe«, sagte ich. »Erzählen Sie doch bitte, wie Sie den Toten gefunden haben. Die Hunde haben ihn also erschnüffelt?«

»Konrad und Alfred«, sagte der Mann und nickte zu seinen Hunden. Die hechelten mich an. »Sie haben angeschlagen, also habe ich das Objekt ihres Interesses mit der Taschenlampe abgeleuchtet. Hat mir schon aus der Ferne verdächtig ausgesehen, so ein unnatürlich aufgeschütteter Laub- und Reisighaufen. Bin ich also näher ran. Ja, und dann ... Tote können sich nicht selbst beerdigen. Hab ich also gemacht, dass ich in die Försterei kam, und von dort die Polizei gerufen.«

»Danke, Herr Klein.« Ich kehrte zu meinem Mordkommissariat zurück, das fast vollständig versammelt war. Nur Wiesenburg war in der Aroser Allee geblieben, um von seinem Auto aus meine Haustür zu bewachen und Jim zu beschützen. Hoffentlich nickte er nicht ein.

Die Männer steckten die Köpfe zusammen und debattierten. Schließlich löste sich Jörg Röder aus der Gruppe und trat zu einem der Kriminaltechniker, der sich in den Boden des Forstweges vertieft hatte. Auch beim Leichnam und in der weiteren Umgebung waren die Spezialisten damit beschäftigt, Bodenproben zu nehmen und Erde sowie Vegetationsmaterial in Glasröhrchen zu löffeln.

Bevor ich meine Männer fragen konnte, zu welchen Ergebnissen ihre Diskussion geführt hatte, kam Doktor Basing auf uns zu. Er stellte seinen Koffer ab und schob sich eine Zigarette zwischen die Lippen.

»Nicht hier!«, sagte ich. Auch ich verspürte den Drang zu rauchen, aber nicht zu nah am Fundort, damit meine Kippe nicht zwischen die Asservate geriet. Ich gab meinen Mitarbeitern einen Wink, uns zu folgen, und wir entfernten uns von der Leiche.

»Zehn bis vierzehn Tage«, sagte Doktor Basing.

»Geht's nicht genauer?«, fragte Petersen.

»Die Liegezeitbestimmung gehört zum Kompliziertesten in der Rechtsmedizin.« Doktor Basing zog heftig an seinem Glimmstängel. »Zehn bis vierzehn Tage, dabei bleibt's vorerst. Das ist exakter, als Sie verdient haben. Dass der Geschädigte erschossen worden ist, dürfte Ihnen nicht entgangen sein. Außerdem wurde der Leichnam über eine längere Strecke geschleift. Soweit fürs Erste. Guten Morgen, die Herren!« Doktor Basing schnappte sich seinen Koffer und schickte sich an, uns zu verlassen. Mitten in der Bewegung erstarrte er. »Ähm, Ihnen auch einen guten Morgen, Frau Wertebach.« Dann ging er zu seinem Wagen.

»Er könnte also theoretisch an dem Tag gestorben sein, als auch Bender sein Leben aushauchte«, stellte ich fest.

»Vielleicht hat Bender ihn erledigt«, meinte Diethelm. »Ich erinnere an die Schmauchspuren an seinen Händen.«

»Und dann trifft es ihn selbst?«

»Verteilungskämpfe im Drogenmilieu?« Diethelm zuckte die Achseln. Ich freute mich nun doch auf Seyidli. Wenn einer etwas Licht ins Dunkel bringen konnte, dann er.

»Wir haben uns überlegt, wie der Geschädigte hierher transportiert wurde«, sagte Petersen. »In einem Auto sicherlich. Der Weg ist breit genug und wird ja auch von Forstfahrzeugen benutzt. Und bis zu dieser Straße, die beim Müggelturm endet, ist es nicht weit. Hundertfünfzig Meter, schätze ich. Jörg besorgt uns gerade eine Detailkarte der Umgebung.«

»Die bekommt er sicher von Herrn Klein«, sagte ich.

»Von wem?«

»Unserem Auffindezeugen.« Ich wies auf den Mann mit den Hunden. »Er arbeitet bei der Revierförsterei.«

»Und ich dachte schon, er hätte einen Knall«, sagte Petersen. »Sich mitten in der Nacht im Wald rumzutreiben ... Aber wenn er 'n Förster ist ...«

»Das eine schließt das andere nicht aus.« Ich bedeutete meinen Mitarbeitern mit einer Handbewegung, mir zum Auto zu folgen. Von der Straße, die zum Müggelturm führte, kamen uns drei Uniformierte entgegen. Offenbar waren sie ausgeschickt worden, das Umfeld des Fundortes zu erkunden.

»Wir haben etwas entdeckt«, sagte einer von ihnen, ein kleiner Dicker mit Schnauzbart. »Blut.«

Wir standen um eine Lache eingetrockneten Blutes herum. Johannes sprach in sein Diktaphon und beschrieb die Lage. Das Blut klebte am Asphalt der Straße und wirkte fast schwarz im Licht eines Scheinwerfers, der von der Spurensicherung aufgebaut worden war. Auch auf dem Forstweg war Blut gefunden worden, eingesickert in den weichen Boden, aber doch als das zu erkennen, was es war.

In meinem Kopf entstand ein erstes Bild von dem, was hier geschehen war. Schanowski war auf offener Straße erschossen worden. Dann hatte man seine Füße mit dem Abschleppseil gefesselt, sie vermutlich an eine Anhängerkupplung gebunden und den Leichnam in den Wald geschleift.

»Eine Hinrichtung?«, fragte Lüders, der manchmal Gedanken erraten konnte.

Ich antwortete nicht. Einige meiner Gedanken waren nicht so leicht zu entschlüsseln. Angesichts des Blutes dachte ich an Jim und die Gefahr, in der er schwebte. Ich wollte so schnell wie möglich zu ihm.

»Polizeischutz?« Jim strahlte mich an. Ich hatte ein paar frische Schrippen besorgt und Wiesenburg zum Frühstück eingeladen. »Nur für mich?«

Ich nickte.

»Heute bring ich dich zur Schule und hol dich wieder ab«, sagte der Bodybuilder. Ich war ihm dankbar, dankbar, dankbar. »Später übernehmen das Spezialkräfte.«

»So mit Knarre, Schutzweste und Tarnkappe?«

»Nee«, Wiesenburg lachte, »die tragen Zivil.«

»Wie langweilig.« Jim bestrich ein Brötchen dick mit Butter und belegte es mit Salami, Schinken und Käse. Er konnte es sich leisten, schließlich befand er sich noch im Wachstum. Ich dagegen verzichtete auf Butter und nahm nur Pflaumenmus aufs Brot.

»Wichtig ist, dass du alle Anordnungen der Sicherheitskräfte befolgst.«

»Also kein Touriprogramm für den Russen?« Mein Sohn wollte mich provozieren. Dass Seyidli kein Russe war, hatte ich ihm hinreichend erklärt.

»Das entscheiden wir heute Abend«, sagte ich. Es gab nichts Öderes als Schrippe mit Pflaumenmus. »Vielleicht wissen wir dann schon, wer der Drohanrufer war.«

»Junge Stimme? Ausländischer Akzent?« Jim sah mich mit großen Augen an. Warum er wieder einmal seinen Ich-kann-kein-Wässerchen-trüben-Blick aufsetzte, begriff ich nicht.

Sein Leben war bedroht worden, es gab keinen Grund für ein Spiel mit meinen Gefühlen.

»Hast du einen Verdacht?«, wollte ich wissen.

»Nein, überhaupt nicht.« Jim machte etwas, das einen feuchten Schimmer in seinen Augen erzeugte. Die Mädels mussten verrückt nach ihm sein, wenn er sie so anblickte. Ich dagegen wurde den Eindruck nicht los, dass irgendetwas nicht stimmte im Haushalt der Ersten Kriminalhauptkommissarin Lena Wertebach.

Kurz nach acht war ich im Büro, um mich auf die Vernehmung von Murat Saribas vorzubereiten. Wegen Lüders Befürchtung, eine mit der Post verschickte Vorladung könne den Ghetto Tiger nicht erreichen, hatte ich sie durch die Schutzpolizei überbringen lassen. Ein POM Friedrich von der Direktion Eins hatte mir eine Aktennotiz gefaxt und mitgeteilt, den Zeugen persönlich angetroffen zu haben. Einer Vernehmung des Jungen, der von Schanowski in einen Wald gelockt und angegriffen worden war, stand also nichts im Wege. Seit letzter Nacht interessierte mich besonders, um welchen Wald es sich gehandelt hatte.

Ich schaute auf die Uhr an der Wand über Lüders' Schreibtisch, die seit vielen Jahren fünf bis fünfzehn Minuten nachging. Meine Armbanduhr hatte ich vergessen, weil ich mich nach dem Frühstück rasch geduscht hatte. Mit einer einfachen mathematischen Operation fand ich heraus, dass es entweder sieben oder siebzehn Minuten nach neun sein musste. Ich rief bei der Pforte an. Ein Murat Saribas war noch nicht erschienen.

Die Zeit verrann. Ich quarzte, schlürfte Patricias wunderbaren Kaffee und blätterte in der Lichtbildmappe, die mir die Spurensicherung geschickt hatte. Lange betrachtete ich Schanowskis zerschossenes Gesicht. Wobei Gesicht das falsche Wort war. Das austretende Projektil hatte in Stücke gerissen, was einst die Physiognomie eines Mörders und Drogendealers aus Aserbaidschan gewesen war. Eines Mannes, der mit israelischem Pass in die USA eingereist, nicht wieder ausgereist und doch tot in Berlin gefunden worden war. Im Wald.

Elmar war von hinten erschossen worden. Ich gab Lüders Recht, es konnte nur eine heimtückische Hinrichtung gewesen sein.

Murat Saribas kam nicht. Aber ich wartete nicht umsonst. Es war bereits nach zehn, da kündigte mir der Posten an der Pforte einen Besucher an. Ich war verblüfft. Der Überraschungsgast hieß Muhammad.

Mein alter Freund, den ich selbst abholte, wurde von seinem Jugendbeistand begleitet. Die Frau trug eine Hose, aber sie konnte anziehen, was sie wollte, an ihren üppigen Formen zerknitterte jedes Kleidungsstück. Von Patricia bekam ich den Schlüssel zu einem freien Vernehmungszimmer und bestellte Kaffee, Selters und Saft. Muhammad hatte mir offenbar etwas zu sagen.

Der junge Libanese lümmelte nicht auf seinem Stuhl, sondern er war in der Lage, ganz manierlich zu sitzen. Ich überprüfte das Aufzeichnungsgerät, Patricia brachte die Getränke.

»Nicht mehr hinter Gittern?«, lautete meine erste Frage. Die Jugendtante beantwortete sie mir.

»Wir haben ihm einen Anwalt besorgt. Der Haftbefehl hat den Haftprüfungstermin nicht überlebt. Man hat das Heroin schließlich nicht bei Muhammad gefunden. Außerdem habe ich ihm einen Job verschafft. Arbeit begründet eine gute Sozialprognose.«

»Aha.« Leute, die dafür sorgten, dass Straftäter aus der Untersuchungshaft entlassen wurden, konnte ich nicht leiden. »Sie tun ja einiges für Ihre Klienten.«

»Vor allem, wenn ihnen die Polizei Drogen unterschiebt. Die anderen bringe ich auch noch unter.«

»Ich habe niemandem Drogen untergeschoben«, sagte ich. »Was ist das für eine Arbeit?«

»Bei einer Reinigungsfirma. Der Inhaber ist zutiefst gläubiger Christ und hat eine soziale Ader.«

»Prima.« Menschen mit sozialer Ader waren selten. Vielleicht zahlte der Chef auch nur unter Tarif. »Wer ist der Besitzer?«

»Mein Mann«, sagte die Jugendgerichtshelferin. Er zahlte unter Tarif. Und sie schanzte ihm die billigen Arbeitskräfte zu.

»Sie wollen eine Aussage machen?« Ich wandte meine Aufmerksamkeit Muhammad zu. Heute war ich höflich und forderte ihn auch nicht auf, seine Weichteile zu schützen. »Woher kommt diese plötzliche Liebe? Bisher hatten Sie doch etwas gegen Polizisten, die keine Drogen liefern oder erwerben ...«

»Er hat mich heute Morgen aufgesucht«, sagte die Frau, »und ich habe ihm geraten, mit Ihnen zu sprechen.« Dafür erwartete sie sicher ein großes Lob. Sie bekam keins.

»Was haben Sie mir zu sagen, Muhammad?«

»Ich hab den Schnüffler wiedergesehen.«

»Wann und wo?«

»Gestern hatte ich meinen ersten Arbeitstag. Wir mussten so'n Bürohaus machen. Da kam er aus 'ner Tür.«

»Wo ist dieses Bürohaus?«

Muhammad nannte mir die Anschrift. Meine Verblüffung wuchs. Ich kannte das Haus. In ihm hatte die Firma »Life's New Quality« ihren Sitz.

»Sind Sie ganz sicher, dass es sich um denselben Mann handelt?«

»Ja.«

Ich schwieg und überlegte, ob der vermeintliche Polizist ähnliche Ermittlungen anstellte wie wir, warum er das tat und ob er überhaupt Polizeibeamter war. Zu einem Resultat führten meine Überlegungen nicht. Die Sache war noch zu vage.

»Wie alt war der Mann?«

»Ziemlich alt. Dreißig oder so. Und riesig.«

»Riesig?«

»Ziemlich durchgestylter Body.«

»In welcher Etage haben Sie gearbeitet?«

»In der dritten.«

Mein Kopf drohte zu platzen. Vielleicht hatte Henry Gomballa einen Privatermittler auf Schanowski oder die Ghetto Tigers angesetzt. Doch warum? Um Benders kriminellen Verbindungen auf die Spur zu kommen? Was konnte es der Bauträgerfirma nützen, über sie Bescheid zu wissen? Aus der vagen wurde eine ominöse Angelegenheit. Ich beugte mich vor.

»War neben der Tür eine Tafel mit dem Namen des Unternehmens angebracht?«, fragte ich.

»Glaub schon. Hab nicht so drauf geachtet. Der Typ hatte jedenfalls 'nen Hund dabei. So'n Kampfhund.«

Nun verstand ich überhaupt nichts mehr.

Aber ich hatte meine Leute, die für Klarheit sorgen konnten. Für ein paar Minuten verließ ich das Vernehmungszimmer und ging zu Jörg Röder. Ich ließ mir die Unterlagen aushändigen, die in Benders Wohnung sichergestellt worden waren. An diesem Tag wollten die Überraschungen kein Ende nehmen: Bender hatte seine Lebensversicherung bei »Prisma Neue Leben« abgeschlossen. Deshalb kam mir der Name der Gesellschaft, die im gleichen Haus wie Gomballa residierte, so bekannt vor.

»Bring alles über diese beiden Unternehmen in Erfahrung«, bat ich Röder, holte Lüders und kehrte zur Vernehmung zurück. Ich wollte die Gelegenheit beim Schopfe packen, denn ich hatte noch viele Fragen an den jungen Libanesen.

»Da Sie nun einmal da sind, Muhammad, und ich danke Ihnen für Ihren Besuch, da Sie nun also da sind: Ich würde gern noch einiges wissen.«

»Was'n?«

»Wie haben Sie Dirk Bender kennen gelernt?« Ich legte ihm als Gedankenstütze wieder die Fotos von Pastewka vor. »Und die beiden anderen Bullen?«

»Das war beim Beachen an 'nem Baggersee. Drüben im Osten, hinter Pankow.« Muhammad hatte sich entschlossen auszupacken. Seine Motive kannte ich nicht. Vielleicht hatte ihm der Jugendbeistand dazu geraten. Die Frau wurde mir ein wenig sympathischer. »Schon 'ne Weile her. Letzten Sommer. Welche von den Tigers und andere Freunde. Wir hatten paar Kästen Bier dabei, und weil's ein kalter Tag war, haben wir 'n Feuerchen gemacht. Plötzlich tauchte so'n alter Scheißgolf auf. Wir haben sofort gecheckt: Das ist 'ne Zivilstreife. Man sieht das. Also hat jeder sein Piece verschluckt und gewartet. Wir dachten natürlich, dass es läuft wie immer. Dass wir gefilzt und angemacht werden. Und wenn dann einer austickt, wird er von den Bullen verprügelt. Doch die drei waren ganz freundlich, so auf die Kumpeltour. Haben Fluppen verteilt und rumgequatscht. Der da«, Muhammad zeigte auf eines der Fotos, auf Bender, »wie hieß der noch mal?«

»Dirk Bender.«

»Also dieser Typ, der kannte uns irgendwie schon. Laberte vom Blue Cops und so. Dass er von Cemal kommt und nun die Geschäfte mit uns machen wird.«

»Meinen Sie Cemal Tozlu?«, wollte Lüders wissen.

»Glaub, so heißt der. Wir kennen ihn nur als Cemal.«

»Also Cemal hat Bender geschickt?«

»Keine Ahnung. Nee, der Typ sagt, er will 'ne Vertriebsorganisation für Stoff in Pankow aufbauen und braucht dafür unsere Hilfe. Das war 'n Bulle, verstehen Sie? Mit 'nem Bullen was drehen, das ist total krass.«

»Aber Tozlu, Cemal war dahinter, oder?«

Muhammad schüttelte den Kopf.

»Was soll das bedeuten?«, fragte ich. »Steckt er nicht dahinter, oder wissen Sie es nicht?«

»Cemal ist total okay. Der tut 'ne Menge für die Tigers. Wenn wir mal Kohle brauchen, hat er immer 'nen Job für uns.«

»Ja, Drogenjobs«, sagte ich.

»Als Türsteher oder Gläsereinsammler oder so. Im Blue Cops.«

»Also gut, weiter im Text.« Ich klaubte Schanowskis Passbild aus der Akte. »Kommen wir zu dem hier. Woher kannten Sie Elmar?«

»Wissen Sie doch. Der hat in der Koloniestraße gewohnt. Die Gegend da ist unsere Savanne, wo wir immer rumtigern.«

»Und in der Koloniestraße haben Sie Elmar kennen gelernt? Wie das? Hat er Sie angesprochen?«

»Nee, nee. Ich weiß es nicht so genau. Glaub, der hat auch mal im Blue Cops abgehangen. Kam irgendwie über Murat oder Serkan an uns ran. Oder über Marcin.« Er zuckte die Schultern. »Fragen Sie die.«

»Wer ist Serkan?«

»Der Typ, der Sie angemacht hat. Sie wissen schon ...«

»Alles klar«, sagte ich. »Was ich nicht kapiere: Warum hat Elmar in der Koloniestraße gewohnt? Er muss doch Kohle gehabt haben, Kohle ohne Ende.« Diesen Ton hielt ich für angemessen, doch plötzlich fiel mir ein, was Jim unlängst zu mir gesagt hatte: Auf Jugendliche wirke es voll peinlich, wenn die Ötzis versuchten, ihren Slang zu kopieren.

»Null Peilung«, sagte Muhammad.

»Vielleicht sollte er im Auftrag Tozlus ein bisschen auf die Ghetto Tigers aufpassen«, meinte Lüders. »Damit sie es«, er grinste, »in ihrer Savanne nicht zu wild treiben. Keine Polizisten angreifen, zum Beispiel ...«

»Was haben Sie bloß immer mit Cemal. Ich hab doch gesagt, der ist korrekt.«

»Noch etwas, Muhammad«, sagte ich. »Bei der letzten Vernehmung, als wir Ihnen zum ersten Mal die Lichtbilder vorlegten, haben Sie Bender und seine beiden Kollegen Arschlöcher und Schanowski das Oberarschloch genannt. Warum?«

»Nur so.« Der Junge blickte zu seinem Beistand, obwohl er bei dieser Frage keine Hilfe zu erwarten hatte. Er lehnte sich zurück, legte den linken Unterschenkel auf den rechten Oberschenkel und verschränkte die Arme. Meine Frage hatte offenbar einen wunden Punkt getroffen.

»Nein, Muhammad. Es muss einen Grund geben.«

»Gibt es nicht. Wir quatschen eben so.«

Ich nickte zwar, doch ich war nicht überzeugt. Trotzdem beendete ich die Vernehmung. Obwohl ich Muhammad nicht für den Drohanrufer hielt, ließ ich mir sein Handy geben und reichte es Lüders, damit er es zur Spurensicherung schicken konnte. Dann verabschiedete ich mich mit Handschlag, ging hinüber in mein Arbeitszimmer und rief Pastewka an.

»Ach, unsere Heldin«, sagte der Kriminalrat.

»Bitte, hören Sie auf damit.«

»Das ganze LKA lacht über Ihren Auftritt bei Skandal-Ludewig«, sagte Pastewka. »Vielleicht tritt er endlich zurück, wenn Sie so was noch zwei, drei Mal machen. Hat Brinkmann sehr getobt?«

»Hielt sich in Grenzen. Der Anlass meines Anrufs ...«, begann ich, dann berichtete ich Pastewka haarklein von der Vernehmung Muhammads.

»Allmählich schließt sich der Kreis«, meinte der oberste Drogenfahnder. »Wir nehmen uns gerade noch mal ein paar der Tigerbabys vor und drehen auch die ehrenwerten Kollegen und hoffentlich bald Exkollegen Rathmann und Weihe durch die Mangel. Sie werden immer gesprächiger. Natürlich haben sie die Hauptschuld Bender angelastet, und der war wohl wirklich der führende Kopf. Ich versuch mich kurz zu fassen. Fest steht, dass Bender, Schanowski und Tozlu gemeinsame Sache gemacht haben, jedenfalls eine Zeit lang.

Rathmann und Weihe saßen mit im Boot. Sie haben sich über ihren langweiligen, schlecht bezahlten Job ausgeweint. Wollten wohl etwas Abwechslung in ihren trüben Alltag bringen. Und das Geld, das hat auch gelockt. Ursprünglich bestand ihr schmutziger Job darin, Tozlu Razzien anzukündigen. Aber Bender verspürte bekanntlich den Drang zu Höherem und zu einem immer dickeren Portemonnaie. Razzien zu verpfeifen war ihm zu popelig. Mit seinem jugendlichen Charme und etwas Provision hat er ein paar Schüler angeworben, die in seinem Auftrag ganze Schulen mit Drogen versorgt haben. In Pankow, Wedding, Reinickendorf, dort kannte er sich ja gut aus. Und Pankow war lange ein relativ unbeackertes Feld, was Rauschgifte anbelangt. Rathmann und Weihe haben sich beteiligt, aber nur am Rande, wie sie sagen. Wer's glaubt ... Das sowjetische Ehrenmal war einer der Übergabeorte. Da haben die Pankower Verteiler ihre Ware in Empfang genommen.«

»Wahnsinn«, rief ich. »Sie haben Recht, der Kreis schließt sich tatsächlich.«

»Apropos Schüler«, sagte Pastewka. »Man hört, Ihr Sohn sei bedroht worden?«

»Ja«, sagte ich und blickte auf die Uhr. Darum musste ich mich unbedingt bald kümmern.

»Bullshit! Passen unsere Leute auf ihn auf?«

»Ist in Arbeit. Einer meiner Mitarbeiter weicht nicht von seiner Seite. In diesem Zusammenhang eine Bitte: Kassieren Sie von jedem, den Sie in dieser Sache vernehmen, das Handy ein. Und lassen Sie sich alle Telefonnummern geben. Schicken Sie mir dann die Liste. Es sollte doch mit dem Teufel zugehen, wenn wir nicht herausfinden, wer mich da zur Geisterstunde angerufen hat.«

»Das Arschloch kriegen wir«, sagte der Kriminalrat. »Und dann drücken wir ihn so lange in den Skat, bis er keinen Stich mehr sieht. Adios, compañera Wertebach! Venceremos!«

»Das ist ja eine scheußliche Sache, Lena«, sagte KOR Brinkmann. Er kam mit ausgestreckten Armen auf mich zu und drückte meine Rechte mit seinen Pranken. Koslowski lehnte hinter ihm am Fenster und schaute betrübt drein.

»Schanowskis gewaltsamer Tod?«, fragte ich verwundert.

»Nein. Das mit Ihrem Sohn.«

Ich nickte. »Daran sehen Sie, wie schädlich eine gute Presse sein kann.«

»Eine Abordnung besorgter Mitarbeiter kam vorhin zu mir und bat mich, Ihnen zu helfen«, sagte der KOR. »Daran sehen Sie, wie Sie von Ihren Untergebenen geliebt werden. Vielleicht gelingt es Ihnen, dieselbe Liebe auch in Ihren Vorgesetzten zu wecken.«

»Sicher«, entgegnete ich. »Schon morgen. Oder übermorgen. Oder in einem Jahr.«

»Ach, Frau Wertebach!« Koslowski löste sich vom Fenster und trat ein paar Schritte auf mich zu. »Ich habe mich mit dem Polizeipräsidenten in Verbindung gesetzt. Er hat mir zugesichert, dass alle erdenklichen Schutzmaßnahmen für Ihren Sohn getroffen werden.«

»Hoffentlich nicht mit so viel sichtbarem Aufwand, dass mein Sohn überall eine gute Zielscheibe abgibt.«

»Unsere Spezialisten beherrschen ihr Handwerk«, sagte Koslowski. »Wir lassen auch Ihr Telefon abhören, wenn Sie einverstanden sind.«

»Muss ich ja wohl. Aber sagen Sie den Leuten vom Lauschkommando gleich, sie sollen sich nicht zu große Hoffnungen machen. Ich stöhne nicht laut, wenn ich mit meiner Freundin telefoniere.«

Kriminalhauptkommissar Adomeit war der stellvertretende Leiter der PTU und ein ausgemachter Spezialist in der Faserkunde. Er war so gut, dass er manchmal auch Aufträge aus anderen Bundesländern bekam. Die dunklen Tränensäcke und der verbitterte Zug um seinen Mund verrieten mir, dass es bei der Polizei wirklich das Beste war, im Mittelfeld zu spielen. Vor allem nützte es der Gesundheit, wenn man nicht aus der grauen Masse ragte.

Adomeit geleitete Lüders und mich in sein Labor, während er ohne Unterlass ein Selbstgespräch führte, das allerdings auch für uns bestimmt war.

»Der Mensch muss schlafen«, sagte er und bestätigte so meine Beobachtungen. »Der Mensch schläft nicht allein zu seinem Vergnügen. Bei diesem Verein namens Polizei scheint man das aber zu glauben. Ich meine, diese ganzen Führungskräfte, die pennen natürlich. Die können so tun, als hätte der Tag dreißig Stunden. Die kriegen ja ihren Schlaf. Ich will gar nicht von meinem Überstundenkonto reden. Ich verliere kein Wort über mein Überstundenkonto. Und immer muss alles schnell gehen. Termin: vorgestern. Ich sage nicht, dass wir uns hier die Seele aus dem Leib schuften. Sage ich nicht. Wir werden ja fürstlich dafür entlohnt. Die Polizei wird aussterben, wenn das so weitergeht. Soll sie. Ich habe einen anständigen Beruf. Ich kann mehr, als mir den lieben langen Tag und die liebe lange Nacht blutige Fasern anzugucken.«

»Wir sind auch müde«, merkte Lüders an. Das hätte er nicht tun sollen.

»Dann gehen Sie doch ins Bett«, fuhr Adomeit auf. »Ziviler Ungehorsam, der hilft vielleicht. Wenn der geliebte Bürger nachts die Polizei ruft, aber niemand kommt, weil alle schlafen, da würde vielleicht ein Umdenken beginnen. So!« Er schaltete das Neonlicht über seinem Laborplatz ein. Plötzlich war er ein anderer Mensch, sanft und umgänglich. Adomeit war in seinem Element. »Sie haben mir da ja 'ne Menge auf den Tisch legen lassen. Kram, bei dem man gar nicht mehr unterscheiden konnte, was noch Kleidung und was schon Blut ist.« Er lächelte und legte zwei Glasplättchen unter das Doppelmikroskop. »Ich meine, Sie können mich mit Material von oben bis unten zuschmeißen. Dann kriegen Sie ein Gutachten, aber was haben Sie davon, wenn es an

Vergleichsmaterial fehlt? Was beweist es, wenn ich Ihnen sage: Dieser Pullover wurde im Jahre 1871 von der Firma Teutonischer Krepp hergestellt? Also habe ich mir gedacht, Adomeit, habe ich gedacht, wenn die dir nichts zum Vergleichen liefern, dann guckst du dir die Karre von diesem Bender noch mal an, der seit Tagen unsere Fahrzeughalle ziert.« Der Hauptkommissar drückte die Power-Taste eines Computers, gab ein paar Befehle ein und drehte sich zu mir.

»Genial«, sagte ich.

»Mindestens. Denn nun schauen Sie mal.« Adomeit öffnete eine Datei, dann teilte er mit einem Mausklick das Bild auf dem Monitor. Ich wusste, was wir zu sehen bekamen, war die vielfache Vergrößerung einer der Fasern, die er unter das Mikroskop gelegt hatte. Der Hauptkommissar öffnete eine weitere Datei. Nun erschien das Abbild der zweiten Faser neben dem der ersten. Einem Laien erschienen sie ähnlich, mehr nicht. Ein Fachmann wie Adomeit erkannte natürlich alle übereinstimmenden Merkmale. »Das ist der Beweis«, sagte er.

»Wofür?«

»Dass ich einen großen Teil meines heutigen Tages Ihnen gewidmet habe, liebe Kollegin. Seit dem Morgengrauen.« Adomeit gähnte demonstrativ. »Beide Fasern stammen von einem Pullover aus Schafwolle, ein ziemlich teures Ding. Sehen Sie nach links! Die Faser habe ich dem blutigen Asservat entnommen, das Sie dem toten Russen ausgezogen haben. Und nun rechts! Beifahrersitz des Jeep Cherokee. Sie sind identisch.«

»Das beweist nur, dass Schanowski in Benders Wagen gesessen hat«, sagte Lüders.

»Ach? Sie sind aber schlau.« Adomeit klang enttäuscht.

»Es ist ein großartiges Resultat«, sagte ich rasch. »Bloß, Bender und Schanowski waren befreundet. Okay, wir wissen nun, dass Elmar mal in Benders Cherokee mitgefahren ist. Das ist schon was.«

»Reicht Ihnen nicht, oder? Sie meinen, der Russe hat stets und ständig diesen Schafwollpullover getragen, weil er so teuer war? Wie Sie wollen.« Der stellvertretende PTU-Boss schmunzelte nun. »Ich habe mehr zu bieten.«

»Was haben Sie?«

»Was Ihnen besser gefallen wird als Spurenträger siebendreizehn.«

»Lassen Sie's raus«, bat ich.

»Das Abschleppseil«, sagte Adomeit. »Fasern von ihm waren an der Hängerkupplung.«

»Ausgezeichnet!«, rief Lüders.

»Und noch mehr.« Adomeits Lächeln küsste die Ohren.

»Noch mehr?«

»Ja. Meine Kollegen haben doch Bodenproben genommen. Die habe ich nicht selbst analysiert ... Ich kann nicht alles machen, und ich kann auch nicht alles ... Aber vieles ...«

»Ich weiß, ich weiß«, sagte ich.

»Der Mitarbeiter hat ebenfalls Proben vom Tatort mit Proben aus Benders Wagen verglichen«, sagte KHK Adomeit. »Im Fußraum der Fahrerseite fand sich sowohl Boden- als auch vegetatives Material, das mit dem am Tatort gesicherten übereinstimmt. Und damit nicht genug. Es klebte auch an Benders Schuhsohlen. Was sagt ihr dazu?«

»Volltreffer!« Mir rann es warm über den Rücken. Vor Aufregung gestikulierte ich wild durch den Raum und traf eine Petrischale, die zu Boden und zu Bruch ging. Zum Glück war sie leer. Als ich mich nach den Scherben bückte, winkte Adomeit ab.

»Bender war am Tatort«, fasste mein Stellvertreter zusammen.

»Ihr seid einfach Spitze.« Adomeit klopfte Lüders auf die Schulter. »Wir haben Personalmangel, wollt ihr nicht bei mir anfangen?« Er lachte. »So, und nun raus mit euch! Ich will zu meinem Familiendrama mit drei Toten. Mutter und zwei

Töchter. Papa saß heulend daneben und hat es nicht geschafft, sich die Rübe abzuschießen. Weichei! Und alles landet bei uns.«

Ich fuhr nicht gern mit der Bahn und war auch lange nicht mehr auf einem Bahnhof gewesen. Als wir am Zoologischen Garten eintrafen, war es schon wieder dunkel. Ich konnte mich kaum erinnern, dass der Bahnhof Zoo, einst die Zentralstation Westberlins, so übersichtlich war. Es gab nur vier Fernbahnsteige. Seyidli sollte am Gleis 2 eintreffen, also begaben wir uns dorthin.

Meine Lieben hatten sich herausgeputzt. Margrete trug einen langen dunkelblauen Übergangsmantel, den sie sich von den tausend Dollar ihres Vaters gekauft hatte und den ich todschick fand. Jim unterschied sich in seiner weiten Hose, deren Schritt in den Kniekehlen hing, und der aufgeplusterten Steppjacke in knalligem Orange überhaupt nicht von den Ghetto Tigers. Zur Feier des Tages hatte er seine Haare gegelt. Sie standen in alle Richtungen ab wie Borsten.

Nur Rudi und ich sahen aus wie eh und je. Der beste Freund meines Sohnes hatte eine Lederjacke an, die an den Nähten aufgeplatzt war, eine normale Jeans und sein Palästinensertuch. Die Springerstiefel hatte er allerdings zu Hause gelassen. Statt ihrer sah ich weiße Turnschuhe an seinen Füßen, denen etwas Schuhcreme nicht geschadet hätte. Und ich wirkte wie eine unausgeschlafene, überlastete und zerzauste Kriminalkommissarin.

Nichts hasste ich so wie das Warten. Wir waren bereits eine halbe Stunde vor der fahrplanmäßigen Ankunft des Zuges eingetroffen, und ich schritt den Bahnsteig auf und ab wie ein Streifenpolizist. Die Hände hatte ich auf den Rücken gelegt. Schon aus mehreren Kilometern Entfernung sah ich aus wie eine Bulette.

Während ich dahinschritt, lauschte ich den Lautsprecheransagen und stellte fest, dass das meistgebrauchte Wort der

Deutschen Bahn Verspätung lautete. Kein Zug kam pünktlich. Auch der ICE aus Frankfurt, verriet die Anzeigetafel, würde erst fünfzehn Minuten später als erwartet eintreffen. Ein philosophisches Buch über den Widerspruch zwischen Anspruch, Wunsch und Wirklichkeit war beim Bahnvorstand in den besten Händen.

Jim und Rudi hatten am Nachmittag ein Schild gebastelt. Margrete hatte die Ehre, es an einem Stock in die Luft halten zu dürfen. »Monsieur Seyidli Baku«, stand auf dem Schild. Ich war ein wenig aufgeregt und rauchte eine Zigarette nach der anderen. Dann kam der Zug. Ich trat die Fluppe aus und gesellte mich zum Empfangskomitee.

Eine nicht sehr große Zahl von Reisenden stieg aus. Manche hatten riesige Koffer und Reisetaschen dabei, manche, vor allem die jüngeren, einen Rucksack, andere nur eine Aktenmappe. Mein Kopf ging hin und her wie beim Pingpong. Schließlich machte ich einen mittelgroßen Mann aus, der zwei Koffer abgestellt hatte und uns winkte. Mein Gesicht verzerrte sich zu einem angestrengten Lächeln.

»Ich reiß mir ’ne Karte ab!«, rief Jim. »Wie sieht der Typ denn aus?«

Im fernen Aserbaidschan musste der Inspektor grässliche Dinge über das deutsche Klima gehört haben. Er trug eine riesengroße graue Pelzmütze. Und einen altmodischen Anorak. Aber keine Schlaghosen. Ich ging ihm entgegen, meine Equipe folgte mir.

»Madame Wertebach?«, fragte Seyidli und reichte mir die Hand.

»Bienvenu à Berlin.« Ich schüttelte die Hand. Dann hakte ich mich bei Margrete unter. »Hilf mir jetzt«, flüsterte ich. »Und ihr nehmt die Koffer«, sagte ich laut zu Jim und Rudi.

»Ich freue mich, Sie kennen zu lernen«, sagte Seyidli via Margrete. Mir fielen augenblicklich meine Sünden ein: Ich hatte vergessen einzukaufen.

Meine Rettung war der Spätverkauf am Bahnhof, wo ich mir den Korb voll lud. Ich erwarb zwei Flaschen Wein, ein Sixpack Bier, Salzmandeln, Chips sowie sechs Dosen Erbsensuppe mit Würstchen und Speck. Die Preise waren exorbitant. Mitunter gelang es, aus der Not eine Tugend zu machen. Hier machte man aus der Not freche Beutelschneiderei.

Wegen der vorgerückten Stunde chauffierte ich Hugo Renault sofort in die Aroser Allee. Wir würden essen, so plante ich, und noch ein Stündchen plaudern, dann erst wollte ich Seyidli in seine Pension nach Neukölln bringen. Wenn er sich etwas erfrischen wollte, konnte er es auch bei mir tun.

Der Polizeiinspektor bekam den Ehrenplatz auf dem Beifahrersitz, Margrete, Jim und Rudi mussten sich die enge Rückbank teilen. Während der Fahrt schaute Seyidli ununterbrochen aus dem Fenster. Er befand sich in jenem Teil Berlins, den er 1973 nicht hatte besuchen können, und das war ihm natürlich bewusst. Ostberlin würde er sicher wiedererkennen, auch wenn es sich sehr verändert hatte. Dieser Teil war ihm vollkommen fremd.

»*Où est la tour de télévision?*«, wollte er nach einer Weile wissen. Das verstand sogar ich, aber ich musste nicht antworten. Rudi tat es für mich.

»Den kann man von hier nicht sehen.«

Jim kicherte. »Ich reiß mir 'ne Karte ab!« Das sagte er nun schon zum zweiten Mal. »Die Mütze! Echt krass. Ist die mongolisch?«

»Sei nicht frech, Jim«, verlangte ich.

»Aber diese Mütze!« Er kicherte und kicherte. »Ist das 'ne Tschapka oder wie die Dinger heißen?«

»Schapka?«, fragte Seyidli und tippte sich an die Kopfbedeckung. Ich glaubte, einen Unterschied beim Anlaut herauszuhören. »*Oui, Schapka*«, sagte er.

»Ist 'ne Tschapka was anderes als 'ne Schapka?«, wandte ich mich an Margrete.

»*Schapka* heißt Pelzmütze«, erklärte sie. »Die Tschapka aber, das trugen die Ulanen.«

»Was sind Ulanen?«, fragte Jim.

»Lanzenreiter«, antwortete Rudi. »Weiß ich vom Kreuzworträtselraten.«

»Du machst Kreuzworträtsel?«

»Auf'm Klo«, sagte Rudi.

Da hatte ich also wieder etwas erfahren, das ich nicht wissen musste.

Nachdem wir Seyidlis Koffer die Treppe hinauf in meine Wohnung gewuchtet hatten, legte der Polizeiinspektor Anorak und Schapka ab, und ein neuer Mensch kam zum Vorschein. Der Mann aus Aserbaidschan hatte noch seine volle Lockenpracht. Das Haar war komplett ergraut. Er trug es kurz, und das sah sehr gut aus. In seinem beigen Anzug mit dem schneeweißen Hemd und der fliederfarbenen Krawatte wirkte er ziemlich elegant. Am besten gefielen mir seine Augen. Sie waren fast schwarz, so dass man Pupille und Iris nicht voneinander unterscheiden konnte, und unzählige feine Lachfältchen umringten sie.

Seyidli blickte sich in der Wohnung um. Ich beobachtete ihn genau, doch mit keiner Miene verriet er, dass er meine Einrichtung ungewöhnlich fand, westlich oder irgendwie luxuriös. Das war sie auch nicht. Das heißt, westlich war sie natürlich schon, aber womöglich hatten unsere Konsumgüter längst in Baku Einzug gehalten.

Ich vertraute den Aserbaidschaner Margretes Obhut an und begab mich in die Küche. Jim forderte Rudi auf, ihm in seine Chill-out-Zone zu folgen, damit sie sich bis zum Essen die Zeit vertreiben konnten. Rudi wollte nicht. Er war viel zu neugierig. Vielleicht irrte ich mich, aber ich glaubte in Jims Gesicht Zeichen von Enttäuschung zu entdecken. Nur eine Minute später drang laute Musik aus seinem Zimmer.

Mein Sohn hatte irgendeine Techno-Scheibe aufgelegt, und die Bässe flogen uns um die Ohren. Normalerweise hörte

Jim nur mit Kopfhörern Musik; so viel Rücksicht nahm er immerhin auf seine stets gestresste Mam. Seyidli wurde ein ziemlich heißer Empfang bereitet. Jim bewies wieder einmal, dass er nicht bloß extrem unhöflich sein konnte, sondern dass er sich manchmal auch verhielt wie die Prinzessin auf der Erbse.

Ich öffnete die Dosen, betrachtete kritisch ihren Inhalt und schüttete ihn in einen großen Topf. Rudi assistierte mir, indem er Brot schnitt, lauschte aber in Richtung Wohnzimmer. Dorthin hatten sich Margrete und Seyidli begeben. Aber selbst wenn Rudi das Gehör einer Katze gehabt hätte, Jims Musik machte es unmöglich, etwas zu verstehen.

»Alles im grünen Bereich?«, erkundigte ich mich.

»Nein.«

»Nein?« Ich ließ den Löffel sinken, mit dem ich die Suppe hatte umrühren wollen, und musterte Rudi von der Seite. Er schnitt wacker Brot. Die Scheiben waren so dick, man riskierte eine Maulsperre, wenn man sie aß. »Was ist?«

»Jim ist so anders in letzter Zeit«, sagte Rudi.

Das hatte ich auch schon bemerkt. »Wie ist er denn?«

»Abweisend.«

»Aber ihr seid doch ständig zusammen«, sagte ich und rührte nun doch.

»Ich mein's anders.« Der beste Freund meines Sohnes wurde rot.

»Ah, ja.« Mehr fiel mir dazu nicht ein. »Soll ich mal mit ihm sprechen?«

Rudi schüttelte den Kopf. Vom Geruch der Suppe angelockt, erschien Jim in der Küchentür.

»Das ess ich nicht«, erklärte er.

»Dann gehst du eben hungrig ins Bett.«

»Nö.« Mein Kind fingerte ein paar Geldscheine aus der Hosentasche. »Das reicht. Ich bestell mir 'ne Pizza. Du auch eine, Rudi?«

»Ich weiß nicht …« Der Junge schaute mich fragend an.

»Moment, Jim!« Ich warf den Kochlöffel in die Spüle, griff nach seiner Hand, entriss ihm die Banknoten und zählte sie. Mein Sohn hatte hundertzwanzig Euro in der Tasche. Sofort bildete sich ein Kloß in meinem Hals, und die Schlagadern schwollen an.

»Woher?«, keuchte ich. Jim zuckte die Schultern. »Ich will wissen …«

»Jedenfalls nicht geklaut. Gib's mir wieder, Mam. Es ist meins.«

»Erst wenn du mir meine Frage beantwortet hast.«

Rudi schlich aus der Küche. Jim streckte die Hand aus.

»Seit fünfzehn Jahren, Mam, seit fünfzehn Jahren muss ich aushalten, dass du bei der Kripo bist«, sagte er. »Aber musst du es unbedingt auch zu Hause sein?«

»Woher stammt das Geld?« Ich stand kurz davor loszubrüllen.

»Von Dad. Ich hab sein Gartenhaus gestrichen.«

»Im Oktober? Und das soll David so viel wert sein? Das kannst du deiner Großmutter erzählen.«

»Nein, kann ich nicht. Oma ist tot.«

Dass mich mein Sohn ausgerechnet in diesem Moment an das lange Siechtum und den qualvollen Tod meiner Mutter erinnerte, war zu viel. Ich leistete verzweifelt Widerstand, aber ich unterlag und brach in Tränen aus. Von mir angesteckt, fing auch Jim zu weinen an. Er hatte immer sehr an seiner Großmutter gehangen, und ich begriff mit einem Mal, dass auch er ihren Tod noch immer nicht verwunden hatte. Keine zwei Sekunden später lagen wir uns in den Armen.

»Jim, mein Liebling …«

»Ach, Mam. Du hast es schwer.«

»Du auch, Jim, du auch.«

»Äh, pardon!« Seyidli, der die Küche hatte betreten wollen, räusperte sich und kehrte um. Ich gab Jim wieder frei.

»*No* ... *non* ... *nous* ... hol mal Rudi oder Margrete, Jim!«

»Ja, es war 1973«, berichtete Seyidli. Wir löffelten die Erbsensuppe, die vermutlich dank der Fortschritte der chemischen Industrie gar nicht so schlecht war. »Ich war damals einundzwanzig und Sekretär der Komsomolorganisation der Miliz in Baku. Sie wissen sicher nicht, was das ist? Komsomol und Miliz?«

»Komsomol hieß die kommunistische Jugendorganisation der UdSSR«, sagte Rudi. Er hatte rote Ohren und war längst in politischer Liebe zu Seyidli entflammt. Sein Wissen hatte er sicher nicht von den WC-Kreuzworträtseln, sondern aus den Büchern, die er ständig las. Jim, der stolz auf seinen Freund war, streichelte dessen schwarzes Shirt. Zu Ehren des hohen Gastes hatte Rudi eins ausgewählt, auf dessen Vorderseite ein Konterfei von Che Guevara prangte, umgeben von einer kyrillischen Inschrift, die ich nicht lesen konnte.

»*Très bien*«, sagte Seyidli, und Rudis Ohren wurden noch etwas röter. Die arme Margrete kam nicht zum Essen. Allerdings trank sie wenigstens Wein. »Ich war mit der aserbaidschanischen Delegation in Berlin. Zu den Weltfestspielen der Jugend und Studenten. Ich muss eingestehen, dass ich auch einen operativen Auftrag hatte. Nicht vom KGB.« Seyidli lächelte. »Aber ich war Polizist. Natürlich erwartete man von mir, auf die Teilnehmer aufzupassen. Dass sie sich mit den falschen Leuten treffen könnten, war die Hauptsorge der Partei. Na, war ja auch Kalter Krieg.«

»Und haben Sie aufgepasst?«, fragte Rudi.

»Ja, was soll ich sagen? Vermutlich habe ich versagt. Es gab einfach zu viele schöne Mädchen.«

»War also 'n totaler Gazellenalarm überall?«, krähte Jim. Ich hatte ihm und Rudi gestattet, ebenfalls Wein zu trinken, und er war schon etwas angegangen.

»Gazellenalarm?« Margrete runzelte die Stirn.

»Das bedeutet viel ... Mädchen eben.«

Margrete übersetzte. Nicht wortwörtlich, wie ich hoffte. Seyidli schlug Jim väterlich auf die Schulter.

»*Oui, oui, oui*«, sagte er. Dann entnahm er der Innentasche seines Jacketts ein Pocketwörterbuch und blätterte darin.

»Ga-zel-le? *Une alarme de gazelle?*« Der Begriff machte ihn ratlos. Ich verstand ihn.

9

Obwohl unser Nachtmahl nicht gerade höchsten Ansprüchen genügen konnte, schienen alle mit meinen Instant-Kochkünsten zufrieden zu sein. Die Suppe hatte satt gemacht. Die Gourmets schwiegen aus Höflichkeit, wenn es denn unter uns welche gab. Irgendwann während unseres missratenen Frankreichurlaubs hatte mich jemand auf den Unterschied zwischen Gourmets und Gourmands aufmerksam gemacht. Der Gourmet verzehrte mit spitzen Fingern Wachtel à la Ichweißnichtwas. Der Gourmand stopfte sich bloß den Bauch voll. Wenn ich keine Frau wäre und nicht auf meine Linie achten müsste, wäre mir der Gourmand eigentlich sympathischer. Ich hatte Lüders in Verdacht, einer zu sein. Und BKA-Ziegler natürlich.

Wir saßen im Wohnzimmer und waren zum Wodka übergegangen, was Seyidli nicht missfiel. Als ich ihm von Schanowskis Ermordung berichtete, war er enttäuscht, aber nicht überrascht. Ich hatte ihm die Lichtbildmappe der Spurensicherung mitgebracht, und mit viel Bedacht schaute er sich jedes Foto an. Joe Cocker sang uns etwas vor.

»*Très bien*«, lobte der Polizeiinspektor. Er meinte sicher die professionelle Qualität des Bildberichts.

Rudi und Jim lagen im Bett. Es hatte mich nicht viel Überzeugungskraft gekostet, Rudis Mutter ein Einverständnis dafür abzuringen, dass Rudi bei uns übernachtete. Sie dachte wohl über unsere Söhne wie ich. Darüber gesprochen hatten wir noch nie.

»Sind Sie auch Kriminalbeamtin?«, wollte Seyidli von Margrete wissen.

»Nein. Ich diene Lena nur als Übersetzerin.«

»Aber Sie arbeiten bei der Polizei?«

Margrete schüttelte den Kopf. »Ich bin Lenas Girlfriend.«

»Oh.« Der Polizeiinspektor stürzte seinen Wodka in einem Zug hinunter.

»Wir haben hier in Europa womöglich andere Auffassungen von zwischenmenschlichen Beziehungen als Sie«, sagte Margrete. Ich fand das sehr provokatorisch. Andererseits war es gut, es auszusprechen, denn Seyidli würde es ohnehin mitkriegen.

»Meinen Sie jetzt mich persönlich oder den *common sense* des Landes, in dem ich lebe?«, fragte Seyidli und hob sein Glas. Ich füllte es. Seine Frage gefiel mir.

»Das Land«, sagte Margrete.

»Homosexualität stand bei uns lange Zeit unter Strafe.«

»Wegen des Islams?«

»Damit hat das nichts zu tun. Als ich noch bei der sowjetischen Kriminalmiliz tätig war, habe ich selbst Homosexuelle einsperren müssen. Das war mein Job!«

»Aus Überzeugung?«

»Weil es ein Straftatbestand war. Aber das hat sich geändert. In unserem neuen Strafgesetzbuch sind homosexuelle Handlungen zwischen Erwachsenen nicht mehr verboten. Wir haben jetzt eine Demokratie, verstehen Sie? Und wir schielen nach Europa.«

»Hier ticken die Uhren anders«, sagte Margrete.

»Ich weiß. Sie sind liberaler. Oder tun so? Meine persönliche Ansicht wollen Sie sicher auch hören. Mir ist egal, wie Menschen glücklich werden. Solange sie sich nicht an Kindern vergreifen ...«

Der Mann war top. Mit ihm würde ich gut auskommen. Manche Kerle musste man zum besseren Teil der Menschheit zählen, und manche Weiber waren furchtbar blöde Zicken. Ich arbeitete gern mit Männern zusammen. Sie waren nicht so kompliziert.

»Wollen wir über unseren Fall sprechen?«, fragte Seyidli auf Russisch. Margrete übersetzte.

»*Oui, mon ami*«, sagte ich und war furchtbar stolz auf mein bisschen Französisch.

»Wird aber eine lange Geschichte.«

»Ich will sie hören«, sagte ich. »Notfalls mache ich Ihnen ein Bett auf der Couch. Dann muss ich Sie nicht noch zur Pension fahren.«

»*D'accord*. Nichts für ungut, aber bei Ihrem Alkoholspiegel würde ich nicht dulden, dass Sie mich fahren. Ich kann ein Taxi nehmen.«

»Lassen Sie uns anfangen«, bat ich.

»Okay.« Seyidli leerte sein Glas. Sofort bekam er nachgeschenkt. »Ich muss etwas vorausschicken: Es gibt in den USA eine ziemlich große Community von ausgewanderten Bürgern meines Landes. Die meisten leben in Kalifornien. Nach der Unabhängigkeit Aserbaidschans haben sie sich ihrer Heimat erinnert und unterstützen uns, so gut es geht. Ehrlich gesagt, wir haben diese Hilfe bitter nötig. Die Sowjetwirtschaft ... Aber das wissen Sie.«

»Ich habe eine ungefähre Vorstellung«, sagte ich.

»Warssonofi Schanowski hat in Baku im Krankenhaus Nummer drei gearbeitet«, fuhr Seyidli fort.

»Hier in Berlin auch. Im Jüdischen Krankenhaus. Und manchmal hat er sich als Arzt ausgegeben.«

»Er ist Krankenpfleger. Das heißt, er war Krankenpfleger. In der Unfallchirurgie. Das Krankenhaus Nummer drei war immer für gute Arbeit bekannt, aber es war auch sehr marode. Vor ein paar Jahren hat die ›Azerbaijani Americans Foundation‹ Geld für die Renovierung und Neuausstattung gestiftet und sogar einige amerikanische Ärzte nach Baku geschickt, unter ihnen einen Doktor Kern. Ein Deutschstämmiger. Ob Kern ein bedeutender Unfallchirurg war, kann ich nicht beurteilen. Er kam jedenfalls aus Los Angeles nach Baku.«

»Los Angeles«, wiederholte ich, stand auf und besorgte mir einen Bleistift und einen Schreibblock. »Ich mache mir ein paar Notizen, ja?«

»Bitte sehr.« Seyidli kippte seinen Wodka. »Doktor Kern und Schanowski waren also Kollegen. Sie haben sich offenbar prächtig verstanden. Eines Tages bekamen sie einen fetten Fisch an die Angel. Zwei fette Fische, um genau zu sein. Sie werden gleich verstehen, was ich damit meine. Zwei Siebzehnjährige wurden nachts in das Krankenhaus eingeliefert. Samed Salijew und Anton Sulejmanow hießen sie, und sie hatten mit einem gestohlenen Auto einen schweren Verkehrsunfall verursacht.«

»Können Sie die Namen buchstabieren?«

»Selbstverständlich. S-A-M-E-D Leerzeichen S-A-L-I-J-E-W, Anton S-U-L-E-J-M-A-N-O-W.«

»*Merci.*«

»*De rien.* Wie gesagt, sie hatten einen Verkehrsunfall verursacht. Nach der Notoperation, die Doktor Kern leitete, lagen sie auf der Intensivstation, beide im Koma. Sieben Tage später waren sie tot.«

»Verstorben?«

»Getötet.«

»Aber warum?«

»Warten Sie.« Seyidli deutete auf sein leeres Glas. Margrete sprang sofort auf und ging in die Küche, um eine weitere Flasche zu holen. Ich zündete mir eine Zigarette an. Der Ascher quoll bereits über. Eine Weile schwiegen wir, doch nachdem der Inspektor neues Schmiermittel für Stimme und Geist bekommen hatte, setzte er seinen Bericht fort.

»Wie so oft bei Verbrechen sind die Umstände der beiden Todesfälle dem Personal erst im Nachhinein merkwürdig vorgekommen. Das Klinikum teilte sich die Unfallbereitschaften mit anderen Krankenhäusern, und die Jugendlichen starben in einer Nacht, in der zwar Doktor Kern und Schanowski Dienst hatten, die Notfallversorgung aber von einer anderen Klinik wahrgenommen wurde. Es befand sich also kein OP-Team im Haus. Gegen zweiundzwanzig Uhr beobachtete der Pförtner, wie Schanowski mehrere weiße Behälter aus dem Privatwagen des Doktor Kern holte und in die Klinik schaffte. Er nahm an, es handle sich dabei um Medikamentenspenden der lieben Amerikaner. Bei Samed Salijew erlosch das Lebenslicht kurz nach dreiundzwanzig Uhr, bei Anton Sulejmanow circa zweieinhalb Stunden später. In beiden Fällen veranlasste Kern, dass die jungen Männer in den Operationssaal geschafft wurden, obwohl er die Reanimationsversuche auch auf der Intensivstation hätte durchführen können und ihm gar kein Team zur Verfügung stand. Den zaghaften Einwand einer Krankenschwester wischte er fort. Sie wurde zum Kaffeekochen geschickt und gehorchte. Kern genoss eine solche Autorität, ernsthaften Widerspruch wagte niemand. Auf die Idee, den diensthabenden Arzt einer anderen Station zu informieren, kam die Schwester nicht: Was der Amerikaner sagte, war Gesetz. Kern führte gemeinsam mit Schanowski, dem dafür die Qualifikation fehlte, angeblich zwei Mal in jener Nacht Operationen durch, konnte das Leben von Salijew und Sulejmanow aber nicht retten. Behauptete er. Nach der zweiten misslungenen OP, sagte die Schwester später aus, habe er lange geweint. Anscheinend ein guter Schauspieler.

Um drei Uhr fünfundvierzig war alles vorbei. Die Jugendlichen waren von Schanowski in den Leichenkeller gebracht worden, Kern hatte sich ausgeweint, die Schwester kredenzte Kaffee, der Pförtner war über einem Buch eingeschlafen. Er schreckte aus dem Schlaf, als auf dem Ärzteparkplatz ein Motor angelassen wurde. Doktor Kerns Wagen fuhr davon. Wer ihn lenkte, konnte der Pförtner nicht erkennen.«

»Ich verstehe immer noch nicht«, sagte ich.

»*Un instant!* Als Kern am Morgen seinen Kollegen und dem Chefarzt Rede und Antwort stehen sollte, kam er nicht. Auf den Totenscheinen stand die Dutzenddiagnose Herzversagen. Noch war niemand misstrauisch. Dass das Herz eines Menschen, der lebensgefährliche Verletzungen erlitten hat, einfach stehen bleibt, kommt vor. Dass es bei zwei Unfallopfern in kurzem Abstand nacheinander geschah, war ein böser Zufall, doch Allahs Wege sind ebenso unerforschlich wie die des christlichen Gottes. Kern bot in seinem Bericht sogar eine Erklärung an, die plausibel klang: Er äußerte die Vermutung, eines der Medikamente, die man den Verstorbenen intravenös appliziert hatte, könne verunreinigt gewesen sein. Daraufhin wurden zwei Rechtsmediziner mit der Obduktion beauftragt. Sie kamen zu Resultaten, zu denen wohl auch der Klinikpathologe gekommen wäre. Samed Salijew, der vermutlich ohnehin nicht überlebt hätte, und Anton Sulejmanow, dessen Überlebenschancen als relativ gut eingeschätzt worden waren, waren weder einem Herzversagen noch einer Vergiftung durch verschmutzte Medikamente erlegen. Sie waren erstickt worden. Als der Staatsanwalt endlich begriff, was gespielt worden war, da waren Kern und Schanowski längst ... Ich weiß nicht, wo.«

»Warum tötet man Patienten? Sterbehilfe?«

»Alles andere als das! Der Unfallchirurg Kern und sein Gehilfe Schanowski haben den beiden Jungen an Organen entnommen, was unbeschädigt, wiederverwendungsfähig und transplantierbar war: die Lebern, drei Nieren, zwei Bauchspeicheldrüsen und die Hornhäute der Augen. Organe im Schwarzmarktwert von mindestens einer Million Dollar.«

»O Gott!« Mir schwirrte der Kopf, und das kam nicht nur vom Wodka. Dass menschliche Organe einen Schwarzmarktwert hatten, wusste ich und wollte es doch nicht wahrhaben. Aber ich war auch euphorisch, denn ich glaubte nun, dass es bei der unheiligen Allianz zwischen Bender und Elmar noch um etwas anderes gegangen war als nur um Drogen.

»Illegaler Organhandel«, sagte ich.

»Ja.«

»Verzeihen Sie mir ... Ich muss mal für ein paar Minuten auf den Balkon.«

»Natürlich.« Seyidli nickte und ergriff sein Glas. »Ich habe ja noch eine zweite nette Gesprächspartnerin.«

Es war sehr kalt. Pelzmützenwetter, dachte ich und zündete mir eine Zigarette an. Vom Balkon aus konnte ich Jims Bewacher nicht sehen, aber ich spürte ihre Anwesenheit geradezu körperlich. Tief inhalierte ich den Rauch, behielt ihn eine Weile in der Lunge und blies ihn langsam wieder aus. Es war jetzt zwei Uhr dreißig. Trotzdem sah ich erleuchtete Fenster in anderen Häusern. Ich sah Menschen irgendetwas tun, das ich von meinem Balkon aus nicht erkennen konnte, ich sah die blauen Blitze der Fernsehapparate. Der alltägliche Wahnsinn verbarg sich hinter diesen Fenstern und Fassaden, ich aber musste mich nicht allein mit ihm, ich musste mich obendrein mit den Sonderfällen und Extremen des Wahnsinns beschäftigen. Zum ersten Mal in meinem Leben schoss mir der Gedanke durch den Kopf, fortzugehen und weit weg von der Großstadt eine Wald- und Wiesenmordkommission zu übernehmen. Aber das ging nicht. Lena Wertebach auf dem Dorf, das war unvorstellbar. Eine Rose soll man nicht zwischen Kriechgewächse pflanzen.

Ich musste laut lachen. Es war ein Lachen, das einem im Halse stecken bleibt. Noch immer gackernd, kehrte ich ins Wohnzimmer und in die schützende Wärme zurück.

»Alles in Ordnung, Schatz?«, wollte Margrete wissen.

»Im Prinzip ja. Ich werde wohl grade ein bisschen hysterisch.«

»Übrigens, was die Preise betrifft«, sagte Seyidli, »die Million ist tief gegriffen. Es gibt stinkreiche Typen, die zahlen Unsummen dafür, dass man ihr sinnloses Leben rettet. Da gehen schon mal eine Million Dollar und mehr pro Organ über den Tisch. All inclusive, also mit Operation und Nachbehandlung.«

»Wissen Sie, die Welt ist so groß, und ich bin so klein«, sagte ich, »deswegen sage ich jetzt nicht, wie ich diese Art von Geschäft finde. Mich interessiert nur, wie Kern und Schanowski die Organe außer Landes geschafft haben.«

»Das weiß ich nicht«, gestand Seyidli. »Das ist eine der noch offenen Fragen.«

Sie waren zu dritt und kamen im Morgengrauen, um Jim und mich abzuholen. Sie hatten Maschinenpistolen dabei und trugen Helme, die ihre Gesichter verdeckten, aber es waren keine Polizisten, sondern Ärzte. Wir wurden zu Adomeit ins Labor geführt, und Adomeit führte unablässig Selbstgespräche. Dann wurde Jim auf eine Liege geschnallt. Adomeit wetzte die Messer. Ich schrie.

»Lena!«, rief Patricia. »Lena, komm zu dir!«

Es war nicht Patricia. Es war Margrete. Ich lag in unserem Bett und hatte meine Finger in ihren Leib gekrallt.

Ich war zu Hause. Es war etwas Wunderbares, zu Hause zu sein.

»Ich habe auch manchmal Alpträume«, sagte Seyidli. Es war schon halb zehn, und wir frühstückten. »Bei unserem Beruf ... Wir tun immer so, als hätten wir alles im Griff, aber wir sind ja auch Menschen mit Gefühlen, nicht wahr?«

»Eins will ich Ihnen sagen, Polizeiinspektor.« Ich legte einen Arm um Jim, der neben mir saß. Rudi und mein Sohn mussten nicht in die Schule, es war Sonnabend. »Dieser Junge, mit dem ich seit fünfzehn Jahren zusammenlebe, ist mein Ein und Alles. Wenn ihm etwas zustößt, will ich sterben.«

»Mam, muss das sein?« Meine Gefühlsäußerungen waren Jim sehr peinlich.

»Ich habe auch Kinder«, sagte Seyidli. »Fünf sogar. Aber sie sind alle erwachsen.«

»Fünf Kinder?« Jim schüttelte den Kopf. »Das ist heavy.

Wenn ich dich mit vier Geschwistern teilen müsste, Mam, ich glaub, das würde mir nicht gefallen.«

»Du bist ein Mathematikgenie, Jim«, sagte ich und stieß ihn sanft in die Seite. Fünf minus eins ist vier. Toll!«

»Ja, aber wieviel ist siebenunddreißig mal acht?«

»Keine Ahnung.«

»Zweihundertsechsundneunzig.«

»Das hast du im Kopf ausgerechnet?«

»Ja. Unser Deutschfuzzi denkt zwar, dass ich legasthenisch bin ... Bin ich vielleicht auch, aber das andere da ... wie heißt das, Rudi?«

»Dyskalkulie.«

»Das hab ich jedenfalls nicht«, sagte Jim.

Unseren kleinen interfamiliären Dialog hatte Margrete nicht übersetzt. Seyidli bedurfte keiner Dolmetscherin, er war berufsbedingt in der Lage, Gesten zu deuten. Ich hatte den Eindruck, dass er sich an unserem Tisch wohl fühlte.

»Ja, fünf Kinder«, sagte er. »Sie sind alle was geworden. Aber das ist nicht mein Verdienst, sondern das Verdienst meiner Frau. Sie hat die Kinder erzogen. Mich haben sie nur selten zu Gesicht bekommen. Nun halten sie mich für einen hervorragenden Vater. Weil ich nie Zeit hatte, streng zu sein.«

»Ich möchte etwas wissen, Monsieur Seyidli«, sagte Rudi, der immer und ewig höfliche Widerstandskämpfer gegen das Kapital, das Kapital seiner Eltern ausgenommen.

»*Voilà*, Monsieur Rudi.« Seyidli sprach den Namen französisch aus. Er sagte Rüdi, um dem Jungen zu schmeicheln.

»Was denken Sie über den Kommunismus?« Rudis Frage war vollkommen deplatziert. Das wusste er selbst, aber es interessierte ihn nun mal.

»Ich fürchte, Monsieur Rudi, der Kommunismus ist tot.«

»*Êtes-vous sûr?*«

»Was ist schon sicher? Was können wir wissen? Das hat ein berühmter deutscher Philosoph gefragt.«

»Immanuel Kant«, sagte Rudi. Ich liebte ihn.

»*Très bien*. Nach über dreißig Jahren Polizeiarbeit bin ich der festen Überzeugung, dass wir Menschen mit einer klitzekleinen Taschenlampe durch eine riesengroße Finsternis laufen. Manchmal trifft das diffuse Licht der Lampe ein Objekt, und wir denken: Himmel, das ist eine Offenbarung! Dabei sehen wir nur, was wir sowieso zu kennen glauben: Uns.«

»Sind Sie Pessimist?«

»Nein, Junge, bin ich nicht.« Seyidli lachte. »Bevor ich zu Interpol Baku kam, habe ich bei einer Mordkommission gearbeitet. Wie deine Mutter. « Seine Gedanken rannten zu schnell, aber er begriff sofort seinen Irrtum, als er den Blick bemerkte, den Rudi mir zuwarf. »Pardon, wie Jims Mutter. Ich hatte ständig mit dem Tod zu tun. Bei diesem Job lernt man, das Leben zu lieben. *D'accord*, Madame Wertebach?«

»Lena.«

»*D'accord*, Lena?«

»*Oui*.«

»Können wir dieses Gelaber mal beenden?« Jim warf seine Gabel auf den Teller. Der Teller war leer, denn wie nicht anders zu erwarten hatte er das Rührei mit Schinken längst verzehrt. »Jetzt ist Weekend. Was wollen wir machen?«

»Gute Frage«, sagte ich. »Sperrt die Hörlöffel auf und vernehmt meine Tagesplanung. Zuerst bringen wir Inspektor Seyidli zu seiner Pension, damit er das Zimmer nicht verliert. Dann bekommt Margrete den Schlüssel für Hugo, und ihr könnt irgendwohin fahren. Wie wär's mit Sanssouci? Es wird der sicherste Ausflug eures Lebens sein, mit Geleitfahrzeugen wie beim Bundeskanzler. Auf dem Weg ladet ihr mich in der Keithstraße ab. Ich muss nämlich an die Stanze.«

»Ach nee, Mam«, protestierte Jim. »Du musst heute nicht arbeiten.«

»Leider doch.«

»Mam?«

»*Oui?*«

»Willst du deinen Sohn verlieren?«

»*Non.* Aber wenn du mich erpressen willst: There's no chance. Tut mir leid, mein Sohn, aber es gibt keinen anderen Weg.«

»Illegaler Organhandel«, sagte Lüders, »das ist ja ein völlig neuer Aspekt.«

»Könnte aber zutreffen«, sagte Diethelm. »Bender brauchte dringend eine Spenderleber.«

»Eben.«

»Was?«

»Legasthenie«, sagte ich. »Mein Sohn soll angeblich legasthenisch sein.«

»Na und?«, sagte Diethelm. »Legastheniker haben zu viel Fantasie. Deswegen können sie nicht akzeptieren, dass es Sprachregeln gibt.«

»Woher weißt du das?«

»Aus dem Fernsehen.«

»Stimmt übrigens nicht in jedem Fall«, sagte Lüders, der auch ein Fernsehzuschauer war. Ein *téléspectateur.* So schlecht war mein Französisch gar nicht. »Aber auf Jim trifft es zu.«

»Ihr müsst mir keinen Honig ums Maul schmieren«, sagte ich. »Die Begabungen und Schwächen meines Sohnes sind mir durchaus bewusst. Also, wie gehen wir vor?«

»Ich würde gern in die Koloniestraße fahren«, sagte Diethelm.

»Murat? Und der andere? Serkan?«, fragte ich. »Heute ist Sonnabend, die Bengels sind auf der Piste.«

»Jetzt noch nicht«, sagte Diethelm, der ebenfalls einen Sohn im problematischen Alter hatte, in dem die Füße schneller wachsen als der Verstand. »Die pennen.«

»Êtes-vous sûr?«

»Absolut, Lena«, sagte Diethelm. Ich griff zum Telefon und bestellte bei der Fahrbereitschaft einen Wagen mit Chauffeur.

»Drecksgegend«, sagte Polizeiobermeister Hagen, der unseren Wagen lenkte. »Nur beschissene Türkenbanden.«

»Falsch«, sagte ich. »Es gibt hier auch Polen, Russen, Libanesen, Albaner und andere. Für die BILD-Zeitung sind das womöglich alles Türken. Sie sollten sich besser informieren, Obermeister.«

»Ich fahre nur. Wenn Sie die Meinung der Basis nicht wissen wollen, Frau Wertebach ...« Der POM zog eine Schnute. »Sie leben ja in höheren Sphären, wie man in der Zeitung lesen kann.«

»Frau Kriminalhauptkommissarin Wertebach lebt in keiner anderen Sphäre als Sie«, sagte Diethelm. Unser Aktenhalter war eigentlich ein wortkarger Mensch. Dass er mir zur Seite sprang, tat mir wohl. »Wenn Sie nur fahren, müssen Sie auch nicht sprechen.«

»Diethelm«, sagte Lüders, »du hältst ja heute Vorlesungen. Was ist denn los mit dir?«

»Ich muss mich abreagieren. Eigentlich wollte ich nämlich mit meinem Sohn zum Angeln fahren. Stephan hat sich sehr darauf gefreut.«

»Tut mir leid, Diethelm.«

»Du musst dich nicht entschuldigen, Lena. Dienst ist Dienst und Schnaps ist Schnaps.«

»Wir können ja mal einen zusammen trinken«, sagte ich.

»Lena, du kennst mich doch. Ich trinke nur zwei Mal im Jahr. An Johannes' Geburtstag und an dem Tag, an dem mein Anglerverein eine Fete gibt.«

»Sie haben aber langweilige Mitarbeiter«, sagte Hagen trotz des von Diethelm verhängten Sprechverbots.

»Total langweilig. Sie schlagen und foltern keine Beschuldigten, sie ficken nicht mit Zeuginnen, sie saufen nicht. Wenn Sie also Karriere machen wollen, bewerben Sie sich bloß nicht bei einer Mordkommission.«

Beim Frühstück hatten wir leise Radio gehört, weil mich die Nachrichten und die Wettervorhersage interessierten. Die Meteorologen hatten das Graue vom Himmel gelogen. Am späten Vormittag wurde der Himmel blau, und die Temperaturen kletterten wie die Laubfrösche. Seyidli hatte aus Aserbaidschan schönes Wetter mitgebracht.

In der Koloniestraße hatte sich kaum etwas verändert, aber das hatte ich auch nicht erwartet. Im Sonnenlicht wurde der Verfall nur noch deutlicher sichtbar. Die Fassaden einiger Häuser waren schmutzig und leprös wie immer, aber es war ein neues Baugerüst hinzugekommen. Am Samstagvormittag lag die Straße öde und verlassen da. Wir betraten das Haus, in dem Schanowski gewohnt hatte.

Die demolierten Briefkästen waren nicht ausgewechselt worden, im Tordurchgang und auf dem Hinterhof stapelte sich der Unrat, doch nun konnte man genau erkennen, worum es sich handelte. Die weiße Masse stellte sich als Klebstoff heraus. Warum man gigantische Mengen an Klebstoff auf den Hof gegossen hatte, würde wohl immer ein Geheimnis bleiben; wahrscheinlich hatte der Hersteller den Hof als billigen Entsorgungsplatz benutzt.

Auch der Geruch von Katzenurin hatte sich nicht verzogen.

»Übel«, sagte Diethelm. Ich nickte bloß.

»Guten Tag!« Murats Vater deutete sogar eine Verbeugung an. »Ich habe vergessen Ihren Namen leider. Obwohl er in Zeitung stand. Entschuldigen Sie!«

»Macht nichts, Herr Saribas. Ich bin Lena Wertebach. Und das sind meine Kollegen Johannes Lüders und Diethelm Scholz.«

»Guten Tag!«

»Wir bedauern sehr, dass wir Sie an einem Sonnabend stören müssen«, sagte Diethelm.

»Ach, Sie stören nicht. Bitte, kommen Sie herein. Möchten Sie Tee?«

»Gern«, sagte ich und legte bereits im Flur die Schuhe ab. Lüders und Diethelm taten es mir gleich. Herr Saribas führte uns wieder in das Zimmer mit dem großen Teppich und dem Teetischchen. Wir hockten uns nieder, und eine Frau brachte Tee. Es war nicht die Frau mit den Wollsocken und dem Kind.

»Wir möchten mit Murat sprechen«, sagte ich. Herr Saribas nickte und gab der Frau einen Befehl auf Türkisch. Ein paar Minuten später erschien der Junge. Er trug eine Trainingshose mit den berühmten drei Streifen, ein weißes T-Shirt und war barfuß. Eine Begegnung mit einer Nagelschere würde seinen Zehen gut tun, fand ich. Im Übrigen hatte Diethelm Recht gehabt, Murat sah aus, als hätte man ihn aus dem Bett geholt.

»Na, gestern Party gemacht?«, fragte ich.

»Ja.« Der junge Türke hockte sich ebenfalls auf den Teppich, und zwar neben seinen Vater.

»Du wirst alle Fragen der Polizei beantworten«, sagte Herr Saribas.

»Ja.«

»Wart ihr im Blue Cops?«

»Auch. Sind rumgezogen. Zuerst ins Blue Cops, dann ins Dirty Harry.«

»Aha. Kennst du einen Serkan?«

»Klar. Wohnt im Hinterhaus.«

»Gut.« Ich schlug meinen Notizblock auf. »Keine Sorge, über die Drogengeschichten will ich nicht mit dir sprechen. Mir geht es um Schanowski. Um Elmar.«

»Hab ich mir gedacht.«

»Erzähl mal, wie das war«, verlangte Lüders, »damals mit Elmar im Wald.« Wie Johannes es sagte, klang es fast nach einer Romanze.

»Ja, also ... Elmar meinte, er würde 'ne größere Lieferung erwarten und ich soll mitkommen, das Zeug abholen.«

»Drogen, meinst du?«

Murat warf einen Blick auf seinen Vater, dann nickte er.

»Und weiter?«, fragte Diethelm.

»Wir sind durch die ganze Stadt gefahren. Und dann in einen ziemlich großen Wald. Ich habe keine Ahnung, wo genau das war. Irgendwo im Osten. Kam mir schon irgendwie komisch vor.«

»Wie seid ihr gefahren?«

»Erst mal runter. Also nach Süden. Dann rüber in'n Osten.«

»Und hast du nicht irgendwelche Schilder gesehen? Dir Namen eingeprägt, die uns helfen können, den Ort ausfindig zu machen?«

»Erst mal nicht. Später, als ich abgehauen bin.«

»Okay, dann berichte der Reihe nach.«

»Ja, waren wir also in diesem Wald da. Kam dann noch 'n anderer Typ, der auch beim Blue Cops abhängt. Der Bulle, der jetzt tot ist. Er kam mit seinem Jeep.«

»Bender«, sagte ich.

»Exakt.«

»Was geschah dann?«

»Dann ... Also plötzlich haut mir Elmar von hinten eins über die Rübe. Eh, ich dachte, was'n jetzt los? Ist der durchgedreht oder was? Dann noch mal! Ich geh zu Boden, bin aber nicht weg. Und Elmar ... Kommt der doch mit so 'nem Seil oder Strick und will mich fesseln. Ich hab gedacht, das wird jetzt irgendein perverses Spiel oder so. Der ist durchgeknallt, der Typ! Dann höre ich, wie Elmar sagt: ›Hier ist die Ware, die ich dir versprochen habe.‹ Der meinte mich, kapieren Sie? Ich soll irgend 'ne Scheißware sein.«

»Hatten Sie den Eindruck, dass man Sie töten wollte?«, fragte Lüders.

»Ich weiß nicht, was das für 'ne Nummer war. Echt nicht.«

»Haben Sie vielleicht Mist gebaut, Murat?«, wollte ich wissen. »Mal den Stoff nicht korrekt abgerechnet? Etwas in dieser Art?«

»Nein, nie. Ich check's wirklich nicht.«

»Sie sind aber offensichtlich entkommen«, sagte Diethelm.

»Bin ja nicht von vorgestern«, sagte Murat und lächelte. »Bevor Elmar mich fesseln konnte, bin ich schon wieder aufgestanden. Ich war matschig im Kopf, aber laufen konnt ich. Und wie ich laufen konnte! Die Typen haben noch versucht, mich zu erwischen, aber das war nicht drin. Ich wusste zwar nicht, was die vorhaben, aber ich bin um mein Leben gerannt, das kann ich Ihnen sagen.«

»Logisch«, sagte ich.

»Ja, und dann war da irgendwann so 'ne Bushaltestelle. Eh, ich hab gebibbert, dass hoffentlich bald 'n Bus kommt. Dauerte aber, und ich war ganz allein. Scheiße! Aber die beiden Typen haben sich nicht sehen lassen. Ja, und diese Haltestelle, die hieß was mit Kopf. Also mit Rübe.«

»Johannes?« Ich wandte mich an Lüders, denn er hatte einen Stadtplan dabei. Es dauerte nicht lange, bis er fündig wurde. Es gab tatsächlich eine Bushaltestelle, die etwas mit Kopf, also mit Rübe hieß: die Station Rübezahl im Müggelwald.

Nachdem Murat sich Socken und Schuhe angezogen hatte, brachte er uns ins Hinterhaus zu seinem Kumpel Serkan. Wie von dem Libanesen Muhammad angedeutet, handelte es sich bei Serkan um jenen Jungen, der sein Basecap mit dem Schirm nach hinten getragen und mich besonders heftig attackiert hatte. Jetzt, unter den aufmerksamen Blicken seines Vaters, eines Onkels und zweier Brüder, verließ ihn der Mut. Das Alpha-Tier der Ghetto Tigers war auf das Format einer Hauskatze geschrumpft. Die Begegnung mit mir war ihm äußerst unangenehm, und er brachte sogar eine Entschuldigung hervor.

»Ich habe gehört«, sagte ich, »dass du einen besonders engen Draht zu Elmar und Dirk Bender hattest?«

»Wenn es was sehr Wichtiges gab, kamen die immer zu mir«, sagte Serkan. Stolz schwang in seiner Stimme mit.

»Etwas Wichtiges? Was meinst du damit?«

»Geschäfte. Wenn da mal ein Problem war, mal einer von den Jungs nicht tickte, wie er soll ... Ich hab für Ordnung gesorgt.«

»Du bist also eine Art Geschäftsführer der Ghetto Tigers?«, fragte Lüders. Ich konnte nicht erkennen, ob er es ironisch meinte.

»Ja, so was Ähnliches.«

»Und du weißt, wo und wann sich Elmar und Dirk zum ersten Mal begegnet sind?«, fragte ich.

Serkan schüttelte den Kopf. »Ich hab da bloß mal was aufgeschnappt. Wir waren in Dirks Karre unterwegs zu diesem Mahndings da, wo die Pankower immer ihren Stoff gekriegt haben. Die beiden haben sich unterhalten, und da hab ich mitgekriegt, dass die sich bei irgend 'ner Laberveranstaltung im ICC kennen gelernt haben.«

»Was für eine Veranstaltung?«

»Ein Kongress. War irgendwas über so'n Organscheiß.«

»Transplantation?«

»Kann sein.«

»Wann war das?«

»Weiß ich nicht genau. Vor einem Jahr? Vor zwei?«

»Fielen Namen bei dem Gespräch? Badan zum Beispiel? Professor Badan? Oder Kern?«

Serkan verneinte. Sein Vater und die übrigen Verwandten taxierten den missratenen Nachkommen mit einem Blick, der nichts Gutes verhieß. Wir waren nicht die ersten Bullen, die in der Wohnung aufkreuzten, und Polizeibesuch war unerwünscht und schadete dem Ruf. Ich notierte mir, dass sich Bender und Schanowski bei einem Kongress über Organtransplantation im ICC vor einem oder vor zwei Jahren kennen gelernt hatten. Ein Anruf beim Internationalen Congress Center würde genügen, um Näheres in Erfahrung zu bringen. Allerdings bezweifelte ich, dass die beiden Ganoven als offizielle Teilnehmer registriert worden waren. Vermutlich hatten sie nur eine Informationsveranstaltung besucht. Immerhin würden wir eingrenzen können, wie lange sie miteinander bekannt waren.

Ich erhob mich, bedankte mich bei Serkan und seinen Angehörigen, bat den Jungen, uns in der Dienststelle aufzusuchen, dann gingen wir. Noch im Treppenhaus vernahmen wir, dass sich ein großes Geschrei in der Wohnung erhob. Es wurde abgelöst von kläglichem Schmerzgeheul, und wir machten, dass wir davonkamen.

Mittlerweile war auch Jörg Röder in der Keithstraße eingetroffen. Er hatte mir einen Zettel mit den Antworten auf meine nicht sehr tiefsinnigen Fragen auf den Schreibtisch gelegt.

1. Warum hat allein Dirk Bender seine Eltern beim Kauf der Wohnung finanziell unterstützt, nicht auch der ältere und offenbar besser verdienende Halbbruder?

Nach Aussage der Eltern bestand Bender darauf. Da er ohnehin nicht mehr lange leben würde, im Gegensatz zu seinem Halbbruder also keine Zukunft habe, wolle er allein die Eltern unterstützen. Martin solle sich lieber um sein eigenes Leben kümmern. Er hatte wohl vor, ebenfalls eine Eigentumswohnung zu erwerben. Die Eltern sagen, die Brüder hätten sich über die Finanzierung gestritten, aber Dirk habe sich durchgesetzt. Darüber sollen wir mit Martin sprechen.

(M. Bender ist nicht erreichbar. Er hat sich einen Tag, nachdem die Bonner Kollegen ihn befragt haben, krank gemeldet, ist aber nicht zu Hause oder öffnet nicht.)

2. Warum kämpft eine Kämpfernatur nicht um ihr Leben?

Vielleicht ist der Kämpfer müde geworden.

Ich musste schmunzeln. Die zweite Frage hatte ich eigentlich nur mir gestellt, aber unser Jüngster hatte versucht, auch sie zu beantworten. Dass Bender müde geworden war, glaubte ich nicht. Irgendjemand, Schanowski vermutlich, hatte ihm die Hoffnung eingepflanzt, dass sein Leben doch noch zu retten sei, und zwar ohne die aufwändige und schmerzhafte Behandlung, die ihn im jüdischen Krankenhaus erwartet hätte. Zu all den Eigenschaften, die ich Dirk Bender bisher beigelegt hatte, kam wohl noch Naivität hinzu.

Ich rief Röder telefonisch zu mir. Er kam sofort, mit einem Pott Kaffee in der Hand, den er selbst gekocht haben musste, denn Patricia hatte ich in ihrer Wochenendruhe nicht gestört. Die Tasse aus weißem Porzellan trug eine rote Aufschrift: »Dem größten Schatz der Welt«. Ich wusste nicht, ob Röder eine Freundin hatte, doch diese Frage würde ich ihm heute nicht stellen.

»Danke.« Ich tippte auf den Zettel. »Haben Sie schon etwas über Professor Badan?«

»Ein wenig«, sagte Jörg Röder und setzte sich. »Früher hieß seine Familie Badanow.«

»Bitte?« Ich tippte mit dem Bleistift auf die Tischplatte. »Sagen Sie nicht, dass er aus Aserbaidschan stammt.«

»Das wäre zu schön, um wahr zu sein«, meinte Röder. »Nein, die familiären Wurzeln des Herrn Professor befinden sich im zaristischen Russland. In Sankt Petersburg, und das ist von Baku weiter entfernt als, sagen wir, Jerusalem. Die Familie ist vor Lenin und der Revolution geflohen. Zuerst nach Deutschland, dann in die USA. Eine Verbindung zu Elmar kann es definitiv nicht geben. Jedenfalls nicht über eine gemeinsame Herkunft.«

»Aus welcher amerikanischen Stadt stammt Badan? Vielleicht doch aus Los Angeles?« So schnell gab ich die Hoffnung nicht auf.

»Wirklich aus Salt Lake City. Er hat viele Jahre an der University of Utah gearbeitet und gelehrt. Wissen Sie, wofür diese Uni in der ganzen Welt berühmt ist?«

»Sie werden es mir gleich sagen«, vermutete ich.

»Für das University of Utah Transplant Center. Sie machen dort in Herz, Niere, Knochenmark und sogar in Lunge und bieten ihre Dienste auch international an. Man benötigt allerdings einige Rücklagen ...«

»Ich sehe schon, in dieser Zweiklassenmedizin gehöre ich zur unterdrückten, nicht zur herrschenden Klasse«, sagte ich.

»In den USA sicher. Bei uns sind kommerzielle Organverpflanzungen nach Paragraph siebzehn Transplantationsgesetz zum Glück verboten und können mit bis zu fünf Jahren Freiheitsentzug bestraft werden.«

»Was Sie alles wissen.«

»Ich hab mich eben mit der Sache beschäftigt.« Jörg Röder schlug die Augenlider nieder. Mein Lob machte ihn verlegen.

»Dann sagen Sie mir noch eins: Warum ist Badan nach Deutschland gekommen?«

»Vermutlich wegen seiner Frau. Sie ist Deutsche und hat es in der Mormonenmetropole nicht ausgehalten. Außerdem scheint sie ein erhebliches Vermögen in die Ehe mitgebracht oder viel geerbt zu haben. Die Privatklinik bei Cuxhaven verdankt Badan ihrem Geld.«

Ich würde diesem Mann auf den Zahn fühlen müssen. Zu diesem Zweck musste ich an die Nordsee reisen, hatte dazu aber keine Lust. Mein Kind befand sich in großer Gefahr, und ich musste mich um Seyidli kümmern, der bei mir wohnte. Die Pension Bristol hatte ich ihm nicht zumuten wollen. Sie war zu schäbig, und die Zimmer waren karger möbliert als eine Knastzelle. Daher hatte ich ihm angeboten, seine Zelte bei uns aufzuschlagen. Er hatte sich geweigert, doch war er chancenlos; in einem unbeobachteten Moment hatte ich das Zimmer storniert.

Nachdem Jörg Röder mich verlassen hatte, setzte ich ein langes Fax an KHK Ziegler auf. Ich bat ihn, in den USA Erkundigungen über Badan und Kern einzuziehen. Das Bundeskriminalamt unterhielt sehr gute Beziehungen zu den amerikanischen Kollegen, ihm würde es besser als mir gelingen, die notwendigen Informationen zu beschaffen.

Als ich das Fax in die Maschine schob, um es nach Wiesbaden zu übertragen, beschloss ich, für einen Sonnabend genug gearbeitet zu haben. Ich hatte eine Familie, die ihr Recht forderte. Das galt auch für Lüders und Diethelm, und Röder hatte womöglich eine Freundin, für die er der größte Schatz der Welt war. Ich schickte meine Mitarbeiter nach Hause und ließ mich von POM Hagen klüger, als ich am Vormittag aufgebrochen war, in die Aroser Allee bringen.

Margrete und Seyidli saßen in der Küche. Sie hatten eine Flasche Wodka zwischen sich und unterhielten sich auf Russisch, ich verstand also kein Wort. Mein größter Schatz bekam einen Kuss, dem Polizeiinspektor nickte ich zu. Margrete berichtete mir, dass Seyidli und Rudi begeistert von Sanssouci gewesen waren, Jim nicht. Nichts anderes hatte ich erwartet. Jim hasste, was er olle Steine nannte.

Vor drei Stunden waren meine Liebsten und mein Gast von ihrem Ausflug zurückgekehrt. Margrete hatte Seyidli von ihrem Aufenthalt in der norwegischen Botschaft in Moskau, von der Botschaftsschule, von ihrem Studium und von der Dissertation erzählt. Seyidli schien das alles sehr zu interessieren.

Jim war nicht da. Ich erfuhr, dass er Rudi von daheim abgeholt hatte und mit ihm ins Jugendfreizeitheim gegangen war, zu »Jugend gegen Faschismus«, wie ich vermutete. Offenbar wollte er vor seinen Freunden mit dem Polizeischutz angeben, den ihm der verhasste deutsche Staat angedeihen ließ.

Seyidli hatte zwar schönes Wetter mitgebracht, aber den Tag konnte er nicht verlängern. Vor dem Fenster senkte sich wieder die Dunkelheit über Berlin. Ich begab mich ins Bad, um eine Dusche zu nehmen, bevor auch ich mich dem finnischen Wodka widmete. Mein Handy, das noch in der Jacke steckte, klingelte, als ich den Flur durchquerte. Seufzend ging ich an den Apparat.

»Krüger, Personen- und Objektschutz«, stellte sich der Anrufer vor. »Wir haben hier ein Problem mit Ihrem Sohn.«

Mein Herz krampfte sich augenblicklich schmerzhaft zusammen, die Hand, die den Hörer hielt, begann zu zittern. »Was ist passiert?« Ich rechnete mit dem Schlimmsten und musste mich erst einmal auf den Badewannenrand setzen.

»Entgegen unseren Anweisungen hält sich die Zielperson in einer Discothek auf. Im Blue Cops.«

»Nein.« Meine Stimme war ganz dünn. »Holen Sie ihn sofort raus!«

»Auf welcher rechtlichen Grundlage? Er will nicht. Ich habe drei Leute drin, die nicht gerade mit offenen Armen empfangen wurden. Obendrein führen wir eine Außensicherung durch. Ihr Sohn wird allmählich teuer.«

»Ist er allein?«, fragte ich.

»Nein. Er hat sich vorher mit einem Jungen getroffen. Sie haben sich sogar mit Küsschen begrüßt.«

Dass Jim mit Rudi zusammen war, beruhigte mich etwas; Rudi war vernünftig und würde auf seinen Freund Acht geben.

»Sie könnten ihn rausholen, weil er fünfzehn ist, um diese Zeit aber die Veranstaltungen ab sechzehn laufen«, sagte ich. »Sie könnten den Laden sogar dicht machen. Aber überlassen Sie das der Gewerbeaufsicht. Ich will Aufsehen verhindern. Warten Sie auf mich, ich bin in zehn Minuten da.« Ich beendete das Gespräch und stürzte in die Küche. »Kommt ihr mit? Jim ist im Blue Cops. Das ist ein Club, in dem mit Drogen gehandelt wird.«

»Das will ich sehen«, sagte Seyidli.

»Auf geht's!« Ich warf mir eine Jacke über, nahm die Autoschlüssel von der Ablage im Flur, und zu dritt sprinteten wir los.

Auf der Flottenstraße kam mir der Einsatzleiter des Personenschutzes entgegen, der mich wohl erkannt hatte, weil Jim mir ähnlich sah. Krüger hatte einen Knopf im Ohr und sah wild entschlossen aus, das Blue Cops in Grund und Boden zu schießen. Dass Jim nicht auf ihn hörte, ärgerte ihn maßlos. Mich ärgerte es auch.

Gemeinsam betraten wir das Gewerbegebiet. Schon von außen sah man, dass der Club in einer ehemaligen Lagerhalle untergebracht war. Das Gebäude war aus rotem Backstein errichtet, in den zwanziger Jahren des vorigen Jahrhunderts, schätzte ich. Es hatte große Fenster mit Metallstreben, die vor sich hin rosteten, und der Stein war mittlerweile vom Schmutz und den Einflüssen der Witterung dunkel geworden, fast braun. Über dem Tor war ein großes Graffiti angebracht. Blue Cops, stand dort, und zwei Jungen mit Basecaps und riesigen Ghettoblastern auf der Schulter zwinkerten den Gästen zu.

Mehrere Plakate, die auch an den Nebengebäuden angebracht waren, verrieten mir, dass heute DJ Black Raven die Scheiben auflegte. Ich wusste nicht, ob das ein Star der Szene war, aber von Tautologien hatte er noch nichts gehört. Fünfzehn Euro betrug der Eintritt. Ich fand das sehr teuer für junge Leute, die noch zur Schule gingen, eine Lehre machten oder als Sozialhilfeempfänger auf den Straßen herumlungerten.

Am Einlass traf ich alte Bekannte, Muhammad und drei andere Tigers, nicht aber Murat oder Serkan. Da sie meine Profession kannten, ließen sie uns passieren, ohne dass ich mich ausweisen musste. Schon von draußen hatte ich die laute, wummernde Musik gehört. Der Lärm im Inneren der Halle war ohrenbetäubend. Ich schaute mich um.

Viel Mühe hatte man sich mit der Innenausstattung nicht gemacht. Die nackten Wände waren mit Graffiti übersät. Von der Decke hingen in unerreichbarer Höhe ein paar Polizeiuniformen aus verschiedenen Ländern, deutsche, amerikanische, französische, schwedische und solche, die ich nicht kannte. Mehrere dicke Eisenstangen liefen hoch oben von einer Wand zur anderen. An ihnen hatte man die Scheinwerfer befestigt, die die Szenerie mal in Blau, Grün, Rot oder Orange tauchten. Links von der Tür befand sich hinter einem Drahtgitter der Bartresen. Am gegenüberliegenden Ende der Halle war eine Bühne errichtet worden. Auf ihr machte sich der DJ zu schaffen, ein junger Mann in Jeans und T-Shirt, der zumindest aus der Ferne unscheinbar wirkte.

Meine Aufmerksamkeit erregten drei Metallkäfige, die in größerem Abstand voneinander an der rechten Wand standen. Über ihren Verwendungszweck konnte kein Zweifel bestehen: Eisenketten mit Hand- und Fußfesseln legten von ihm Zeugnis ab. Offenbar wurden hier auch S/M-Partys gefeiert. Im Moment jedoch waren die Käfige leer.

Hier also hielt sich mein Sohn auf, wenn er angeblich das Jugendfreizeitheim besuchte. Hoffentlich musste ich nicht auch noch erfahren, dass er auf Stock und Peitsche stand. Das wäre zu viel für mich.

»*That's a strange world for me*«, sagte Seyidli, der ja auch ein wenig Englisch beherrschte.

»*For me too*«, entgegnete ich.

Es gab nicht eine Sitzgelegenheit in der ganzen Halle. Die jungen Leute standen entweder in Gruppen zusammen, eine Bierflasche oder einen Energydrink in der Hand, oder sie tanzten. Die meisten vollführten Indianertänze, jedenfalls für meine Begriffe. Ich selbst war keine begnadete Tänzerin. Ich tanzte nicht gern, und aus dem Clubalter war ich raus.

»Da ist Jim«, sagte Margrete und wies nach links. Tatsächlich, da war er. Ich erkannte mein Kind nicht wieder.

Jim trug jene Stammeskleidung, die man Clubwear nannte und die er vor mir versteckt haben musste, denn ich hatte sie noch nie gesehen. Sweatshirt und Hose waren überweit und überlang, aber das gehörte offenbar zum Style. Er hatte sein Haar wie beim Empfang Seyidlis mit Gel vollgeschmiert, und die verklebten Haarbüschel bildeten kleine Antennen, über die er wohl mit Außerirdischen kommunizierte. Obwohl ich überaus gereizt war, erkannte ich doch an, dass mein Sohn sehr schön war. Und er konnte tanzen.

Seine Bewegungen waren leidenschaftlich und geschmeidig, und um seinen Hüftschwung hätte ihn jede alternde Diva beneidet. Ich betrachtete ihn eine Weile und stellte fest, dass er von den Zehen bis in die Haarbüschel voll Erotik steckte. Mein fünfzehnjähriges Kind sah einfach geil aus, und Jim war es auch. Ich hatte Angst um ihn, denn es gab genügend Schweine, die auf solche Jungs standen, ihre Naivität ausnutzten und sie kaputt spielten. Wenn mein Sohn in die Hände eines solchen Schweins geriet, würde ich es mit all meiner Macht zerstören. Aber dann war es zu spät.

»Hier brennt die Luft«, sagte Margrete. »Mir gefällt das.«

Ich entdeckte Krüger, der zu drei Männern getreten war, die sich bei den Käfigen aufhielten. Mit ihnen wechselte er ein paar Worte, dann schauten sie alle zu mir. Ich war die Kriminalbeamtin, aber ich war auch die Bürgerin Lena Wertebach. Die Bürgerin war im Augenblick sehr froh, dass ihr der Dienstleister Polizei zur Verfügung stand. Allerdings war mir bewusst, dass man nicht so einen Aufwand betrieben hätte, wäre Jim nicht der Sohn einer Kommissariatsleiterin. Für sich selbst tat die Polizei gern mal etwas mehr, als das Polizeiaufgabengesetz vorschrieb.

Ich blickte wieder zu Jim. Seine Bewegungen waren heftiger geworden, aber auch unkoordinierter. Zuerst hatte ich den Eindruck gehabt, dass er für sich allein tanzte und sich an seinem Körper und dessen Wärme und Beweglichkeit erfreute. Nun wurde ich gewahr, dass seine Schritte, Drehungen und Hüpfer einem blonden Jungen galten. Der Knabe war etwas älter als mein Kind. Plötzlich ging Jim auf ihn los. Er umhalste ihn, küsste seine Wangen und biss ihm in den Hals. Mir blieb die Spucke weg.

Der blonde Junge versuchte, sich aus Jims Umklammerung

zu befreien. Sie war ihm unangenehm, denn immerhin waren auch jede Menge Gazellen da. Doch Jim gab ihn nicht frei.

»Sieht jemand von euch Rudi?«, schrie ich meine beiden Begleiter an. Ich spürte, dass ich krächzte wie ein Rabe.

»Nein«, sagte Margrete. »Ich glaube, Rudi ist gar nicht da.«

Krüger drängte sich durch die Tanzenden zu uns.

»Sollen wir eingreifen?«

»Noch nicht. Schaffen Sie mir den Inhaber her.«

»Tozlu? Der kommt immer nur zum Kassieren.«

»Verfassen Sie den Bericht an die Gewerbeaufsicht?«

»Mit Vergnügen. Aber Sie müssen eine Zeugenaussage machen, die ZP... Ihren Sohn betreffend.«

»Ich schreibe Ihnen eine Sachverhaltsdarstellung«, sagte ich.

»Prima.« Einsatzleiter Krüger kehrte zu seinen Mitarbeitern zurück.

»Willst du den Laden etwa schließen, Lena?«, fragte Margrete. Sie wippte mit den Füßen im Takt der lauten und, wie ich fand, einförmigen Musik.

»Das kann ich nicht. Ich kann's nur empfehlen, und das werde ich tun.«

»Warum? Die Teenies vergnügen sich. Warum willst du ihnen den Spaß verderben?«

»Es ist ungesetzlich, Fünfzehnjährige in Veranstaltungen einzulassen, die erst ab sechzehn sind. Das steht im Jugendschutzgesetz. Außerdem ist das hier ein Drogenladen.«

»Manchmal bist du total spießig.« Margrete trat zwei Schritte von mir fort.

»Du hast immer gewusst, dass du eine Polizistin liebst«, erwiderte ich.

»Dein Sohn ist glücklich, Lena! Aber mach, was du willst. Ich gehe auch tanzen.« Meine Liebste ließ mich stehen.

»*Is there a problem?*«, wollte Seyidli wissen.

»Wir greifen jetzt zu«, sagte ich. Sofort schämte ich mich, selbst in einer Situation, in der es um meinen Sohn ging, Bullenslang zu benutzen. Seyidli verstand nicht und zog das Pocketwörterbuch Azeri-Deutsch/Deutsch-Azeri aus der Innentasche seines schicken Jacketts. Meine Norwegerin mutierte auf der Tanzfläche zur Squaw. Ein paar dunkelhäutige Jungs applaudierten. Nun war ich auch noch eifersüchtig.

Seyidli blätterte verzweifelt in seinem Wörterbuch. Das gab mir Zeit, mich etwas abzukühlen. Ich schämte mich noch immer. Meine Entscheidung nahm ich nicht zurück.

»Mam!« Jim sprang von mir fort und rempelte andere Tänzer an. Ich hatte mich mit Krüger zwischen sie begeben, um eine polizeiliche Maßnahme durchzuführen. »Nein, Mam! Bitte, bitte nicht!«

Ich schaute meinem Sohn in die Augen. Die Pupillen waren riesig. Er schwitzte, an seinem Hals hatten sich hektische Flecken gebildet, die Schlagadern pumpten angestrengt Blut. Jim hatte etwas eingenommen, das sah ich sofort. Ich griff nach seinem Arm, zog ihn gewaltsam zu mir und fühlte den Puls. Jim glühte. Der Puls raste, und in meinem Hirn rasten die Gedanken. All mein Wissen über Drogen explodierte in meinem Kopf. Dehydration, dachte ich. Hyperthermie. Herzstillstand. Paranoia, Halluzinationen, Amnesie und Psychose.

»Wir gehen!«

»Nein!«

»Und wenn dir mein Kollege Handschellen anlegen muss, wir gehen jetzt.« Ich zeigte auf Krüger. Der nickte. »Wer ist das?« Mein Finger vollzog eine Neunzig-Grad-Drehung und blieb bei dem blonden Jungen stehen.

»Marcin«, sagte Jim.

»Wer?«

»Marcin. Ich liebe, liebe, liebe ihn.« Jim sang es.

»Mit meinem Sohn werde ich allein fertig«, sagte ich zu Krüger. »Nehmen Sie Marcin fest.«

»Auf welcher Basis?«

»Drogenhandel.«

»Beweismittel?«

»Können Sie das Arschloch nicht einfach festnehmen?«

»Natürlich nicht.«

»Dann schlagen Sie ihn wenigstens zusammen!«

»Tut mir leid, Kollegin, zu viel Öffentlichkeit.«

»Ach, Scheiße!« Ich baute mich vor Marcin auf. »Sie sind ein Kumpel der Ghetto Tigers? Und kennen meinen Sohn? Das wird Sie teuer zu stehen kommen.«

Marcin drehte sich mehrmals um die eigene Achse. »Was willst du, Schlampe?«

»Krüger«, ich schrie, »das ist Beamtenbeleidigung.«

»Kollegin, ich glaube, Sie sind im Moment zu sehr selbst betroffen. Nehmen Sie Ihren Sohn und verschwinden Sie diskret. Wir regeln den Rest, okay?«

»Ich könnte einen Kühlschrank ficken«, brüllte Jim. »Gebt mir einen Kühlschrank, *my friends*. Ich ficke ihn, bis er Kinder kriegt.«

Da ich mich nicht in der Lage fühlte, Auto zu fahren, hatte ich die Schlüssel Seyidli gegeben. Seyidli chauffierte uns behutsam zum nächstgelegenen, zum Humboldt-Krankenhaus. Jim und ich saßen auf der Rückbank. Ich streichelte unablässig die Hände meines Sohnes und gab Seyidli in einem mir selbst unverständlichen Sprachmix Anweisungen. Er fuhr in stoischer Ruhe und fand das Ziel.

»Mam, Mam, Mam«, sagte Jim. Er war total überdreht. »Ich will ... Ich will ... Marcin! Der ist ... also echt ... total ... Können wir nicht umkehren?«

»Ich glaube, dass wir nicht umkehren werden«, sagte ich.

»Männer sind Schweine«, sang Jim und legte seinen Kopf an meine Schulter. »Das ist doch der totale Wahnsinn, Mam! Diese Bullen!« Er lachte laut. »Exakt, exakt, exakt! Ich muss kotzen.«

»Monsieur Seyidli! *Please … Voilà?* Halten Sie doch bitte!«

Aber es war zu spät. Jim kotzte in den Schoß, aus dem er in die Welt gekommen war.

»Was hat er genommen?«, wollte DM Schölzel wissen, der in der Notaufnahme des Humboldt-Krankenhauses den Platzhirsch spielte. Er wirkte müde und desinteressiert.

»Das weiß ich nicht. Drogen vermutlich.« Ich zeigte DM Schölzel meinen Dienstausweis. Zu irgendetwas musste die Pappe doch gut sein. War sie auch.

»Wir tun unser Bestes«, gelobte der Diplommediziner. Das hätte ich ihm ohnehin geraten. Jim verschwand auf einem Krankenbett im Ordinationszimmer. Ich fühlte mich echt total beschissen, ich hatte Angst, dass mir mein Kind wegstarb.

»Can I do anything for you?«, fragte Seyidli.

»Your English is perfect«, sagte ich und wischte mir Tränen aus den Augen.

»No, no, no.« Der Polizeiinspektor schüttelte den Kopf. *»I can … In some difficult situations … Is it a correct English? I'm not sure.«*

»Sprechen Sie einfach«, bat ich ihn. »Reden Sie, das beruhigt mich.«

»In schwierigen Situationen wächst man über sich hinaus. Da kann man sogar Deutsch.« Seyidli blätterte lange in seinem Wörterbuch, bevor er sich der Herausforderung gewachsen fühlte. »Dein Sohn … werden gesund«, sagte er.

»Êtes-vous sûr?«

»Absolutely«, sagte Seyidli. Mein Handy schlug an.

»Wertebach.«

»Krüger. Wir haben gerade die Drogenfahndung hinzugezogen. Der Laden wird jetzt aufgeräumt. Wie Sie es wollten, haben wir auch die Gewerbeaufsicht mobilisiert. Obwohl Sonnabend ist und die keine große Lust hatten. Momentan sind mehr Bullen im Blue Cops als Gäste. Das haut richtig rein. Nur eine Frage: Was sollen wir mit Ihrer Freundin machen?«

»Können Sie sie durch die Netze schlüpfen lassen?«

»Klar, kriegen wir hin. War mir eine Ehre, mit Ihnen arbeiten zu dürfen. Wir hauen hier alles kaputt. Das macht Spaß. Tschau!«

»Wollen Sie ihn mitnehmen?«, fragte DM Schölzel.

»Ja, geht denn das? Muss er nicht behandelt werden?«

»Nein, so schlimm ist es nicht. Wir haben ihn sediert. Was er eingeworfen hat, weiß ich nicht, und ich denke mal, dass Sie es auch nicht so genau wissen wollen. Würde nur Ärger machen.«

»Er muss nicht bleiben?«

»Nein. Aber er ist ziemlich schlaff. Sie werden ihn tragen müssen.«

»Ich trage ihn bis ans Ende der Welt«, sagte ich.

»Den Text kenne ich. Das sagen alle Mütter. Aber die meisten sind besoffen, wenn sie es sagen, und werfen ihr Kind draußen auf den Müll. Drogen machen mich überhaupt nicht mehr an. Wenn Sie eine gute Psychotherapie für Ihren Junkie wollen, im Jüdischen Krankenhaus gibt's die. Und nun entschuldigen Sie mich. Jim kommt durch.«

»Mam?«, fragte das schläfrige Kind, das in meinen Armen ruhte. Seyidli fuhr uns, und er fand den Weg ohne Anweisung.

»Ich bin da.«

»Mir geht's nicht gut, Mam.«

»Ich weiß. Du hast mich vollgekotzt.«

»Echt?«

»Ja.«

»Schlimm?«

»Nein.«

»Ich will pennen.«

»Du darfst so lange pennen, wie du willst.«

»Wer is'n das eigentlich, der unser Auto fährt?« Jim kniff die Augen zusammen, um unseren Fahrer zu erkennen. »Pelzmütze?«

»Korrekt. Herr Seyidli.«

»Hugo und der Russe verstehen sich?«

»Hugo fährt ohne Widerspruch.«

»Mam?«

»Jim?«

»Ich will nach Hause, Mam.«

10

Die ganze Nacht konnte ich nicht schlafen. Seyidli, der auf der Wohnzimmercouch nächtigte, zersägte die Tundra, aber das störte mich nicht. Auch dass Margrete nicht kam, bedeutete mir wenig. Ich war sicher, das ich mich auf Krüger verlassen konnte. Wahrscheinlich war sie versackt.

In dieser Nacht gab es nur einen Menschen, der mir wichtig war: mein Sohn. Jede halbe Stunde schlich ich auf Zehenspitzen zu ihm. Er hatte schwere Träume, strampelte ständig mit den Beinen, warf sich hin und her, sabberte und stöhnte. Ich hockte mich auf die Bettkante, streichelte ihn und gelobte, nur noch für ihn da zu sein. Doch aus dem Hinterkopf kroch wie eine Spinne die Frage in mein Bewusstsein, wie ich das bewerkstelligen wollte. Ich konnte meinen Job nicht aufgeben. Ich konnte nicht wieder heiraten, um Jim einen neuen Vater zu beschaffen. Alles würde bleiben, wie es war.

Kurz nach halb sieben kam Jim zum ersten Mal zu sich. Er schaute mich an und erkannte mich nicht. »Marcin?«, fragte er, drehte sich um und schlief wieder ein.

Seyidli rumorte im Wohnzimmer. Ich hörte, wie er aufstand, durch den Flur ins Bad ging und furzte. In dieser Hinsicht unterschied er sich nicht von anderen Männern. Mehr als dreißig Jahre Arbeit bei der Polizei hatten auch bei ihm dazu geführt, dass er nicht mehr ausschlafen konnte.

Seyidli nahm offenbar eine kalte Dusche und beschimpfte die Duschvorrichtung. Das machte ich auch. Jim wurde abermals wach.

»Mam, bist du da?«

»Ja.«

»Muss ich zur Schule?«

»Nein, heute ist Sonntag.«

Jim murmelte etwas Unverständliches und verschwand noch einmal in die andere Welt. Seyidli stritt mit dem kalten Wasser. Ich legte eine Hand auf die Brust meines Sohnes. Obwohl er schwitzte, war seine Haut sehr kühl. Ich blieb bei ihm, bis die Leuchtdioden seines Videorecorders 08:33 verkündeten. Da erst ging ich zu Seyidli.

Der Polizeiinspektor lag auf der Couch, knabberte an einem Jahrtausende alten Baguette und schaute Télé 5.

»Also die Franzosen haben Sorgen!«, sagte er und schüttelte den Kopf. »Luxussorgen, die kein Aserbaidschaner verstehen würde. Alles allright mit Jim?«

»Ich denke, er hat es überstanden«, sagte ich.

»Wie sagen Sie auf Deutsch? Gott sei Dank?«

Ich nickte, ging in die Küche, kochte Kaffee und brachte Seyidli eine Tasse. Dann kehrte ich zu Jim zurück. Er war wach und schaute mich mit schuldbewusster Miene an.

»Ich möchte etwas wissen, Jim«, sagte ich, setzte mich aufs Bett und stellte die Kaffeetasse auf den Teppich. »Und weiche mir bitte nicht aus. Womit hast du dich gestern vollgedröhnt?«

»Mit Tina.«

»Womit?«

»Tina. Man nennt es auch Crystal Meth. Ist was Brandneues aus Amerika.«

»Ach, und alles, was brandneu ist, musst du ausprobieren? Hast du Tina gestern zum ersten Mal getroffen?«

Jim schüttelte den Kopf. »Es war das zweite Mal, Mam.«

»Ich habe nichts dagegen, dass du in Clubs gehst und tanzt. Meinetwegen kannst du auch ein Bier trinken, wenn es bei einem bleibt. Aber erstens stört mich, dass du gelogen hast. Und zweitens: Was gibt dir Tina?«

»Eh, Mam, man wird total ... Wie soll ich es ausdrücken?

Man wird glücklich. Du fühlst dich frei und unbesiegbar und ... Es ist, als würde man am Himmel kleben.«

»Und man will Kühlschränke poppen?«

»Genau.« Jim lächelte. Ich mochte es, wenn mein Sohn fröhlich aussah. Aber er war es nicht.

»Bist du denn nicht glücklich ... ohne das Zeug?«

»Mam! Ich hab's zwei Mal probiert. Ich weiß, wie es ist, und ... Vielleicht ist jetzt Schluss damit.«

»Vielleicht?« Ich runzelte die Stirn. »Wer hat dir das Crystal Meth beschafft?«

»Ein Kumpel.«

»Wer, Jim?«

»Marcin.«

»Der ein Freund der Ghetto Tigers ist? Kennst du die etwa auch?«

»Kaum. Ich war noch nicht so oft im Blue Cops.«

»Wie ist Marcin an diesen Stoff gekommen?«

»Mam, das wird ja ein richtiges Verhör.« Jim zog sich die Bettdecke bis zum Hals.

»Das ist ein Verhör«, sagte ich.

»Wenn Marcin Geld braucht, schafft er in 'ner Stricherkneipe an. Die heißt *XXL* und ist irgendwo beim Nollendorfplatz oder so. Aber mach kein Drama draus, Mam. Manchmal geht er eben da hin, um Geld zu kriegen fürs Blue Cops, für seine Kumpels und für Mädels. Einige Zeit hatte er einen Stammfreier. Für drei, vier, fünf Wochen. Das war 'n Ami, der irgend 'ne Scheiße in Berlin gearbeitet hat. Und der hat nicht nur mit Monnies, sondern auch mit Tina bezahlt. Immer 'n halbes Gramm pro Nummer.«

»Wie heißt er?«

»Das weiß ich nicht. Aber wenn ich's wüsste, würde ich's dir nicht sagen. Misch dich da nicht ein, Mam.«

Ich hatte noch etliche Fragen, doch fehlte mir der Mut, sie zu stellen. Lange betrachtete ich meinen Sohn. Nichts außer den Schatten unter den Augen verriet etwas von seinen nächtlichen Umtrieben. Sein Körper war jung, die Einnahme einer mir unbekannten Droge hinterließ keine Spuren, und offenbar erholte er sich rasch. Ich atmete tief ein und aus. Schließlich überwand ich mich.

»Bist du in Marcin verliebt?«

Jim stieß einen Seufzer aus. Er schaute mich an, und seine Augen wurden feucht. »Ich weiß nicht.«

»Das kommt vor«, sagte ich leise.

»Glaub nicht. Ich liebe jemand anderen.«

»Rudi?«

»Mhm. Rudi ist furchtbar eifersüchtig. Dabei ... Wie soll ich dir das nur erklären?«

Ich strich meinem Kind übers Haar, über die Stirn, über Nase und Wangen. Jim entzog sich meiner Zärtlichkeit nicht; an diesem Morgen brauchte er sie. »Erzähl einfach. Niemand wird es erfahren, das verspreche ich dir.«

»Marcin ist drei Jahre älter. Er ... er hat mehr Erfahrung. Rudi ist immer so ... weiß nicht! Vorsichtig. Zart. Und Marcin ... Der hat mich eben einfach genommen.«

»Wie?«

»Ach, Mam, wie denn schon? Wir haben 'ne Line Crystal Meth gezogen, und da ... da wollte ich es. Ich hab drum gebettelt. Marcin ist mit mir in so 'nen Park, hat mich auf den Boden geworfen und ausgezogen und ... War ziemlich brutal. Kalt war's auch. Aber geil, irgendwie.«

»Was hat er dir angetan?«

»Er ... Mam, ist das nicht klar? Er hat mich ...«

»Ja?«

»Genommen eben.«

»Was?« Mir traten die Augen aus den Höhlen. »Was hat er?« Ich presste meinen Sohn an mich. Ihn, das Opfer einer Vergewaltigung. Einer Straftat.

»Wie schon? Mam, ich will das nicht erzählen. Du musst doch wissen, wo man einen Jungen ... Und ich hab's gewollt. Hundertpro.«

»Weil du unter Drogen standest.«

»Vorher schon.« Jim entwand sich meinen Armen und setzte sich aufrecht. Seine großen Füße, die mich viel Geld kosteten, baumelten von der Bettkante. So saßen wir nebeneinander, Mutter und Sohn, in dieser Stunde der Bekenntnisse. Mir war beklommen zumute, aber ich freute mich auch, dass Jim mir vertraute. »Rudi macht das nicht. Er hat immer Angst, mir wehzutun. Aber Mam, ich wollt mal wissen, wie das ist. Marcin hat's mir gezeigt.«

»Und wie«, meine Stimme war rau wie nach einer Flasche Whisky und vierzig Zigaretten, »wie war es?«

»Hat wehgetan«, sagte Jim. »Wie ich's mir vorgestellt habe.«

»Du wolltest, dass es wehtut?«

»Ein bisschen.« Jim warf sich an meine Brust. Mein Fünfzehnjähriger verwandelte sich in den kleinen Jungen, der bei seiner Mama Schutz sucht, Schutz vor seinen wilden Fantasien und Schutz vor einer Welt, die sie ihm erfüllt hatte. »Rudi krieg ich auch noch dazu ... Mam, du weißt doch alles. Das weißt du doch, auch wenn wir ... wenn ich dich immer verscheißert habe. Rudi kann so was ja nicht. Leute verscheißern, mein ich. Er ist so ... Muss man ihn nicht lieb haben?«

»Unbedingt«, sagte ich. Meine Bluse war über der rechten Brust ganz nass. Es machte mich glücklich.

»Aber Rudi ...«

»Darf ich's mal bullenmäßig ausdrücken?«, fragte ich.

»Klar doch.«

»Zwischen deinen«, ich musste mich sehr zusammenreißen, um klar sprechen zu können, »zwischen deinen sexuellen Fantasien und dem ... dem Sex mit Rudi gibt es ... klafft ein Widerspruch?«

»Rudi ist der, den ich liebe«, sagte Jim. »Den lieb ich schon so lange ... Und er ... Mam, es ist so schön. So ... so ... Du hast doch immer die Erklärung für alles ... so ...

geil? ... Nee, Mam, wenn ich Rudi verliere, gehe ich kaputt.«

Ich küsste ihn aufs Haar. Und ich hielt ihn so fest in meinen Armen, als würde er morgen für immer von mir gehen.

»Sag's ihm«, riet ich Jim, »sag ihm, was du möchtest. Ich kenne Rudi auch ein wenig. Er ist so furchtbar feinfühlig, dass ... Mag sein, dass seine andressierte ... also seine ihm von seinen Eltern vermittelte Feinfühligkeit ... Feinfühligkeit ist ja auch nichts Schlechtes ...«

»Mam«, fragte Jim, »was willst du sagen?«

»Frag ihn nach seinen Leidenschaften. Was er will. Und wie. Wie er's will. Und dann erkläre ihm, wie du es möchtest. Ihr seid so gute Freunde, ihr könnt ... Ihr schlaft doch schon ziemlich lange miteinander.« Es war heraus. Und es war nicht schwierig gewesen, es auszusprechen.

»Seitdem wir zwölf sind«, sagte Jim.

»Crystal meth oder Tina?«, vergewisserte sich Kriminalrat Pastewka. Der Tag hieß Montag, ich saß brav an meinem Schreibtisch. »Wird auch Crank, Tweak oder Glass genannt? Ich hab davon gelesen. Ist 'ne neue Modedroge in den USA und Großbritannien, vor allem in der schwulen Subkultur. Dass es auch schon in Berlin angekommen ist, das ist mir neu.«

»Was ist Tina für ein Dreck?«, fragte ich.

»Ein Methamphetamin«, sagte Pastewka. »Wirkt wie Ecstasy, nur viel stärker. Wenn ich mich recht entsinne, ist es in Pulverform auf dem Markt. Ein weißes Pulver wie Kokain. So wird es meines Erachtens auch konsumiert.«

»Verdammt!«, rief ich und schaute zu Lüders. Johannes starrte mich fragend an. Niemandem in meinem Kommissariat hatte ich von Jims Drogenerfahrungen erzählt.

»Warum wollen Sie das eigentlich wissen?«, erkundigte sich Pastewka.

»Interessehalber«, sagte ich.

»Wenn Sie Informationen haben ...«

»Ich bin mir nicht sicher«, sagte ich. »Natürlich erfahren Sie es als Erster.«

»In Ordnung. Übrigens war ich vorgestern Nacht mit ein paar von meinen Leuten im Blue Cops. Wir haben Cemal Tozlu festgenommen. Die Gewerbeaufsicht war auch dort. Und ein gewisser Krüger ...«

»Herr Pastewka?«

»Ja, das bin ich.«

»Müssen Sie alles wissen?«

»Eigentlich ja.«

»Wirklich alles?«

»Vielleicht unterhalten wir uns erst einmal unter vier Augen über die Sache«, schlug Pastewka vor. »Sozusagen privat. Es handelt sich ja wohl um eine Privatangelegenheit?«

»Kann man so sagen. In drei, vier Tagen stehe ich zu Ihrer Verfügung. Ich gehe nämlich auf Dienstreise. An die Nordsee.«

»Wie schön«, sagte Pastewka. »Nehmen Sie Gummistiefel mit und machen Sie eine Wattwanderung.«

»Dafür wird mir die Zeit fehlen«, sagte ich. »Ich melde mich. Wiederhören!« Da saß ich mächtig in der Tinte. Natürlich hatte Krüger den Drogenleuten brühwarm aufgetischt, dass mit meinem Sohn etwas nicht gestimmt hatte. Hinzu kamen meine Fragen; Pastewka konnte sich an fünf Fingern abzählen, was das alles zu bedeuten hatte. Jim hatte mich eindringlich gebeten, Marcin keine Schwierigkeiten zu machen. Daraus würde wohl nichts werden.

Am Dienstag brach ich in aller Herrgottsfrühe auf. Die Fahrbereitschaft hatte mir für meine Reise nach Cuxhaven einen klapprigen Golf zur Verfügung gestellt, dessen Kupplung hakte, wenn man den zweiten Gang einlegen wollte. Ich ließ den alten Kasten stehen und nahm Hugo, der sich viel zu oft am Straßenrand langweilte. Er war überglücklich und preschte über die Autobahn, so schnell er es vermochte. Doch Hugo war kein Sportwagen. Er schaffte mit Rückenwind gerade mal hundertsechzig, und so hielt ich mich überwiegend auf der rechten Fahrspur auf. Alles, was einen größeren Hubraum hatte, zog an mir vorbei.

Ich fuhr für mein Leben gern und genoss es, mit ein paar schlichten Handgriffen eine derart komplexe Maschine wie ein Auto zu beherrschen. Eine meiner Lieblingsübungen war das Einparken. Im Allgemeinen sprachen Männer den Frauen die Fähigkeit ab, ein Auto korrekt an den Straßenrand zu bugsieren. Ich schaffte die knappste Lücke.

Mit dem Einparken verband sich für mich eine schöne Erinnerung, die ich vor allem Frauen erzählte, um mich ins rechte Licht zu rücken. Ich wusste nicht mehr genau, wo und wann es mir widerfahren war, aber irgendwo in einem Ostberliner Plattenbezirk hatte ich mein Auto zwischen zwei andere gequetscht, und zwar perfekt. Stoßstange an Stoßstange stand ich und war zufrieden, denn da ich hineingekommen war, musste ich auch wieder hinausgelangen. Mit denselben Manövern, nur umgekehrt. Beifall erntete ich für meine Leistung nicht. Im Gegenteil. Ich hatte den Wagen noch nicht abgeschlossen, als ein unrasiertes männliches Wesen auf mich zustürzte und mich lauthals beschimpfte. Seine Tiraden ließen sich dahingehend zusammenfassen, dass er mich für unfähig hielt, ordentlich einzuparken. Als ich nach einer halben Stunde zurückkehrte, wusste ich, was ihn so sehr gereizt hatte. Der Typ saß in dem Auto, das vor meinem stand. Er quälte sich, aber es gelang ihm nicht, aus der Lücke zu stoßen. Ich zeigte ihm, wie es ging. Noch heute war ich darauf ungeheuer stolz.

Als Autofahrerin war ich, wie ich zugeben musste, im Vergleich zu vielen meiner Geschlechtsgenossinnen privilegiert. Ich konnte Dienstfahrzeuge benutzen, und wenn eines von ihnen mit einem Schaden liegen blieb, musste ich nur die Fahrbereitschaft anrufen. Noch nie war mir ein Radwechsel abverlangt worden. Wenn ich überhaupt einmal die Motorhaube öffnete, dann nur, um bei Hugo den Ölstand zu kontrollieren. Und hatte ich einen Mann auf dem Beifahrersitz, war es immer ein Untergebener. Keiner von ihnen hatte sich bislang herausgenommen, meinen Fahrstil zu kritisieren.

Bei Hamburg vertat ich mich. Ich hatte mir die Route genau eingeprägt und der Stadt ausweichen wollen, aber ich landete doch in der City. Langsam kroch ich durch den immer währenden Stau. Erst nach fast anderthalb Stunden lag Hamburg hinter mir. Ich fuhr auf einer Bundesstraße, die als Todespiste berüchtigt war, in gemessenem Tempo über flaches Land, das von breiten, hoch mit Wasser gefüllten Gräben durchzogen wurde. Das Weideland und die Äcker erstreckten sich bis zum Horizont. Rinder und Schafe stopften sich den Bauch voll oder lagen friedlich auf dem kalten Boden, wo sie wiederkäuten oder schliefen. Ich verstand nichts von der Landwirtschaft und hatte erwartet, dass man Rindvieh und Schaf Ende Oktober in den Ställen hielt.

Einmal, ich hatte gerade einen Ort namens Neuhaus an der Oste passiert, entdeckte ich am Straßenrand ein weißes Schild mit schwarzer Aufschrift. »Achtung, freilaufender Bulle! Lebensgefahr!«, war dort zu lesen. Das gefiel mir.

»Siehst du, Hugo«, sagte ich und schlug aufs Lenkrad, »hier hat man noch Respekt vor der Polizei.«

Cuxhaven erwies sich als abartig hässliche Stadt. Ich hatte Fachwerk erwartet, stattliche Kapitänshäuser, windschiefe Fischerkaten. Stattdessen bekam ich Blöcke zu sehen, die an renovierte Neubauten aus der ehemaligen DDR gemahnten. Das Meer war tatsächlich da, die breite Elbmündung und dann die Nordsee.

Patricia hatte für mich in der Pension Zur Kugelbake ein Zimmer gebucht. Die Pension befand sich im Ortsteil Döse, und als ich meinen Wagen entlud, schaute ich die Fassade hinauf. Zimmer mit breiten Balkonen gingen zum Wasser. Ich frohlockte. Doch in der Pension musste ich feststellen, dass diese Zimmer für den Haushalt der Polizei zu teuer waren. Ich bekam einen kleinen Raum im Erdgeschoss mit Blick auf einen Parkplatz. Dort warf ich mich auf das Bett und rief bei mir zu Hause an.

Jim wusste ich bei Seyidli und Margrete in guter Obhut; auch glaubte ich nicht, dass er seine Eskapaden so rasch wiederholen würde. Margrete war am Sonntagabend aus der Versenkung aufgetaucht. Personenschützer Krüger hatte sein Versprechen gehalten und sie ohne Feststellung der Personalien aus dem Blue Cops entkommen lassen. Doch Margrete war so aufgekratzt gewesen, sie hatte noch ein paar Gläser Wein trinken müssen in der Women's Bar, einem Mittelding aus Frauenladen und Club, den Männer nicht betreten durften. Außerdem hatte sie den Ärger über mein Verhalten im Blue Cops heruntergespült. Ich hatte mich nicht verteidigt, schließlich war ihr bekannt, dass mein Sohn und dessen Wohlergehen mir heilig waren und ich in dieser Hinsicht keinen Widerspruch duldete.

Das Telefon läutete neun Mal, dann erst ging jemand an den Apparat. Es war Jim.

»Wie sieht's aus bei euch?«, fragte ich.

»Wie soll's schon aussehen? Margarine hat was gekocht. Lachs mit Risotto. War lecker. Und nun hockt sie mit Pelzmütze im Wohnzimmer. Sie übersetzen Missjöh Seyidlis Akten für dich und saufen Wodka.«

»So früh schon?« Es war erst halb zwei.

»Na, wenn's so weit ist, kannst du ihnen ja 'ne neue Leber einbauen. Damit kennst du dich doch jetzt aus.«

»Und du, mein Liebling?«

»Ich werd 'n bisschen im Internet surfen. Rudi ist auch hier.«

»Habt ihr euch ausgesprochen?«

»Noch nicht. Mach ich aber. Er ist heute ganz lieb und schmust wie 'n kastrierter Kater.« Jim lachte. Ich stimmte ein.

Mit der Zeit, die ich von Berlin nach Cuxhaven brauchen würde, hatte ich mich gründlich verschätzt, und nun standen mir ein Nachmittag und ein Abend zur freien Verfügung. Allein zu sein kam bei mir nur selten vor. Immer umschwirrten mich Menschen, in der Dienststelle, daheim und auch im Urlaub. Es war ungeheuer verlockend, fern von Berlin nur mir Rechenschaft ablegen zu müssen, was ich tat und was ich ließ. Ich konnte die verrücktesten Dinge machen, ohne dass jemand mäkelte oder mich bekrittelte. Alles erschien mir reizvoll: ein stundenlanger Strandspaziergang, ein teures Candle-Light-Dinner for one, etwas so Weibliches wie Shopping oder eine ausgiebige Masturbation. Vielleicht würde ich all das tun. Ich öffnete den Koffer, entnahm ihm ein paar alte Jeans, Turnschuhe und eine Regenjacke, dann ging ich zum Wasser.

Der Strand war abgesperrt und von der Promenade aus nicht zu sehen. Nur alle hundert Meter gab es einen Zugang mit einem Wächterhäuschen; in der Saison wurde Eintritt kassiert. Ich fand das pervers. Die Natur war für alle da, hier kostete sie etwas. Zu meinem Glück war die Saison vorbei.

An einem Anschlagbrett studierte ich eine zur Hälfte abgerissene Tidentabelle und stellte fest, dass die Flut ihren Höhepunkt vor sich hatte. Mit einer Wattwanderung würde es nichts werden, aber ich hatte auch nicht das richtige Schuhwerk an. Ich latschte durch den feuchten Sand. Dann sah ich es erneut: La mer. The sea. Das Meer. Gott, war ich kosmopolitisch. Und polyglott.

Die See war grau wie Blei, und man bekam sofort Lust, Patronen zu gießen. Obwohl nur ein schwacher Wind von Nordwest wehte, rang das Meer mit sich selbst und warf beachtliche Brecher an den Strand. Nur sehr wenige Leute waren unterwegs, die letzten Kurgäste wohl oder Menschen, die den Spätherbst liebten. Ich verspürte sofort ein Ziehen in der Herzgegend. Die Nachsaison in einem Seebad hatte immer etwas Wehmütiges, und das graue, unheimlich wirkende Wasser verstärkte noch die Untergangsstimmung. Der Herbst in einem Seebad war die beste Zeit zum Sterben. Man sehnte sich geradezu nach Tod. Ich kehrte um.

Mein Freund Hugo brachte mich in die City, wenn man denn bei einem Nest wie Cuxhaven von einer City sprechen konnte. Dort gab es eine Einkaufsmeile mit allem, was zu einer solchen Meile gehörte: Cafés, Restaurants, Banken und Einkaufstempel. Ich steuerte zielstrebig eine Boutique an, weil ich beschlossen hatte, mir etwas Schönes zu kaufen. Ein Kostüm zum Beispiel, ein elegantes, klassisch geschnittenes Kostüm, dem man schon aus großer Entfernung ansah, dass ich eine mittlere polizeiliche Führungskraft war.

Zwei Verkäuferinnen stürzten auf mich zu. Es war nicht viel Betrieb im sterbenden Oktober.

»Was kann ich für Sie tun?«, fragte die eine der Frauen, die etwas älter war.

Wenn ich Klamotten kaufte, schaute ich mich gern vorher um. Ich mochte es nicht, wenn man mir ein Verkaufsgespräch aufdrängte.

»Nichts«, sagte ich und machte auf dem Absatz kehrt. Das Kostüm, das mir vorschwebte, bekam ich bei C&A zu einem erschwinglichen Preis und ohne Gequatsche. Als ich es in der Pension Zur Kugelbake noch einmal anlegte, gefiel es mir nicht mehr.

Trotzdem behielt ich es an, als ich in den Schwertwal zum Abendessen ging. Da ich klassisch angezogen war, wählte ich auch einen Klassiker: Brathering nach Hausfrauenart mit Bratkartoffeln. Weil Wein nicht passte, trank ich ein großes Schwarzbier. Die Männer von den Nebentischen starrten mich an. Offenbar sah ich begehrenswert aus. Dagegen hatte ich nichts einzuwenden.

Mit den Bratkartoffeln hätte man eine Kompanie ausgehungerter Soldaten versorgen können, der Brathering war nicht anders als in meinem Fischladen, wo er nicht nach

Hausfrauenart hieß. Ich aß artig auf, um gutes Wetter zu erzeugen und weil es mir schmeckte. Als ich den Schwertwal verließ, regnete es.

Ich war gerade einen halben Tag von Berlin fort und mich erfüllte schon eine tiefe innere Ruhe. Die Sorgen um Jim hatten mich ebenso wenig verlassen wie die Gedanken an unseren kniffligen Fall, aber ich hatte das Gefühl, dass es mich im Moment nichts anging. Sollten sich andere darum kümmern. Ich war in Cuxhaven, und wenn man die Augen schloss, war es gar nicht mehr so hässlich.

Am meisten genoss ich, dass ich schweigen durfte. Natürlich ging es nicht ganz ohne Worte. Ich hatte eine Bestellung aufgeben müssen, und an der Rezeption musste ich auch etwas sagen: meine Zimmernummer. In einem Tabakladen hatte ich ein regionales Käseblatt erworben, die ›Cuxhavener Nachrichten‹, und einen Kitschroman, der im Arztmilieu spielte, genau die richtige Einstimmung auf den Besuch bei Professor Badan.

Auf meinem Zimmer kleidete ich mich um. Ich streifte nur ein T-Shirt über, das Jim gehörte, dann warf ich mich erneut aufs Bett. Ich schaltete mit der Fernbedienung das TV-Gerät ein und erwischte noch die ›Tagesschau‹. Der Nachrichtensprecher offerierte mir zum x-ten Male die endlose und öde Geschichte von den Reformplänen einer Regierung, die ich Dummchen gewählt hatte, also nahm ich mir die Zeitung vor. Sie unterhielt mich mit einem Bericht darüber, dass Cuxhaven bankrott war. Bankrott war auch die Hauptstadt. Bankrott war der ganze Staat. Ich gähnte. Deutschland bot überhaupt nichts Neues mehr, außer dem täglichen neuen Mord. Den hatte sogar Cuxhaven zu bieten. Aber es war einer von der langweiligen Sorte: Ehefrau tötet Ehemann nach fünfzehn Jahren langweiliger Ehe, deren einzige Höhepunkte darin bestanden, dass Ehemann Ehefrau misshandelte.

Der Arztroman war grässlich. Obwohl mein Sohn Legastheniker sein sollte, hätte er eine spannendere Introduktion hinbekommen. Ich warf das Buch auf den Boden und zappte mich durch die Kanäle, bis ich bei einem Dokumentarfilm über Eisbären innehielt. Ich hatte schon Dutzende Filme über Eisbären gesehen, ich wusste, dass sie keine Teddys waren, sondern Raubtiere, ich wusste, dass ihr Blut mit Schwermetallen vergiftet war, ich wusste, dass auf Spitzbergen schon die Jugendlichen mit Schusswaffen ausgerüstet wurden, um sich im Fall des Falles gegen einen Eisbären zur Wehr setzen zu können. Ich war umfassend über den Eisbären informiert, aber da es keine Alternative gab, schaute ich mir die BBC-Reportage über die Kinderstube des Eisbären an. Das Eisbärenjunge war, wenn es zur Welt kam, ungefähr so groß wie ein Meerschwein. Das war mir bekannt. Die Mutter kümmerte sich mit großer Liebe um das Junge. Ich hatte davon gehört. Trotzdem fand ich die Szenen, die die BBC mir präsentierte, rührend. Ich war ja auch ein Muttertier. Auch ich verfügte über einen Brutpflegeinstinkt, obgleich ich das Wort Brut für Eisbären und für Menschen unangemessen fand; wir brüteten nicht, wir trugen aus und säugten. Und noch während wir säugten, begannen die Probleme.

»Ach, Jim«, sagte ich. »Als du noch ein Baby warst ...« Sofort unterbrach ich mich. Normalerweise neigte ich nicht dazu, Selbstgespräche zu führen. Ich hatte einen freien Abend. Sehnsucht nach meinem Sohn gehörte nicht zum Programm, also sprang ich vom Bett und ging zum Kühlschrank. Die Pension Zur Kugelbake bot ihren Gästen eine kleine Hausbar zur Nutzung an. Ich nahm ein Fläschchen Wodka, löste den Schraubverschluss und wünschte mich zurück nach Berlin. Mein Mobiltelefon rief nach mir. »Ja?«

»Ziegler hier. Man hört, Sie seien auf Reisen?«

»Bin ich.«

»Ich nicht. Ich hocke wie die sprichwörtliche Spinne in ihrem ebenso sprichwörtlichen Netz.«

»Haben Sie getrunken?«

»Sieben Weizenbier. Aber alles nur für Sie.«

»Für mich?«

»Nachdem ich Ihr interessantes Fax bekommen habe, bin ich mit unserem FBI-Verbindungsmann einen trinken gegangen. Er mag mich, weil er deutsches Bier liebt. Ist nicht so 'ne Plürre wie in den USA. Ach ja, er heißt übrigens ... Es ist die reine Wahrheit, ich kann nichts dafür ... Er heißt Abramov.«

»Noch ein Russe? Das darf doch nicht ...«

»Lang, lang ist's her, Kollegin«, sagte Ziegler. »Sein Großvater war ein hoher Offizier, als Stalin die Rote Armee enthauptete. Grandpa gelang die Flucht, Abramov ist Amerikaner durch und durch. Und er interessiert sich sehr für William Kern.«

»Warum?«

»Kern wird mit Internationalem Haftbefehl gesucht. Für seine Taten kann er auch in den Vereinigten Staaten vor Gericht gestellt werden. Details kriegen Sie, wenn wir in Berlin sind.«

»Sie kommen nach Berlin?«

»Am Freitag. William Kern hat es zwar nicht auf die Liste der *Most wanted* geschafft, aber FBI und U. S. Marshalls kümmern sich um ihn. Sie haben einen Tipp bekommen. Kern wird unter dem Aliasnamen Mark O'Connor, irischer Staatsbürger mit Wohnsitz in Nassau/Bahamas, an einer Tagung des EATCS, des European-American Transplant Coordination System, im ICC teilnehmen. Toll, was? Wenn Sie wieder in Berlin sind, können Sie sich darum kümmern, dass Mister O'Connor rund um die Uhr observiert wird?«

»Das kann ich bereits von hier aus veranlassen.«

»Klasse! Und bitte keinen Zugriff, bevor wir kommen.« Ziegler räusperte sich. »Dieser Doktor William Kern hat ja ein sagenhaftes Leben hinter sich«, sagte er nicht ohne Sarkasmus. »Seine aus Deutschland stammende Familie lebt in der dritten oder vierten Generation in den USA. Die Medizin wurde ihm nicht in die Wiege gelegt, sein Vater ist Farmer in Wisconsin. Doch Little William mochte nicht in die Fußstapfen der Eltern treten, er fühlte sich zu hippokratischen Ehren berufen und studierte Medizin. Aber nicht irgendwo, nein, es musste schon etwas Besonderes sein. Nun raten Sie, wo?«

»Das muss ich nicht, wenn Sie ein solches Brimborium veranstalten. In Salt Lake City.«

»Bingo!« Ziegler freute sich wie ein Schneekönig. »Sein Lehrer war Professor Badan.«

»Nein! Ich springe aus dem Jackett.«

»So etwas tragen Sie? Ehrlich gesagt, ich kenne Ihre Stimme schon lange, aber ich kann mir gar nicht vorstellen, wie Sie aussehen.«

Ich machte von meinem Einlassungsverweigerungsrecht Gebrauch und sah mich nicht veranlasst, mein Äußeres zu beschreiben. KHK Ziegler hatte es auch nicht erwartet.

»Badan hatte an seinem Topstudenten und späteren Mitarbeiter Kern einen Narren gefressen, weil dieser ein German American und der Badan-Clan einige Zeit in Berlin im Exil war. Nach Hitlers Machtergreifung gingen sie nach New York. Das Restaurant, das sie gegründet haben, Vechernij Petrograd, existiert zwar nicht mehr, aber es muss noch heute eine Legende sein. Unser FBI-Verbindungsmann hat selbst russische Vorfahren und stammt aus Brighton Beach; das ist irgendwo im Süden von Brooklyn an der Atlantikküste und wird auch Little Odessa genannt. Von ihm weiß ich das alles. Nach zwei, drei Gläsern German Beer entpuppt er sich als lebendes Lexikon der Russian American Community.«

»Ich habe den Namen des Restaurants nicht verstanden«, sagte ich und tat, als handle es sich um ein akustisches Problem.

»*Vechernij Petrograd?* Das bedeutet: Abendliches Petersburg. Die Russen sind doch furchtbar sentimental. Sie weinen beim Wodkasaufen, weil ihnen so wohl ist, dann weinen sie, wenn der Wodka alle ist, und dann weinen sie über ihren Kater. Die russische Seele ist zu groß, sagt Agent Abramov, und die Wirklichkeit ist zu banal, man muss einfach neunzig Prozent der großen Seele mit Trauer füllen, sonst implodiert sie.«

»Das hat er aber schön formuliert«, sagte ich.

»Oh, er kann noch viel schöner formulieren beim Biertrinken. Doch um auf Kern zurückzukommen, Doc William winkte unter den Fittichen des großen Transplantators eine atemberaubende Karriere. Aber plötzlich entdeckte er eine Veranlagung zum Gutmenschen in sich: Schluss mit dem Hineinwürgen von Herzen, Nieren und Lungen in verfettete, versoffene und kettenrauchende Millionäre und auf in die Dritte Welt, um Gutes zu tun!«

»Das kann nur eine Riesenschweinerei bedeuten.«

»Ja, so sind wir Polypen, wir denken immer nur an das Schlechte im Menschen. Was Doktor Kern in Kolumbien, Brasilien und Kambodscha getrieben hat, weiß nicht einmal das FBI. Hat er die grindigen Beine von Straßenkindern gepflegt? Wohl kaum. Es gibt da einen sehr, sehr bösen Verdacht. Denn seltsamerweise hat er in der Dritten Welt weit mehr verdient, als Ärzte verdienen können, wenn sie nicht gerade die Oberschicht behandeln. Kern kehrte nach Amerika zurück, ins sonnige Kalifornien, wo er sich in der Nähe von Los Angeles ein Haus kaufte. Statt ein sorgenfreies Leben zu führen, trieb ihn die Geldgier, und er verlegte sich auf Börsenspekulationen. Er war nicht erfolgreich. Sein schönes Vermögen schrumpfte und schrumpfte und schrumpfte, also praktizierte er wieder als Arzt. Kern diente sich der ›Azerbaijani Americans Foundation‹ an, als diese Mediziner für ein Krankenhaus in Baku suchte. Der Rest steht in den Akten Seyidlis und in Ihren Akten.«

»Ein ganz schöner Brocken«, murmelte ich.

»Nicht wahr? So, jetzt haben Sie genug Informationen,

um dem Herrn Professor Löcher in den Bauch zu fragen«, meinte Ziegler. »Und machen Sie 'ne schöne Wattwanderung.«

Für neun Uhr hatte Patricia einen Termin mit Badan vereinbart. Höchstens eine Stunde würde der Professor für mich erübrigen können, denn um zehn begab er sich auf Chefvisite. Kurz nach acht saß ich am Lenkrad. Ich trug das neue Kostüm, das ich am Morgen vor dem Spiegel wieder akzeptabel gefunden hatte, ich trug schwarze Strümpfe und schwarze Pumps. Vielleicht würde mein Aufputz Eindruck machen.

Das Krankenhaus des Professor Badan befand sich südlich vom Hamburgischen Seehospital am Rand des Wernerwalds. Da ich eine halbe Stunde zu früh eintraf, umrundete ich erst einmal das Gebäude. Es war ein modernes dreistöckiges Bauwerk, wie ein eckiges Hufeisen um einen Innenhof errichtet, der zur Waldseite offen war. Jedes zum Hof gehende Zimmer hatte einen Balkon. Von ihm aus konnte man den Rasen, die abstrakte Aluminiumskulptur, den Springbrunnen und den Wald sehen.

Die Außenfronten hatten keine Balkons. Hinter den getönten Scheiben machte ich Büros mit Computern aus, Regale mit Chemikalien, ein Labor. Manche Fenster verbargen hinter Milchglasscheiben, was das Personal trieb oder was aufbewahrt wurde. Ich nahm an, dass hier die Funktions- und Behandlungsräume untergebracht waren.

An die Westfront hatte man einen flachen quadratischen Kasten angebaut, der mit dem Hauptbau durch einen Glasgang verbunden war. Ich warf einen Blick in den Gang und entdeckte linker Hand eine Doppeltür mit der Aufschrift »OP Eintritt nur für Personal«. Hinter dieser Tür also wurden Organe verpflanzt.

Mich gruselte. Nicht die Vorstellung, dass Menschen aufgeschnitten wurden, war mir unheimlich, sondern der Gedanke, dass es auch mich treffen konnte. Ich hatte nur zwei Mal in meinem Leben längere Zeit in einem Krankenhaus verbracht: vor und nach meiner und vor und nach Jims Geburt. An meine Geburt erinnerte ich mich natürlich nicht mehr. Was Jim betraf, standen mir noch alle Einzelheiten vor Augen.

Ich hatte Angst, Tage, Wochen, ja Monate in einer Klinik liegen zu müssen. Ich hatte Angst vor langem Siechtum. Ich musste an meine Mutter denken und machte, dass ich zum Haupteingang kam. Waldesruh, so hieß das Hospital. Ich dachte an ewige Ruhe, an das schwarze Loch, in das man am Ende fiel und aus dem man nie mehr zurückkehrte. Vor dem Tod fürchtete ich mich nicht. Mich quälte nur, dass man nicht alle zweihundert Jahre für ein paar Tage auf die Erde kommen konnte, um nachzusehen, wie sie sich entwickelt hatte. Offenbar litt ich an einer leichten Form des Kontrollwahns, für einen Polizeibeamten nichts Ungewöhnliches. Wahrscheinlich wäre es bloß ein großer Schock, wenn man zweihundert Jahre nach dem Ableben aufwachte und erkennen musste, dass die Menschheit alles, wovon sie lebte, noch mehr verdorben und zerstört hatte. Und wenn ich die Möglichkeit der Wiederkehr bekäme, müsste ich feststellen, dass auch mein Kind den Weg alles Irdischen beschritten hatte. Das könnte ich nicht ertragen.

Im Vestibül der Klinik Waldesruh residierte hinter einem gewölbten Tresen eine Empfangsdame, die keinen Kittel trug, sondern einen blauen Blazer. Auf der Brusttasche stand nicht nur ihr und der Name des Hauses, sondern auch der Name der Betreibergesellschaft B&B. Es war eine GmbH.

Nachdem sich Frau Homuth vergewissert hatte, dass ich tatsächlich erwartet wurde, wies sie mir den Weg zur Klinikleitung. Auf einem langen lichtdurchfluteten Flur kamen mir Angestellte entgegen, ebenfalls in blaue Blazer gekleidet und mit einem Namensschild auf der Brust. Alle grüßten höflich.

Topfpflanzen, Sitzgarnituren aus Rattan und abstrakte

Gemälde, wie man sie aus den Kanzleien von Anwälten und Steuerberatern kennt, verwandelten das Gebäude in ein Ferienheim. Dem Professor war daran gelegen, die übliche sterile Krankenhausatmosphäre zu vermeiden. Es roch nicht einmal nach Desinfizienz, sondern nach Sommerwiese, Kaffee und frisch gebackenem Brot.

Ein Klinikchef hatte ein Vorzimmer. Ich klopfe an die Tür und trat ohne Aufforderung ein. Die Sekretärin war damit befasst, Krankenakten zu sortieren. Bevor ich etwas sagen konnte, nickte sie zu einer offen stehenden Tür. Badan kam mir entgegen. Er hatte einen weißen Kittel an.

»Bitte, Frau Wertebach!« Der Professor wies in sein Arbeitszimmer. Er war ein stattlicher Mann von Ende vierzig, Anfang fünfzig, kahl bis auf einen Kranz dünner grauer Haare, noch immer sonnengebräunt und ausgestattet mit einem Dreitagebart sowie einer randlosen Brille. Ich wusste nicht, woher diese Eingebung kam, aber ich war sofort sicher, dass er in seiner Freizeit segelte.

Das Arbeitszimmer war spartanisch möbliert. Es unterschied sich nicht von anderen Ordinationsräumen, war nur viel größer als in einem staatlichen Klinikum. An dem Beratungstisch saß eine Frau, die sich erhob, als ich eintrat. Sie war mindestens zehn Jahre jünger als der Professor, und ihre Frisur war so exakt, als ginge sie jeden Morgen zum Friseur. Am Leib hatte sie ein eierschalenfarbenes Kostüm. Diesem Kostüm sah man sofort an, dass es in einer Boutique erworben worden war, und eher in Paris oder London als in Cuxhaven. Die Frau musterte mich. Keine Bewegung ihrer Miene verriet, was sie von mir hielt. Trotzdem spürte ich sofort, dass sie erkannte, woher mein Kostüm stammte.

»Meine Frau«, stellte Badan vor. Sein Deutsch war fast akzentfrei. »Sie ist Anwältin. Ich hoffe, Frau Wertebach, Sie verstehen, dass ich zu einem Gespräch mit der Kriminalpolizei eine Anwältin hinzuziehen möchte? Ja? Kaffee oder Tee?«

»Kaffee«, sagte ich. Ich nahm an, dass die Gattin für die Gemälde verantwortlich war.

»Bitte einen Kaffee und zwei Tee, Frau Schimmelpfennig«, rief Badan ins Vorzimmer. Dann setzten wir uns. »Wenn Sie sich auf den weiten Weg von Berlin nach Cuxhaven gemacht haben, muss es sich ja um eine sehr wichtige Angelegenheit handeln.«

»Wir ermitteln in einem Fall von Organhandel ... mutmaßlichem Organhandel«, begann ich.

»Da sind Sie bei uns an der falschen Adresse«, fiel mir die angeheiratete Anwältin ins Wort.

»Davon gehe ich aus«, sagte ich. »Es ist nur ... Es gibt ein paar Verbindungen ... Herr Professor, ich bin auf Ihrem Gebiet vollkommener Laie. Können Sie mir erläutern, wie Sie zu den Organen kommen, die Sie implantieren?«

»Oh, sehr gern.« Badan straffte seinen Oberkörper. »Ihnen dürfte bekannt sein, wie hoch der Bedarf an Spenderorganen ist. In Deutschland, in Europa, weltweit. Ich will Sie nicht mit Zahlen langweilen ... Die Wartelisten sind überall endlos lang, der Bedarf kann nicht gedeckt werden. Manche Patienten warten jahrelang, viele sterben vor der Zeit. So ist es leider.«

»Das ist schrecklich«, sagte ich ohne nachzudenken. Ich bemerkte sogleich, wie unaufrichtig es klang. Frau Schimmelpfennig brachte auf einem Messingtablett den Kaffee und den Tee, ein Zuckerdöschen und ein Milchkännchen. Das Porzellan war weiß wie der Kittel des Professors. »Aber wie kommen Sie nun zu einem Spenderorgan?«, fragte ich, nachdem die Sekretärin den Raum verlassen hatte.

»Ein kompliziertes Unterfangen«, sagte Badan. »Es gibt Lebendspender, also Leute, die zum Beispiel einem Familienangehörigen eine Niere zur Verfügung stellen, denn mit nur einer kann man relativ gut weiterleben. Oder Knochenmark ... Aber Ihnen geht es ja um Organ-, nicht um Gewebespenden ... Im Normalfall darf ein Organ erst entnommen werden, wenn zweifelsfrei der Hirntod des Spenders festgestellt wird. Und natürlich muss er zu Lebzeiten sein Einverständnis erklärt haben.«

»Okay«, sagte ich. »Nehmen wir mal an, der Spender hat einen Spenderausweis und einen tödlichen Unfall in ... am Bodensee. Wie gelangt sein Organ nach ... zum Beispiel nach Cuxhaven? Sie müssen ja irgendwie erfahren, dass dieses Organ existiert, beziehungsweise die, die es entnehmen, müssen wissen, dass Sie eins brauchen. Und der Körper des Empfängers darf es nicht abstoßen. Es muss also ... wie sagen Sie das? Passen?«

»Nun, nicht ganz.« Badan lächelte mich an. Es war ein freundliches, beinahe warmherziges Lächeln. »Wir sagen nicht passen, denn wir bauen keine Verschleißteile in Autos ein. Aber was nützen Ihnen unsere Fachbegriffe? Wie kommt das benötigte, was sage ich, wie gelangt das dringend erwartete Organ vom Spender zum Empfänger, wollen Sie wissen? Das ist alles perfekt vorbereitet und ... organisiert.« Der Professor nahm einen Schluck Tee. Ich schaute kurz zu seiner Gattin. Frau Badan lauschte ihrem Mann aufmerksam, als habe sie das alles noch nie gehört. Als sie meinen Blick bemerkte, lächelte auch sie, aber kalt und mit einer Spur Herablassung. Der Professor setzte die Tasse ab. »Es gibt zentrale Datenbanken, an die alle potenziellen Empfänger und auch die Daten von Spendern gemeldet werden. Diese Transplantationszentralen vermitteln dann die Spenderorgane an geeignete Empfänger. Deutschland ist Mitglied der Stiftung Eurotransplant, der auch Holland, Belgien, Luxemburg und Österreich angeschlossen sind. Swisstransplant ist für die Schweiz, Scandiatransplant für die Nordländer zuständig. Frankreich hat in Paris seine eigene Zentrale, weil die Franzosen ja immer aus der Reihe tanzen müssen, und die Briten mit ihrem Hang zu bizarren Abkürzungen haben für sich und Irland die UKTSSA, die United Kingdom Transplant Support Service Authority, in Bristol. All diese Zentralen kooperieren miteinander, und mitunter werden sogar Organe mit Nordamerika ausgetauscht. Grundsätzlich gilt, was sicher zu bedauern ist: Das Abendland bleibt beim Organtausch unter sich.«

»Und wie verhält es sich mit ...«, ich schlug mein Notizbuch auf, »mit dem EATCS, dem European-American Transplant Coordination System? Auch eine bizarre Abkürzung ...«

»Sie sind ja gut informiert«, sagte Badan. Und lächelte. »Wir vermitteln Organe nach und von den Vereinigten Staaten und Kanada. Ich sage wir, weil ich die Ehre habe, diese Institution mitbegründet zu haben und ihrem Aufsichtsrat anzugehören.«

»Dann fahren Sie am Freitag nach Berlin?«

»Ich kann leider nicht und muss einen Vertreter schicken. Manchmal möchte man sich zerreißen. Am Freitag halte ich einen Vortrag auf einem Kongress in Paris.«

Und nimmst deine Frau zum Klamottenkaufen mit, ergänzte ich in Gedanken. Voilà, jetzt war es an der Zeit, vom Allgemeinen zum Konkreten zu wechseln. »Kennen Sie einen Doktor William Kern?«

»Über diesen Herrn sprechen wir nicht gern.« Die Anwältin ging in Habachtstellung.

»Aber Sie kennen ihn.«

»Er war mein Schüler«, sagte Badan. »Ein guter Mann. Hervorragender Chirurg. Nur hat er sich in eine Richtung entwickelt ... Wir haben keinen Kontakt, seit Jahren.«

»Weil er mit illegalem Organhandel zu tun hat?«

»So jedenfalls lauten die Gerüchte.«

»Das FBI und Interpol Baku gehen davon aus, dass es sich nicht nur um Gerüchte handelt«, sagte ich und musste abermals auf meine Notizen blicken. »Tagt das EATCS immer in Berlin?«

»Nein. Wir treffen uns jährlich in einer anderen Stadt. Letztes Jahr in Stockholm, im Jahr davor in Salt Lake City, davor in Toronto.«

»Vor einem oder vor zwei Jahren hat es im Berliner ICC schon eine Tagung gegeben ...«

»Nicht vom EATCS. Es war eine wissenschaftliche Konferenz. Ich habe eine Arbeitsgruppe geleitet.«

»Gab es auch Veranstaltungen für interessierte Laien?«, wollte ich wissen.

»Die Konferenz war öffentlich«, sagte Badan.

Ich legte ihm Elmars Passfoto und ein Bild von Bender vor. »Sind Sie seinerzeit einem dieser Herren begegnet?«

Der Professor schaute sich die Fotos gründlich an und schob sie dann seiner Frau zu.

»Ich glaube nicht«, sagte er. »Es waren sehr viele Leute da, mehrere hundert.«

Ich streckte meine Hand nach den Bildern aus. Frau Badan gab sie mir zurück, mit Widerwillen, wie es mir vorkam. Elmars Foto ließ ich für beide sichtbar auf dem Tisch liegen, Benders steckte ich wieder in den Aktenkoffer.

»Dieser junge Mann, ein gewisser Warssonofi Schanowski, hat bei Ihnen vorgesprochen«, sagte ich und tat so, als handle es sich um eine unumstößliche Tatsache.

»Wann soll das gewesen sein?«, fragte die Anwältin.

»Genau ist es nicht bekannt. Sagen wir, innerhalb der letzten sechs Monate.«

»Nein.« Badan schüttelte den Kopf. »Er war nie hier.«

»Schanowski behauptet, er habe einen Patienten für eine Lebertransplantation bei Ihnen angemeldet. Sogar der Termin sollte schon feststehen.«

»Hier kann nicht irgendjemand irgendjemanden für irgendetwas anmelden.« Der Ton des Chefarztes wurde schärfer. »Eine Leberimplantation ist ein sehr aufwändiger medizinischer Eingriff. Wir machen das nicht jeden Tag. Nein, Frau Wertebach, ich kann mich an jede meiner Lebern erinnern, die geplanten eingeschlossen.«

»Dirk Bender«, sagte ich. »Dirk Bender hieß der potenzielle Patient.«

»Einen Augenblick!« Badan erhob sich und verließ den Raum. Seine Gattin und ich schwiegen uns an, bis es peinlich wurde. Ich rührte im Kaffee, den ich hatte kalt werden lassen, die Anwältin glättete unablässig ihren Rock. Nach etwa zehn Minuten kam Badan zurück.

»Ein Dirk Bender«, sagte er, »stand nie und steht auf keiner unserer Listen.«

11

Den Abend nach meiner Rückkehr aus Cuxhaven hatte ich daheim mit meinen Lieben und unserem Gast verbracht. Ich war nervös gewesen, ohne es mir erklären zu können. Denn nichts war in der Zwischenzeit geschehen. Der Drohanrufer hatte sich nicht gemeldet, Jim hatte kein Geld unbekannter Herkunft in der Tasche, sein Vater hatte ihm keine teuren Geschenke gemacht, und Rudi wirkte nicht mehr so geknickt. Margrete war mit ihrer Dissertation gut vorangekommen und hatte trotzdem Zeit gefunden, sich mit Seyidli zu beschäftigen. Wie ich von Jim bereits erfahren hatte, waren die beiden dabei, die Akten des Polizeiinspektors zum Fall Schanowski und Kern zu übersetzen. Vielleicht war das der Grund: Der Abend war in Harmonie verlaufen, ich hatte das Einschlagen einer Bombe erwartet.

Um acht Uhr morgens versammelte ich mein Kommissariat am Besprechungstisch. Auch der Kriminalist aus Aserbaidschan war dabei. Seyidli verfügte über eine erstaunliche Auffassungsgabe. In den Tagen seit seiner Ankunft hatte er etwas Deutsch gelernt, und wir verständigten uns mit ihm in einem Kauderwelsch aus Englisch, Französisch und unserer Muttersprache.

Es gab etwas Neues von der Spurensicherung, aus dem Labor der PTU und aus der Rechtsmedizin. Jörg Röder hatte die Berichte studiert und fasste die Ergebnisse zusammen.

»Das Tatgeschehen ist abgelaufen, wie wir vermutet haben«, sagte er. »Schanowski wurde am Tattag in Benders Wagen in den Müggelwald gebracht. Nichts deutet darauf hin, dass er gewaltsam in den Cherokee verfrachtet wurde. Dort, wo der Forstweg von der Asphaltstraße zum Müggelturm abgeht, müssen Täter und Opfer ausgestiegen sein. Dann wurde Schanowski von hinten in den Kopf geschossen, mit den Füßen an den Abschlepphaken gebunden, in den Wald geschleift und oberflächlich bestattet. Zum Tatzeitpunkt gibt es keine konkreteren Angaben, das heißt, Schanowski könnte sowohl vor als auch nach Benders Tod ermordet worden sein. Interessant sind die Ausführungen zur Tatwaffe. Sie selbst konnte bisher nicht sichergestellt werden. Wer weiß, wo sie entsorgt wurde, vielleicht ruht sie bis in alle Ewigkeit auf dem Grund des Müggelsees. Drei Tage haben Taucher erfolglos gesucht. Aber wir haben das Projektil und die Hülse. Bei der Waffe handelt es sich eindeutig um eine russische Armeepistole, um eine Makarow.«

»Russenmafia«, platzte Diethelm heraus. Er schmunzelte. Wir alle dachten an Koslowski und begannen laut zu lachen. Nur Seyidli lachte nicht. Er verstand den Witz nicht und schaute uns verständnislos an. »Ich erinnere noch einmal an die Schmauchspuren an Benders Händen«, fuhr Diethelm fort, nachdem wir uns beruhigt hatten. »Bender könnte geschossen haben.«

»Könnte«, räumte ich ein. »Aber stellt euch eine andere Variante vor: Bender und Elmar konnten bekanntlich den Hals nicht voll kriegen. Irgendwann haben sie sich gesagt: Warum sollen wir die Schmutzarbeit für Tozlu erledigen? Wir haben gute Kontakte zu den Pankower Abnehmern und zu den Ghetto Tigers, die Bullen Rathmann und Weihe arbeiten für uns, wir haben so viel in den Händen, bauen wir eine Drogenhandelsstruktur parallel zu Tozlu auf. Solche Konkurrenz konnte der Mann nicht dulden.«

»In diesem Fall«, meinte Lüders, »hätte Bender nicht das geringste Motiv, Schanowski zu töten. Und wir sehen ja tatsächlich keins. Tozlu hätte eine Latte Gründe, sowohl Dirk als auch Elmar den Garaus zu machen.«

»Genau, Johannes«, sagte ich. »Der Mann greift natürlich nicht selbst zur Pistole oder zum Messer, der schickt jemanden.«

»Sie meinen, nachdem es Cemal Tozlu nicht gelungen ist, Bender, Rathmann und Weihe mit der Denunziation beim Verfassungsschutz fertig zu machen, hat er stärkere Geschütze aufgefahren?«, fragte Jörg Röder. Ich nickte.

»Wieso arbeitet eigentlich ein Drogenbaron für den Verfassungsschutz?«, wollte Wiesenburg wissen.

»Der befreundete Dienst ist bei der Auswahl seiner Spitzel nicht sehr wählerisch«, erklärte Lüders. »Tozlu war auf militante fundamentalistische Organisationen angesetzt. Er hat sich, nehme ich an, mit dem Verfassungsschutz eingelassen, damit die Schlapphüte ihre Hand über ihn halten und wegen seiner kriminellen Aktivitäten beide Augen zudrücken.«

»Schweinkram«, sagte Wiesenburg.

»Nein, Sicherheitspolitik«, sagte ich. »Weiter im Text! Nur mal theoretisch: Tozlus Handlanger bestellen Bender unter einem Vorwand zum Ehrenmal und erstechen ihn dort. Sie nehmen seinen Wagen, holen Elmar irgendwo ab, ebenfalls unter Vorspiegelung falscher Tatsachen, fahren zum Müggelwald und richten ihn hin. Dann bringen sie den Wagen zurück. Auf den ersten Blick sieht es aus, als habe Bender Schanowski umgebracht. Diethelm ist ja dieser Ansicht.«

»Es ist eine Möglichkeit«, sagte Diethelm. »Ich frage mich nämlich, wie Tozlus Leute die Schmauchspuren an Benders Händen hinbekommen haben.«

»Vielleicht haben Sie ihn vor seinem Tod gezwungen, einen Schuss abzufeuern«, schlug Petersen vor.

»Wo? Beim Ehrenmal? Ausgeschlossen. Die Spurensicherung war gründlich. Es gibt kein Projektil, keine Hülse.« Diethelm, der Wortkarge, blieb hartnäckig. »Und wo sonst? Mitten in der Stadt? Auf einem Schießplatz? Das wüsste der Platzwart. Oder sind sie erst mit Bender in den Müggelwald gefahren, dann zurück zum Ehrenmal, dann wieder in den Wald? Ein ziemliches Hin und Her, findet ihr nicht?«

»Was mich interessiert«, Röder meldete sich zu Wort, »woher haben Tozlu, Schanowski und Genossen eigentlich den Stoff bezogen? Pillen, das ist wohl nicht so kompliziert. Aber das Heroin?«

»Wie wäre es mit Afghanistan?« Seyidli hatte bisher geschwiegen und zugehört. Ich hatte immer wieder einmal zu ihm geschaut und bemerkt, wie schwer es ihm fiel, unserem Gespräch zu folgen. Nun war er aufgetaut. Alle Blicke richteten sich auf ihn.

»Afghanistan?« Wiesenburg schüttelte den Kopf. »Ich dachte immer, die Amerikaner haben dort aufgeräumt?«

»Wo denken Sie hin. Die haben fast nichts im Griff.« Der Polizeiinspektor fühlte sich unbehaglich, weil alle ihn anstarrten, und lockerte seine Krawatte. »Afghanistan gehört zu den größten Opiumproduzenten der Welt. Und auch Haschisch kommt von dort. Das Land ist übersät mit Drogenlabors. Achtzig bis neunzig Prozent des in Europa konsumierten Heroins kommt aus Afghanistan. Dagegen haben die Taliban nichts unternommen. Im Gegenteil: Allah hatte ihnen offenbart, dass sie ihren heiligen Krieg mit Drogen finanzieren sollen. Die Taliban sind nun zwar weg, aber der Anbau von Schlafmohn blüht weiterhin. Die Leute sind arm, von irgendwas müssen sie ja leben. Die Drogendealer sind zurück. Genauer gesagt, die meisten waren nie fort.«

»Grenzt Aserbaidschan an Afghanistan?«, wollte Lüders wissen.

»Nein.« Seyidli stand auf und legte sein Jackett ab. Der Kriminalist in ihm war nun gefordert, und nach der anfänglichen Verlegenheit schien er jetzt stolz darauf zu sein, dass ihm die deutschen Kollegen zuhörten. »Dazwischen befinden sich einerseits Turkmenistan und das Kaspische Meer, andererseits der Iran. Keine großen Hürden für die Händler. Aserbaidschan selbst ist, was Cannabis und Opium betrifft, eher ein Entwicklungsland. Beides wird hergestellt, aber nur in begrenzten Mengen. Im Transit der Drogen nach Russland und nach Europa ist mein Heimatland leider nicht ganz ohne.«

»Endlich haben wir mal einen Fachmann für diese Dinge hier«, sagte Wiesenburg und füllte Seyidlis Tasse mit Kaffee.

»Thanks a lot. But I'm not un specialiste pour drugs.« Seyidli zuckte die Schultern.

»Russland ist ja nicht weit«, sagte Diethelm, unser Geograf.

»Überhaupt nicht.« Seyidli lächelte. »Es gibt zweihundertvierundachtzig Kilometer gemeinsamer Grenze. Im Kaukasus.«

»Dem wilden«, ergänzte Diethelm und nickte vor sich hin.

»Das kann man wohl sagen.« Der Polizeiinspektor setzte sich wieder.

»Aber Europa ist ganz schön weit weg«, meinte Wiesenburg.

»Ein Land, mit dem Aserbaidschan besonders stark verbunden ist«, sagte unser Freund, »ist die Türkei. Die meisten Aserbaidschaner sind turkstämmig. Die Türkei ist einer unserer wichtigsten Handelspartner. Die Zusammenarbeit ist eng. Auf vielen Feldern. Bitte vergessen Sie nicht: Die Türkei ist eines der Haupteinfallstore für Heroin nach Europa.« Er lehnte sich zurück und verschränkte die Arme vor der Brust.

»Das könnte bedeuten ...« Diethelm schüttelte den Kopf.

»Was?«, wollte ich wissen. »Was könnte es bedeuten?«

»Dass sich Tozlus Bande und Schanowski schon kannten, als Elmar noch in Baku war.«

»Mann, Mann, Mann«, stöhnte Wiesenburg. »Aber ausschließen können wir es nicht.«

»Was kann man schon ausschließen?«, fragte Seyidli, dem Diethelms Idee gefiel. »Außer dass sich die Sonne um die Erde dreht vielleicht.«

»Ja«, sagte ich, »obwohl es so aussieht, als würde sie es tun.«

Kriminalrat Pastewka empfing mich zu unserem Privatgespräch zwar während der Dienstzeit, aber nicht im LKA. Er hatte für unser inoffizielles Tête-à-Tête ein kleines türkisches Restaurant am Mehringdamm ausgewählt und mir dessen Lage genau beschrieben. Als ich fünf Minuten vor der verabredeten Zeit im Restaurant eintraf, saß er bereits an einem Tisch und hatte einen Kaffee vor sich.

»Ich gehe gern in dieses Lokal«, sagte er. »Ab und zu muss ich meine Überzeugung auffrischen, dass die meisten Türken anständige Leute sind.«

»Ja, ja, unsere *Déformations professionelles.*« Ich nahm Platz.

»*Déformations professionelles,* oha! Man merkt, dass Sie gerade mit einem Kollegen zusammenarbeiten, der Französisch spricht. Nun, wir haben sicher alle unsere Berufskrankheiten. Glauben Sie aber nicht, dass ich auch ständiger Gast in albanischen, russischen, polnischen, libanesischen oder serbischen Gaststätten bin. Möchten Sie etwas essen?«

Ich schüttelte den Kopf. Pastewka winkte dem Wirt, einem Mann von Mitte Vierzig, in dessen schwarzes Haar sich erste graue Strähnen geschlichen hatten. Der Kriminalrat bestellte auch für mich einen Kaffee. Um einen Aufschub zu gewinnen, berichtete ich ihm von unseren Ermittlungen.

»Dieser Schanowski war ja auf vielen Geschäftsfeldern tätig«, meinte Pastewka. »Organe, Drogen, er scheint unersättlich gewesen zu sein. Womöglich war es sein Business, das ihn nach Berlin zurückführte.«

»Also eines ist klar, hinter Elmar muss eine mächtige Organisation stehen. Allein oder nur mit diesem Doktor Kern zusammen konnte er seine Geschäfte nicht bewerkstelligen. Für illegalen Organhandel benötigt man eine perfekte Logistik. Und ein Equipment. Man kann sich doch nicht die Aktentasche mit Nieren und Lebern vollpacken, zum Flughafen marschieren, die Tasche durch das Röntgengerät schieben und dann mir nichts, dir nichts davonflattern. Es muss eine mafiose Struktur existieren. Eine Organhandelsorganisation.«

»Und Abnehmer natürlich.« Pastewka ließ sich auf mein Spiel ein. »Wie es aussieht, sind die beiden Jungs Kern und Schanowski zufällig unters Messer geraten. Meine medizinischen Kenntnisse beschränken sich aufs Pathologische, aber ein bisschen was von Transplantationen haben wir alle mal gehört. Man kann nicht jedem jedes Spenderorgan einpflanzen, sondern es muss irgendwie harmonieren. Mit dem Immunsystem oder so ... Wie also wird man Organe, die einem durch Zufall in die Hände gefallen sind, auf dem Schwarzmarkt für Inneres wieder los?«

»Wissen wir denn, dass es Zufall war?«, gab ich zu bedenken. »Vielleicht lagen ja Bestellungen vor. Kern und Schanowski mussten nur warten, bis ihnen jemand unterkam, der zu der Bestellung passte. Dann wollte das Schicksal, dass ihnen sogar zwei Unfallopfer in die Klinik gerollt wurden, und sie nahmen, was sie kriegen konnten. Man weiß ja nie. Die Wartelisten sind überall auf der Welt endlos lang, man kann die Ware immer losschlagen.«

»Aber dann muss man Zugriff auf die entsprechenden Datenbanken haben.«

»Richtig. Wenn Sie mit Cemal Tozlu fertig sind, möchte ich ihn mir vornehmen.«

»Der läuft Ihnen nicht weg.« Pastewka schlürfte Kaffee. »Noch schweigt er wie ein Grab.«

»Noch«, entgegnete ich. »Sie kennen die Zwecke der Untersuchungshaft. Der Flucht- oder Verdunklungsgefahr soll sie begegnen. Ein Zweck steht nicht in der Strafprozessordnung, wird aber nebenher oft erreicht: Sie zermürbt auch.«

»Das hoffen wir.«

Ich spürte, wie Pastewka mit sich rang, das heikle Thema aufs Tapet zu bringen, um dessentwillen wir uns getroffen hatten. Mit einem Entgegenkommen meinerseits durfte er nicht rechnen, ich fürchtete das Thema ebenso wie er. Angestrengt verrührte ich Zucker im Kaffee. Ich nahm nie Zucker, doch ich brauchte eine Beschäftigung. Als man die Spannung zwischen uns mit Händen greifen konnte, hatte der Kriminalrat eine Entscheidung gefällt.

»Wir müssen über Ihren Sohn reden.«

»Ich weiß«, sagte ich mit heiserer Stimme und zündete mir eine Zigarette an.

»Was ist im Blue Cops geschehen?«

»Jim hatte Drogen genommen. « Es war mir unmöglich, Pastewka ins Gesicht zu blicken, so sehr schämte ich mich.

»Etwas Härteres als Cannabis, vermute ich.«

Ich nickte.

»Tina respektive Crystal meth?«

»Ja.«

»Scheiße! Woher hatte er den Stoff?«

Ich gab an den obersten Berliner Drogenfahnder weiter, was Jim mir erzählt hatte. Selbst dass Marcin als Gelegenheitsstricher anschaffen ging, verschwieg ich nicht. Allerdings konnte ich mich nicht überwinden, Pastewka zu gestehen, dass Marcin mit Jim geschlafen hatte.

»Marcin? Handelt es sich um Marcin Dombrowicz, einen Freund der Ghetto Tigers?«, wollte der Kriminalrat wissen.

»Seinen Nachnamen höre ich zum ersten Mal«, sagte ich. »Ja, Sie haben Recht. Um diesen Marcin handelt es sich.«

»Kein unbeschriebenes Blatt«, sagte Pastewka. »Sie sollten die ... die Freundschaft Ihres Sohnes zu Dombrowicz unterbinden. Sie kann ihm nur schaden.«

»Das ist einfacher gesagt als getan. Jim ist fünfzehn.«

»Verstehe.« Pastewka leerte die Tasse und bat den Wirt um frischen Kaffee. »Ich hoffe, Ihr Sohn hat keine Verbindung zu den Tigers?«

»Nur eine sehr flüchtige«, sagte ich. »Sie sind sich im Blue Cops begegnet. Jim war nur selten dort.«

Kriminalrat Pastewka massierte sich mit Zeigefinger und

Daumen das Kinn. »Wir werden Dombrowicz in dieser Sache vernehmen müssen. Um seine Quelle zu identifizieren. Vielleicht auch Ihren Sohn ... Ich will mit allen Mitteln verhindern, dass Crystal meth in Berlin Fuß fasst. Mit der besten aller Methoden: Wehret den Anfängen!«

»Natürlich.« Mir war hundeelend, trotzdem musste ich Pastewka zustimmen. Jim hatte mit der Einnahme von Tina einen Gesetzesverstoß begangen, wenn auch keinen schwer wiegenden. Wäre ich nicht seine Mutter, ich hätte keinen Grund gesehen, ihn vor einer Strafe zu bewahren. Vor Gericht würde er nicht gestellt werden, und ein Schuss vor den Bug konnte ihm nicht schaden. In diesem Moment jedoch war die Glucke stärker als die Kriminalistin. »Jim hat mir das alles unter dem Siegel der Verschwiegenheit anvertraut. Und er hat mich inständig gebeten, Marcin nicht ans Messer zu liefern. Er ... die beiden ...« Ich brach ab.

»Ich kann nicht anders«, sagte Pastewka.

»Nein.«

»Tut mir leid. Wäre eines meiner Kinder betroffen, ich würde wohl auch ... Na, ja.« Der Kriminalrat nickte dem Wirt zu und machte das Zeichen für die Rechnung. »Vielleicht können wir Ihren Sohn aus der Sache raushalten. Ich versuch's, aber versprechen kann ich's nicht.«

Zurück in der Keithstraße ging ich zuerst ins Sekretariat. Es war abgeschlossen, also war Patricia zum Essen gegangen. Ich hatte einen Schlüssel, öffnete die Tür, trat ein, nahm ein paar Kekse aus der Dose und eine Mappe vom Ablagetisch, die meinen Namen trug. Die Mappe enthielt ein Schreiben der Gewerkschaft der Polizei zu irgendwelchen Tarifangelegenheiten, einen Rundbrief der Versorgungsabteilung, in dem darauf hingewiesen wurde, dass auch in diesem Jahr jedem Kommissariat ein Plastikweihnachtsbaum zur Verfügung gestellt werden würde, meine Gehaltsabrechnung und ein Fax des Polizeipräsidiums Bonn. Die Bonner Kriminalpolizei teilte mit, dass Martin Bender nach wie vor krankgeschrieben sei, man ihn aber in seiner Wohnung immer noch nicht angetroffen habe.

Den Rundbrief der Versorgungsabteilung schob ich Lüders unter, die Gehaltsabrechnung und das Fax nahm ich mit. In meinem Zimmer erwartete mich Seyidli.

»*Wssjo w parjadke?*«, fragte ich. »Alles in Ordnung?« Das war die einzige russische Phrase, die ich mittlerweile im Schlaf beherrschte.

»*Da, oui, yes.*« Der Polizeiinspektor lächelte und deutete auf meinen Schreibtisch. Dort lag ein Blatt Papier, eng beschrieben mit biografischen Notizen über Schanowski. Es war die erste Frucht von Margretes und Seyidlis Bemühungen, die Akte der Kripo Baku ins Deutsche zu übersetzen.

»*Merci beaucoup*«, sagte ich. Ich setzte mich und las.

Am 26.10.1973 war in der aserbaidschanischen Stadt Sumgait ein Knabe zur Welt gekommen, dem die Eltern den Vornamen Warssonofi gegeben hatten. Aserbaidschan war damals eine Sozialistische Sowjetrepublik, aber ob das Kind jüdischer Eltern später in all die Organisationen eingetreten war, mit denen die Sowjetmacht junge Leute köderte, erfuhr ich nicht. Seine Großeltern mütterlicherseits hatten während der großen Auswanderungswelle Anfang der siebziger Jahre die UdSSR verlassen, sie waren israelische Staatsbürger geworden und hatten sich in der Hafenstadt Haifa angesiedelt. Ich konnte mir vorstellen, dass Warssonofis Eltern deshalb Repressalien ausgesetzt gewesen waren. Kurz nach seiner Geburt waren seine Eltern von Sumgait in die Großstadt Baku gezogen und hatten dort als Ärzte gearbeitet. Als Warssonofi eingeschult worden war, hatte noch der rote Stern über dem Paradies aller Werktätigen geleuchtet, doch nachdem der Teenager die Schule verlassen hatte, hatte sich der Stern bereits im Sinken befunden, um bald ganz zu verlöschen. Seinen achtzehnten Geburtstag feierte der Jüngling in einer unabhängigen Republik.

Dass ein Arztsohn in die Fußstapfen seiner Eltern tritt,

war schon fast zu gewöhnlich. Da es bei Warssonofi zu Abitur und Studium entweder nicht gereicht oder man ihm beides verweigert hatte, besuchte er eine Schule für das so genannte mittlere medizinische Personal und wurde Krankenpfleger. Mit dem entsprechenden Diplom in der Tasche und Träumen im Kopf, die ich nie erfahren würde, suchte der junge Mann eine Anstellung, fand aber keine, also bewarb er sich als Sanitäter bei der Armee. Die nahm ihn mit Kusshand, schließlich führte sie damals einen Krieg in und um Nagorny Karabach. Drei Jahre pflegte Schanowski Kriegsverwundete, dann kehrte er ins Zivilleben zurück und durfte sich mit knapp zweiundzwanzig Jahren schon Veteran nennen. Als Veteran fand er eine Stelle an jenem maroden Krankenhaus, das später von der »Azerbaijani Americans Foundation« aufgepäppelt wurde. Bei seinen Erfahrungen war die Unfallchirurgie genau der richtige Platz für ihn.

Wie Schanowski seine Kriegserlebnisse verarbeitet hatte, interessierte die Kripo Baku nicht. Es gab Männer, für die der Krieg eine Badekur war, andere kehrten traumatisiert und für ihr Leben zerstört von den Schlachtfeldern zurück. Vielleicht war Warssonofi ein zynischer Verächter von Menschenleben geworden, womöglich lockten auch nur der Dollar und zuerst die Deutsche Mark, dann der Euro: Irgendwann musste er sich dem nebenberuflichen Handel mit Rauschgiften und Organen verschrieben haben.

Die neuen Freiheiten nach dem Ende der Sowjetmacht hatte er für Reisen genutzt. Zwischen seiner Entlassung aus der Armee und seiner Flucht aus Aserbaidschan war er ein Mal in Israel gewesen, um seine Großeltern zu besuchen, zwei Mal in Berlin und sieben Mal in der Türkei.

Inspektor Seyidli und seine Leute hatten sich auch mit Elmars Eltern befasst. Die Mutter hatte nicht den starken Lebenswillen ihrer Eltern geerbt, hatte an Depressionen gelitten, und während ihr Sohn im Kriegsgebiet zerfetzte menschliche Glieder versorgte, hatte sie sich das Leben genommen. Der Vater hatte die Trauerfrist abgewartet, dann hatte er seine Sprechstundenhilfe geheiratet. Auch das war so gewöhnlich, ich konnte es kaum glauben. Schanowski hasste seine Stiefmutter, offenbar weil er sie für den Tod seiner leiblichen Mutter verantwortlich machte. Er brach den Kontakt zu seinem Vater ab.

Als der amerikanische Chirurg William Kern nach Baku kam, muss Warssonofi ein ziemlich einsamer Mensch gewesen sein. Aus Seyidlis Ermittlungsakte ging hervor, dass die Kollegen aus dem Krankenhaus ausgesagt hatten, Schanowski habe den amerikanischen Mediziner bewundert, aber das hatten sie wohl alle mehr oder minder getan. Ich konnte das nachvollziehen. Ohne Baku gering schätzen zu wollen, konnte man getrost behaupten, dass es in der Liste der Weltstädte keinen Platz hatte. Ein weltgewandter Arzt aus Los Angeles an einem zu Sowjetzeiten errichteten Krankenhaus, das war gewiss ein Ereignis. Die aserbaidschanischen Ärzte mochten exzellent sein, und es gab keinen Grund, ihre Qualifikation zu bezweifeln. Zwischen ihnen hatte ein Doktor aus L. A. offenbar dennoch gewirkt wie ein Pfau zwischen hässlichen Entlein.

Wo genau sich Schanowski während seiner Reisen in die Türkei aufgehalten hatte, das hatte Seyidli nicht herausfinden können, obwohl er zu Interpol Istanbul Kontakt aufgenommen hatte. Die türkische Polizei hatte angeblich intensive Nachforschungen angestellt, aber sie waren im Sande verlaufen.

»Was sagen Sie dazu?«, fragte der Inspektor.

»*Très interessant.*«

Das Telefon läutete. Ich langte nach dem Hörer und meldete mich mit der Nummer meines Kommissariats.

»Krüger, Personen- und Objektschutz.«

»Nein, bitte nicht!« Mein Puls stieg augenblicklich.

»Leider doch.«

Ich konnte nicht sprechen. Ich konnte nicht denken. Eigentlich fühlte ich auch nichts. Ich war betäubt.

Noch vor einer Viertelstunde hatte ich mit Seyidli im Büro gesessen. Nach einer kurzen Unterbrechung saßen wir wieder: in einem Auto. Lüders chauffierte. Wir fuhren mit Sondersignalen. Auch Lüders, Seyidli und Jörg Röder schwiegen. Die Worte waren verbraucht.

Zuerst hatte ich Brinkmann informiert, dann das gesamte MK. Noch nie hatte ich meinen Chef so aufgelöst, so blass, so verzweifelt gesehen wie in dem Augenblick, da er in unser Zimmer gelaufen kam. Er war auch noch nie in unser Zimmer gelaufen. Und nie hatte er Koslowski, der ihm gefolgt war, angebrüllt. Irgendwo hinter ihnen hatte ich die weinende Patricia gesehen. Dann hatte ich aufgehört zu sprechen, zu denken und zu fühlen. Jim, mein Sohn, mein Ein und Alles war verschwunden.

Bis ins Klassenzimmer waren Krüger und die anderen Bewacher ihm nicht gefolgt. Sie hatten Position bezogen an der Schulpforte und das Ende der letzten Stunde abgewartet. Die Schüler aus Jims Klasse und aus all den anderen Klassen, die nach der sechsten Stunde entlassen waren, strebten an ihnen vorbei ihren Zielen entgegen, nach Hause, zu McDonald's, zu ihren Freunden, wohin auch immer. Jim nicht. Nach zehn Minuten, der Schulhof und die Straßen waren verwaist, war Krüger unruhig geworden. Jim hatte ihm versprechen müssen, sich nach Unterrichtsschluss nicht aufhalten zu lassen oder, falls ein Lehrer noch etwas mit ihm zu besprechen hatte, dies der Polizei anzuzeigen. Mit seinen Leuten hatte Krüger im Schulhaus nach Jim gesucht. Den Geschichtslehrer, der die letzte Stunde erteilt hatte, trafen sie im Lehrerzimmer. Er hatte Jim noch gesehen, als mein Sohn den Klassenraum verließ. Raum 48. Ich betete diese Zahl in Gedanken vor mich hin. Raum 48. Dort verlor sich Jims Spur.

Viele Menschen waren unterwegs zu dem Gymnasium, das Jim, das sein liebster Freund besuchte, das ich besucht hatte, nicht als Schülerin, sondern zu Elternversammlungen. Ein schönes altes Gemäuer. Mit Türmchen. Raum 48. Eine Einsatzhundertschaft war unterwegs. Die Hundestaffel. Präzisionsschützen. Ein Hubschrauber. Die Feuerwehr. Krankenwagen. Das MK zwei. Das MK acht. Johannes Lüders. Seyidli. Röder. Ich.

Raum 48. Die Todeszelle. Ich weinte nicht. Ich sprach nicht. Ich starrte. Asphalt, Häuser, Grünflächen. Raum 48. Das blöde Wort Abstandsgrün fiel mir ein. Ein Wort aus der Zeitung. Ein Wort aus Papier. Ich hatte versagt. Ich hatte nicht genug Acht gegeben auf mein Kind. Ich hätte den Personenschutz selbst organisieren müssen. Urlaub hätte ich nehmen sollen, um Jim nicht von der Seite zu weichen. Ich hätte, hätte, hätte. Nun war Jim in der Hand von Entführern. Vielleicht würden sie ihn tagelang, wochenlang zu Tode quälen. Ihm ein Ohr abschneiden. Finger. Zehen.

»Nein!«, schrie ich. Lüders trat unwillkürlich auf die Bremse. Ein VW-Bus fuhr auf unser Heck. Es war die Spurensicherung. Ich schlug die Zähne in meinen Handballen, sonst hätte ich nie mehr aufgehört zu schreien. Wir waren immerhin so weit gekommen, dass ich das Schulgebäude sehen konnte.

Es war grau. Es hatte Türmchen. Hohe Fenster. Ein Spitzdach. Und Raum 48. Lüders stieg aus. Er hob den Arm. Er winkte jemandem. Zwei Männer kamen auf uns zu. Männer, die über ihren weißen Kitteln eine Weste trugen. Die Weste war orange. »Feuerwehr«, stand auf der Weste. Es brannte doch gar nicht. Aber die Feuersozietät versicherte schließlich auch nicht nur gegen Brandschäden.

Sie durften meinem Jungen nichts antun. Nicht meinem Jungen. Ihm nicht. Und nicht in Raum 48. Quersumme zwölf. Die zweite Ziffer war das Doppelte der ersten, die Quersumme durch die erste Ziffer drei Mal teilbar. Gott war wieder da. Ich sprang auf die Straße. Sie gab nicht nach.

»Haben Sie den Freund meines Sohnes?«, fragte ich. An

jedem Tatort hätte ich so gefragt. Ich war an einem Tatort. Ein Tatort, der mich betraf. Mein Tatort, obwohl ich nichts verbrochen hatte. Mein Opferort. Der Leiter des MK zwei schüttelte den Kopf. Ich hatte wohl ihn gefragt. Er war bisher nicht da gewesen. Aus dem Nichts war er aufgetaucht. Den Notarzt und seine Gehilfen winkte ich aus dem Bild. »Krossmann«, sagte ich. »Rudi Krossmann.« Ich gab auch die Adresse an. Nur wenn ich mich verhielt wie an jedem Tatort, würde ich die nächsten Minuten ohne Zusammenbruch überstehen.

»Wir schicken jetzt die Hunde los«, sagte jemand. Ich konnte diesem Jemand über die Schulter sehen. In ein Funkgerät hatte er nicht gesprochen. Vielleicht mit Gott.

»Was wollen Sie den Hunden denn zu riechen geben?«, fragte ich. Der Jemand drehte sich um. Einer von Krügers Leuten. Beauftragt, Leben und Gesundheit meines Sohnes zu schützen. Hatte schon wieder eine Schlappe erlitten. Stand vielleicht auch auf einer betriebsfremden Gehaltsliste. Bei einem Schanowski, Tozlu, Kern, Badan. Gleich würde ich durchdrehen. Gleich.

»Wir haben vor dem Jungsklo im zweiten Stock den Rucksack Ihres Sohnes gefunden«, entgegnete der Personenschützer. »Es waren gar keine Schulsachen drin.«

»Was dann?«, wollte Lüders wissen.

»Inline-Skates.«

Ich hatte das Gefühl, als würde die Luft zu zwei riesengroßen Händen komprimiert, die mich heftig ohrfeigten. Ich war auf Jim schon oft wütend gewesen, hatte mich über ihn geärgert. In diesem Moment, da ich wieder und wieder geohrfeigt wurde, hasste ich ihn. Sein Zeichen hatte ich verstanden.

»Sie können die Suche beenden«, befahl ich und machte auf dem Absatz kehrt. Natürlich gehorchte der Personenschützer nicht. Niemand gehorchte. Der Hubschrauber kreiste, die Hunde bellten, die Hundertschaft schwärmte aus, und die Präzisionsschützen rätselten weiter über den Grund ihrer Anwesenheit. Berlin hatte eine Großlage. Etliche zehntausend Euro würde sie verschlingen. Vielleicht hunderttausende. Ich schnappte mir Lüders, Seyidli und den Wagen. Jim würde auch eine familiäre Großlage bekommen.

Er war dort, wo ich es erwartet hatte, in Krossmanns Villa. Bevor Lüders, Seyidli und ich das Grundstück betreten konnten, kamen zwei Mitarbeiter des MK zwei durch das Tor. Sie machten höchst bedenkliche Gesichter, als sie mich erkannten.

»So eine Scheiße!«, schimpfte der eine.

»Für nichts und wieder nichts«, fiel der zweite ein.

»Wir haben's abgeblasen«, sagte der erste.

»Was das gekostet hat!« Der zweite schüttelte den Kopf. Sie gingen zu ihrem Wagen, doch bevor sie den Motor starten konnten, preschte die Limousine herbei, deren Inhalt ich überhaupt nicht gebrauchen konnte: Brinkmann und Koslowski.

Sie sagten nichts. Brinkmann war noch immer bleich, nun vielleicht vor Wut, Koslowski bemühte sich, seinen Spanferkelteint etwas abzumildern. Als Fünferbande betraten wir zuerst das Anwesen, dann das Haus. Eine völlig verwirrte Renata Krossmann stand auf der Terrasse. Was immer ihr die beiden Männer vom MK zwei erzählt hatten, offenbar sah sie ihren Sprössling Rudi schon mit einem Bein im Knast. Da uns gemeinsame Erlebnisse verbanden, konnte ich es mir leisten, sie auf die Stirn zu küssen.

»Mach dir keine Sorgen, Jim ist schuld«, versuchte ich einen Trost.

Plötzlich hatte auch Brinkmann wieder eine Stimme:

»Ich bin so froh, dass Ihrem Jungen nichts passiert ist«, sagte er, »meine ganze Kraft werde ich daransetzen, die Sache unter den Teppich zu kehren.«

»Das wird kaum möglich sein«, wandte Koslowski ein. »Die Presse ...«

»Jetzt pinkeln Sie sich doch nicht dauernd in die Hose«, schimpfte mein Chef. Er hatte sich wirklich Sorgen um Jim gemacht. Zum ersten Mal seit mehr als zehn Jahren würde ich ihm etwas Anständiges zu Weihnachten schenken müssen.

Renata Krossmann führte uns in den Wintergarten. Die beiden Blagen, die das Berliner Polizeicorps auf Trab gebracht hatten, saßen seelenruhig vor dem Fernseher, schlugen sich die Bäuche mit dem Kuchen voll, den ihnen Rudis ahnungslose Mutter hingestellt hatte, und schauten sich einen Dokumentarfilm über das Münchner Abkommen an. Die Programmauswahl konnte nur Rudi bestimmt haben.

Vielleicht hätte ich eingelenkt, zumal ich den KOR auf meiner Seite wusste, Lüders und Seyidli. Rudi zog den Kopf ein. Jim hatte nur eine freche Bemerkung zu bieten.

»War das krass?«, fragte er mich. »Die totale Bullenverarsche. Oberfuzzi Krüger kennt unsere Geheimwege nicht, wo man die Fliege machen kann, wenn man mal keinen Bock hat.«

»Du wolltest aber nicht meinen Kollegen Krüger verarschen«, sagte ich, noch scheinbar ruhig und mit der Betonung auf dem Wort Kollege, »sondern mich.« Der stets ahnungsvolle Lüders packte meinen rechten Arm.

»Hast du die Skates gesehen?«, fragte Jim. »Die hab ich mir selber gekauft.« Meinen linken Arm packte Brinkmann. Er wusste nicht, worum es ging, aber der herausfordernde Ton, den mein Bengel anschlug, alarmierte auch ihn. Rudi war in seinem Rattansessel kaum noch zu sehen. Jim hatte sich aufgerichtet.

Auch zwei Männer konnten mich nicht halten. Ich schüttelte sie ab und stürzte los. Die Ohrfeigen, die ich bekommen hatte, gab ich zurück, und zwar höchst real mit meinen Händen. Ich schlug meinen Jungen fast nie. Jetzt schlug ich ihn.

Rechts und links und rechts und links und rechts und links in seine Visage, und mir wurde unendlich wohl dabei. Jim war nur verdattert. Ich schlug, bis Lüders, Brinkmann und Seyidli mir in den Arm fielen. Koslowski hielt sich raus. Aus Jims Nase rann Blut.

»Geh doch zu deinem Vater«, schrie ich. Ich hatte so viel Blut gesehen, die paar Tröpfchen beeindruckten mich nicht. »Geh zu ihm, wenn du es bei deiner Mutter nicht mehr aushältst. Hau ab! Von dir lasse ich mir mein Leben nicht zerstören. Nicht von so einem verwöhnten Drecks... Scheiß... von dir!«

Das Schicksal machte ein Foto. Für ein paar Sekunden erstarrte die Szenerie. Meine Schulzeit fiel mir ein. Auch in meiner Schulzeit hatte es einen Raum 48 gegeben. Und Herrn Köckeritz. Der hatte in Raum 48 nie unterrichtet, weil das der Chemieraum gewesen war. Herr Köckeritz war mein Deutschlehrer gewesen. Er hatte eine seltsame Art gehabt, sich über die Mädchen zu beugen. Und absurderweise hatten wir bei ihm Hamlet behandelt. Im Deutschunterricht. Der Rest ist Schweigen. Shakespeare hatte diesem Satz noch viel Gerede angehängt. Brinkmann folgte seinem Beispiel.

»Frau Wertebach«, flüsterte er. »Lena«, beschwor er mich, »die Sache ist vergessen. Ich hab's versprochen, und das halte ich auch. In dieser angespannten Situation ... Der LKA-Chef und sicher auch der PP, die werden's schon kapieren. Sie sind dabei, einen verzwickten Fall zu lösen. Sie haben keine Minute Privatleben gehabt. Durch die Medien wurden Sie auch gezerrt. Ist doch klar, dass ein so junger Bursche wie Ihr Sohn verrückt spielt.«

»Das tun Sie für mich?«, flüsterte ich zurück. Nur Lüders hörte mit. »Aber ich möchte nicht, dass Sie Ihren Stuhl aufs Spiel setzen«, ich zeigte auf Jim, »für den da!«

»Für keinen von euch beiden.« Der KOR grinste. »Nee, vielleicht könnte ich Koslowski opfern. Zum BKA. Und dann werden Sie meine Stellvertreterin. Ich muss doch was tun dafür, dass aus meinen Magengeschwüren Krebs wird. Morgen um neun? Zur Berichterstattung?«

»Jederzeit«, sagte ich. Brinkmann verzog sich diskret und mit ihm Koslowski, der bestimmt noch gern zugeschaut hätte. *HamletIn Wertebach* war besser ausgegangen als das Original.

Renata kümmerte sich um meinen Sohn. Sie brachte mit kaltem Wasser getränkte Handtücher, die sie ihm auf die Stirn und in den Nacken legte, um die Blutung zu stillen, die längst zum Stillstand gekommen war. Jim zeigte mir demonstrativ, wie sehr er diese unnötige Zuwendung genoss, die einzig und allein ein Produkt von Renata Krossmanns mir wohlbekannter Hysterie war. Ich würdigte meinen Sohn nur verstohlener Blicke. Zumindest an diesem Tag war er für mich erledigt. Seinen Freund Rudi aber, dem ich die Skrupel an der Nasenspitze ansah, nahm ich ins Gebet.

Als ich mich vor ihm auf den Boden hockte, wich er sofort meinem Blick aus. Mein Sohn besaß in meinem Herzen ein Apartment, in dem er manchmal hauste wie ein Schwein. Rudi hatte eine komfortable Mietwohnung. Er wusste das zu schätzen. Mein kaltschnäuziger Bengel wollte das ganze Herz. Noch immer hatte ich Lust, ihm den Mietvertrag zu kündigen. Leider war sein Apartment eine Eigentumswohnung.

»Wen habt ihr für den Drohanruf gewonnen?«, wollte ich wissen. Ich war Kriminalistin, und manchmal durchschaute ich einen Sachverhalt.

»Wir?«

»Ach, Rudi! Im Gegensatz zu Jim kannst du einfach nicht überzeugend lügen. Jim wird noch bis Silvester an Nasenbluten leiden. Komm, sag's mir. Ich krieg's doch sowieso raus. Aber dann tut's euch beiden wirklich weh.«

»Verrat nix!«, verlangte Jim. Ich schaute nicht zu ihm, aber Rudis Mutter erwies sich als unerwartet clever. Irgendetwas tat sie mit ihren Handtüchern, das dazu führte, dass

Jims Nasenbluten auch durch Stopfen des Mauls behandelt wurde.

»Marcin«, sagte Rudi leise. »Aber ich weiß es erst seit heute Morgen.«

»Du kennst ihn?«

»Wer, in Gottes Namen, ist Marcin?«, fragte Renata.

»Ein Freund von Jim.«

»Gehst du auch ins Blue Cops?«

»Erst einmal bisher.« Rudi nuschelte.

»Was ist das Blue Cops?«, wollte Renata wissen.

»Ein Club in der Flottenstraße, in dem man abtanzen, Energydrinks schlürfen, sich in Käfige einsperren lassen und Drogen kaufen kann«, antwortete ich.

»Rudi!« Seine Mutter fand Jims Nasenbluten nicht mehr interessant.

»Mama«, sagte Rudi gequält. In schwierigen Situationen wurde auch er wieder Kind.

»Hat Marcin auch dir Tina gegeben?« Ich ließ den Jungen nicht aus den Augen. »Oder anderen Stoff?« Er schüttelte den Kopf. »Wirklich nicht?«

»Mal 'nen Joint.« Rudi wäre gern der Rattansessel geworden, in dem er kauerte, denn Möbel konnte man nicht verhören.

»Rudi! Mein Gott!« Renata Krossmanns Stimme wurde schrill.

»Hör jetzt auf zu quatschen«, sagte Jim. Er bekam noch eine Ohrfeige, diesmal von Renata. Sie brachte ihn zum Verstummen. Ich griff nicht ein.

»Hat Jim dich verführt?«, fragte Rudis Mutter und weckte meinen Widerspruchsgeist.

»Ich glaube nicht …«

Renata Krossmann schnitt mir mit einer Handbewegung das Wort ab. »Ist ja auch egal«, sagte sie. »In den nächsten zwei Wochen kommst du nach achtzehn Uhr nicht mehr raus!«

»Mama, ich bin fünfzehn. Da hab ich eben mal einen Joint durchgezogen.«

»Und gekotzt«, sagte Jim hämisch.

»Ich finde das überhaupt nicht witzig, Jim«, sagte Lüders.

Nach längerer Abstinenz wandte ich meine Aufmerksamkeit wieder meinem Sohn zu. Schamröte bedeckte sein Gesicht. Lüders war zuallererst mein Kollege, aber er hatte innerhalb unserer Familie eine seltsame Position. Jim hatte durch seine Lebensgeschichte gelernt, nicht nur Männer und Frauen auszunutzen, sondern sie auch gegeneinander auszuspielen. Ausgerechnet bei Lüders, der mich auf eine unausgesprochene und verquere Weise liebte und den Jim schon sehr lange duzen durfte, wagte er es nicht. Johannes war für ihn beinahe eine absolute Autorität. Manchmal ertappte ich mich bei dem Gedanken, dass ich mir für meinen Jungen einen Vater wie Lüders wünschte. Als könne er Gedanken lesen, redete Johannes immer dann seine Fähigkeiten als Vater klein. Er wusste sehr viel über mich, mehr als ich über ihn. Für ein Dienstverhältnis war das eigentlich vernichtend.

»Joints. Mein Sohn raucht Joints.« Renata Krossmann konnte es immer noch nicht fassen.

»Einen, Mama«, sagte Rudi. »Nur einen!«

»Lena?« Seine Mutter wandte sich an mich. »Würdest du bitte Jim mitnehmen und uns allein lassen? Ich habe mit meinem Kind unter vier Augen zu reden.«

»Tja«, sagte Lüders. Wir waren zurück an unserem unverlierbaren Arbeitsplatz. Inspektor Seyidli hatte sich erboten, Jim nach Hause zu bringen. »Ich verstehe dich, aber du solltest deinen Sohn nicht schlagen. Er ist doch eigentlich ein lieber Kerl.«

»Ein Junge, der sich selbst eine Morddrohung organisiert? Ich weiß nicht recht. Es gibt nicht nur eine Schmerz-, sondern auch eine Scherzgrenze.«

»Aus seiner Sicht war es ein Dummejungenstreich. Außerdem«, Lüders suchte nach den richtigen Worten, »kann es sein, dass du ihn in letzter Zeit ein wenig vernachlässigt hast?«

»Das stimmt nicht«, wehrte ich mich. »Er lässt sich doch von seinem Vater große Geschenke machen und ist dann sauer, wenn er sie zurückgeben muss.« Lüders zog die Brauen hoch. Ich stöhnte. »Lass uns von der Arbeit sprechen, ja?«

»Wie du willst.«

»Ich denke schon lange darüber nach, wohin Schanowski und Kern die Organe gebracht haben könnten, die sie den beiden Jugendlichen in Baku ... ja, wie soll ich das nennen? Gestohlen haben?«

»Du meinst, die Tötung von Salijew und Sulejmanow war ein Organraubmord?«

»So ungefähr.« Ich konnte wieder lachen. »Obwohl es diesen Tatbestand im Strafgesetz nicht gibt.«

»Bei deinem Ruhm, Lena, wird man ihn sicher bald einführen.«

»Hör auf, Johannes. Bitte! Nein, was ich überlege ... Organe sind doch nicht ewig haltbar.«

»Wende dich an Roth und Basing«, schlug Lüders vor. »Die kennen sich aus.«

»Gute Idee.« Ich tippte mir an die Stirn. Dann verließ ich unser Zimmer, um das Sekretariat aufzusuchen.

»Alles in Ordnung?«, fragte Patricia. Sie sah noch immer verheult aus.

»*Wssjo w parjadke*«, entgegnete ich und nahm die gute Seele des MK acht in den Arm. »Jim ist okay. Aber danke dafür, dass du dir Sorgen gemacht hast.«

»Natürlich habe ich mir Sorgen gemacht.« Patricia schob mich von sich fort. »Sogar Wiesenburg und Petersen fragen ständig nach. Denen geht das auch an die Nieren. Lena, Jim ist ein Kind.«

»Das hört er aber nicht gern«, sagte ich. »Patricia, meine

Liebe, ich möchte dir ein Fax mit ein paar Fragen an die beiden Weißen Haie diktieren.«

»Sofort.« Patricia hechtete an den Schreibtisch. »Schieß los!«

»Sehr geehrte Herren Doctores«, begann ich. »Das mögen die.«

»Eitle Kerle«, schimpfte Patricia, fuhr sich über die Augen und schrieb.

Ich folgte dem Fax mit einer Stunde Verzögerung. Die Zeit wollte ich Roth und Basing einräumen, um die Köpfe zusammenzustecken und sich über die Dummheit weiblicher Führungskräfte auszulassen.

»Einige der Fragen, die Sie uns gestellt haben, hätten Sie sich sparen können, wenn Sie sich besser informiert hätten«, sagte Doktor Roth. Ich widersprach nicht, obwohl ich mich aus exakt dem Grund, mich gut und besser informieren zu lassen, an ihn und Basing gewandt hatte.

»Ein schlichtes, gemeinverständliches Broschürchen der Bundeszentrale für gesundheitliche Aufklärung oder vom Arbeitskreis Organspende oder der Deutschen Stiftung Organtransplantation hätte völlig ausgereicht«, blies Doktor Basing in das Horn seines Kollegen. Zwar nicht in Fachfragen, aber wenn es darum ging, jemanden niederzumachen, waren sie sich immer einig.

»Das bedeutet natürlich Arbeit«, sagte Doktor Roth.

»Die sich lohnt«, ergänzte Doktor Basing.

»Gelohnt hätte«, präzisierte Roth. »Für uns. Eine gewisse Entlastung ...«

»Trotzdem erklären wir es Ihnen natürlich«, sagte Basing. »Wir vermitteln gern ein bisschen Wissen. Um es glasklar zu sagen: Verabschieden Sie sich von der naiven Vorstellung, die Organe, die da in ... die da in diesem Baku illegal entnommen worden sind, könnten für Deutschland bestimmt gewesen sein.«

»Also die Nieren vielleicht«, lenkte Doktor Roth ein.

»Nieren kann man bis zu anderthalb Tagen implantierfähig halten. Und nicht durchblutete Gewebe wie Augenhornhäute bleiben noch länger frisch. Man kann sie sogar in einer Gewebebank lagern und warten, bis jemand sie braucht. Aber der Rest?«

»Leber und Pankreas müssen früher verbraucht worden sein«, erklärte Doktor Basing. »Und zwar in einem sehr gut ausgestatteten Transplantationszentrum.«

»Überhaupt kommt uns diese ganze Sache wie Kurpfuscherei vor«, sagte Doktor Roth. »Ein Arzt allein und ein dilettierender Gehilfe haben die Explantationen vorgenommen? Das ist ungeheuerlich. Wo immer die Organe auch implantiert wurden, die Empfänger sind über den Tisch gezogen worden. Da tickt eine Zeitbombe. Noch laufen Herr X und Frau Y möglicherweise mit der unredlich erworbenen Leber herum, aber ich verwette meine Approbation, wenn da nicht bald immunologische Abwehrreaktionen einsetzen.«

»Bezahlt ist bezahlt«, meinte Doktor Basing. »Auf implantierte Organe gibt es keine Garantie.«

»Habe ich Sie richtig verstanden?« Ich unterbrach die beiden Mediziner, bevor sie vergaßen, dass ich anwesend war. »Bis auf die Nieren hätte ... bis auf die Nieren und die Hornhäute hätte keines der Organe lange genug konserviert werden können, um nach Mitteleuropa transportiert zu werden?«

»Sie haben uns vollkommen falsch verstanden«, sagte Doktor Roth pikiert. »Wie lange dauert ein Flug von Baku nach Berlin?«

»Das weiß ich nicht«, gestand ich.

»Sie weiß es nicht.« Doktor Roth warf Doktor Basing einen Blick zu und runzelte die Stirn. »Aber es ist auch gleichgültig. Sie haben ausdrücklich nach einem Transport auf dem Landweg gefragt. Und da sagen wir Ihnen schlicht und ergreifend: Mit Ausnahme der Nieren und der Hornhäute wäre nur verdorbene Ware in Deutschland eingetroffen. Drei Ausrufezeichen.«

»Halten wir uns einen Flug als Option offen«, sagte ich und zog mein Handy aus der Jackentasche. »Augenblick bitte, ich muss kurz telefonieren.«

»Tun Sie sich keinen Zwang an. Möchten Sie auch eine Autopsie durchführen? Wir haben da ein hochinteressantes Verkehrsunfallopfer mit einer Vielzahl offener Brüche.«

Ich schüttelte den Kopf und rief bei mir zu Hause an. Doktor Basing glaubte mich abgelenkt.

»Illegaler Organtransport mit einer Linienmaschine«, sagte er. »Was sind das bloß für Filme, die in den Köpfen unserer Kripo ablaufen?«

»Filme eben«, entgegnete Doktor Roth.

»Bei Wertebach«, meldete sich Margrete.

»Lena. Hör zu, Margrete, ich brauche ...«

»Was hast du Jim angetan?«

»Darum geht's jetzt nicht. Ich will mich ja versöhnen. Er soll für mich was tun. Etwas Dienstliches.«

»Na, da freut er sich bestimmt. Ich hole ihn.«

»Das ist das Ende«, sagte Doktor Roth. »Jetzt müssen schon Minderjährige kriminalpolizeiliche Ermittlungshandlungen durchführen.«

»Ich sage dir, Georg, alles geht den Bach runter.«

»Aber das wissen wir schon seit zwanzig Jahren, Hans-Volker.«

»Hi, Mam. What's on?«

»Jim, ich habe wenig Zeit.«

»Wie immer.«

»Wir reden heute Abend, okay? Bitte lauf zu deinem Computer, schmeiß dich ins Internet und kriege heraus ... analysiere für mich alle Flugverbindungen zwischen Baku und Berlin. Packst du das?«

»Bin ich 'n Profi oder was?«

»Oberprofi«, sagte ich.

»Eh, Mam, wenn du was willst, kannste genauso rumlügen wie ich. Zehn Minuten?«

»Meinetwegen auch zwanzig. Ruf mich auf dem Handy an.«

»Übrigens«, Doktor Roth nestelte am Kragen seines Kittels, »mit Ihrem Sohn ist doch alles in Ordnung?«

»Ja, ja.«

»Na, Gott sei Dank«, sagte Doktor Basing. »Wir kreuchen und fleuchen zwar in unserer Gruft herum wie Insekten, aber ein bisschen vom wirklichen Leben bekommen wir schon mit.«

»Jim geht's gut.«

»Schön für Sie«, sagte Doktor Roth. Das war das Äußerste an Mitgefühl, das er gegenüber einer Mutter aufbringen konnte. Es war sehr viel.

Wir warteten. Die beiden Rechtsmediziner verständigten sich mit leisem Getuschel über einen ihrer Vorgänge, der eine Vergiftung betraf, und zwar mit einem Mittel namens Phenobarbital. Ich rauchte und lauschte ihnen. Dieses Phenobarbital schien ein derart starkes Schlafmittel zu sein, dass es dem Betäubungsmittelgesetz unterlag und von Ärzten nur mit schriftlicher Begründung verordnet werden durfte; außerdem benutzten es Tierärzte für jenen Tötungsvorgang, den man Einschläfern nannte. Was Roth und Basing bewegte, war die Frage, wie man als Normalsterblicher an Phenobarbital herankam. Allmählich verlor ich den Faden ihrer gemurmelten Debatte, meine Gedanken lösten sich in einzelne Splitter auf, dann verloren sie sich in einem angenehmen Nebel. Erst als der Wecker klingelte, wurde ich gewahr, dass ich eingeschlummert war. Natürlich war es kein Wecker, sondern das Handy. Jim hatte elf Minuten für seine Recherche benötigt.

»Also.« Ich räusperte mich. Roth und Basing, die mich ohnehin schon gespannt angeschaut hatten, rückten näher. »Keiner von uns hat sich bisher mit der Frage beschäftigen müssen, wie man von Baku nach Berlin gelangt. Warum auch?«

»Vielleicht ist Baku sehr schön und wird demnächst trendy«, sagte Doktor Roth. »Dann stellen wir uns diese Frage. Bezüglich der umgekehrten Richtung natürlich: Vom Leichenkeller in Berlin zur In-Kneipe von Baku. Die Frauen dort sind bestimmt heißblütig.«

»Die meisten Aserbaidschaner sind Schiiten«, sagte ich.

»Ach herrje!«, sagte Doktor Basing. »Dann bleiben wir doch lieber hier.«

»Keine Vorurteile!«

»Also wirklich, Frau Wertebach, wie sollten wir zu Vorurteilen kommen?« Doktor Roth öffnete einen Instrumentenschrank. »Vor dem Tod ist jeder gleich. Wollen Sie einen Schnaps? Ist doch gleich Feierabend.«

»Was haben Sie zu bieten?«

»Einen echten Armagnac. Eigentlich ein Digestif. Wir setzen ihn berufsbedingt sowieso nur post mortem ein, aber an einem Feiertag wie heute ...«

»Feiertag?«

»Ihr Sohn ist nicht auf unserem Tisch gelandet«, sagte Doktor Basing.

»Und Ihr Humor sprengt alle Grenzen. Wollen Sie saufen oder arbeiten?«

»Na los!«, sagte Doktor Roth.

»Man kann von Baku nach Berlin fliegen. Allerdings nicht direkt. Flugtechnisch gesehen ist Berlin eine Provinzstadt.«

»Nicht nur flugtechnisch«, sagte Doktor Basing. »Aber ich finde es nett, in einem Riesendorf zu leben. Täglich rechne ich damit, dass in meiner Nachbarschaft ein Hahn kräht und Schweine über die Straße laufen. Ich mag Schweine. Sie haben mehr Charakter, als man glaubt.«

»Hans-Volker!«

»Ja, Georg?«

»Lass uns mal hören, was die Hauptkommissarin zu sagen hat.«

»Es ist erstaunlich einfach. Man kann mit Lufthansa fliegen, Zwischenstopp in Frankfurt am Main, Ankunft an Tegel, Flugzeit sechs Stunden fünfzig Minuten. Man kann Swiss benutzen, via Zürich, dann braucht man fünfzehn Minuten länger. Mit KLM und über Schiphol geht es auch. Noch 'ne Viertelstunde drauf. Also zusammengefasst: Ein Flug von Baku nach Berlin dauert zwischen sechs-fünf-null und sieben-zwei-null. Nicht die Welt, oder? Glauben Sie mir, ich wollt's selber nicht wahrhaben: Baku ist näher als New York. Wie lautet Ihr Kommentar?«

»Ich bleibe skeptisch«, sagte Doktor Roth, und er sagte es nicht mehr abwertend oder zynisch, sondern in vollem Ernst. Mein Rechenexempel forderte seinen Verstand heraus, und wenn sein Verstand herausgefordert wurde, dann wollte er um keinen Preis versagen. Sowohl Roth als auch Basing waren erfahrene Rechtsmediziner, alte Hasen. Nur manchmal, wenn sie sich überlegen fühlten, verhielten sie sich ekelhaft. Das traf gelegentlich mich, in erster Linie aber die Praktikantinnen. »Es ist reine Flugzeit. Wir kennen die Abfertigungsmodalitäten in Baku nicht. Wir wissen nicht, wie lange eine Fahrt zum Flughafen dauert, wie lange das Einchecken. Von den reinen Flugzeiten aus betrachtet ... Na klar, die reichen jeder Niere, jeder Leber, jedem Pankreas. So gesehen ... Wenn es so einfach ist, fliegen Sie doch hin. Wir können von hier aus nur spekulieren, und Sie brauchen doch sicher gerichtstaugliche Beweise.«

»Bei allem Respekt«, wandte Doktor Basing ein, »wie können illegal explantierte Organe an Bord einer Linienmaschine gelangen? Denn, bitte schön, wir sprechen hier von Lufthansa, Swiss und KLM, nicht etwa von Air Hottentott.«

»Tja«, nun durfte ich auch einmal witzig sein, »wie kommt ein Kamel durch ein Nadelöhr?«

»Also das ist in diesem Zusammenhang wirklich eine blöde Frage«, sagte Doktor Roth.

»Ganz einfach«, sagte Doktor Basing. »Sie verbrennen das Kamel bei extrem hohen Temperaturen. Dann pulverisiert es.«

Aus der Küche hörte ich Stimmen. Ich ahnte, dass sich dort eine Gruppe von Inquisitoren versammelt hatte. Jim hatte Bockmist verzapft, ich hatte ihn geschlagen. Das wog natürlich viel schwerer. Ich stürmte in die Küche.

»Nein, ich entschuldige mich nicht!«, rief ich.

Das Gericht wurde von Margrete und Seyidli gebildet. Der Ankläger hielt sein Gesicht für ein paar Sekunden vor mir verborgen, dann wandte er es mir langsam zu. Ich prallte zurück. Mein Kind präsentierte mir eine Verletzung, die ich ihm zugefügt hatte, eine Verletzung, die unsere Rechtsmediziner Monokelhämatom nannten: ein blaues Auge.

»Ich entschuldige mich doch«, sagte ich und setzte mich. »Wie lautet das Urteil?«

»More pocket-money«, sagte Jim. Ich schüttelte den Kopf.

»Über Geld wollen wir lieber nicht sprechen. Weißt du, was du angerichtet hast? Wenn sich ein übereifriger Staatsanwalt bemüßigt fühlt, ein Ermittlungsverfahren wegen Vortäuschens einer Straftat einzuleiten, werde ich die Kosten für den Polizeieinsatz tragen müssen. Wir werden jahrelang von trocken Brot und Wassersuppe leben.«

»Echt?« Jim klimperte mit seinen langen und schönen Wimpern. Er hatte noch immer nicht begriffen.

»Der heutige Einsatz hat zweihundertzwanzigtausend Euro gekostet«, sagte ich, bemüht, meine Stimme möglichst kühl klingen zu lassen.

»Mam?« Jim war blass geworden.

»Zweihundertzwanzigtausend Euro«, wiederholte ich. »Dafür muss dein Marcin auf den Strich gehen, bis er das Alter einer Riesenschildkröte erreicht hat.«

»Das ist nicht *mein* Marcin.« Aus Jims Augenwinkeln rannen Tränen. »Es geht ja mehr ... Mam, es war blöd, ja? Saublöd. Entschuldige! Aber es geht um Rudi. Er hat grad angerufen. Sein Vater ist vor ein paar Minuten nach Hause gekommen. Sie wollen Rudi in eine Internatsschule in Bayern stecken.«

»Ich werde mit Renata reden«, sagte ich, sofort bereit, alles zu verzeihen.

»Es kommt noch schlimmer«, sagte Seyidli. Jim weinte hemmungslos.

»Was noch?« Ich war auf den Weltuntergang eingestimmt.

»Ein Pastewka hat angerufen«, sagte Margrete. »Jim soll morgen um vierzehn Uhr zur Vernehmung kommen.«

»Machen Sie sich keine Sorgen«, sagte Rudis Vater. Doktor Krossmann war ein international anerkannter Wirtschaftsanwalt, der an zwei, drei Tagen verdiente, was eine Lena Wertebach in einem Monat nach Hause brachte. Er vertrat Industriemagnaten, deren Namen jedermann geläufig waren. Mein kurzzeitiger und unerwünschter Ruhm erstreckte sich auf die Berliner Boulevardpresse. »Ich haue Jim da raus.«

»Sind Sie sicher?«, fragte ich. Wir saßen auf jenem Flur des LKA, den das Rauschmittelreferat belegte. Ich war in den letzten Tagen mehrfach hier gewesen, aber nicht als die zu einer Vernehmung hinzugezogene Vertrauensperson eines minderjährigen Zeugen. Dieser Zeuge war mein Sohn. Jim kauerte neben mir und sah aus wie eine frisch gebadete Maus.

»Klar. Wir haben ja gute Argumente.«

Obwohl Doktor Krossmann kein Strafverteidiger war, hatte ich ihn gebeten, uns zum Verhör zu begleiten. Er würde dafür ein Honorar erhalten, obwohl es ihm peinlich war. Aber es verstieß gegen das Standesrecht, wenn ein Anwalt aufs Honorar verzichtete. Wir hatten uns geeinigt, dass

Krossmann mir das absolute Minimum in Rechnung stellte, das die Bundesrechtsanwaltsgebührenordnung zuließ.

»Welche Argumente haben wir?«

»Jims Unreife. Entschuldige, Jim, es geht nur darum, zuerst die Polizei und die Staatsanwaltschaft, später vielleicht einen Richter davon zu überzeugen, dass du nicht wusstest, was du getan hast. Jemand hat deine Unreife ausgenutzt. Dieser Marcin Dombrowicz, auf den laden wir alles ab. Er ist der Ältere. Er hat dich verführt. Außerdem hast du Drogen nur konsumiert und nicht mit ihnen gehandelt. Das geht mit einem *Du, du, du!* ab.« Krossmann machte die entsprechende Bewegung mit dem Zeigefinger.

»Ich hab dir doch gesagt, Mam, dass du Marcin nicht mit reinziehen sollst.«

»Dafür ist es zu spät.«

Pastewka ließ es sich nicht nehmen, die Befragung selbst durchzuführen. Er war sehr freundlich zu Jim, belehrte ihn korrekt über seine Rechte und bat meinen Sohn, noch einmal genau zu erzählen, wie sich Marcin Dombrowicz das Crystal meth beschafft hatte. Jim beantwortete alle Fragen, so gut er es vermochte. Viel würden Pastewka und seine Leute mit der Aussage nicht anfangen können. Jim hatte den Freier nicht gesehen und konnte ihn daher nicht beschreiben. Nicht einmal den Namen wusste er. Außerdem stand zu vermuten, dass der Mann längst in die Vereinigten Staaten zurückgekehrt war.

Nach einer Viertelstunde waren wir wieder draußen. Jim wirkte erleichtert. Ein Anwalt war gar nicht nötig gewesen. Ich nutzte die Gelegenheit, um mit Doktor Krossmann über Rudi zu sprechen.

»Soll er wirklich auf eine Internatsschule?«

»Ja, das soll er. Auf eine sehr strenge, an der man Urinproben nimmt, um zu verhindern, dass die Schüler Drogen konsumieren. Wer auch nur einen Joint raucht, der fliegt.«

»Dann wird Rudi was nehmen«, meinte Jim. »Um wieder nach Hause zu kommen.«

»Das wird er sich zwei Mal überlegen!«

»Wie sieht Rudi es denn überhaupt?«, wollte ich wissen.

»Er ist natürlich nicht begeistert«, sagte Doktor Krossmann.

»Denken Sie nicht, dass Sie mit einer Kanone auf Spatzen schießen? Rudi hat einmal gekifft. Er hat's ausprobieren wollen, wie es viele Jungen in seinem Alter tun. Man raucht auch mal eine Zigarette oder trinkt ein Bier. Wir machen's Ihnen ja vor ...«

»Trotzdem. Ich lasse mich nicht umstimmen. Geben Sie sich keine Mühe, Frau Wertebach!« Doktor Krossmann öffnete die Fahrertür seines Mercedes SLK. »Wir haben Rudi heute Morgen angemeldet. Für nächstes Schuljahr. Machen Sie's gut. Und du auch, Jim.«

»Ohne Rudi, das geht nicht«, sagte Jim und weinte mir den Busen nass.

12

Doktor William Kern, der sich Mark O'Connor nannte, war bereits am Donnerstagabend aus London kommend in Berlin eingetroffen. Seit seiner Ankunft wurde er von zwei Teams observiert. Der Mörder und Organhändler war im Nobelhotel Adlon abgestiegen. Er hatte am Abend einen Spaziergang auf der Straße Unter den Linden gemacht, war beim Zeughaus umgekehrt, hatte im Hotelrestaurant gegessen und dann sein Zimmer nicht mehr verlassen. Er hatte sich mit niemandem getroffen, hatte niemanden aufgesucht.

Ich hatte Jörg Röder, Wiesenburg und Petersen auf Kern angesetzt. Sie sollten ihn nicht beschatten, dafür waren die Spezialkräfte da, sondern sie sollten in Erfahrung bringen, ob und wann sich Kern schon einmal in Berlin aufgehalten hatte. Um es herauszufinden, hatten Röder und die Bodybuilder bei Fluggesellschaften und Hotels nachgefragt. Sie hatten etwas Erstaunliches ans Licht gefördert: O'Connors letzter Besuch lag noch gar nicht lange zurück. Er war an jenen Tagen in Berlin gewesen, als Bender und Schanowski starben. Ich brannte darauf, ihn zu fragen, was er während dieser Visite getrieben hatte.

Am Freitagmorgen fuhr ich von zu Hause direkt zum Flughafen nach Tegel. Diesmal stellte ich kein Empfangskomitee auf die Beine. Nur Seyidli begleitete mich.

Eine halbe Stunde vor Ankunft der Maschine aus Frankfurt waren wir am Gate. Ich ging auf und ab und rauchte. Seyidli, der ein geduldigerer Mensch war, saß auf einer Bank und las eine russische Zeitung. Mit Ziegler hatte ich ausgemacht, dass der Wiesbadener Hauptkommissar als Erkennungszeichen seinen Jägerhut tragen sollte. Auf diese Weise hatte ich erfahren, dass der KHK in seiner Freizeit auf die Pirsch ging, und er hatte mir offenbart, dass er auch das Angeln liebte. Ziegler war ein Tiermörder. Ich konnte nicht verstehen, was am stundenlangen Herumhocken auf Hochständen und an Wasserläufen so schön war, doch er hatte mir versichert, dass Jagen und Angeln die Nerven beruhigte. Bei ihm mochte das zutreffen, mich würde das tatenlose Warten nur noch nervöser machen.

Kurz nach halb neun war die Maschine gelandet. Es dauerte erfahrungsgemäß noch eine Weile, bis die Passagiere aussteigen konnten, also zündete ich mir eine weitere Zigarette an. Wenig später trat ein Mann mit Jägerhut aus der Schleuse. Ich machte Seyidli auf ihn aufmerksam und winkte. Seyidli erhob sich, Ziegler winkte zurück. Im ersten Moment war ich erschrocken. Ich bemühte mich, mir nichts anmerken zu lassen. Ziegler hatte ich mir ganz anders vorgestellt.

»Willkommen«, sagte ich und streckte ihm die Hand entgegen.

KHK Ziegler war groß, beinahe ein Zweimetermann, und er war ungeheuer dick. Der weite und lange schwarze Mantel kaschierte zwar ein wenig seinen Körperumfang, doch nachdem er den Hut abgenommen hatte und ich sah, wie klein sein Kopf war, erschien er mir wie eine gigantische, auf der Spitze stehende Salmiakpastille. Sein Haar war licht, nur noch ein Kranz war übrig wie bei Badan und ein Büschel über der Stirn, das mich an eine Figur von Wilhelm Busch erinnerte: Max oder Moritz, ich konnte die beiden noch nie auseinander halten. Eine große Brille mit breitem schwarzen Rand vervollständigte das Bild. Ziegler war alles andere als ein schöner Mann, aber auch dieser Topf hatte seinen Deckel gefunden.

Noch ein zweiter Mann kam auf uns zu. Er war nicht so

groß wie Ziegler, aber ebenso dick. Sein dichtes dunkles Haar stand ihm zu Berge, was er offenbar gar nicht bemerkte, denn ich entdeckte einen Kamm in der Hemdtasche unter dem offenen Mantel.

»Sie sind also Lena Wertebach«, sagte Ziegler, musterte mich eingehend und nickte.

»Und Sie sind Hauptkommissar Ziegler«, sagte ich.

»Schön, dass wir uns endlich kennen lernen.« Der KHK wies auf seinen Begleiter. »Agent Abramov, Verbindungsbeamter des FBI beim Bundeskriminalamt.«

Ich schüttelte dem Amerikaner die Hand, dann deutete ich meinerseits auf Seyidli. »Inspektor Seyidli, Interpol Baku.«

»Nice to see you«, sagte Abramov und schlug Seyidli auf die Schulter. Der Agent verfügte über eine enorme Körperkraft, und Seyidli zuckte nicht nur, er biss auch die Zähne zusammen vor Schmerz.

Ziegler hatte einen riesigen Koffer bei sich, den er schnaufend und schimpfend zu Hugo trug. Dort verfrachtete er ihn und Abramovs Reisetasche in den Kofferraum. Nachdem die Männer und ich eingestiegen waren, machte Hugo Renault einen Knicks. Er lag plötzlich so tief wie ein Sportwagen. Ich fragte mich, ob er für diese Lasten überhaupt zugelassen war. Aber er fuhr anstandslos, nur etwas mühseliger, wie es mir vorkam. Ziegler erkundigte sich, ob er rauchen dürfe. Ich stimmte nicht nur zu, sondern zündete mir selbst eine an.

»Eigentlich sollte ich nicht«, meinte der KHK. Ich fädelte Hugo in den Verkehr auf dem Kurt-Schumacher-Damm ein. »Aber wenn ich das Rauchen aufgebe, verliere ich mein Idealgewicht.«

»Deutschland ist gefährlich«, sagte Abramov, der neben Seyidli auf der Rückbank saß. Im Spiegel sah ich, dass er sich den Bauch rieb. »Haxe, Semmelknödel, Sauerkraut.« Das letzte Wort prononcierte er in seiner Muttersprache. »Und Bier.« Er nickte nach vorn zu Ziegler. Die beiden schienen oft gemeinsam zu schlemmen und zu zechen. Vielleicht war der Erfolg des FBI in meinem Heimatland der deutschen Kneipenkultur zu verdanken. »Heidelberg und Titisee.« Abramov lachte schallend. »War nie dort.«

»Kennt aber jeder Amerikaner, der mal in Germany war«, erklärte Ziegler.

»Die nicht hier waren, kennen es auch. Heidelberg, Titisee, Hitler. Mehr wissen die meisten Amerikaner nicht über Old Germany. Okay.« Abramov war schlagartig ernst geworden. »Was gibt's von unserem Freund Kern zu berichten?«, wollte er wissen.

»Er verhält sich ruhig«, sagte ich. »Letzter Stand der Dinge: Kern oder O'Connor hat um acht Uhr fünfzehn sein Zimmer verlassen und ist zum Frühstücken ins Hotelrestaurant gegangen. Er hatte offenbar großen Hunger, denn Null-acht-fünf-Null saß er immer noch beim Frühstück. Soll ich die Spezialkräfte anfunken?«

»Nee, nee«, sagte Ziegler. »Wenn wir ihn unter Kontrolle wissen, reicht das.«

»Wann nehmen wir ihn fest?«

»Heute Abend wird der Kongress eröffnet. Wir werden hingehen, aber erst einmal nicht zuschlagen. Wir möchten nämlich wissen, mit wem er sich trifft.«

»Mit Badan jedenfalls nicht. Der reist nicht an.«

»Wissen wir«, sagte Ziegler. »Den können wir wohl vergessen. Nach unserem Ermittlungsstand ist er sauber.«

»Ich hab schon Pferde kotzen sehen vor 'ner Apotheke und mit 'nem Rezept im Maul«, sagte ich.

»*Baku is nice, isn't it?*« Abramov wandte sich unvermittelt an Seyidli. Ich sah den Polizeiinspektor zusammenfahren. Er bekam auch wieder einen Schlag auf die Schulter.

»*Oui, äh, yes, it is.*«

»*Do you speak English?*«

»*No.*«

»*But French?*«

»*Yes.*«

»Das kann ich nicht«, sagte Abramov zu mir und Ziegler.

»Der Polizeiinspektor ist ein Sprachgenie«, sagte ich. »Versuchen Sie es mit einer Mischung aus Deutsch und Englisch. Viel Deutsch, wenig Englisch.«

»*You are* ein Sprachgenie?«, fragte Abramov daraufhin.

»*What?*«

»Ein Sprachgenie!« Der Agent besaß einen großen Resonanzraum, also wurde er sehr laut.

»Was ist das?« Seyidli richtete seine Frage an mich.

»Sie haben ein gutes Empfinden für fremde Sprachen.«

»Ach, na ja ...«

»Hässliche Häuser«, trompete Abramov, der aus dem Fenster schaute. Offenbar war er etwas sprunghaft in seinen Gedanken. »Kriegt man in Ihrem Police Department ein Hefeweizen, Lady?«

In den mehr oder minder heiligen Hallen des Referats »Delikte am Menschen« ging ich mit Ziegler und Abramov von Raum zu Raum und stellte sie vor: zuerst Lüders, dann Diethelm und Jörg Röder, schließlich den Bodybuildern und Patricia. Ans Ende der Begrüßungsarie hatte ich Brinkmann und Koslowski gesetzt. Mein Chef machte ein Riesenbrimborium um den Besuch aus Wiesbaden und Washington. Er schickte seinen Adlatus sogar nach Sekt, aber damit konnte er Abramov keine Freude machen. Der Ami wollte Weizenbier, und das bekam er auch.

Nachdem wir Brinkmanns improvisierte Rede über den Anschlag auf das World Trade Center, über den internationalen Terrorismus, den Krieg in Afghanistan und dem Irak und über die deutsch-amerikanische Freundschaft überstanden hatten, zog ich mich mit Ziegler, Seyidli und Abramov in mein Arbeitszimmer zurück. Nur Lüders war zu unserer Besprechung zugelassen. Ich bat Wiesenburg telefonisch, uns einen Kasten Hefeweizen zu beschaffen, was er prompt erledigte. Jedem meiner Mitarbeiter spendierte ich ein Bier, der Rest war für Abramov. Viele Fragen brannten auf meinen

Nägeln, und ich wollte ihn bei Laune halten. Das Gleiche galt für Ziegler, aber der wollte noch kein Bier.

»Wie ich Sie kenne, Herr Ziegler ...«

»Horst.«

»Lena. Wie ich dich kenne, Horst, hast du dich tief in die Materie des illegalen Organhandels hineingekniet.«

»Das hat er«, krähte Abramov und köpfte das dritte Hefeweizen dieses Tages. »Er ist ein ... wie sagt man das? Ein wandelbares Lexikon?«

»Ein wandelndes«, korrigierte Lüders.

»Exakt, Sir. Prost!«

»Horst, ich benötige an Hintergrundinformationen, was du mir bieten kannst«, sagte ich.

»Oje, oje!«, stöhnte Ziegler, aber es klang gespielt. »Ich versuche mein Bestes. Du weißt ja, Lena, wo Mangel herrscht, da blühen der Grau- und der Schwarzmarkt. Wir haben zwar überall in Europa Spitzenkliniken für Organtransplantationen, aber zu wenig Organe. Ist doch klar, dass sich Leute, die genug Geld haben, auf dem Graumarkt bedienen.«

»Eine dieser Spitzenkliniken ist Professor Badans Haus Waldesruh?«

»Badans Krankenhaus hat einen sehr guten Ruf. Der Mann versteht sein Handwerk. Allerdings nimmt er nur Privatpatienten auf. Aber das ist dir bekannt. Übrigens gibt es seit vielen Jahren einen regelrechten Transplantationstourismus. Vor allem bei uns Deutschen. Und die reichen Araber, die sind auch sehr reisefreudig. Und – jetzt kommt's – die Israelis. Es ist enorm schwierig, in Israel Spender zu gewinnen, weil vor allem die orthodoxen Juden unversehrt bestattet werden wollen. Das hat etwas mit der Religion zu tun. Schanowski war doch Jude, nicht wahr?«

»Sie meinen, die Organe, die Schanowski und Kern in Baku entnommen haben, waren für Israel bestimmt?«, fragte Seyidli.

»Für Israelis«, sagte Ziegler. »Begreifen Sie den Unterschied? Die meisten israelischen Transplantationstouristen lassen sich in der Türkei behandeln.«

»Die Türkei würde passen«, sagte ich.

»Absolut«, bestätigte Seyidli. »Sie ist von Baku aus relativ schnell selbst auf dem Landweg zu erreichen.«

»Um es kurz zu machen«, sagte Ziegler und warf einen Blick zu Agent Abramov, der eine neue Flasche öffnete, »man hat also Bedarf an einer, sagen wir, an einer gesunden Niere und fährt einfach in das Land, in dem man sich diese Niere kaufen kann. Direkt vom Spender. Moldawien, Ägypten, China und Indien sind die Zentren des Organ-Graumarktes, aber auch Russland und etliche osteuropäische Länder. Polen, Tschechien et cetera. Sogar Deutschland soll in der Oberliga mitmischen. Aber bisher hat es noch keinen Fall gegeben, der zu einer Anklage führte. Das wird sich ändern, Transplantationsgesetz hin oder her. Die Gewinnmargen sind einfach zu verlockend. Und wir leben bekanntlich in einem kapitalistischen Land, in dem sogar die Medizin Profite erzielen will und muss.«

»Aber das ist widerwärtig«, sagte Lüders.

»Natürlich. Man nutzt die Armut aus. In Ägypten und Indien beispielsweise werden Slumbewohner ausgeschlachtet. Manche verkaufen freiwillig ein Organ für gerade einmal fünftausend Dollar, wenn man denn bei Armut von Freiwilligkeit reden kann. Andere werden mit Jobangeboten gelockt. Man verlangt von ihnen einen Gesundheitscheck im Krankenhaus, und nach dem Check wacht der Patient mit einer seltsamen Narbe auf. Weil man ihm oben genannte Niere geklaut hat. Und die Chinesen verhökern die Innereien von Hingerichteten. Die moldawische Regierung – Moldawien ist das ärmste Land Europas und liegt doch vor unserer Tür –, also die moldawische Regierung schätzt, dass bis zu sechshundert Kinder von reichen Westeuropäern adoptiert wurden, die allein auf die Organe dieser Kinder scharf sind.

Beweise gibt es kaum. Der illegale Organtransfer befindet sich in den Händen krimineller Organisationen. Die arbeiten nicht nur klandestin, sondern auch mit einer ausgezeichneten Logistik.«

»Pfui Teufel!« Agent Abramov spie auf den Boden. Das hatte bisher noch nie jemand in meinem Büro getan, es war also eine Premiere. Alle Blicke richteten sich auf ihn. »Oh, pardon!«, sagte er, nahm ein Tempo aus seiner Jackentasche, bückte sich und wischte den Speichel auf.

»Das FBI vermutet, dass William Kern alias Mark O'Connor einem Ring von Organhändlern angehört oder angehört hat, der in Indien, China, Kambodscha und Lateinamerika auf der Jagd nach Organen gewesen ist. Oder denken Sie an die fast hundert Kinder, die aus Waisenheimen in Sankt Petersburg verschwunden sind. Die russische Polizei geht davon aus, dass man sie als Organspender verkauft hat, unter anderem nach Deutschland. Kern war des öfteren in Berlin, Schanowski hat hier gelebt. Man braucht nicht viel Einbildungskraft, um sich vorzustellen, dass auch sie an diesem Strang gezogen haben.«

»Können Sie uns erklären, wie so ein Organdeal auf dem Graumarkt abläuft?«, fragte Lüders.

»Ich mache mal eine Beispielrechnung auf. Für einen Lebendspender aus Polen, der eine Niere verkaufen will, und zwar für fünfzigtausend Euro. Polen ist nicht so arm und wird bald EU-Mitglied, ein Spender erzielt bessere Preise als in Moldawien. Der Organempfänger lässt sich vom Organhändler einen geeigneten Spender vermitteln. Der Dealer erhält dafür eine Provision von etwa zwanzig Prozent des Kaufpreises. Die übrigen achtzig Prozent gehen an den Spender, der allerdings noch den Arzt bezahlen muss für die Explantation der Niere, Kostenpunkt zehntausend. Netto bekommt er also dreißigtausend. Der Empfänger wiederum muss noch einmal circa zehntausend hinblättern für die Implantation und den Krankenhausaufenthalt. Der Empfänger zahlt also summa summarum sechzigtausend. Dreißigtausend erhält der Spender, zehntausend der Vermittler, zwanzigtausend der Arzt. Das sind die Graumarktpreise, Kollege Lüders. Auf dem schwarzen Markt werden noch ganz andere Umsätze erzielt. Und im schlimmsten Fall verliert der Empfänger das Spenderorgan wieder, weil nur eine unzureichende Gewebetypisierung durchgeführt wurde.«

»Mam?«

»Ja, Jim?« Ich hatte soeben geduscht und war dabei, mich anzukleiden. Mein Sohn war ins Schlafzimmer gekommen, weil er etwas auf dem Herzen hatte; das spürte ich.

»Rudi soll nicht in dieses Scheißinternat. Was mache ich denn ohne ihn? Er wird's nicht aushalten, und ich auch nicht.«

»Ich werde darüber noch mal ausführlich mit Renata telefonieren. Sie hat ein weicheres Herz als Rudis Vater.«

»So schlecht ist der gar nicht. Und mich kann er gut leiden.«

»Alle können dich gut leiden«, sagte ich. »Bist schließlich mein Sohn.«

»Wann rufst du Renata an?«

»Also heute nicht mehr. Ich habe einen Einsatz.«

»Sieht man. Du nimmst ja sogar deine Knarre mit.«

»Nur für den Notfall. Eigentlich nur zum Drohen, wenn's denn hart auf hart kommt. Ich habe nicht vor, einen Schuss abzufeuern.«

»Ist dein Einsatz gefährlich?«

»Nein.«

»Pass auf dich auf, Mam.«

»Das musst gerade du sagen ...«

»Trotzdem, Mam.«

»Okay«, sagte ich. »Ich pass auf mich auf.«

»Siebzehn! Hier ist siebzehn! Kern hat das ICC betreten.«

»Danke, siebzehn«, sagte ich. »Was macht er?«

»Frisst Kanapees.«

»Und ihr?«

Siebzehn lachte. »Wir fressen kalte Bratwurst.«

Ziegler nahm die Funke. »Spricht Kern mit jemandem?«

»Ja. Mit einer noch nicht identifizierten ... Ralf? Moment, bitte!« Wir warteten. Wir, das waren Brinkmann, Lüders, Seyidli, Ziegler und Abramov. Wir saßen in einem Einsatzfahrzeug mit verdunkelten Scheiben, das von außen nicht als Fahrzeug der Polizei zu erkennen war. Das hofften wir zumindest. Wiesenburg, Petersen, Diethelm und Jörg Röder befanden sich auf dem Kongressgelände.

»Die Zielperson unterhält sich mit einem Professor Or-Yam Zahavi von der Hadassah-Universität in Jerusalem.«

»Geh ins Internet, Johannes«, bat ich Lüders. Das Einsatzfahrzeug verfügte über eine hervorragende Ausstattung.

»Sofort.«

»Or-Yam heißt Meereslicht«, sagte Agent Abramov, der nach zwölf Hefeweizen immer noch nüchtern wirkte.

»Kennen Sie sich aus mit jüdischen Namen?«, fragte Brinkmann.

»Ein bisschen. In Little Odessa, wo ich aufgewachsen bin, gab's einen Haufen russischer Juden. Keiner von ihnen hieß Or-Yam. Nur der Rabbi.«

»Meereslicht ist ein schöner Name«, sagte ich.

»So, findest du?«, fragte Horst Ziegler. »Möchtest du Meereslicht heißen?«

»Die Hadassah-Universität in Jerusalem hat die ersten Lebertransplantationen in Israel durchgeführt«, sagte Lüders. »Professor Zahavi gehört zu den Pionieren der israelischen Transplantationsmedizin.«

»Ob Kern ihm was anbieten will?«, überlegte ich. »Siebzehn?«

»Hier siebzehn.«

»Was macht Kern jetzt?«

»Er ist pissen gegangen. Mit dem Judenprof.«

»Könnt ihr abhören?«

»Nein. Der Richter hat nur die Observation genehmigt.«

»Zugriff?«, fragte ich Ziegler. Horst nickte.

Ich lief mit Lüders durch den Vorsaal des Konferenzzentrums. Die Mediziner, die vom EATCS zur Hauptversammlung eingeladen worden waren, delektierten sich an Kanapees und Sekt, bevor der Eröffnungsvortrag eines kanadischen Organverpflanzers begann. Der Typ interessierte mich nicht. Ich wollte Kern und Meereslicht.

Die drei Männer, die zu Observationsteam zwei gehörten, aber auf den Funknamen siebzehn hörten, hielten sich in der Nähe der Herrentoiletten auf. Lüders und ich stürzten auf sie zu. Ein Saaldiener stellte sich uns in den Weg.

»Haben Sie eine Einladung?«, fragte er. Nach Ärzten oder medizinischem Personal sahen wir wohl nicht aus.

»Haben wir.« Ich zeigte ihm meinen Dienstausweis.

»Kriminalpolizei?«

»Ich merke, dass Sie lesen können.«

»Ist etwas vorgefallen?«

»Nein.«

»Warten Sie! Ich hole den Konferenzleiter.«

»Nicht nötig.« Ich schob den Saaldiener beiseite und trat zum Chef des Observationsteams. Die Festnahme eines Schwerverbrechers war immer eine heikle Sache. Und Kern war ein Schwerverbrecher. Normalerweise überließen wir heikle Einsätze den Fachleuten. Ich wollte aber kein SEK. Mit Kern würden wir selbst fertig werden. Ich konnte mir nicht vorstellen, dass der Doc eine Kalaschnikow unterm Jackett hatte. Aber wissen konnte ich es nicht. »Ist er dort?« Ich zeigte auf die Toilettentür.

»Ja. Ist nur für Männer.«

»Macht nichts. Wir gehen trotzdem rein.«

»Sie auch?«

»Ich auch.«

»Okay.« Die Männer des Observationsteams zogen ihre Waffen und entsicherten sie. Lüders folgte ihrem Beispiel. Ich ließ meine Knarre stecken.

»Bei drei?«

»Ja, bei drei.«

»Eins, zwei, drei!«

Lüders trat die Tür ein. Es war nicht nötig. Kern und Professor Or-Yam Zahavi waren dabei, sich die Hände zu waschen. Sie sahen überhaupt nicht gefährlich aus.

»*German Police*«, rief Lüders.

»*I see*«, sagte Kern.

Ihn konnten wir verhaften, denn gegen ihn lag ein Internationaler Haftbefehl vor, ausgestellt von der Staatsanwaltschaft Baku. Professor Meereslicht konnten wir nur festnehmen. Das genügte uns.

»War's schwierig?«, wollte Brinkmann wissen, als wir die beiden Männer zum Einsatzfahrzeug brachten.

»Sie haben keinen Widerstand geleistet«, sagte Lüders.

»Na, Gott sei Dank!« Der KOR tippte mir an die Schulter. »Hätten wir nicht das SEK holen sollen?«

»Eigentlich schon«, sagte ich. »Aber wir haben sie ja.«

Eine halbe Stunde später, wir waren wieder in der Keithstraße, bekamen wir ein Protestschreiben des israelischen Botschafters.

»Darum kümmere ich mich«, sagte Brinkmann.

»Nein, ich!« Agent Abramov riss meinem Chef das Fax aus der Hand. Er war doch schon ein wenig betrunken. »Die Jungs habe eine Menge bei uns gut zu machen. Ohne uns wären sie längst ... Ihr wisst ja.«

»Sie werden doch keine Gewalt anwenden?«, fragte Brinkmann.

»Gegenüber einem Botschafter? Halten Sie mich für stupid? Ich ziehe ihm nur die Zähne. Horst?«

»Ja?«

»Inspektor Seyidli?«

»C'est moi.«

»Wir gehen doch einen trinken, wenn ich zurück bin?«

»Klar.«

»D'accord.«

»Ich liebe euch Europäer«, sagte Abramov und verschwand.

Wir überlegten eine Zeit lang, ob wir beginnen sollten, den israelischen Mediziner zu vernehmen, ohne dass Abramov dabei war, entschieden uns aber dagegen. Lüders suchte im Internet nach Informationen über Or-Yam Zahavi. Die Suchmaschine fand dreiundvierzig Einträge. Zuerst schieden wir alle Texte aus, in denen sowohl der Name Or-Yam als auch der Name Zahavi vorkamen, zwischen ihnen aber kein Zusammenhang bestand. Am Ende blieben immer noch zweiunddreißig Einträge übrig. Sie alle beschäftigten sich mit der Transplantationsmedizin.

»Das scheint ein Wissenschaftler mit einem guten Ruf zu sein«, meinte Lüders. »Hoffentlich haben wir mit der raschen Festnahme kein Porzellan zerschlagen.«

»Das werde ich ausbaden müssen«, sagte Ziegler. »Aber es sah doch so aus, als hätten sich Zahavi und Kern zielgerichtet getroffen.«

Es war bereits kurz nach halb zehn, als Abramov zurückkehrte. Ihn begleitete ein Mitarbeiter der Botschaft, der sich nicht vorstellte und der nicht wie ein Diplomat aussah, sondern wie ein angriffslustiges Raubtier. Vielleicht war er ein Geheimdienstmann. Er hatte den Auftrag, bei der Befragung Zahavis aufzupassen, worauf auch immer. Nachdem er gedroht hatte, sich an das German Department for Foreign Affairs zu wenden, wenn wir es ihm verweigerten, war ich einverstanden.

Kern wartete in einem Verwahrraum, Zahavi in Vernehmungszimmer zwei. Dorthin begaben wir uns: Abramov, Ziegler, Seyidli, Lüders, ich und der Raubtiermann. Die Vernehmung leiten würde ich.

Professor Meereslicht war anzusehen, dass er sich nicht nur unbehaglich fühlte, sondern auch wütend war. Er war nach Berlin gekommen, um an einer Konferenz teilzunehmen, nicht um eine Nacht bei der Polizei zu verbringen.

Ich legte ein Formblatt für die Zeugenvernehmung auf den Tisch. Polizeiarbeit war eine furchtbar papierne Angelegenheit. Wir pflegten unsere Mörder nicht mit Schusswaffen, sondern mit Formblättern zur Strecke zu bringen. Die Formblätter wurden im Knast gedruckt. Sparsam waren wir nämlich auch.

Die Belehrung überließ ich Lüders. Er sagte den Text auf, so wie ich ihn aufgesagt hätte, aber er stand auch auf dem Formular. Ziegler übersetzte. Wir alle kannten diesen Sermon auswendig. Ich kritzelte die Tagebuchnummer in das dafür vorgesehene Feld, und in der Zeile »Es erscheint« machte ich ein Häkchen in dem Kasten, hinter dem sich ein freier Platz befand. Dorthin schrieb ich: »Auf die Dienststelle verbracht«. Jeder Fall unterschied sich von jedem anderen, wir füllten immer dieselben Vordrucke aus.

Or-Yam Zahavi hatte die Belehrung verstanden. Ich nahm seine Personalien auf. Der Form war Genüge getan, wir konnten beginnen.

»Herr Professor, Sie haben heute vor Eröffnung des Kongresses einen Mann getroffen, der William Kern heißt«, sagte ich auf Englisch.

»Einen solchen Mann kenne ich nicht und habe ich nicht getroffen.«

»Sie haben aber einen Mann getroffen …«

»Ja. Einen Doktor Mark O'Connor von der Universitätsklinik Salt Lake City.«

»Hat er sich so vorgestellt?«

»Ja.«

»Und Sie waren mit ihm verabredet?«

»Nein. Ich komme gerade aus Boston, wo ich Lehrverpflichtungen habe. Ich hatte einen anstrengenden Flug hinter mir und habe mich erst einmal etwas abseits vom Trubel gehalten. Wollte etwas essen und trinken. Er war auch ohne Begleitung, und als er mich allein an einem Tisch stehen sah, kam er zu mir und sprach mich an. Ich war natürlich interessiert. Salt Lake City hat ein international bekanntes Transplantationszentrum.«

»Sie sind dem Mann, der sich Doktor O'Connor nannte, nie zuvor begegnet?«

»Wieso nannte? Heißt er nicht so?«

»Er heißt William Kern.«

»Und warum hat er einen Aliasnamen? Ist er ein Hochstapler?«

»Die Kommissarin stellt die Fragen«, fuhr Abramov ihn an. Er erntete sofort einen finsteren Blick vom Mitarbeiter der Botschaft. Ich reagierte überhaupt nicht.

»Was hat O'Connor Ihnen angeboten?«, fragte ich.

»Angeboten? Was soll er mir angeboten haben?«

»Hat er Ihnen nichts angeboten?«

»Nein. Wir haben uns nur über das ausgezeichnete Catering und über das Wetter unterhalten.«

»Und Sie sind ihm zum ersten Mal begegnet?«

»Ja, das sagte ich bereits.«

»Später auf der Toilette, hat er Ihnen da ein Angebot unterbreitet?«

»Was haben Sie bloß immer mit Angeboten? Er hat mir nichts offeriert.«

»Warum sind Sie gemeinsam zur Toilette gegangen?«

»Sicher nicht, um Karten zu spielen.«

»Es kam Sie gleichzeitig der Harndrang an?«

»Also hören Sie ...« Professor Zahavi schüttelte ärgerlich den Kopf. »Aber gut. Ich musste zuerst. Und er sagte, er müsse auch. Können Sie mir nun erklären, was das alles soll?«

»Es besteht der dringende Verdacht, dass Kern alias O'Connor mit Organen handelt.«

»Wie? Mit ...? Das ist einer von diesen Organhändlern, von denen man immer wieder hört oder liest?« Der Professor aus Jerusalem sackte ein Stück in sich zusammen. «Das gibt es nicht. Und so einer wendet sich ausgerechnet an mich?«

»Könnte er dafür einen Grund haben?«

»Wofür halten Sie mich? Aber jetzt verstehe ich Sie. Diese Festnahme, die gar nicht nötig gewesen wäre, wenn Sie mir gesagt hätten, worum es geht. Organhandel!« Zahavi schaute mich verstört an. Ihm war aufgegangen, mit wem er im ICC gesprochen und die Toilette aufgesucht hatte. »Und man hat uns zusammen gesehen! Wie peinlich! Aber wie ich sagte, angeboten hat er mir nichts. Doch vielleicht hätte er es noch getan, wenn Sie es nicht so eilig gehabt hätten.«

Das mochte zutreffen. Vielleicht hatten wir tatsächlich zu rasch die Geduld verloren.

»Was hätten Sie dann getan?«, wollte Ziegler wissen.

»Das will ich Ihnen klipp und klar sagen. Ich wäre zu Ihnen gekommen. Umgehend.«

Ursprünglich hatte ich die Vernehmung Kerns am kommenden Morgen durchführen wollen, um mich ihm ausgeruht entgegenzustellen. Ich änderte meinen Plan. Wenn Abramov sich das Verhör nicht entgehen lassen wollte, würde nichts daraus werden, mit Ziegler und Seyidli einen trinken zu gehen. Insgeheim hoffte ich, dass der Durst des Agenten größer war als sein Pflichtgefühl. Mir wäre es lieber gewesen, Kern erst einmal unter vier Augen zu sprechen. Doch Abramov war ebenso begierig wie Seyidli, dem Killer im Arztkittel auf den Zahn zu fühlen. Ich schickte also Jörg Röder zur nächsten Tankstelle, um einen Kasten Weizenbier zu beschaffen. Dann durften er und die Bodybuilder nach Hause gehen; ich brauchte sie nicht mehr.

»Ich schlage vor, dass wir nicht alle gleichzeitig den Vernehmungsraum aufsuchen«, sagte ich. »Eine solche Übermacht kann zwar einschüchternd wirken, aber sie kann auch dazu führen, dass sich der Beschuldigte in sich zurückzieht. Mein Vorschlag: Horst und ich gehen zuerst rein. Später wechseln wir. Ich lasse das Gespräch in einen Nebenraum übertragen.« Ich wandte mich an Abramov, Seyidli und Lüders. »Ihr könnt alles mithören. Ich halte mich zwar für einigermaßen gut vorbereitet, jedenfalls wenn man die Hektik der letzten Stunden bedenkt, aber vielleicht werde ich die eine oder andere wichtige Frage vergessen. Ihr könnt mich darauf hinweisen oder sie selbst stellen. *Do you agree?*«

Abramov, Seyidli und Lüders nickten synchron.

William Kern erhob sich, als wir das Vernehmungszimmer betraten. Ich hatte ihn bei seiner Verhaftung gesehen, aber erst jetzt nahm ich mir Zeit, ihn eingehender zu betrachten. Er sah älter aus als auf dem Fahndungsfoto der U.S. Marshalls, das Abramov und Ziegler geschickt hatten, aber bei einer Schönheitskonkurrenz hätte er beide um Längen geschlagen. Sein volles, leicht gekräuseltes Haupthaar war rötlich braun, und vielleicht war das der Grund, dass sich der Amerikaner in einen Iren verwandelt hatte. Es war sorgfältig frisiert, und dies sowie seine goldgeränderte Brille und die langen schlanken Hände verliehen ihm das Aussehen eines feinsinnigen Intellektuellen.

Kern schien tatsächlich zu erwarten, dass ich ihm die Hand reichte, aber diese Erwartung enttäuschte ich: Ich wollte mich nicht beschmutzen. Stattdessen bedeutete ich ihm, sich wieder zu setzen, und breitete meine Akten aus. Ziegler rückte sich einen Stuhl so zurecht, dass er in Kerns Rücken saß. Er hoffte wohl, dass es Kern nervös machen würde, wenn er den zweiten Vernehmer nicht sehen konnte. Dass nur ich Fragen stellen würde, konnte der Arzt nicht wissen.

Pflichtgemäß brachte ich die Belehrung über die Bühne.

Kern gab an, sie verstanden zu haben. Auch zeigte er sich bereit auszusagen und wollte auf einen Anwalt verzichten.

»Doktor Kern«, begann ich also, »räumen Sie ein, im Auftrag der ›Azerbaijani Americans Foundation‹ als Unfallchirurg am Städtischen Krankenhaus Nummer drei in Baku beschäftigt gewesen zu sein?«

»Ja, selbstverständlich.«

»Haben Sie während Ihres Einsatzes mit einem Pfleger namens Warssonofi Schanowski zu tun gehabt?«

»Möglich.«

»Möglich?«

»Es ist bereits viel Zeit verstrichen«, erklärte Kern. »Diese vielen russischen und aserbaidschanischen Namen habe ich mir nicht einprägen können.«

»In Ihrer letzten Nacht am Krankenhaus Baku haben Sie mit Schanowski zwei Operationen durchgeführt«, sagte ich.

»Verstehe. Wenn dieser junge Mann Schamirski hieß ... War es Schamirski?«

»Schanowski.«

»Wenn er Schanowski hieß, dann kenne ich ihn. Flüchtig. Wie das mit Personal eben ist. Zumal im Ausland.«

»Warum haben Sie eigentlich die Klinik Hals über Kopf verlassen?«

»Ich habe sie nicht Hals über Kopf verlassen. Mein Vertrag war ausgelaufen.«

»Das sieht die Klinikleitung anders.«

»Dann irrt sie sich.«

»So? Ich finde es merkwürdig, und die aserbaidschanische Polizei findet es auch, dass Sie ausgerechnet in jener Nacht Ihre Koffer gepackt haben. Und nicht nur Sie, auch Schanowski, der Ihnen bei den Operationen assistierte. Lief denn auch sein Vertrag aus?«

»Das weiß ich nicht.«

»Die beiden jungen Männer, Herr Doktor, die Sie damals angeblich operierten, waren vor der OP schon tot. Man hatte sie erstickt. Warum haben Sie trotzdem eine OP durchgeführt?«

»Daran kann ich mich nicht erinnern. Aber es ist absurd, dass ich Tote operiert haben soll. Traut man mir nicht zu, Tote von Lebenden zu unterscheiden?« Kern schaute mich auf eine Weise an, die man nur treuherzig nennen konnte. Er war tatsächlich ein guter Schauspieler. Trotzdem erkannte ich, dass er log. Und er wusste sofort, dass ich es erkannte.

»Was uns noch stutzen lässt, Herr Doktor«, sagte ich, »die beiden verstorbenen, sprich ermordeten Jugendlichen wurden von einem Rechtsmediziner obduziert. Dieser stellte fest, dass ihnen ein paar Organe entnommen worden sind.«

»Und nun hat man mich in Verdacht?«

»Herr Kern, bitte! Sie waren schließlich in einschlägiger Branche tätig.«

»Sie meinen die Transplantationsmedizin? In Aserbaidschan längst nicht mehr. Man sollte diesen Rechtsmediziner fragen, ob er nicht selbst die Organe explantiert hat.«

»Zum Zeitpunkt der Autopsie waren sie nicht mehr transplantierfähig«, sagte ich. Das war zwar nur eine Annahme, aber womöglich traf sie zu.

»Eine andere Erklärung habe ich nicht«, sagte Kern. »Was versteht ein Gerichtsarzt schon von Transplantationen?«

Ich ließ Baku vorerst Baku sein und versuchte einen anderen Ansatz.

»Was sagt Ihnen der Name Cemal Tozlu?«

»Wie?«

»Cemal Tozlu.«

»Nichts.«

»Und Bender? Dirk Bender? Ein Mann aus Berlin?«

»Berlin? Interessante Stadt. Ich habe sie schon einmal besucht. Als Tourist. Einen Mann dieses Namens habe ich nicht kennen gelernt. Jedenfalls glaube ich, mir dessen sicher sein zu dürfen. Ich habe mich natürlich in Restaurants manchmal mit Leuten unterhalten, die sich nicht vorgestellt haben oder deren Namen ich schnell vergessen habe.«

»Warum reisten Sie jetzt unter falschem Namen nach Berlin? Warum als O'Connor?«

Darauf erhielt ich keine Antwort. Ich wiederholte die Frage. Das Ergebnis änderte sich nicht. Jemand klopfte leise an die Tür. Ich nickte Ziegler zu. Der KHK erhob sich schwerfällig, ging zur Tür und öffnete sie einen Spalt. Vielleicht eine halbe Minute flüsterte er mit jemandem, dann winkte er mich heran. Agent Abramov stand vor der Tür.

»Überlasst ihn mir eine Weile«, sagte er. »Nur mir allein. Und keine Übertragung in den Nebenraum.«

Ich dachte nach. Abramovs Vorschlag gefiel mir nicht. Ich traute ihm zu, Gewalt anzuwenden. Er würde sich nach deutschem und sicher auch nach amerikanischem Recht strafbar machen, und ich mich auch, wenn ich es billigte.

»Was meinst du, Horst?«, fragte ich auf Deutsch. Ziegler zuckte die Schultern.

»Sagen Sie, was Sie vorhaben, Abramov.«

»Seinem Gedächtnis auf die Sprünge helfen.«

»Mit Worten oder mit ...?«

»Auch mit Worten.« Der FBI-Mann grinste. Dann zeigte er mir zwei Flaschen Hefeweizen, die er in seiner großen Pranke hielt. »Ich will eine halbe Stunde mit ihm plaudern. Das reicht mir.«

Obwohl ich Schlimmes ahnte, stimmte ich zu.

Wir warteten. Ich rauchte ununterbrochen. Lüders hatte ein Weizenbier vor sich, trank aber nicht. Ziegler und Seyidli starrten die Wände an. Niemand sprach ein Wort. Nach zehn Minuten kam ein Anruf.

»Adomeit«, meldete sich der Mann von der PTU. Seine Stimme klang nörgelig. Kurz nach Kerns Verhaftung hatten wir ihm alles anvertraut, was wir dem Amerikaner abgenommen hatten. »Schauen Sie auf die Uhr!«

»Es ist spät«, sagte ich.

»Hundertdreiundvierzig Überstunden in diesem Jahr«, sagte Adomeit, »und es ist noch nicht zu Ende. Zur Sache! Wir haben uns den Kram angesehen, den Sie bei uns abgekippt haben. Schlüsselbund, Pass, das Namensschild für den Kongress, das Handy und so weiter. Der Pass ist gefälscht.«

»Das überrascht mich nicht.«

»So? Überrascht Sie nicht? Wozu arbeiten wir dann?«

»Sie machen eine gute Arbeit«, sagte ich.

»Weiß ich. Der Nummernspeicher des Handys führte nicht weiter. Auch die letzten Anrufe nicht. Er hat mit British Airways gesprochen, dem Hotel Adlon, einem Taxiunternehmen. Nichts Besonderes. Interessant ist sein Notizbuch. Es enthält irgendwelches medizinisches Zeug, das ich nicht verstehe. Aber die letzte Seite ...«

»Ja, was ist damit?«

»Dort hat er ein paar Telefonnummern notiert. Eine war ausgestrichen. Mit Kugelschreiber. Immer und immer wieder ist er über sie hinweggefahren. Wir haben sie wieder sichtbar gemacht.«

»Und, verdammt noch mal?« Ich war angestrengt und nervös.

»Es ist die Nummer der Gerontologischen Station des Jüdischen Krankenhauses Berlin.«

Abramov kam aus dem Vernehmungszimmer zu uns.

»Das Bier hat ihm nicht geschmeckt«, sagte er und grinste erneut. »Ich ihm auch nicht. Aber er ist bereit. Allerdings will er nun einen Anwalt, der unsere Sprache spricht.«

»Auch das noch«, stöhnte ich. »Es geht auf zwölf. Johannes?«

»Es gibt doch diesen Anwaltsdienst«, sagte Lüders. »Ich denke, die vermitteln rund um die Uhr Strafverteidiger für Inhaftierte.«

»Versuch's«, sagte ich. Lüders griff zum Telefon. Ich fühlte mich unendlich müde und erschöpft. Langsam wie eine alte Frau ging ich zum Vernehmungszimmer. Kern schaute mich mit schmerzverzerrtem Gesicht an und hielt sich die Nieren. Aber er schwieg. Als Arzt wusste er, dass man nicht würde nachweisen können, was Abramov ihm angetan hatte. Ich ließ Kern in den Verwahrraum bringen, kehrte zu den Männern zurück und stellte den Agenten nicht zur Rede.

Der Anwalt, der Englisch beherrschte, kam kurz nach zwei. Es war ein junger Mann, und er ließ sich genau erklären, was wir Kern vorwarfen. Dann wollte er mit seinem Mandanten reden. Er brauchte fast eine Stunde. Um drei Uhr zweiundzwanzig konnten wir die Vernehmung fortsetzen. Abramov hatte in der Zwischenzeit drei Flaschen Bier geleert. Wir alle waren am Ende unserer Kräfte, er nicht.

Ich wusste nicht, was William Kern dazu bewog, Abramovs Nachhilfe oder die Beratung mit dem Anwalt, jedenfalls packte er endlich aus. In Baku, so berichtete er, hatte der Pfleger Schanowski sehr schnell mitbekommen, dass der Doktor aus Kalifornien ein paar Schwächen hatte und das für schwerstkranke Patienten bereitliegende Morphium lieber selber nahm. Schanowski hatte Kern daraufhin ins Gebet genommen und ihm die Konsequenzen ausgemalt, die es für ihn haben würde, käme der Morphiumdiebstahl ans Tageslicht. Aber der junge Pfleger wusste Abhilfe. Aus seinen trüben Quellen beschaffte er die gewünschte Droge, und Doktor Kern musste sich nicht mehr aus dem Medikamententresor bedienen. Natürlich musste Kern dafür bezahlen. Zuerst nur mit Geld, dann, als er die geforderten Summen nicht mehr aufbringen konnte, auch mit Gegenleistungen. Schanowski hatte Verbindungen zu einer türkischen Bande, die den Drogenhandel von Mittelasien und Afghanistan nach Westeuropa steuerte. In dieser Organisation war er eine mittlere Nummer und zwang Kern zu gelegentlichen Kurierfahrten. Man hatte herausgefunden, womit sich Kern in der Dritten Welt seinen üppigen Lebensunterhalt verdient hatte, und so war schließlich die Idee entstanden, über die Drogenwege auch illegalen Organhandel zu betreiben.

»Ich habe mich strikt geweigert, mich weiterhin in diesem Metier zu betätigen«, behauptete der Doktor. »Aber Schanowski hatte seine Fäden gezogen. Aus einer türkischen Klinik lagen Bestellungen für israelische Patienten vor. Er musste nur auf den richtigen Spender warten. Als schließlich die beiden jungen Unfallopfer eingeliefert wurden, hat sich bei der Untersuchung herausgestellt, dass einer die gewünschten Gewebemerkmale aufwies. Schanowski, seine einheimischen Helfershelfer und die türkischen Mittelsmänner haben alles für den Transport vorbereitet.«

Doch Elmar war habgierig, er tötete gleich beide Jungen und zwang Kern, die Explantationen vorzunehmen. Mit einem Lastwagen und auf verschlungenen Pfaden wurden die Organe, eine Ladung Morphinbase sowie Schanowski und Kern außer Landes geschafft.

»Irgendwo im Hochland von Armenien sind wir einer Militärstreife in die Arme gelaufen«, berichtete Doc William. »Noch nie in meinem Leben habe ich so viel Schiss gehabt. Ohne Grund: Die Streife wurde gekauft.«

Schließlich erreichte man unbehelligt den Bestimmungsort, eine Stadt namens Sivas. Unbekannte hatten dort die Ladung übernommen, Kern und Schanowski wurden mit einem Pkw nach Ankara gefahren. Keinen Cent will Kern bekommen haben, sondern nur einen falschen Pass und den Erlass seiner Drogenschulden. Er wurde von Ankara nach London gebracht, immer begleitet von ein paar türkischen Dunkelmännern, die ihm bedeutet hatten, er solle sich in England für weitere Aktionen zur Verfügung halten. Das habe er aber nicht gewollt, also sei er nach Brüssel geflohen und habe sich in der Hochburg der Fälscher für sein letztes Geld den irischen Pass auf den Namen Mark O'Connor beschafft.

Die Geschichte vom letzten Geld schien nicht der Wahrheit zu entsprechen, immerhin konnte sich Kern ein Flugticket nach den Bahamas leisten und dort einen kostspieligen

Hotelaufenthalt; vermutlich hatte er für den Coup mit den Organen doch abkassiert. In Brüssel hatte er sich, wenn man es so sagen konnte, an den falschen Fälscher gewandt.

»Dieser Mann ist mittlerweile ermordet worden«, sagte Kern. »Er hat es mit der Diskretion nicht so genau genommen. Von Kunden, bei denen er gespürt hat, dass sie sich in einer Notlage befinden, hat er heimlich Aufnahmen gemacht und sie an die Mafia verkauft. Nicht an eine bestimmte Organisation, sondern an alle Interessenten. Mein falscher Pass war einen Dreck wert. Schanowski und seine Freunde haben innerhalb kürzester Zeit von meiner neuen Identität und meinem Aufenthaltsort gewusst. Schanowski hat mich nach Berlin beordert.«

»Und Sie sind gekommen?«, fragte ich.

»Nicht sofort. Ich wollte mit der ganzen Sache nichts zu tun haben und bin als Tourist in die USA eingereist. Ich habe schon lange nicht mehr so gezittert bei einer Passkontrolle, aber fachlich war der Belgier gut. Außerdem war ich ja Ire und sehe nicht wie ein Araber aus.« Kern lächelte. »Ich wusste, dass Kalifornien für mich ein riskantes Pflaster war, aber ich brauchte Geld. Also habe ich mich an Freunde in Los Angeles gewandt. Und an ehemalige Kollegen. Wissen Sie, ohne die Mitwirkung von Ärzten läuft der Organhandel nicht. Damit meine ich nicht nur Ärzte wie mich, sondern auch recht renommierte. Vermutlich wäre ich nach Lateinamerika gegangen, für immer. Aber es gibt viele Aserbaidschaner in L.A., zu denen Schanowski offenbar Kontakt gehabt hat. Er hat mich aufgespürt. Und ist persönlich gekommen. Ich war total geschockt ... Was sollte ich tun? Er hat Dinge über mich gewusst, die auch die amerikanischen Behörden interessierten. Ich bin nach Berlin geflogen. Allein. Den Flug via Stockholm hat Schanowski gezahlt.«

»Und wie ist er nach Berlin gekommen? Es gibt nämlich keinen Ausreisestempel in seinem Pass.«

»Das weiß ich wirklich nicht.«

»Was wollte Schanowski von Ihnen? Was geschah in Berlin?«

»Ich habe gesehen, wie er erschossen wurde«, sagte Kern. Ich musste sehr an mich halten, um meine Überraschung zu verbergen.

»Schanowski war unter ungeheurem Druck«, erklärte Doktor Kern mir und meinen ebenso verblüfften Kollegen. »Ich hab mich gewundert, dass er noch in Berlin war. Aserbaidschan war für ihn verbrannter Boden, und ich dachte, er hätte sich längst in Israel niedergelassen oder sei in die Vereinigten Staaten ausgewandert. Mit einer neuen Identität hätte er leicht in der großen aserbaidschanischen Gemeinde verschwinden können. Oder in der noch viel, viel größeren jüdischen. Aber er hat in Berlin gehockt und unter mehr als unwürdigen Umständen gelebt. Nun hatte Schanowski ein Lebensziel: Er wollte mit Mitte dreißig Multimillionär sein. Das war das eine. Ich weiß nicht, wie kriminelle Energie entsteht, aber er verfügte über einen unerschöpflichen Vorrat.« Das nun musste ausgerechnet Kern sagen. Doch ich nickte nur. »Und es war auch ein spielerischer Aspekt bei seinen Unternehmungen, die Freude an der Gefahr. Er ist im Krieg gewesen. Er hatte gesehen, wie rasch man Körperteile oder sein Leben verlieren kann, ihn hat nichts mehr geschreckt. Scheinbar. In seiner letzten Minute hat er um sein Leben gewimmert.«

»Es ist eben ein Unterschied, über den Tod im Allgemeinen zu schwadronieren oder seinem eigenen Tod ins Auge zu blicken«, sagte ich. »Warum war es so wichtig, Sie nach Deutschland zu holen?«

»Fragen Sie mich nicht wie, aber Schanowski hat es geschafft, sich mit einem deutschen Polizisten zusammenzutun. Sie wissen seinen Namen …«

»Bender«, sagte ich, »Dirk Bender.«

»Er ist mir namentlich nie vorgestellt worden. Mit diesem Cop machte Elmar, wie er sich in Berlin nannte, irgendwelche schmutzigen Geschäfte. Er war krank. Der Cop. Schwerstkrank. Benötigte dringend eine Lebertransplantation. Schanowski hatte ihm eine versprochen. Um den Cop bei der Stange zu halten, nehme ich an. Damit er nicht auspackt, wenn er nichts mehr zu verlieren hat. Irgendwo in Polen wartete ein OP-Saal auf uns, und dort sollte ich zusammen mit einem polnischen Team die Transplantation vornehmen. Mir kam das übereilt und unsinnig vor.«

»Uns interessiert vor allem, woher die Leber kommen sollte«, sagte Lüders.

»Schanowski hatte einen jungen Mann im Auge, den er durch seine Geschäfte kannte. Ich glaube, einen Türken.«

»Murat Saribas!«, rief ich. Kern zuckte die Schultern. »Murat sollte der Spender sein«, sagte ich zu Lüders. »Deshalb die Aktion im Wald.« Ich wandte mich an Kern. »Aber wie konnte Schanowski einen Spender organisieren, ohne dessen Gewebemerkmale zu kennen? Das ist doch Wahnsinn.«

»Ich vermute, Schanowski wollte den Cop für einige Zeit ruhig stellen. Der Polizist hatte etwas gegen ihn in der Hand. Wäre er an einer Infektion oder einer Abstoßungsreaktion gestorben, dann wäre das Schanowski nur recht gewesen. Wie gesagt, ich hab die Sache immer schon für schwachsinnig gehalten.«

»Was hatten sie mit dem jungen Mann vor?«

»Er sollte in einem Wald betäubt und dann lebend nach Polen gebracht werden. Ich habe an einer Ausfallstraße nach Osten auf sie gewartet, aber es ist niemand erschienen. Stattdessen habe ich einen Anruf gekriegt, dass der Junge entwischt sei. Ich wollte mich sofort aus dem Staub machen. Meine Spuren verwischen und über alle möglichen Zwischenstationen nach Bogotá fliegen. Schanowski hat mich mit seinen Drohungen zurückgehalten. Er hatte Verbindungen zur Polizei. Ein Tipp von ihm, und ich wäre am Airport festgenommen worden.«

»Also sind Sie geblieben?«

»Noch fast vierzehn Tage. Ich wohnte in einer heruntergekommenen Absteige irgendwo außerhalb der Stadt. Dann hatte Schanowski angeblich wieder einen Spender.«

»Sie sollten ein Beiwort davorsetzen«, sagte Ziegler.

»Was?«

»Er hatte einen unfreiwilligen Spender.«

Kern nickte. »Wir sind diesmal mit dem Cherokee des Polizisten in den Wald gefahren. Muggelwald? So ähnlich. Mir kam es von Anfang an seltsam vor. Warum nachts? Und wo war der Junge? Wartete er etwa im nächtlichen Wald auf uns? Schanowski hat dem Cop sicher eine Erklärung geliefert, aber obwohl ich deutsche Vorfahren habe, verstehe ich nur sehr wenig Deutsch. Es war kein Spender da. Als wir ausstiegen, zückte Schanowski eine Pistole. Ich dachte, dass für mich und den Cop das letzte Stündlein geschlagen hat. Doch der Polizist war sportlich, ein starker Mann. Und er konnte Karate oder so was. Er hat Schanowski mit ein paar Tritten entwaffnet und ihm die Pistole an den Hinterkopf gesetzt. Schanowski hat gewinselt wie ein Tier. Dann war er tot. Mich hat der Polizist laufen lassen. Ich konnte ihm nicht gefährlicher werden als seine Krankheit.«

Wir schwiegen. Es war fünf Uhr zwei. Kern war an das Ende seines Berichts und seiner Kräfte gelangt. Er war aschfahl im Gesicht und sah aus, als wäre er in den letzten Stunden um Jahre gealtert. Auch der Anwalt war bleich. Seine Hände zuckten nervös über den Notizblock, auf den er während der Vernehmung ständig geschrieben hatte. Der Aschenbecher quoll über, rund um ihn bedeckte graue Asche den Tisch. Ich zündete mir noch eine Zigarette an.

»Eine letzte Frage, Doktor Kern, dann sind Sie erlöst«, sagte ich.

»Ich kann nicht mehr.«

»Das verstehe ich. Trotzdem: Warum sind Sie, wenn auch unter falschem Namen, zum Kongress des EATCS nach Berlin gekommen? Spielen Sie auch gern mit der Gefahr?«

Er zuckte schwach mit den Achseln. »Ich habe in Lateinamerika alte Verbindungen aufgefrischt und neue aufgebaut. Ich wollte mir wieder eine Existenz errichten. Nur Abnehmer brauchte ich noch. Deshalb habe ich mich in die Höhle des Löwen gewagt.«

»Pfui Teufel!« Abramov spie auf den Boden. Wir befanden uns auf dem Weg zu meinem Büro. Ich hatte FBI-Beamte bisher für hartgesotten gehalten und geglaubt, dass man ihnen an der Akademie die Gefühle austrieb.

»Was sind das bloß für Menschen, wollen Sie damit sagen?«, fragte ich.

»Vielleicht. Oder auch: Was ist das bloß für eine Welt, in der wir leben?«

»Das wissen Sie«, sagte ich. »Eine Welt, in der man viel, in der man fast alles kaufen kann. Aber eben nur fast alles. Uns beide sicher nicht.«

»Niemals«, sagte Abramov im Brustton der Überzeugung. »Außerdem habe ich in Deutschland alles. Ich habe eine Familie. Ich habe Horst. Es gibt Weizenbier und Schweinshaxe. Meine Bescheidenheit ziert mich.« Er lachte.

»Multimillionär wollen Sie nicht mehr werden?«

»Ich wüsste gar nicht, was ich mit so viel Geld anfangen sollte.«

»Wenn man's hat, weiß man es auch«, behauptete ich. »Agent Abramov?«

»*Oui, Madame?*« Er hatte von Seyidli gelernt.

»Wie kann Schanowski die USA ohne Ausreisestempel verlassen haben?«

»Nur illegal. Vielleicht über Mexiko oder Kanada.«

»Dann hätte er einen mexikanischen oder kanadischen Vermerk im Pass.«

»Stimmt auch wieder. Es dürfte jedenfalls nicht ganz einfach gewesen sein. Unsere Grenzkontrollen waren schon immer scharf. Seit dem elften September sind sie natürlich noch um vieles schärfer geworden. Wir finden es heraus.«

»Sicher?«

»Nein.« Abramov schaute auf die Uhr und legte dann einen Arm um Ziegler. »Was meinst du, Horst, machen wir, was man zu dieser Stunde am besten tut?«

»Ins Bett gehen?«

»Unsinn! Das andere... Wie sagt ihr das? Frühschoppen?«

»So ist er immer.« Ziegler zwinkerte mir zu. Hier hatten sich zwei, wie man zu sagen pflegte, nicht gesucht, aber gefunden. Da ich bei Männerfreundschaften immer an Wiesenburg und Petersen denken musste, löste der Begriff bei mir eigentlich eine Gänsehaut aus. Wie jeder Mensch konnte ich eine Sache nur von meiner Erfahrung aus bewerten. Ich hielt Jungenfreundschaften für etwas Zärtliches, Männerfreundschaften für etwas Totalitäres und Aggressives. Auch an diesem meiner Vorurteile begann gerade der Zahn des Erlebten zu nagen.

13

»Nun wissen wir, wer Schanowski auf dem Gewissen hat«, sagte ich zu Lüders. Wir waren allein. Wieder hatte ich eine Nacht in der Dienststelle verbracht. »Diethelm hatte den richtigen Riecher. Aber wer hat Bender getötet?«

»In dieser Frage sind wir keinen Schritt vorangekommen«, sagte Lüders.

»Gehen wir noch einmal das gesamte Material durch«, schlug ich vor.

Das taten wir. Wir benötigten drei Stunden, um die Akten durchzuforsten auf der Suche nach dem Punkt, den wir übersehen hatten. Mir fiel auf, dass Jörg Röder mir noch nicht die von mir erbetenen Informationen über Henry Gomballa und seine Firma »Life's New Quality« geliefert hatte, und ich notierte es. Es war nach neun, als wir die Aktendeckel zuschlugen.

»Ich bleibe dabei, wir müssen uns an Cemal Tozlu halten, wenn wir das Tötungsverbrechen an Bender aufklären wollen«, sagte ich.

»Dann lassen wir ihn uns aus der U-Haft vorführen.«

»Für elf Uhr«, ordnete ich an und dachte an die Rubrik, die ich auf dem Formblatt ausfüllen würde: *Es erscheint aus der Haft vorgeführt.* »Ich brauche eine Dusche, frische Wäsche und ein Frühstück in häuslicher Umgebung.«

Meine Wohnung war menschenleer. Jim befand sich in der Schule, Seyidli beim Frühschoppen. Wo Margrete sich aufhielt, enthüllte mir der Anrufbeantworter. Sie saß in ihrer Wohnung über dem letzten Kapitel der Dissertation. Wie sie es mir mitteilte, klang es fast Unheil verkündend. Ich verstand sie. Sie wusste nicht, was sie erwartete, wenn sie ihren Doktor gemacht hatte. Wahrscheinlich das mühselige Warten auf den Gängen eines Arbeitsamtes.

Nach der Dusche fühlte ich mich wohler, obwohl ich immer noch müde war. Ich kochte mir einen starken Kaffee und aß ein Körnerbrötchen mit Pflaumenmus. Dann stand ich lange vor meinem Kleiderschrank. Die Auswahl war nicht groß. Trotzdem konnte ich mich nicht entscheiden und wünschte, ich hätte nur ein einziges tragbares Kleidungsstück.

Am Ende entschied ich mich für das in Cuxhaven erworbene Kostüm. Auf den Drogenbaron wollte ich autoritär und unnahbar wirken.

Cemal Tozlu traf Viertel vor elf mit dem Gefangenentransporter in der Keithstraße ein. Er wurde nicht nur von Lüders und mir erwartet, sondern auch von zwei Anwälten. Ich kannte beide. Sie gehörten einer Großkanzlei an, auf deren Briefpapier wenig Platz für Mitteilungen war, weil es eine fast endlose Liste von Namen enthielt. Die Kanzlei unterhielt Filialen in Hamburg, Münster, Dortmund, Köln, Frankfurt, Stuttgart, Ulm, München, Leipzig, Magdeburg und Dresden, und die ersten zehn Sozietäre schmückten sich mit dem Titel Professor. Ihnen folgten die Doktoren, dann kam der Rest. Die Anwälte, die Tozlu vertraten, rangierten im Mittelfeld. Sie präsentierten mir die Vollmacht. Mandatiert hatte der Clubbesitzer ausdrücklich den Prof. Dr. jur. Dr. h. c. mult., der die Liste anführte. Er ging natürlich nicht mehr zu polizeilichen Vernehmungen, sondern brillierte mit seinen Schriftsätzen und vor Gericht. Und mit seinen Honorarnoten.

Tozlus Verteidiger waren jung. Der eine, ein hagerer Mann mit spitzem Kinn, trug einen beigen Anzug, der andere, fülliger und mit schütterem Haar, einen blauen. Sie waren zurückhaltend und teuer deodoriert. Ich fand trotzdem, dass beide nach Aktenstaub rochen; mein Vorurteil bestimmte sogar meinen Geruchssinn.

»Herr Tozlu, Cemal?«, fragte ich. Das Formular für die Beschuldigtenvernehmung lag vor mir auf dem Tisch.

»Ja«, sagte der Beige. Tozlu selbst, der edlen Zwirn trug, betrachtete seine Fingernägel.

»Geboren am 27. April 1958 in Izmir?«, fragte ich.

»Ja«, sagte der Blaue. Tozlu hatte Schmutz unter einem Fingernagel der linken Hand entdeckt und reinigte ihn mit dem Nagel des rechten Zeigefingers.

»Zurzeit wohnhaft in Berlin, Gärtnerinnenweg 23?«

»Korrekt«, sagte der Beige. Tozlu betrachtete interessiert das Formblatt, das aus seiner Perspektive auf dem Kopf stand. Oder lag.

»Herr Tozlu, sind Sie bereit auszusagen?«

»Nein«, sagte der Blaue. »Wir machen von unserem Recht Gebrauch, die Aussage zu verweigern.«

Die Vernehmung war beendet. Während des äußerst kurzen Gesprächs hatte mich der Clubinhaber nicht einmal angesehen.

Die erste neue Nachricht des nicht mehr ganz jungen Tages schlug ein wie eine Bombe.

Jörg Röder ging vor unserem Büro auf und ab. Er stürzte auf uns zu, als Lüders und ich den Gang betraten.

»Frau Wertebach!«, rief er. Sein Atem ging stoßweise. »Es ist etwas geschehen. Wir wissen jetzt, warum Martin Bender in seiner Wohnung nicht zu erreichen war.«

»Nun mal ganz ruhig, Röder«, sagte ich und schloss mein Zimmer auf. »Was ist passiert?«

»Martin Bender ... Die Bonner Kollegen ... Sie sind mehrmals umsonst zu seiner Wohnung. Haben sich daraufhin im Haus umgehört. Die Nachbarn hatten ihn lange nicht gesehen. Nach ihrem dritten Besuch haben die Bonner beschlossen, die Tür aufbrechen zu lassen. Sie haben Dirks Halbbruder gefunden ... Erhängt!«

»Erhängt?« Ich setzte mich. »Suizid?« Lüders lehnte sich an den Aktenschrank.

»Erhängt mit einem Seil, das er über die Badtür geworfen und an der Klinke befestigt hatte. Atypisches Erhängen, nennen es die Rechtsmediziner. War mehr eine Art Erdrosseln.«

»Einigen wir uns auf Selbststrangulation«, schlug ich vor.

Jörg Röder nickte eifrig. »Die Bonner haben seine Wohnung durchsucht. Und sein Arbeitszimmer in dieser Behörde ... der Bundesanstalt für Finanzdienstleistungsaufsicht. Dabei haben sie mehrere zurückgehaltene Akten gefunden. Akten, die zwei Firmen mit Sitz in Berlin betreffen: ›Life's New Quality‹ und ›Prisma Neue Leben‹.«

»Bei denen hatte Dirk Bender doch seine Lebensversicherung?«, sagte Lüders.

»Genau. Sie müssen aber eins wissen: Als Dirk Bender seinen Versicherungsvertrag unterzeichnet hat, war Henry Gomballa Hauptaktionär. Nach der Liberalisierung des europäischen Versicherungsmarktes ist Prisma Neue Leben expandiert, hat weitere Anteilsscheine ausgegeben und hat ins Immobiliengeschäft investiert. Sie hält heute die Sperrminorität bei ›Life's New Quality‹. Das ist ein Laden, Frau Wertebach! Henry Gomballa und dessen Sohn führen die Geschäfte.«

»Gomballa hat einen Sohn?« Mir fiel sofort Murats Beobachtung auf der dritten Etage des Glaspalastes ein.

»Stephan Gomballa, achtundzwanzig Jahre alt. War kurzzeitig Polizist.«

»O Schreck!«, stöhnte Lüders. »Noch einer.«

»Der Schnüffler von der Koloniestraße.« Ich sprang auf, vertrat mir die Beine. »Gomballa und Sohn haben Schanowski und den Tigers hinterherspioniert. Vielleicht auch Dirk Bender. Aber warum?«

»Keine Ahnung«, sagte Röder.

»Was steht denn in diesen zurückgehaltenen Akten?«

»Das weiß ich nicht. Aber morgen kommt der Vorgesetzte von Martin Bender nach Berlin, ein Doktor Ernst. Man hat ihn wegen dieser anscheinend brisanten Sache ins Finanzministerium bestellt. Er möchte die Gelegenheit nutzen, auch mit uns zu sprechen.«

»Das ist gut«, sagte ich. »Jörg, rufen Sie ihn an und vereinbaren Sie einen Termin.«

»*We shall overcome*«, schallte es durch unsere Flure. Wenn ich mich nicht täuschte, handelte es sich um einen Song des Protestsängers Pete Seeger. »*We shall overcome some day*«, kam es laut und falsch aus zwei oder drei Männerkehlen. Ich stürzte zur Tür. Agent Abramov, Inspektor Seyidli und Hauptkommissar Ziegler schwankten untergehakt über den Gang.

»Meine Braut heißt Whisky«, lallte der KHK und reckte die Arme siegessicher in die Höhe.

»Und deine Kinder, Horst?«, fragte ich. »Rausch und Kater?«

»Das ist gut. Mann, ist das gut!« Ziegler lachte schrill. »Rausch und Kater heißen meine Kinder, Zirrhose die Enkel. O Mann, ist mir schlecht!«

»Dort!« Lüders zeigte auf die Tür mit dem Piktogramm. »Dort ist das Klo.«

»Danke, mein Freund.« Ziegler verschwand sofort. Allerdings irrte er sich: Er schwankte auf die Damentoilette. Nach weniger als dreißig Sekunden war er zurück. »Ihr habt gar keine Pissbecken auf'm Klo«, sagte er fröhlich kichernd.

Lüders kümmerte sich um ihn. Ich zog Abramov und Seyidli in unser Büro, bevor Brinkmann oder Koslowski auf den Lärm aufmerksam wurden.

»*Mon Dieu, mon Dieu!*«, jammerte Seyidli. »*Ma tête!* Mein armer, armer Kopf. Dieser Abramov ... Er gibt in einer Nacht mehr aus, als ich in einem Monat verdiene.«

»Nacht ist gut«, sagte ich. Agent Abramov ließ sich auf meinen Schreibtischstuhl plumpsen und starrte vor sich hin. Seine Augen waren rot, und rot war auch sein Teint. Lüders brachte Ziegler.

»Ein Sumpf zieht am Gebirge hin, / Verpestet alles schon Errungene; / Den faulen Pfuhl auch abzuziehn, / das letzte wär das Höchsterrungene«, deklamierte der BKA-Mann.

»Was machen wir mit ihnen?«, wollte Lüders von mir wissen.

»Am besten ...«

»Wir wollen saufen wie Säue«, krähte Abramov.

Ich fühlte mich ausgelaugt, zerschlagen und euphorisch zugleich. Die Euphorie hatte der Alkohol ausgelöst. Um die drei Musketiere so rasch wie möglich aus der Dienststelle zu entfernen, hatte ich mich breitschlagen lassen, mit ihnen in einem italienischen Restaurant am Wittenbergplatz Bier und Wein zu trinken. Seyidli war am Tisch eingeschlafen. Abramov und Ziegler konnten kein Ende finden. Als ich sie am frühen Nachmittag verließ, zechten sie noch immer.

Ich hatte ein Taxi gerufen, hatte den Inspektor mit Hilfe des Wirts und eines Angestellten zum Auto geschafft und war in die Aroser Allee gefahren. Seyidli schnarchte auf der Couch im Wohnzimmer. Jim und ich hatten uns in die Küche zurückgezogen, wo ich eine Kanne schwarzen Tees leerte.

»Ist ja der totale Belagerungszustand«, meinte Jim. »Ich wollte eigentlich ’n bisschen fernsehen.«

»Das kannst du. Seyidli wird es nicht stören.«

»Aber mich stört sein Gegrunze.«

Ich zündete mir eine Zigarette an. Die Hochstimmung war verflogen. Jetzt war ich nur noch groggy.

»Du bist ein schlechtes Vorbild, Mam.«

»Weil ich rauche?«

»Nikotin ist auch ’ne Droge.«

»Und du bist ein naseweiser Kerl.« Ich drückte die Zigarette aus. »Hast du mit Rudi gesprochen?«

»Nein.«

»Aber warum nicht?«

»Es ist nicht so leicht ...« Jim schlug die Augen nieder.

»Was ist schon leicht?«

»Luftballons. Luftballons sind leicht.«

»Warst du auf einem Kinderfest, Jim? Außerdem stimmt es nicht. Eine Tonne Luftballons ist ziemlich schwer.« Ich gähnte.

»Ach, Mam, du bist ja soo klug! Und siehst wieder ganz schön fertig aus.«

»Ich bin fertig.« Dankbar nahm ich das Stichwort auf. »Jim, du kommst doch gut allein zurecht?«

»Musst du noch mal los?«

»Nein, ich muss ins Bett. Der Kühlschrank ist doch ...«

»Fast leer. Wie immer.«

Ich schaute auf die Uhr. »Ich geb dir Geld. Kauf ein paar Fressalien im Supermarkt!«

»Lieber order ich was beim Italiener. Weißt du eigentlich, dass er 'n Portugiese ist?«

»Meinetwegen kann er Chinese sein.«

»Ich war übrigens wirklich auf 'nem Kinderfest«, sagte Jim. Das war mir bekannt aus der mittlerweile hinfälligen operativen Planungstabelle von Personenschützer Krüger. »Von der Sankt-Johannes-Gemeinde. Ich war da mit 'nem Stand von ›Jugend gegen Faschismus‹.«

»Allein?«

»Nee. Aber Rudi war nicht da. Der hat ziemlichen Stress mit seinen Erzeugern.«

Ich gab Jim einen Zwanzig-Euro-Schein. »Der Rest ist für dich. Als Anzahlung auf mehr Taschengeld.«

Jim küsste mich auf die Wange.

»Du hast 'ne Fahne, Mam!«

»Die rote Fahne der Arbeiterklasse«, sagte ich.

»Ach, Mam!« Er küsste mich noch einmal. Auf den Mund.

Um seine kontrollwütige Mutter zum Schweigen zu bringen, nahm ich an.

Doktor Ernst, Hauptabteilungsleiter im Bereich Versicherungswesen der Bundesanstalt für Finanzdienstleistungsaufsicht, war ein pünktlicher Mann. Röder hatte mit ihm ausgemacht, dass er um dreizehn Uhr in die Keithstraße kommen sollte. Sieben Minuten vor eins erreichte mich der Ruf von der Pforte. Ich musste an einen Spruch meines unzuverlässigen Exmannes denken, der seine gelegentlichen Erziehungsversuche begleitet hatte: »Fünf Minuten vor der Zeit ist des Soldaten Pünktlichkeit.« Zu einem Soldaten sollte mein Sohn aber nicht erzogen werden.

Der Hauptabteilungschef aus Bonn hatte den Termin im Ministerium schon hinter sich. Selbst wenn ich es nicht gewusst hätte, ich hätte es ihm angesehen. Anscheinend war im BaFin die Kacke am Dampfen, und Schuld war Martin Bender, toter Halbbruder eines Toten.

»Herr Doktor Ernst?« Ich reichte ihm die Hand. »Mein Name ist Wertebach.«

»Was ist das nur für ein Tag!« Der Händedruck des Finanzaufsehers war trotz allem fest. »Redet man sich bei Ihnen nicht mit Dienstgraden an?«

»Nein, nein.« Ich lächelte. Doktor Ernst war wohl wie mein Exgatte David beim Bund gewesen.

»Na ja, jedenfalls bin ich mal wieder in Berlin. Sie wissen vielleicht, dass man uns von Berlin in die Bonner Wüste geschickt hat. Als Ausgleich für den Verlust von Regierung und Parlament. So ein Schwachsinn! Was das gekostet hat und kostet! Und unsereiner verblödet in Bad Godesberg. In Pensionopolis.«

»Aber Sie haben immerhin den Rhein vor der Tür«, sagte ich.

»Vielen Dank! In Berlin habe ich am Grunewald gewohnt.« Er schaute auf seine Uhr. Ich erkannte das Fabrikat nicht, aber sie schien aus massivem Gold zu sein. Auch trug er einen goldenen Siegelring am Mittelfinger der linken Hand, vermutlich weil er auf den Ringfinger nicht mehr passte; Schreibtischarbeit führte schnell zum Schwellen fast aller Körperteile. »Um fünfzehn dreißig geht mein Flieger.«

»Bitte, Herr Doktor Ernst!« Ich öffnete ihm die Tür zu meinem Büro. »Möchten Sie einen Kaffee?«

»Um Gottes willen! Ich habe genug Kaffee getrunken. Darf man bei Ihnen rauchen?«

»Selbstverständlich. Mein Kollege Lüders.« Ich zeigte zuerst auf Johannes, dann auf den Besucherstuhl. »Nehmen Sie Platz!« Doktor Ernst setzte sich, ließ die Schlösser seines Aktenkoffers aufschnappen und nahm eine Schachtel Davidoff heraus. »Da ich von Natur aus und von Berufs wegen ein neugieriger Mensch bin, erklären Sie mir doch bitte, was man so macht bei der Versicherungsaufsicht.«

»Na, Sie haben Fragen!« Er zündete sich die Zigarette mit einem Zippo an. Dieses Feuerzeug war für die Ewigkeit geschaffen. »Ich mach's kurz. Als staatliche Aufsichtsbehörde für alle Versicherungsunternehmen erteilen wir die Erlaubnis zum Geschäftsbetrieb. Wir überwachen ihn und tragen dafür Sorge, dass die Versicherer ihre Leistungsversprechen einhalten. Natürlich lesen wir nicht jede Police. Aber wenn Sie ein Problem mit Ihrer Versicherung haben, können Sie sich bei uns beschweren. Das Beschwerdeverfahren ist kostenlos, und wir sind aufgrund eines Gerichtsurteils verpflichtet, Statistiken über die Beschwerden zu veröffentlichen. Circa dreißigtausend Eingaben werden bei uns jährlich bearbeitet, etwa ein Drittel erfolgreich im Sinne der Versicherungsnehmer. Leider lesen viele Kunden die Verträge nicht. Aber es besteht Vertragsfreiheit in Deutschland, und wenn ein Unternehmen den Versicherten nicht arglistig getäuscht hat oder der Vertrag nicht sittenwidrig ist, können wir nichts machen. Irgendwelche Versprechen in Hochglanzbroschüren sind keine arglistige Täuschung; es gilt der Vertragstext.«

»Und wenn jemand aus der Branche sich doch kriminell verhält?«, fragte Lüders. Er war, wie ich auch, ein so genannter Versicherungsnehmer, das wollten wir natürlich beide wissen.

»Das kommt nur selten vor«, sagte Doktor Ernst. »Es gibt viele Schwindler im Kapitalanlagebereich, aber kaum im Versicherungsgewerbe. Trotz anders lautender Vorurteile. Wenn sich eine Versicherung weigert, für ein ungesichertes und dann gestohlenes Fahrrad zu zahlen, hält das der Kunde ja oft für ein Verbrechen. Betrügerisches Handeln bei Versicherungsnehmern gibt's dagegen häufig. Also dass der Fahrraddiebstahl fingiert wurde, weil von der Versicherungsleistung ein neues angeschafft werden soll. Wenn wir ansonsten einem kriminellen Delikt auf die Spur kommen, wenden wir uns an die zuständige Staatsanwaltschaft.«

»Und Sie haben Akten in der Tasche, die Sie der Staatsanwaltschaft übergeben müssen?«, fragte ich.

»Bereits übergeben habe. Leider. Ich hatte sehr großes Vertrauen in Martin Bender gesetzt.« Doktor Ernst schüttelte betrübt den Kopf. »Er war immerhin Abteilungsleiter.«

»Was hat er denn getan?«

»Verzeihen Sie, aber wenn Sie sich nicht auskennen, muss ich Ihnen ein wenig Basiswissen vermitteln. Die Verordnung über die Berichterstattung von Versicherungsunternehmen gegenüber dem Bundesaufsichtsamt für das Versicherungswesen ... So hießen wir mal, vor der Fusion mit anderen Aufsichtsämtern ... Diese Verordnung verpflichtet die Versicherungsunternehmen, uns ihre Gewinn- und Verlustrechnung zur Prüfung vorzulegen. Herr Bender hat sich jahrelang mit der ›Prisma Neue Leben‹ und ihren Bilanzen befasst. Bis ihm ein Verdacht kam. So sieht es jedenfalls aus.«

»Ein Verdacht?«

»Ja.« Doktor Ernst bot mir eine Zigarette an. Ich nahm

sie. »Bei einer Tiefenprüfung des Zahlungsverkehrs und der eingereichten Unterlagen hat er Unstimmigkeiten erkannt. Es sah danach aus, dass ›Prisma Neue Leben‹ mehr Kunden gewonnen, also mehr Policen abgeschlossen hatte als angegeben. Er recherchierte weiter und kam nach und nach zu folgendem Schluss: Die ›Prisma Neue Leben‹ verschleierte ad eins einen Teil ihrer Einnahmen, um einen ungesetzlich hohen Prozentsatz in Risikokapitalanlagen und Termingeschäfte zu investieren. Ad zwei wollte das Unternehmen möglichst wenig für die Rückversicherung ausgeben. Ihnen ist womöglich bekannt, dass Versicherungsfirmen sich ihrerseits bei Rückversicherern gegen das Risiko versichern, von einer übergroßen Zahl ihrer Versicherten in Anspruch genommen zu werden. Nun ist es bei Lebensversicherungen wenig wahrscheinlich, dass die Hälfte aller Kunden auf einen Schlag stirbt. Allerdings täuscht der Name ›Prisma Neue Leben‹; die Firma hat ihre Geschäftstätigkeit über die Jahre auch auf andere Versicherungsfelder ausgeweitet.«

»Wer hat das erlaubt?«

»Bender.«

»Trotz seiner Zweifel?«

»Das können wir nicht mehr eruieren. Im Grunde sprach nichts dagegen, und eine Firma muss ihren Namen nicht ändern, bloß weil sie die Produktpalette erweitert.«

»Verstehe«, sagte ich, obwohl ich nur die Hälfte kapierte.

»Die Kundengelder, und mit denen operiert eine Versicherungsgesellschaft auf anderen Märkten, waren einem zweifachen Risiko unterworfen«, fuhr Doktor Ernst fort. »Sie wurden einerseits relativ sicher in Immobilien angelegt ...«

»Bei ›Life's New Quality‹?«, fragte Lüders.

»Ja, auch. Aber vor allem in riskante Kapitalgeschäfte, aus denen man sie nicht von heute auf morgen herausziehen kann. In erster Linie jedoch ist, wie gesagt, ›Prisma Neue Leben‹ nicht genügend rückversichert. Im schlimmsten Fall kann sie nur einen geringen Teil der Versicherungsnehmer auszahlen. Ich vermute, aber das lässt sich nie beweisen, ich vermute, dass man sich in diesem Fall durch Insolvenzverschleppung oder eine andere Form des betrügerischen Bankrotts aus der Affäre ziehen wird. Wenn dann die Staatsanwaltschaft anklopft, wird die Firma mitsamt der Geschäftsleitung längst verschwunden sein. Und mit dem Geld natürlich. Auf irgendeine der berühmten Inseln, die Steuerparadiese sind und kein Auslieferungsabkommen mit uns haben.«

»Was werden Sie unternehmen, Doktor Ernst?«, fragte Lüders.

»Wir werden beiden Firmen die Erlaubnis zum Geschäftsbetrieb entziehen. Die Staatsanwaltschaften Berlin und Bonn und die Schwerpunktstaatsanwaltschaft Frankfurt werden Ermittlungsverfahren einleiten. Es werden Köpfe rollen. Meiner wohl auch.«

»Haben Sie eine Zahl?«

»Eine Zahl?«

»Um welchen Betrag könnten die Kunden im schlimmsten Fall geprellt werden?«

»Das können wir nur schätzen. Um zwanzig bis dreißig Millionen, Pi mal Daumen.«

»Oha!«, entfuhr es Lüders.

»Und was hat das alles mit Martin Bender zu tun?«, wollte ich wissen.

»Er hat seine Erkenntnisse unterdrückt und mir nicht gemeldet. Darüber hinaus hat die Kriminalpolizei bei der Auswertung seines privaten Computers einen regen E-Mail-Verkehr zwischen ihm und seinem Halbbruder entdeckt. Martin Bender hat seine Schweigepflicht verletzt.«

»Heißt das etwa, dass Dirk Bender über die kriminellen Handlungen von Henry und Stephan Gomballa informiert war?«, fragte ich.

»Genau das heißt es«, sagte Doktor Ernst und seufzte.

Wir fuhren in großer Besetzung vor: ein Oberstaatsanwalt

von der Staatsanwaltschaft beim Landgericht, der sich mit Wirtschaftsdelikten befasste, fünf Kripobeamte vom Betrug, Lüders, Diethelm, ich und sieben Schutzpolizisten. An den Koordinaten hatte sich nichts geändert, »Life's New Quality« und »Prisma Neue Leben« unterhielten noch immer ihre Büros in jenem Glaspalast, den ich bereits kannte.

Wir hatten das von einem Richter verbriefte Recht, die Büros auch in Abwesenheit der Mieter zu durchsuchen. Das war nicht nötig. In der Immobilien- und Versicherungsbranche wurde ebenso hart geschuftet wie bei der Polizei.

»Ich würde gern zuerst mit Gomballa sprechen«, sagte ich zu dem Oberstaatsanwalt, als wir mit dem Lift in die dritte Etage fuhren.

»Bitte sehr! Ich will nur Unterlagen sicherstellen.«

Im dritten Stock wirkte bereits die Reinigungsbrigade. Sie bestand vorwiegend aus Jugendlichen; nur der Vorarbeiter war ein älterer Mann. Murat putzte Fenster. Er benutzte ein professionelles Equipment, um das ich ihn beneidete. Ich hasste Fensterputzen. Nur wenn die Fenster meiner Wohnung fast blind waren, konnte ich mich dazu durchringen, Putzmittel und Zeitungen zu ergreifen. Wenn dann die Sonne schien, sah man, wie schlecht ich diesen Job beherrschte. Aber er war auch mit einer Erkenntnis verbunden: Das Wort »streifenfrei« gehörte in den Orkus.

»Hallo, Murat!«

»Hi!«

Sein Freund Serkan trat, rosa Haushaltshandschuhe an den Händen, aus dem Herrenklo. Der christlich orientierte und sparsame Reinigungsunternehmer hatte also auch ihn angestellt. Ich hatte gute Laune und winkte ihm zu.

»Na, Serkan, alles im grünen Bereich?«

»Ach, Scheiße!«

»Sie kennen diese Burschen?«, fragte der Oberstaatsanwalt und sah mich skeptisch an.

»Sind meine Kumpels«, erwiderte ich. Nur Lüders lachte.

In Gomballas großzügigem Arbeitszimmer wurden wir von drei Männern erwartet, von Henry Gomballa, von einem stattlichen jungen Mann, der ihm ähnlich sah, und von dem Rüden Charlie.

»Ihr bleibt draußen«, sagte ich zu dem Oberstaatsanwalt, den Beamten vom Betrugsdezernat und den Schutzleuten.

»Aber hören Sie mal …«, ereiferte sich der Oberstaatsanwalt.

»Nein, ich höre nicht. Sie sind bloß Ober, und ich bin Haupt. Durchsuchen könnt ihr immer noch. Raucht eine Zigarette, dann seid ihr dran. Johannes? Diethelm? Kommt rein und macht die Tür zu!«

»Ist es so weit, Frau Wertebach?«, fragte Henry Gomballa, der an seinem Schreibtisch saß. Sein Sohn stand hinter ihm, Charlie lag zu seinen Füßen.

»Vermutlich ja.«

»Ich habe es befürchtet, als Sie zum ersten Mal hier aufkreuzten«, sagte Gomballa. »Sie sind hartnäckig, nicht wahr?«

»Mag sein.«

»Haben Sie Kinder, Frau Wertebach?«

»Einen Sohn. Er ist fünfzehn.«

»Meiner ist achtundzwanzig. Eigentlich erwachsen. Aber für mich ist er mein Kind. Nach der Scheidung von meiner alkoholkranken Frau ist er bei mir aufgewachsen. Und seit ihrem Tod … Er war zwölf damals. Und trotz aller Scheiße war es seine Mami. Wir haben es beide nicht verkraftet. Zuzusehen, wie ein Mensch sich zugrunde richtet.«

»Und von Bender wollten Sie sich nicht zugrunde richten lassen«, sagte ich.

»Er hat mir sehr viel Geld abgepresst. Der Kaufvertrag für die Wohnung seiner Eltern war fingiert. Ich … wir haben sie bezahlt.«

»Dieser Bender war ein Gierschlund, der den Kanal nicht voll kriegen konnte«, sagte Stephan Gomballa.

»Bender war krank«, sagte ich.

»Na und? Er war ein Schwein. Ein korrupter Bulle. Ein Erpresser. Ein Mörder. Eben eine Drecksau.«

»Ach, und Sie«, fragte Diethelm, »Sie sind wohl Engel?«

»Wir mussten die Firma über Wasser halten«, sagte Gomballa junior. »Wir zahlen Steuern. Mehrere hunderttausend Euro im Jahr.«

»Sie haben Ihre Kunden betrogen«, sagte Lüders.

»Das geht uns nichts an«, sagte ich. »Sie, Stephan, haben Bender observiert? Und seine Kontaktpersonen? Schanowski, die Ghetto Tigers, Cemal Tozlu?«

»Na ja, alle gleichzeitig ging natürlich nicht.« Er lächelte. Ich fand ihn sympathisch. Und gut aussehend.

»Haben Sie auch beobachtet, wie Bender Schanowski erschossen hat?«

»Ja.«

»Damit hatten Sie ihn in der Hand.«

»So einfach ist das nicht, Frau Wertebach«, sagte der Senior. »Er hatte kaum noch etwas zu verlieren, wir alles. Das Geld wollte er wohl für seine Eltern ... Stephan hat ihn eine Drecksau genannt, und das war er auch. Aber für seine Eltern ...«

»Tat er alles?«

»Wie Söhne so sind. Manchmal.«

»Das Schwein wollte immer mehr Kohle«, sagte der Junior. »Er hat uns zu diesem Ehrenmal bestellt. Er bestellte einen nämlich. Er befahl. Hunderttausend Euro wollte er. Als Nachschlag, wie er sich ausgedrückt hat.«

»Und Sie fuhren hin? Mit dem Geld oder ohne?«

»Mit.«

»Und ein Messer hatten Sie auch dabei?«

Stephan nickte. »Nachdem er diesen Schanowski erschossen hatte, wussten wir, dass er gefährlich ist. Ich wollte das Messer nicht benutzen. Aber dann gab es einen Riesenkrach ... Bender war mit hunderttausend nicht mehr zufrieden. Er wollte ... Er griff meinen Vater an ... Er ... Ich sah rot. Und habe ... Sie wissen es!«

»Das stimmt doch nicht, Stephan!« Henry Gomballa war aufgesprungen. »Ich war's. Ich habe zugestochen. Mein Sohn hat damit nichts zu tun.«

Ich riss die Tür auf.

»Ihre Zeugen, Oberstaatsanwalt«, rief ich in den Flur. Charlie, der wohl glaubte, dass wir mit ihm Gassi gehen wollten, kam auf mich zu und wedelte mit dem Schwanzstummel. »Und unsere Mörder.«

»Was wird eigentlich aus dem Hund?«, wollte Diethelm wissen.

»Der kommt ins Tierheim.« Ich lenkte den Wagen auf den Kaiserdamm.

»Schade. Wir haben doch nun schon drei Katzen. Und der Nachbarshund ist reineweg verliebt in sie. Das ist so'n Glatter, versteht ihr? Also der hat kein richtig wuscheliges Fell. Deshalb ist er in Katzen vernarrt.«

»Diethelm«, sagte Lüders, »du redest so viel, man muss ja fürchten, dass deine Ehe nicht in Ordnung ist.«

»Meine Frau hat einen anderen«, sagte Diethelm.

»Diethelm«, rief ich. »Seit wann denn?«

»Seit einem Jahr.«

»Und du kriegst das Maul nicht auf? Wir sind doch nicht nur Kollegen ...«

»Ich weiß. Aber ich kann darüber nicht sprechen. Lieber rede ich von Hunden und Katzen. Also, ich nehm diesen Charlie.«

»Das ehrt dich«, sagte ich.

»Ich fühle mich eigentlich ganz wohl«, sagte Diethelm. Er wollte sein Herz ausschütten, aber ihm fehlten die Worte.

»Obwohl deine Frau dich betrügt?«

»Nee, mit unserem Fall. Ich meine, wir sind ja alle gegen die Todesstrafe. Klar. Aber Benders Tod war eigentlich ... Wie soll ich sagen? Gerecht?«

Lüders und ich saßen am Abschlussbericht, als das Telefon für Gespräche mit der Außenwelt klingelte. Johannes ging an den Apparat. »MK acht ... Ja? ... Für dich.« Er reichte mir den Hörer über den Tisch.

»Wertebach.«

»Bender. Der Vater.«

»Natürlich.«

»Meine Frau ist im Krankenhaus. Sie hatte eine schwere Herzattacke. Nachdem nun auch Martin ... Ich glaube nicht, dass sie ...«

»Herr Bender, was kann ich für Sie tun?«

»Können Sie mich besuchen? Bitte! Alle Menschen ... Alle, mit denen ich sprechen konnte ... Sie sind ...« Herr Bender brach in Tränen aus.

»Dirk und Martin haben immer an ihre Eltern gedacht«, sagte Herr Bender und weinte. »Auch Martin hatte eine Lebensversicherung und hat uns als Begünstigte eintragen lassen. Wir sind jetzt reich. Aber was sollen wir mit dem Geld? Unsere Söhne können wir nicht zurückkaufen. Der Tod ist unbestechlich.«

Herr Bender war, wie man gern sagt, ein einfacher Mensch. Seine kranke Frau ebenfalls. Sie hatten zwei Söhne gehabt, die zu Verbrechern geworden waren. Vermutlich quälte sich Bender mit der Frage, ob er Schuld an dieser Entwicklung hatte. Seine Frau konnte die Frage weder stellen noch beantworten. Aus ihr hatten die Zweifel und Schuldgefühle eine Komapatientin gemacht. Es sah so aus, als würde sie nicht zurückkehren.

»Wenn Sie etwas zur Ruhe gekommen sind«, sagte ich und fühlte mich nicht nur hilflos, sondern wie eine Verräterin, »dann fahren Sie vielleicht doch nach New York.«

»Unmöglich. Meine Frau wird nie mehr fliegen dürfen. Wenn sie überhaupt ... Und eine Schiffsreise kommt nicht in Frage. Ich habe Angst vor tiefem Wasser.«

»Nun ja, Herr Bender, glauben Sie mir, auch wenn es wie eine Phrase klingt: Was Ihnen widerfahren ist, tut mir unendlich leid.«

»Wissen Sie denn überhaupt, was das Schlimmste ist? Deswegen habe ich Sie angerufen. Mir platzte der Schädel.«

»Was ist das Schlimmste, Herr Bender?«

»Ich bekam am Morgen einen Anruf aus der Charité. Sie haben einen Spender für Dirk gefunden. In Toulouse. Noch heute Nacht wollten sie ihn operieren.«

Epilog

»Ziegler.«

»Hallo, Horst. Seid ihr gut in Wiesbaden gelandet?«

»Lena! Welche Freude, dich zu hören. Wir reden oft über dich.«

»Abramov und du?«

»Ja.«

»Und was redet ihr? Wollt ihr mich heiraten?«

»Seit dem Frühschoppen mit Seyidli wissen wir, dass du schon vergeben bist. Nee, wir bleiben bei unseren dicken Ehefrauen. Und bei Haxe, Sauerkraut und Weißbier.«

»Abramov ist ein großer Schluckspecht, stimmt's?«

»Und ob. Aber er kann auch hart arbeiten. Abramov und seine Kollegen haben sich den Arsch aufgerissen, um das Leck in ihrem Regime zu finden. Na ja, die Amis haben allen Grund, auf der Hut zu sein.«

»Und wie hat Elmar die USA verlassen?«

»Er ist in Los Angeles aufs Hafengelände geschmuggelt worden und dort an Bord eines russischen Frachters gegangen. Dieser Frachter heißt ›Prekrassnaja Rodina‹ und ist ein wahrer Seelenverkäufer, der nur noch vom Rost zusammengehalten wird. Offenbar wollte Schanowski vortäuschen, dass er in Amerika geblieben sei. Für alle Fälle. Genutzt hat ihm das Manöver ja nicht. Ob er den Kapitän bezahlt hat und wie viel er hinblättern musste, können wir zurzeit nicht überprüfen. Der Kahn versinkt gerade im Mittelmeer.«

»Wie heißt er? Der Kahn?«

»Auf Deutsch? ›Herrliche Heimat‹.«

»Und woher kam das Schiff? Ich meine, bevor es L. A. anlief?«

»Aus Odessa. Sind das nicht klangvolle Worte? Odessa! ›Prekrassnaja Rodina‹! Man möchte heulen.« Ziegler weinte nicht. »Die Ladung war als Getreide deklariert. Schanowski reiste sozusagen als illegales Vollkornbrot.«

»Wohin?«

»Nach Santander, Rotterdam oder Hamburg. Das FBI ermittelt noch. Grenzverletzungen sind ein Bundesverbrechen. Sagt Abramov. A federal crime. Bei dir alles okay?«

»Ich hab mich grade an Ihr Schnarchen gewöhnt«, sagte Jim. Seyidli strich ihm über den Kopf. Seit ein paar Tagen war er glatt rasiert. Den Grund wollte ich gar nicht wissen. Mein Sohn sah auch mit nacktem Kopf süß aus.

»Macht's mir nicht so schwer«, sagte der Polizeiinspektor.

»Ich habe noch so viele Fragen«, sagte Rudi. »Wegen der Revolution und so. Der Globalisierung. Was Sie davon halten. In Aserbaidschan. Weltbank, IWF, G-8-Treffen. Da muss man doch auf die Straße gehen.«

»Wir können ja e-mailen«, schlug Seyidli vor und setzte sich auf den Beifahrersitz. In einer Stunde ging seine Maschine nach Frankfurt. »Seyidli@interpol-baku.az. Lateinische Buchstaben, nicht mehr kyrillisch. Ihr könnt auch Deutsch schreiben.«

Rudi notierte die Adresse mit einem Kugelschreiber auf Jims nackten Kopf. Die beiden Knaben gingen zurzeit sehr zärtlich miteinander um. Von Hugo konnte man das nicht behaupten. Er war einige Tage nicht bewegt worden und reagierte beleidigt: Als ich den Motor starten wollte, sprang er nicht an.

»Mam?« Jim klemmte mit Rudi und Margrete auf der Rückbank. »Bezahlst du mir den Führerschein, wenn's so weit ist?«

»Nö«, sagte ich und streichelte das Armaturenbrett. Das

mochte Hugo. Der Motor kam. »Aber 'ne Ausbildung zum Kfz-Mechaniker.«

»Bäh! Ich will Turkologie studieren.«

»Was ist denn das?«

»Wir erforschen dann das Leben der Bergjuden in Aserbaidschan«, sagte Rudi.

»Ihr?«, fragte ich.

»Juden sind nicht turkstämmig«, sagte die gebildete Margrete.

»Exakt«, sagte Seyidli.

Dann geschah das Unvorhersehbare. Rudi fingerte Tabak, Zigarettenpapier und ein Piece aus der Tasche.

»Wir haben uns gedacht, Monsieur Seyidli«, sagte Jim, »also wir dachten, dass Sie zum Abschied vielleicht einen Joint mit uns rauchen wollen.«

»*Best stuff*«, sagte Rudi.

»*Why not?*«, fragte Seyidli.

Dreißig Sekunden später war Hugo Schrott.